HISTÓRIAS DE MISS MARPLE

HISTÓRIAS DE MISS MARPLE

UMA HOMENAGEM A AGATHA CHRISTIE

NAOMI ALDERMAN • LEIGH BARDUGO • ALYSSA COLE
LUCY FOLEY • ELLY GRIFFITHS • NATALIE HAYNES
JEAN KWOK • VAL MCDERMID • KAREN M. MCMANUS
DREDA SAY MITCHELL • KATE MOSSE • RUTH WARE

Tradução
Paula Di Carvalho

Rio de Janeiro, 2023

Título original: *Marple*
Copyright © 2022 Agatha Christie Limited. All rights reserved.
Copyright de tradução © 2022 Casa dos Livros Editora LTDA.

AGATHA CHRISTIE® MISS MARPLE® and the Agatha Christie signature are registered trademarks of Agatha Christie Limited in the UK and elsewhere. All rights reserved.

Todos os direitos desta publicação são reservados à Casa dos Livros Editora LTDA. Nenhuma parte desta obra pode ser apropriada e estocada em sistema de banco de dados ou processo similar, em qualquer forma ou meio, seja eletrônico, de fotocópia, gravação etc., sem a permissão do detentor do copyright.

Diretora editorial: *Raquel Cozer*
Gerente editorial: *Alice Mello*
Editora: *Lara Berruezo*
Editoras assistentes: *Anna Clara Gonçalves e Camila Carneiro*
Assistência editorial: *Yasmin Montebello*
Copidesque: *Bonie Santos*
Revisão: *Vanessa Sawada* e *Cindy Leopoldo*
Design de capa e ilustração: *Holly Ovenden*
Diagramação: *Abreu's System*

Dados Internacionais de Catalogação na Publicação (CIP)
(Câmara Brasileira do Livro, SP, Brasil)

Histórias de Miss Marple : uma homenagem a Agatha Christie / tradução Paula Di Carvalho. -- 1. ed. -- Rio de Janeiro : HarperCollins Brasil, 2023.

Vários autores.
Título original: Marple
ISBN 978-65-5511-485-0

1. Ficção policial e de mistério (Literatura inglesa) 2. Christie, Agatha, 1890-1976.

22-139083   CDD-823.0872

Aline Graziele Benitez - Bibliotecária - CRB-1/3129

Os pontos de vista desta obra são de responsabilidade de seu autor, não refletindo necessariamente a posição da HarperCollins Brasil, da HarperCollins Publishers ou de sua equipe editorial.

HarperCollins Brasil é uma marca licenciada à Casa dos Livros Editora LTDA.
Todos os direitos reservados à Casa dos Livros Editora LTDA.
Rua da Quitanda, 86, sala 218 – Centro
Rio de Janeiro, RJ – CEP 20091-005
Tel.: (21) 3175-1030
www.harpercollins.com.br

Sumário

O mal em lugares pequenos, por Lucy Foley   9
O segundo assassinato na casa do pastor, por Val McDermid   43
Miss Marple toma Manhattan, por Alyssa Cole   65
O desenlace, por Natalie Haynes   103
O Natal de Miss Marple, por Ruth Ware   131
A mente aberta, por Naomi Alderman   167
A Imperatriz de Jade, por Jean Kwok   195
Um casamento aterrorizante, por Dreda Say Mitchell   225
Assassinato na Villa Rosa, por Elly Griffiths   263
O tipo assassino, por Karen M. McManus   291
O mistério do solo ácido, por Kate Mosse   327
O desaparecimento, por Leigh Bardugo   363

Sobre as autoras   395

Miss Jane Marple, proeminente detetive literária e uma das melhores criações de Agatha Christie, apareceu pela primeira vez em uma publicação em dezembro de 1927, em um conto chamado "O Clube das Terças-feiras". Christie voltou a essa personagem intrigante — com a intenção, como ela mesma expressou, "de dar uma voz a velhas senhoras" — em *Assassino na casa do pastor*, de 1930, que foi seguido de mais onze romances com Marple, de numerosas coleções de contos estrelando a mente mais perspicaz de St. Mary Mead, e do derradeiro romance, *Um crime adormecido*, aparecendo postumamente em 1976, o ano da morte da autora.

Christie notara que mulheres, em especial as mais velhas que permaneciam solteiras, eram frequentemente tratadas com condescendência, desimportância e menosprezo, mas a escritora mais vendida do mundo sabia bem quão atentos eram tais pilares dos vilarejos; como, por baixo de recatadas toucas de renda, poderiam se esconder os cérebros mais astutos, capazes de superar a inteligência dos melhores da Scotland Yard. O mal, afinal, pode ser tão facilmente encontrado no canto mais pitoresco da Inglaterra quanto nas ruas mais cruéis das cidades; a natureza humana é a natureza humana, esteja você onde estiver. E, assim, um dos personagens mais inesquecíveis dela veio ao mundo.

O mal em lugares pequenos

Lucy Foley

— Eu me pergunto, às vezes, se não há um mal concentrado em lugares pequenos.

— *Como assim*, Jane?

Prudence olhou para a antiga amiga de escola, sentada na poltrona à frente com uma tacinha de licor de cereja. No brilho suave e quente da lareira, as marcas da idade avançada ficavam favoravelmente embaçadas. Jane Marple mudara muito pouco, nos detalhes importantes, desde a época de menina. O trejeito ágil, como o de uma ave, os olhos brilhantes, inquisitivos, a insinuação de uma inteligência discreta, formidável.

Assim que Miss Marple abriu a boca para responder, uma bombinha explodiu na escuridão do lado de fora, seguida por uma série de gritos estridentes e uivos que poderiam ter vindo direto da boca do inferno. Alguém começara a tocar um tambor. As duas mulheres não conseguiam ver o lado de fora, já que todas as cortinas tinham sido fechadas pela criada de Prudence às dezesseis horas em ponto. A Casa Fairweather — imponente, georgiana — ficava de frente para a rua principal de Meon

Maltravers. E, no crepúsculo do lado de fora, bem em frente à janela, uma aglomeração de aparência pagã se reunia.

Quando o tumulto do lado de fora se acalmou um pouco, Miss Marple voltou a falar:

— É sabido que acontecem muitos crimes em cidades e vilarejos maiores, claro. Os jornais estão desesperados para se certificar de que não percamos um único detalhe macabro. Mas eu me pergunto se não há mais coisas terríveis acontecendo nos vilarejos e nas aldeias da Inglaterra do que nas metrópoles.

Prudence comprimiu os lábios.

— Ora, não é o caso em Meon Maltravers. Esse lugar é altamente respeitável.

Meon Maltravers era um pequeno vilarejo com prédios de tijolos vermelhos e pedra construídos de forma desordenada ao longo dos séculos pelas ruas inclinadas de paralelepípedos, com vistas espetaculares acima dos South Downs em direção à costa. Certamente tinha a aparência de um lugar respeitável quando Miss Marple chegara mais cedo, à luz do dia. Mas a noite caíra. E, naquele momento, uma nova leva de uivos e gritos estridentes veio da rua.

Miss Marple ergueu as sobrancelhas.

— Tem certeza?

Prudence abanou com a mão.

— Não passam de arruaceiros locais. Perfeitamente inofensivos. Mas você *sempre* teve uma imaginação sombria, Jane.

— Não é imaginação, querida. Eu testemunhei... — Miss Marple estava prestes a dizer "em primeira mão" e narrar algumas de suas experiências dos últimos anos, mas outra pequena explosão ressoou do lado de fora. Talvez não fosse ruim. Falar demais sobre o mal podia deixar as companhias dela desconfortáveis, mesmo as de compleição forte como Prudence.

Em vez disso, no intervalo seguinte de relativa calma, Miss Marple disse:

— Um fator é as pessoas se meterem nos assuntos umas das outras. Isso provoca todo tipo de desentendimento e ressentimento. Tédio também: esse é outro fator. Nenhum cinema, teatro ou restaurante para tirar as pessoas da monotonia. Os atos terríveis que podem ser cometidos por uma simples falta do que fazer...

Prudence franziu a testa e disse, em sua melhor voz de representante de turma (o que ela de fato fora, muitos anos antes):

— Fui muito bem acolhida aqui desde que perdi meu pobre George há quinze anos; o que não é pouca coisa, levando em conta que ele morou aqui sozinho como solteiro por tantos anos antes de Alice e eu nos juntarmos a ele.

Miss Marple olhou para a cornija da lareira.

— Isso foi no cruzeiro, não foi?

A foto mostrava uma Prudence mais jovem, ao lado de Alice, filha do primeiro casamento, e o falecido George Fairweather. Fora a última vez que Miss Marple e Prudence se encontraram: numa excursão pelos fiordes noruegueses. George Fairweather, consideravelmente mais velho que Prudence, era um homem frágil, de andar instável e a compleição sarapintada de uma maçã caída da árvore. Quanto à Alice, ela lembrava uma menina bonita vestida com roupas um pouco luxuosas demais para alguém tão jovem.

— Onde está Alice agora? — perguntou Miss Marple.

— Ah, bem pertinho do vilarejo. Nós sempre fomos mais próximas do que a maioria das mães e filhas. Ela se casou com um proprietário rural local, Sir Henry Tyson. Eles são o assunto de Meon Maltravers...

Miss Marple tossiu de leve.

— E você faz *parte* das coisas aqui? Na minha experiência, pessoas que chegam a lugares como esse costumam ser consideradas recém-chegadas por décadas antes de serem verdadeiramente aceitas pela comunidade. Quinze anos passam em um piscar de olhos.

Prudence se levantou.

— Eu sou líder do Conselho Paroquial, Jane! — exclamou, como se isso resolvesse tudo. — E sou certamente *vieille garde* comparada à nossa última recém-chegada, a nova maestrina do coral. Está alugando o Descanso do Texugo, uma construção Arts and Crafts monstruosa na periferia da cidade, e há *muita* especulação sobre ela.

Miss Marple se inclinou para perto.

— De que tipo?

— Ela é estrangeira, para começo de conversa. Francesa. Jovem, ou com menos de quarenta, de qualquer forma. Quase da idade de Alice, na verdade. E já foi uma cantora de ópera bem famosa, mas a história é que ela teve algum problema com as cordas vocais e precisou abandonar os palcos. Enfim. Ela incomodou algumas pessoas. Uma mulher desacompanhada, sabe como é. Não que eu seja dada a fofocas, é claro.

Miss Marple assentiu.

— É claro.

— Mas Christopher Palfrey, nosso poeta residente e tenor muito talentoso, acabou de publicar a última coleção dele, dedicada à "Feiticeira da Canção". Dá para imaginar como isso foi recebido pela esposa, Annabelle, que não seria considerada uma "feiticeira" de nenhum tipo por ninguém. Ela é meio socialista, sabe, sempre criando um incômodo, se opondo a algumas das sugestões mais sensatas do Conselho Paroquial, o que eu acho muito cansativo. Enfim, ela deve estar soltando fogo pelas ventas por causa do livro, ninguém a vê sorrir há semanas... embora isso não seja totalmente incomum.

— Por que será que ela escolheu morar aqui? — refletiu Miss Marple, perdida nos próprios pensamentos. — A maestrina, quero dizer. Uma mulher estrangeira sem marido? Vir para um lugar tão no meio do nada... parece estranho, não parece?

— Não é tão no meio do nada assim — retrucou Prudence, ríspida. — Temos um trem direto para Londres, a linha principal passa na nossa estação. Como você mesma viu.

Miss Marple quisera visitar os jardins de Honnington Manor; ela recebera uma avaliação entusiasmada de Bunch Harmon sobre os bordos-japoneses e a aparência outonal espetacular deles naquela época do ano. Ficava longe demais para viajar em um único dia. Mas Miss Marple lembrara, do encontro delas naquele cruzeiro, que Prudence não morava muito longe. Escrevera para sugerir um reencontro. As duas mulheres não tinham exatamente sido amigas íntimas na escola, mas Miss Marple sempre a achara deveras intrigante e pensou que daria uma visita interessante.

— Enfim — continuou Prudence. — Você conhecerá Celia Beautemps, a maestrina, esta noite. O ensaio acontecerá na casa dela; o telhado da igreja está sendo consertado. E, com sorte, também verá Alice: ela também é contralto. Quer dizer, se ela conseguir ir. Ela e Henry têm alguns animais; algumas ovelhas e porcos.

Então, para garantir que Miss Marple não desprezasse o empreendimento, completou:

— Henry é um fazendeiro muito cavalheiro, é claro. Mas é preciso encontrar uma maneira de fazer toda aquela terra se pagar.

— Hoje à noite?

— Sim! Ensaio do coral, é claro. Eu *cheguei* a mencionar, com certeza. Temos tanto para ensaiar antes do Advento, e ele já está quase chegando.

Estava longe da programação preferida de Miss Marple. Uma noite tranquila sentada à lareira, um pouco de tricô; acabara de começar um suéter com estampa *argyle* como presente de Natal para o sobrinho, Raymond.

— Além disso, lembro que você é uma soprano adorável, Jane — prosseguiu Prudence. — Límpida como um sino. Então, se quisesse se juntar a nós...

— Já faz um bom tempo desde que eu cantava no coral da escola, querida. Ficarei muito feliz em assistir.

Naquele momento uma rajada de vento desceu pela chaminé, e uma chuva de faísca explodiu sobre o tapete da lareira. Miss Marple encarou profundamente as chamas, como se visse algo entre elas. Prudence notou a direção do olhar dela.

— Está fraca demais! Vou chamar a criada agora mesmo!

— Não, não. — Miss Marple ergueu a mão. — Estou aquecida o bastante.

Mas Prudence já se virara para tocar o sino. Alguns segundos depois, a criada apareceu.

— Mais lenha! E seja rápida, garota.

Miss Marple observou as chamas tomarem a lenha empilhada. Ela ficaria com muito calor agora. Esse era o problema de se hospedar na casa dos outros. Miss Marple não costumava fazer isso. Nada era exatamente do jeito que a própria pessoa faria.

— Ela é bem tola, aquela garota. — Prudence suspirou depois que a criada se retirou. — É tão difícil encontrar boas empregadas hoje em dia.

— Eu me lembro de ouvir você dizer a mesma coisa da última vez que te vi, Prudence.

— Com certeza. George era bem bobo com os empregados. Deu aulas de direção ao criado, e mesmo que pudesse ser bem parcimonioso em outras situações, pagou pela educação da filha da antiga empregada; ele a considerava inteligente demais para trabalhar o resto da vida como copeira. Também pagou pelas férias do nosso mordomo em Brighton. Esse tipo de coisa lhes dá ideias acima das posições deles, se quer saber minha opinião.

Miss Marple não conseguiu deixar de achar um pouco de graça nesse ato de senhora feudal de Prudence, a filha de um quitandeiro que recebera bolsa integral na escola. Miss Marple também sabia que, depois de se mudar, ela trabalhara por vários anos em diversos empregos um tanto humildes: governanta, bibliotecária. Conhecera o primeiro marido, um farmacêutico com quase o dobro da idade dela, enquanto trabalhava como assistente dele; e conhecera George quando era uma jovem viúva, trabalhando como secretária para ele.

— É claro — continuou Prudence — que eu demiti vários deles quando George começou a ter problemas cardíacos, e nunca os recontratei, porque era simplesmente trabalhoso demais manter uma equipe completa... Minha nossa! — Ela se interrompeu no meio da frase ao relancear para o relógio. — É melhor irmos, ou vamos nos atrasar.

* * *

Alguns momentos depois, elas saíram para o ar frio de novembro, fechando os casacos com mais firmeza ao redor do corpo. Ali foram confrontadas por uma procissão de figuras mascaradas em marcha, passando em frente à porta da casa. Pareciam saídas de uma pintura medieval; demônios e espíritos malignos chegando para levar os pecadores embora. O aroma acre de parafina queimada irritava o fundo da garganta. Vários tocavam tambores. Todos carregavam tochas e vários grupos içavam figuras de papel machê em tamanho real com feições tenebrosamente distorcidas: cabeças grandes demais e olhos esbugalhados, vestidos com os robes e barretes vermelhos dos cardeais católicos. Havia uma energia estranha sobre eles. Parecia perigosa, até mesmo inflamável; como se, a qualquer segundo, o ar pudesse pegar fogo. Miss Marple parou, encarando, simultaneamente fascinada e repugnada.

Prudence a chamou com um gesto, com seu jeito de representante de turma, ignorando a multidão.

— Por aqui.

Elas precisaram forçar passagem pela multidão. Esbarraram em Miss Marple diversas vezes — numa delas, poderia jurar que uma mão se estendera e lhe dera um empurrão para fora do caminho, e ela precisara se esforçar para se manter de pé. Não parecia importar em nada àquelas pessoas que houvesse duas mulheres idosas no meio delas. Ela ouvia o *vuum* das tochas de parafina enquanto balançavam sobre as cabeças mascaradas, sentia o calor das chamas nas bochechas, um pequeno frisson de inquietude ao se flagrar cercada por essas figuras decididas, anônimas, que avançavam como uma só, feito uma manada ou um exército de saqueadores.

— Não entendo — disse Miss Marple para Prudence depois que elas conseguiram singrar o fluxo de corpos e chegar ao outro lado da rua. — A Noite de Guy Fawkes foi há duas semanas. Fizeram uma fogueira nos campos perto de St. Mary Mead. O Dr. Haydock contribuiu com alguns fogos de artifício, e Griselda Clement, esposa do vigário, fez um tipo de vinho com especiarias... como se chamava? Alguma palavra estrangeira. *Glühwein*; sim, era isso. Delicioso; talvez um pouco de canela demais. É claro que não fiquei muito. Estava frio demais.

— Ah — respondeu Prudence —, mas se faz tudo bem diferente em Meon Maltravers, um pouco como os córnicos. O festejo dessa noite é para comemorar não a morte de um bando de rebeldes católicos, mas a imolação de dezessete mártires protestantes na cruz da cidade. É por isso que eles queimam os cardeais; as figuras deles, sabe. Suponho que possamos dizer que é um tipo de vingança, mesmo que centenas de anos depois.

— Vingança — disse Miss Marple, quase para si mesma. — Vingança e acerto de contas. Essa é outra coisa que se encontra em abundância em lugares pequenos no meio do nada.

— Bem, por mais que as contas daqui tenham tantos séculos de idade, os envolvidos são predominantemente os jovens da cidade. E deixe-me dizer — Prudence lançou um olhar desaprovador para a celebração — que a religião tem pouquíssimo a ver com isso. Na verdade, me parece bem apropriado que estejamos a caminho do ensaio do coral esta noite. Formaremos um bastião de integridade cristã em meio a essas atividades pagãs.

Elas caminharam pela rua principal, mantendo distância da multidão e do barulho, até chegarem à periferia do vilarejo.

— Por aqui — orientou Prudence. — Se cortamos caminho pela mata, pegaremos a rota mais curta até os fundos da propriedade. — Ela sacou uma lanterninha e a ligou.

A rua se reduzira a pouco mais que uma trilha por entre um denso aglomerado de árvores. A luz dos postes atrás delas tinha quase desaparecido, mas a lua cheia se infiltrava como dedos de luz por entre os galhos emaranhados, e o feixe da lanterna de Prudence oscilava adiante. Só passava um pouco das dezessete horas, mas parecia bem mais tarde. Era difícil acreditar que a quase cem metros de distância havia ruas movimentadas e lojas, som e luz. Cada passo era audível, cada graveto partido. Da vegetação rasteira ao redor delas vinham sussurros secretos de animais noturnos.

— Falta muito? — perguntou Miss Marple, passando cuidadosamente por cima de uma raiz de árvore que irrompia no centro da trilha.

— Só mais um pouco. Vamos chegar pela entrada dos fundos, é mais rápido. Tem uma longa entrada para carros, mas o acesso é pelo outro lado da rua principal. Você verá as luzes da casa em breve. Madame Beautemps as deixa acesas a noite toda, o que já causou certa controvérsia com o grupo local de observadores de pássaros; eles estão convencidos de que ela espantou todas as corujas. Eles brigaram feito cão e gato.

— Ou feito corujas — disse Miss Marple.

— Não, Jane, não é assim a expressão... — Ela parou de repente quando um grito animalesco, terrível e sobrenatural, atravessou a noite. Seu eco pareceu ricochetear entre as árvores por um longo tempo.

Prudence prosseguiu:

— Que estranho. Ainda deve haver algumas corujas, afinal. Onde eu estava? Ah, sim. Celia Beautemps fez inimizade com a maioria dos integrantes do nosso coral também. Já mencionei os Palfrey para você, não? Então, tem o Coronel Woodage, que canta baixo e detesta todos os franceses; ele tinha um filho que perdeu as duas pernas tentando salvar um grupo de desertores gauleses na guerra, sabe. E ela aborreceu Mrs. Prufrock, a antiga maestrina pelas três últimas décadas, por motivos óbvios. Achamos que o Reverendo Peabody deve estar aos pés dela, porque destituiu a pobre Mrs. Prufrock de sua posição sem aviso.

— Eu diria que a desavença dela é com o reverendo, então, e não com a substituta.

— Talvez. Mas, para piorar ainda mais, Madame Beautemps insistiu que Mrs. Prufrock não fosse soprano, pois não consegue mais alcançar as notas agudas. E tem Gordon Kipling, mestre dos cães do grupo de caça local, também baixo no coral, que está convencido de que ela matou três dos seus animais: dois dias depois de ela reclamar dos latidos deles (ele mora um pouco mais para lá, depois daquelas árvores), eles comeram veneno de rato e morreram. E também...

De repente, Prudence soltou um grito muito atípico. Aconteceu muito depressa. Elas não avistaram a figura até que estivesse quase sobre elas, como se tivesse saltado da própria escuridão. Mascarada, avançando na direção delas a toda velocidade. Prudence estava postada em seu caminho. Houve uma pausa, em que o estranho pareceu hesitar, como se decidindo se deveria desviar dela. Então Miss Marple viu uma mão se estendendo; um segundo depois, Prudence havia caído ao chão, a lanterna voando de seu punho, a luz se apagando com um leve "pop". Em mais alguns segundos, a figura desaparecera. Elas estavam sozinhas de novo.

— Prudence! — Miss Marple foi até a amiga e, com certa dificuldade, ajudou-a a se levantar. — Você está bem? Está machucada?

— Eu... eu não sei — respondeu Prudence, um pouco trêmula. — Ou melhor, sim, acho que estou... bem, digo. Eu só... só preciso recuperar o fôlego. Ele me empurrou, Jane! Você viu?

— Sim, sim, eu vi... Foi assustador! Devemos ir à polícia? Notei que passamos pela delegacia na rua principal...

— Não — disse Prudence, corajosa. — Não quero criar caso. Não quebrei nada. E ele já estará longe a essa altura, no meio da multidão. Nunca vão encontrá-lo. Só segure meu braço. Falta bem pouco. — Ela parecia milagrosamente imperturbada pela história toda, mas, pensando bem, Prudence sempre fora bem durona.

Miss Marple se abaixou para pegar a lanterna. Ao fazê-lo, encontrou algo ao seu lado, caído na trilha: o que, na escuridão, parecia ser uma minúscula pedrinha clara. Ela a pegou e a guardou no bolso.

Elas logo chegaram aos fundos da casa. Fragmentos de música flutuavam até elas: a famosa ária de Madame Butterfly, "Un bel dì", se Miss Marple não estava enganada. Todas as luzes — incluindo as da área externa — estavam acesas e brilhavam intensamente na escuridão. Havia um par de portas francesas abertas e uma silhueta destacada contra a luminosidade às costas dela, sem feições, imóvel como uma estátua. Ao se aproximarem, Miss Marple conseguiu distingui-la. Uma criada jovem, com uma expressão de horror. Ela soube imediatamente que o grito estridente não viera de uma coruja.

— Ah, senhoras. Senhoras... algo terrível aconteceu.

— O que houve, garota? — Prudence assumiu uma súbita praticidade. Miss Marple se lembrou de palavras que ela dissera mais cedo. "É preciso ser firme com eles. Mostrar-lhes como as coisas são." — Vamos lá. Desembuche.

A moça apontou um dedo trêmulo para o cômodo às costas.

— Sei que não devo perturbá-la quando está no escritório. E a música estava tocando tão alto no gramofone... Eu não ouvi nada. Devem ter entrado pelas portas francesas. Eu... eu não consigo acreditar.

Uma grande escrivaninha de nogueira escondia metade do carpete. Só o que elas viram a princípio foi um pezinho calçado num sapato verde de camurça. Então, ao darem a volta na escrivaninha, o resto se tornou visível. O xale da mulher — uma peça e tanto de caxemira verde — estava todo aberto ao redor de onde ela havia caído. Num primeiro olhar, o xale parecia ter uma estampa bordô; numa análise mais atenta, ficava claro que, na verdade, as manchas eram de sangue, em grande quantidade, que o havia embebido de um corte brutal logo acima da clavícula da mulher. Ela estava evidentemente morta.

Houve um momento de silêncio enquanto as três encaravam o corpo caído. Numa das mãos, Miss Marple notou, a morta segurava um bilhete. Na outra, um envelope em branco. De onde estava, ela conseguia ler as palavras, impressas em letras maiúsculas:

EU CONHEÇO VOCÊ.
SEI O QUE REALMENTE É.
PAGUE O QUE DEVE, OU TODOS DESCOBRIRÃO A VERDADE.

Miss Marple não conseguiu deixar de reparar na mão agarrando o envelope. Ela sempre reparava nas mãos. Nas unhas também. Cooperara com um incidente há algum tempo que envolvera unhas. Ela viu que as de Celia Beautemps eram feias, disformes, grossas e amareladas. Já vira algo assim antes... só precisava se lembrar de onde.

O cabelo estava bagunçado, meio solto do coque. Miss Marple notou as raízes castanho-claro sob uma camada de tinta preta.

— Você já ligou para a polícia, garota? — perguntou Prudence em tom exigente.

A criada retorceu as mãos.

— Não, senhora... Eu não pensei. Estava tão chocada...

— Vá ligar imediatamente. Precisamos que eles venham logo. — Prudence ergueu o olhar para o relógio do escritório. — São 17h30. O resto do coral chegará em breve.

Como se em resposta, elas ouviram uma batida súbita e incisiva na porta. Prudence mandou a criada atender.

— Deixe que eu chamo a polícia.

Por alguns momentos, Miss Marple foi deixada sozinha com o corpo. Apenas o bastante, calculou ela, para uma rápida análise do cômodo, intocado, antes que o caos recaísse. Ela deu mais uma olhada no bilhete; no envelope também. Perambulou até a mesa. Outra pilha de envelopes, estes fechados, vários estampados com as palavras "ÚLTIMO AVISO". Um livro de poesia, aberto num poema intitulado "Minha Lady de Shalott".

Ela foi até a parede coberta de fotografias de Celia Beautemps em seu auge, se apresentando em vários palcos diferentes, ao lado de certificados emoldurados da Guildhall School of Music. Na cornija da lareira havia uma urna de estanho pequena e de aparência bem barata e, ao lado, uma fotografiazinha de uma mulher usando o que parecia uma touca branca, embora fosse difícil ter certeza porque a imagem estava velha e mofada.

De súbito, percebeu que não estava mais sozinha no cômodo. A criada voltara. Ela viu que a garota não parecia apenas chocada e chateada pelo que encontrara. Parecia verdadeiramente desconsolada.

— Quem pode ter feito isso? — perguntou ela melancolicamente.

— Não sei, querida — respondeu Miss Marple. — Mas vamos descobrir.

— Ela era uma boa patroa. Diferente das outras para quem trabalhei. Ela me tratava como uma pessoa. Comprou luvas especiais para limpeza e tudo.

— Parece que ela era muito gentil com você.

— Ela era uma mulher gentil, senhora. Mas não é o que falam dela em Meon Maltravers. Dizem todo tipo de coisa terrível. Ela achava que alguém estava espalhando mentiras por aí. Coisas para fazer as pessoas se voltarem contra ela. Mas disse que acertaria as contas no fim...

Ela parou de falar; alguém acabara de entrar de repente no cômodo. Era um homem relativamente jovem, pálido e bem bonito. Parou de imediato ao ver o corpo no chão. Miss Marple suspeitou que pudesse ser o poeta, Christopher Palfrey. No encalço dele entrou uma mulher alta de aparência angulosa e um tanto feroz. Essa só podia ser a esposa, Annabelle. Logo atrás vinham um cavalheiro de cabelo curto e grisalho com um bigode grosso e aspecto militar, uma mulherzinha sem graça com roupas da década anterior e, por fim, um homem exuberantemente bonito de meia-idade num paletó elegante de tweed com os botões repuxados. Todos pareciam espiar por cima dos ombros uns dos outros com um interesse deveras hórrido e indecente.

A mulher sem graça — possivelmente a antiga maestrina do coral — soltou um gritinho. Sem dúvida tinha o objetivo de transmitir horror, mas soou estranhamente como os guinchos de empolgação que Miss Marple ouvia das crianças ao assistirem aos fogos de artifício em St. Mary Mead.

— Deus do céu — exclamou o cavalheiro de tweed, que Miss Marple imaginava ser Gordon Kipling, mestre dos cães. — Alguém matou a vadia!

— Controle-se, homem — repreendeu o homem de bigode.

— Sinto muito, coronel — falou Kipling depressa, parecendo tão horrorizado diante do próprio acesso quanto o restante do grupo. — Mas é uma cena um tanto chocante.

Para seu inegável alívio, a atenção do cômodo foi rapidamente desviada para outra comoção: um grunhido súbito e grave, mais animalesco do que humano; um som de profunda dor. Christopher Palfrey caíra de joelhos em frente ao corpo.

— Ela está morta — lamentou ele, as palavras abafadas pelas mãos que mantinha sobre a boca. — Ela está morta e eu a matei.

Um silêncio perplexo recaiu sobre o cômodo. Então:

— Pelo amor de Deus — disse Annabelle Palfrey. Ela se aproximou dele e pôs a mão como uma garra em seu ombro, nós dos dedos embranquecidos. — Levante-se, seu maldito tolo — sibilou ela. — Levante-se agora mesmo. Lembre-se do seu coração. Nada de emoções excessivas, disse o Dr. Briggs. — Ela o ergueu do chão. Havia um rubor no alto de suas bochechas: do frio, talvez, ou algum esforço físico recente; ou talvez só raiva.

Então ela própria se ajoelhou ao lado do corpo, procurando pulsação tanto no pescoço quanto no pulso.

— Treinamento médico — retrucou para eles, se explicando. — Dirigi uma ambulância em 1918.

No entanto, tais cuidados também poderiam, pensou Miss Marple, *servir para justificar qualquer impressão digital dela que fosse encontrada no cadáver.*

— Já chamei a polícia — disse Prudence, entrando a passos largos. — Devem chegar a qualquer momento; a delegacia fica a poucos minutos de distância. E saiam daqui, todos vocês. É verdadeiramente mórbido.

Alguns momentos depois, ouviu-se o som de um carro chegando à casa, e, em mais alguns minutos, dois policiais haviam se juntado a eles do lado de dentro. O homem mais alto era claramente o mais experiente dos dois. Lembrava bastante um policial de um romance de Raymond Chandler ou de um filme *noir* norte-americano: o queixo proeminente, o sobretudo, o chapéu puxado sobre os olhos com olheiras. Miss Marple suspeitava que ele tivesse se vestido assim para passar essa impressão.

O efeito geral era um pouco arruinado pelo fato de que, quando abria a boca, deixava escapar um forte sotaque de Sussex.

— Sou o Inspetor Eidel — informou aos presentes reunidos. — E gostaria de lhes fazer algumas perguntas.

Um pouquinho mais tarde, Miss Marple — quase a última do grupo a ser interrogada — foi levada a uma salinha de estar pelo policial mais novato. Ele indicou uma poltrona de frente para o Inspetor Eidel.

— Jane Marple — começou o Inspetor Eidel, então parou, talvez porque Miss Marple estivesse olhando para além dele, para a mata do outro lado da janela, e depois continuou, com a voz mais alta. — Está me ouvindo, madame?

Miss Marple se sobressaltou um pouco, então fixou os olhos nele.

— Perfeitamente bem, obrigada.

— Sua amiga me disse que vocês tiveram um confronto com um homem mascarado na mata esta noite. Vindo da direção oposta da casa, pela trilha que se estende a partir da porta dos fundos. Correto?

— Não *totalmente* — respondeu Miss Marple, astuta.

— Perdão?

Miss Marple inclinou a cabeça para demonstrar que ele estava, de fato, perdoado.

— Veja bem, não era noite. Passava um pouco das dezessete horas; por mais que, nessa época do ano, quando escurece tão cedo, fica fácil se esquecer, eu entendo...

Inspetor Eidel limpou a garganta de maneira bem violenta.

— Peço desculpas, madame, é só uma figura de linguagem...

— Mas de fato parece *bem* importante estabelecer essas coisas corretamente desde o princípio, não parece? O senhor, como policial, sabe disso, é claro. Palavras são palavras, mas elas podem ser tão perigosas, tão enganosas. Então: sim, eu estava lá essa tarde. E nós encontramos uma figura mascarada. Minha amiga foi empurrada bruscamente para o chão; foi bem chocante. Quase, poderia dizer, gratuito.

— Como assim?

— Não sei bem. Só que pareceu especialmente cruel. Empurrar uma velha no chão daquele jeito quando poderia apenas ter se desviado dela. Como se estivesse tentando deixar algo claro. O quê, é óbvio, não sei dizer.

— Ora, madame — respondeu o Inspetor Eidel, de maneira um pouco paternalista na opinião de Miss Marple —, nós *estamos* falando do tipo de pessoa que acreditamos ter acabado de assassinar uma mulher. Então talvez não seja uma grande surpresa. Infelizmente, fosse quem fosse, já estará bem longe a essa altura, agregado àquela multidão que marcha a caminho da cruz da cidade. Teremos que...

— Não tenho tanta certeza — interrompeu Miss Marple. — Seria isso que a pessoa *gostaria* que vocês pensassem, é claro. Mas se assumirmos que aquela figura mascarada era nosso assassino, e eu de fato concordo que é uma hipótese válida, então, pelo que Prudence diz, muitas das pessoas que tinham uma verdadeira desavença com a vítima estão aqui exatamente nesta casa. Não vê? Teria sido uma ideia bem esperta se fazer passar por um dos arruaceiros. Então levaria apenas um momento para tirar o disfarce, escondê-lo na mata e voltar para cá em roupas comuns, pronto para o ensaio do coral; como se nada daquilo tivesse acontecido. Então minha sugestão, se o senhor tiver interesse em ouvi-la, inspetor — o policial pareceu entender que não tinha muita escolha —, seria revistar a mata perto do lugar onde eu e Prudence encontramos nosso agressor mascarado em busca de qualquer rastro da pessoa: roupas, por exemplo.

Inspetor Eidel se virou para o júnior que estava encarapitado na beira de um divã, de caderno em mãos. Uma troca tácita aconteceu entre eles. O júnior fez que sim com a cabeça.

— Vou telefonar para a delegacia de Honnington, ver se eles podem nos ceder alguns camaradas.

Eidel se voltou para Miss Marple.

— Havia um bilhete na mão da vítima.

— Eu sei. Eu vi. Uma mensagem bem ameaçadora.

— A senhora não é dessa região, é, Miss Marple?

— Não, eu moro em St. Mary Mead. Já ouviu falar? Não é um lugar muito conhecido. Um pequeno vilarejo, bem charmoso...

— Então — cortou Eidel —, suponho que, por não ser daqui, fosse difícil para a senhora conjecturar quem poderia tê-lo enviado à vítima?

— Ah, mas é claro que eu sei a resposta para isso. Ninguém!

— Perdão?

Miss Marple inclinou a cabeça de novo.

— O envelope nos diz tudo, é claro.

— O envelope estava em branco, Miss Marple.

— Isso mesmo! Mais que em branco, estava impecável. Estava *novo*. O que acredito que nos diga que *ninguém* o mandou. Ele ainda não encontrara o destinatário pretendido. A vítima era a autora do bilhete. Ela estava chantageando alguém. E, quando foi morta, estava claramente se preparando para enviá-lo.

Houve um silêncio relativamente longo. Miss Marple escutava Eidel respirando bem pesado pela boca. Por fim, ele voltou a falar.

— Mais uma coisa. Ficamos sabendo por vários dos outros que Christopher Palfrey disse...

Ele olhou para o júnior, que pigarreou e falou, lendo do caderno:

— "Ela está morta e eu a matei."

— Correto. De fato. Ele realmente disse essas palavras.

— Obrigado, Miss Marple.

— Mas não acho que tenha sido uma confissão de forma alguma. Esses tipos criativos... meu sobrinho Raymond é um desses, sabe... eles têm de fato um hábito de fazer parecer que é tudo sobre eles mesmos e o trabalho deles.

Eidel franziu a testa.

— E como exatamente a senhora vê tudo isso?

— Palfrey dedicou uma coletânea de poemas a Celia Beautemps há um tempo. Um dos poemas era intitulado "Minha Lady de Shalott". Uma homenagem a "The Lady of Shalott", de Tennyson, imagino; gosto muito de Tennyson, aprecio bastante poemas que de fato rimam... talvez isso me defina bem como a vitoriana que sou. — Miss Marple franziu a testa. — Onde eu estava? Ah, sim! Na história anterior, a Lady de Shalott morre, como o senhor deve saber. Acho que é daí que vem o egoísmo artístico de Palfrey: ele sem dúvida acredita que, por ter *imaginado* Madame Beautemps morta em verso, de alguma maneira soltou as moiras sobre ela. A arrogância do temperamento artístico, sabe; meu sobrinho também o tem, e digo isso como tia amorosa.

— O temperamento artístico — repetiu Eidel, um pouco fraco. — As... moiras?

— Além disso, Palfrey não podia ser a figura mascarada.

— Não?

— Não, por causa do coração dele, é claro!

— O coração dele?

— Annabelle Palfrey o lembrou do coração quando ele ficou tão emocionado com o corpo. E falei com Coronel Woodage sobre isso enquanto esperávamos para ser interrogados: ele disse que Palfrey foi isento do serviço ativo por causa do coração. Eu ficaria bem surpresa se ele conseguisse avançar pela mata daquele jeito.

Houve outro longo silêncio.

— Obrigado, Miss Marple — disse Eidel finalmente. — Acho que já temos tudo de que precisamos. Se a senhora puder mandar entrar... — Ele se virou para o novato.

— Gordon Kipling — completou o outro.

Miss Marple se juntou ao grupo na sala de jantar. Assim como a sala de estar — e, na verdade, qualquer parte da casa que Miss Marple já vislumbrara —, a sala de jantar tinha uma aparência inabitada, provisória. Em contraste com a mobília suntuosa da Casa Fairweather, por exemplo, não parecia haver móveis o suficiente para o espaço, havia poucas fotos nas paredes e nenhum tapete sobre as tábuas de madeira. Ao redor da mesa estavam Prudence, os Palfrey, Mrs. Prufrock, Coronel Woodage, Gordon Kipling e a empregada.

Christopher Palfrey ainda parecia tão angustiado quanto no momento em que se deparara com a cena no escritório. Estava sentado, de rosto branco e tremendo ligeiramente, caído para um lado. A esposa, com a postura ereta como uma vara, parecia sustentá-lo, a única coisa a prevenir que ele deslizasse do assento para o chão.

Miss Marple ocupou o assento ao lado de Prudence e, porque ninguém parecia falar, sacou seu tricô.

— Eu não gostava da mulher — disse o coronel de repente, quebrando o silêncio. — Serei o primeiro a dizer. Cartas na mesa. E não, antes que qualquer um de vocês diga, por ela ser francesa. Na verdade, não acho que fosse um pingo mais francesa do que eu. Havia algo estranho naquele sotaque. Algumas vogais suspeitas. Não, eu não gostava dela porque havia alguma coisa... desonesta nela, alguma falsidade.

Miss Marple notou um pequeno aceno de concordância de Mrs. Prufrock, a antiga maestrina, em resposta. Isso a lembrou das palavras escritas no bilhete: *Sei o que realmente é*. Mas, se o palpite dela estivesse correto, e tinha certeza de que estava, Celia Beautemps estava acusando outra pessoa de ser uma fraude. Coronel Woodage continuou:

— Gosto que as pessoas se apresentem honestamente. Eu não confiava naquela mulher. Mas não desejaria a morte dela. Espero que encontrem o patife que fez isso.

— Ela matou três dos meus cães — disse Gordon Kipling. — Tenho certeza. Então alguns poderiam dizer que fez por merecer...

Ele parou quando a porta para a sala de jantar se abriu.

O policial novato estava no batente.

— Gostaríamos de conduzir uma revista em todos os seus pertences — disse ele, um pouco nervoso, como se estivesse fazendo mais uma pergunta do que uma afirmação. — Se concordarem. Não precisam concordar, mas... hum... sua recusa será levada em consideração.

Miss Marple se inclinou na direção de Prudence.

— Isso significa que eles encontraram o disfarce, eu acho. Na mata. Mas *não* a arma do crime.

— Como assim, Jane?

— Ah, eu acho que nosso assassino, e seu agressor, está aqui em algum lugar. Acho que Eidel também acha.

Um por um, eles foram chamados de volta à sala de estar. Miss Marple entregou a bolsa de mão aos policiais e esperou enquanto o conteúdo era revistado. Sabia que havia pouca coisa lá dentro além do tricô, da nécessaire e de alguns sais de cheiro — nascida no fim da era vitoriana, tinha o costume de levá-los para todo lugar, visto que nunca se sabia quando coisas assim poderiam vir a calhar —, mas mesmo assim achou bem degradante, até violador, ver essas mãozorras masculinas revirarem os bens pessoais dela. Em seguida, ela esperou do lado de fora enquanto Prudence passava pelo mesmo tratamento. Finalmente podiam ir embora. Mas bem quando estavam saindo pela porta da frente, ouviram um som que pareceu meio grito, meio uivo.

— Tirem suas mãos de mim! Como ousam! Soltem-me, seus tolos! Isso é ultrajante!

— É Annabelle Palfrey — afirmou Prudence, parando na entrada.

Miss Marple inclinou a cabeça.

— Sim. Imagino que tenham encontrado a faca na bolsa dela e estejam realizando a prisão.

Prudence se virou para ela.

— Jane! Será que foi *isso* que Palfrey quis dizer quando falou que a matara? Ele se deu conta de que a esposa descobrira o caso deles e assassinara a amante?

Miss Marple estava prestes a responder quando ambas foram iluminadas por um par de faróis se aproximando depressa. O carro desacelerou e parou. A filha de Prudence, Alice, olhou para fora, tão bela quanto nas lembranças de Miss Marple e a perfeita descrição da esposa de um fazendeiro cavalheiro, com lenço de seda, pérolas e um casaco elegante de tweed. Prudence e Miss Marple foram cumprimentá-la.

— Perdi o ensaio? — perguntou ela. — Desculpe o atraso, nossa persa machucou a pata... — Um miado um tanto patético soou de uma caixa de transporte de vime no assento do carona.

Ela percebeu as viaturas policiais estacionadas — várias àquela altura — e arregalou os olhos.

— Que diabos está acontecendo?

— Madame Beautemps foi encontrada morta — contou Prudence.

— *Morta?*

— É terrível — disse Prudence, sombria.

— E a polícia... — perguntou Alice. — Eles têm alguma ideia do culpado?

— Acreditamos que Annabelle Palfrey tenha acabado de ser presa. Jane está convencida de que devem ter encontrado a faca na bolsa de mão dela.

Nesse momento, a mulher em questão foi conduzida para fora da casa, pulsos algemados às costas e dois policiais a flanqueando. Ela caminhava com graça e dignidade surpreendentes, até mesmo quando um dos policiais pôs a mão na cabeça dela para guiá-la ao assento traseiro do carro. As três mulheres assistiram em silêncio.

— Annabelle Palfrey — disse Alice depois que a viatura foi embora. — Imaginem só! Mas é *possível* imaginar de certa forma, não é? Tem algo tão... implacável e calculista nela. Algo bem masculino. — Ela se voltou para as duas. — Podem entrar. Vou lhes dar uma carona de volta para Fairweather.

— Não, obrigada — respondeu Miss Marple. — Eu gostaria de voltar caminhando. Para clarear a mente.

— Mas está tão frio! E, além disso, pode haver um assassino à solta! — Alice olhou para a mãe, questionadora, então de volta para Miss Marple.

— Se Jane vai andando, eu vou com ela — anunciou Prudence.

— Ficarei perfeitamente bem por conta própria — disse Miss Marple.

Prudence balançou a cabeça.

— Ora, eu insisto.

Alice partiu de carro, e as duas mulheres fizeram a longa caminhada de volta pela rua principal; levando em conta que haviam encontrado um assassino no outro caminho, elas não arriscariam o atalho escuro por entre as árvores outra vez. Miss Marple parou algumas vezes para inspecionar a mata de ambos os lados enquanto Prudence esperava, um pouco impaciente. De volta à

Casa Fairweather, fizeram um jantar leve e foram para a cama cedo. Mas Miss Marple não dormiu. Passou as horas seguintes pensando, até que uma fraca alvorada se revelou através das cortinas. Então ela pediu que um bule de chá restaurativo fosse levado ao quarto.

— Você poderia levar esse bilhete para o Inspetor Eidel na delegacia? — perguntou à garota, a mesma que cuidara da lareira no dia anterior. — Diga a ele que é urgente.

— É realmente chocante — disse Prudence no café da manhã, passando manteiga numa fatia de torrada, então derramando uma colheradinha de geleia por cima. — Eu nunca me dei bem com Annabelle Palfrey, admito. Mas nunca a teria tachado de assassina. Você tinha razão, Jane! Realmente acontecem maldades em lugares pequenos, afinal. — Ela deu um gole educado no chá.

— De fato acontecem. — Miss Marple passou manteiga cuidadosamente na própria fatia de torrada. — Ainda assim, não acredito que Annabelle Palfrey tenha tido qualquer envolvimento com a morte da mulher.

Prudence pousou a xícara de chá.

— Não acha?

Miss Marple franziu a testa.

— Em primeiro lugar, veja bem, o que eu não entendo é por que alguém teria tanto trabalho com o disfarce, escondê-lo na mata e tudo mais, e deixaria a arma do crime na bolsa de mão. Suponho que seria *possível* esconder uma bolsa de mão sob a capa. Mas por que não se livrar da faca também? Tudo parece um tanto tolo... e nem um pouco compatível com a mulher que conheci ontem à noite. Ela parece inteligente demais para isso.

— Então o que quer dizer?

— Acho que estou me precipitando. Parece importante começar com a própria vítima. Veja bem, assim que vi aquelas unhas, soube que havia algo errado.

A boca de Prudence se retorceu de desgosto.

— *Unhas?*

— Eu sabia que já vira unhas daquele jeito. Feias, grossas, de cutículas avermelhadas. Então lembrei que uma criada minha já sofrera do mesmo problema. Eu a mandei para se tratar com o Dr. Haydock. Paroníquia: comum entre empregadas domésticas, que passam muito tempo com as unhas submersas em água quente com sabão. Se não for tratada, pode se tornar um problema crônico e durar anos. É menos comum entre sopranos famosas, imagino. Mas e se Celia Beautemps tiver tido outra vida antes de se tornar cantora? E se ela já houvesse, em algum momento, trabalhado como empregada doméstica? E talvez algum benfeitor bondoso tivesse pagado pela instrução dela. Também havia o fato de que Celia Beautemps frequentara a Guildhall School of Music and Drama, em Londres. Isso por si já me parecera estranho; por que uma francesa não teria aprendido o ofício no próprio país? Os franceses são tão esnobes, tão exigentes com esse tipo de coisa.

Prudence pegou a xícara e deu outro gole no chá.

— Posso continuar? — perguntou Miss Marple.

Prudence inclinou a cabeça.

— Então, veja, suponho que a persona francesa fizesse parte do disfarce. O coronel fez aquele comentário sobre as "vogais suspeitas" dela; ainda assim, é muito mais fácil disfarçar as origens de proletariado dela com um sotaque francês do que com um sotaque inglês aristocrático fingido.

"Acho que Celia Beautemps, se é que esse era seu nome de nascença, o que não acredito nem por um minuto que fosse, era uma empregada doméstica que aprendera seu ofício graças à generosidade de um patrono bondoso. Você não mencionou ontem mesmo que seu marido, George, pagou por algo assim apesar de ser bem parcimonioso em outros assuntos? A filha da antiga empregada, você disse. E a partir de Meon Maltravers, é claro, com seus trens rápidos para Londres, teria sido fácil para uma garota viajar para lá no tempo livre."

Prudence voltou a apoiar a xícara de chá. O pires tilintou um pouco.

— O que exatamente você está sugerindo, Jane?

— O que estou dizendo é que acredito que Celia Beautemps seja uma figura do passado. Do *seu* passado, na verdade, Prudence. Alguém que você torcia para ter desaparecido; especialmente depois da morte da mãe dela. Acho que ela voltou aqui, depois que o problema com as cordas vocais interrompeu a carreira dela, na esperança de extorquir você pelo próprio sustento, por meio da chantagem. Aquele bilhete na mão dela? Eu vi algo parecido na lareira ontem à noite. E você pareceu tão ansiosa, de repente, para aumentar o fogo; para esconder o que esperava que eu não tivesse avistado nas chamas.

— Que absurdo — disse Prudence em seu tom mais estridente de representante de turma. — Que razão alguém teria para me chantagear?

— Ah — respondeu Miss Marple —, o fato de que você matou seu segundo marido e antigo empregador dela, imagino.

Prudence abriu a boca, ultrajada, mas Miss Marple continuou.

— Ver aquela fotografia de vocês três... me lembrou de como George parecia frágil. A pele manchada, de aparência quase machucada, as queixas digestivas. E a eventual parada cardíaca. Tudo isso eram sinais de um envenenamento crônico por arsênio.

— Mas como...

— Aquelas flores tingidas que se costumavam usar no chapéu: eu me lembro de ter perguntado à modista de Much Benham onde fora parar a adorável folhagem verde: verde de Scheele, como era chamado. Ela me contou sobre como as pobres garotas das fábricas, que tingiam as flores, iam ficando cada vez mais doentes. Estavam sendo lentamente envenenadas pela tinta. As manchas na pele, as queixas gástricas, o problema cardíaco... assim como aconteceu com George. A ex-esposa de um farmacêutico! Você saberia exatamente como fazer.

"E você falou sobre se livrar dos empregados quando George adoeceu. Para aliviar o fardo de cuidar de uma equipe, você disse. Ou para se livrar de testemunhas em potencial."

— Que disparate! E está dizendo que eu tive envolvimento com a morte de Celia Beautemps também? Eu estava com você quando ouvimos o grito dela; quando a pobre coitada foi morta. Você me viu sendo empurrada ao chão pelo assassino!

Miss Marple assentiu.

— De fato. E uma faca não seria do seu feitio, Prudence. Veneno é muito mais o seu estilo. E como foi esperta ao se livrar das suspeitas! Ser atacada pelo assassino... isso pareceria cortar qualquer ligação que pudesse ser feita entre vocês dois.

Mas também foi uma forma, acredito, de realizar a transferência da arma do crime. Você queria plantá-la em Annabelle Palfrey. Contou-me que ela desafiara você no Conselho Paroquial... Ah, eu me lembro de você na escola, Prudence, de como nunca gostou de oposição. Seria como matar dois coelhos com uma cajadada só. Quando aquela figura mascarada a empurrou, acho que, na verdade, estava lhe passando a faca. Para ser descartada quando você se sentasse ao lado de Annabelle Palfrey na sala de jantar, esperando para ser interrogada. O que era? Algo pequeno e elegante; suspeito que fosse o próprio abridor de cartas da mulher.

— Isso é uma baboseira sem tamanho...

Mas Miss Marple estava implacável.

— E agora eu chego ao seu cúmplice. O que você disse sobre sua filha? "Sempre fomos mais próximas do que a maioria das mães e filhas." Alice é alta, bem compatível com a figura mascarada que vimos na mata, que você tomou o cuidado de descrever como um "homem" em seu relato para a polícia. Ela também daria uma boa assassina: a esposa de um criador de porcos, seja ele cavalheiro ou não, saberia cortar uma garganta.

— Alice chegou depois que tudo já acontecera, de carro!

— Ela chegou de carro, certamente. Mas eu verifiquei a mata de ambos os lados da entrada para carros. Espaços escuros e relativamente abertos de sobra para ela se esconder no veículo estacionado depois de se livrar do disfarce e atravessar a mata a pé até a entrada para carros, com os faróis apagados, fora de vista. Foi um risco; a polícia poderia ter esbarrado com ela ao procurar a fantasia. Mas ela já estava longe o bastante, e a fantasia, muito mal escondida, a ponto de isso não acontecer. Então ela pôde chegar de carro com a história sobre o gato, sabendo que não seria apropriadamente investigada.

Miss Marple já dissera tudo.

Houve um longo silêncio. Um silêncio tão longo que parecia ganhar forma e peso.

Então Prudence se ergueu da cadeira. Segurava a faca que usara para passar manteiga na torrada. Miss Marple ficou imóvel. Elas estavam sozinhas no cômodo. E Prudence tinha tão poucos funcionários...

Prudence já dava a volta na mesa, segurando a faca com força. Uma faca poderia não ser sua arma de preferência, mas Miss Marple começava a suspeitar de que, sob pressão, ela poderia não ser tão exigente. Começou a se dar conta, ao se levantar e recuar um passo, enquanto Prudence continuava a avançar, de que podia ter feito algo deveras tolo.

A campainha tocou. Então o som do forte sotaque de Sussex no corredor. Prudence estacou. Miss Marple soltou a respiração que nem percebera que estava prendendo. A pequena criada abriu a porta para a sala de café da manhã e o deixou entrar.

— Bom dia, Mrs. Fairweather. — Eidel tirou o chapéu, revelando o cabelo emplastado de brilhantina cor de chumbo. — Gostaria de convidá-la à delegacia para responder algumas perguntas, caso não se importe. Sua filha já está no carro. E se pudesse baixar isso... — Ele gesticulou descuidadamente para a faca.

Prudence se empertigou.

— Você não tem prova nenhuma de nada disso — disse ela.

Miss Marple se pronunciou:

— A própria vítima é a prova. Não faço ideia do nome verdadeiro dela, mas tenho certeza de que não era Celia Beautemps.

Mas Beautemps significa "bom tempo" em francês. Uma pista das origens dela, dessa mesma construção: Casa Fairweather.

— Especulação descabida, sem fundamento — argumentou Prudence.

— E tenho uma pérola de Alice — continuou Miss Marple. — Que ela deixou cair na mata depois de "atacar" você ontem à noite.

— Você poderia ter encontrado isso em qualquer lugar! — exclamou Prudence. — Sinceramente, Jane, eu sempre soube que você sentia inveja de mim na escola, mas isso...

— Eu peguei o bilhete — disse a pequena criada de repente. — O que estava no fogo, que a francesa trouxe aqui ontem de manhã. — Ela olhou para Prudence. — Você vive ameaçando me demitir se eu... — ela imitou o tom agudo de Prudence — "não tomar jeito, garotinha tola!". Então eu o peguei antes de pôr a lenha nova, pensei em guardá-lo, para o caso de vir a ser útil.

Ela entregou um papel chamuscado ao Inspetor Eidel, que o leu e se voltou para Prudence.

— George Fairweather era seu marido, imagino? Sabe — as palavras seguintes foram ditas com um levíssimo toque de um sotaque arrastado americano, como se ele repetisse a fala de um filme —, a senhora não pode sair por aí matando pessoas sempre que lhe dá na telha.

Pela primeira vez, Prudence Fairweather pareceu sem palavras.

— Aí está, Prudence — disse Miss Marple para o silêncio. — Quem maltrata ou subestima seus empregados está por sua conta e risco. Mas eu imaginaria que você já tivesse aprendido a lição a essa altura.

* * *

Depois que Prudence foi levada embora, Miss Marple refletiu sobre o fato de que o mal não estivera nas ruas lá fora, em meio à multidão pagã da noite anterior. Não; ele estivera bem ali, dentro da sala de estar aconchegante e bem equipada daquela casa elegante. Agora ela teria ainda mais um motivo para evitar se hospedar na casa dos outros. Os bordos-japoneses tinham sido de fato gloriosos, mas não valeram a pena no final.

O SEGUNDO ASSASSINATO NA CASA DO PASTOR

Val McDermid

Acontecer um assassinato no vicariato de alguém é infeliz; um segundo assassinato acontecer parece indicar um notável descuido, ou pior. Não serviu de nada eu protestar que a criada morta na cozinha não era *nossa* criada. O infeliz fato de que ela já ocupara tal cargo bastou para fazer as línguas de St. Mary Mead se agitarem com mais entusiasmo do que os rabos de uma matilha de cães ao sentir o cheiro de uma raposa.

Para piorar, minha esposa não fizera segredo da nossa alegria diante da saída de Mary de nossa casa. Minha querida Griselda tem muitas qualidades ótimas, mas a discrição que beneficia a esposa de um pastor não está entre elas. Para ser justo, no entanto, qualquer um que já tivesse jantado conosco podia ser testemunha da natureza literalmente diabólica da comida de Mary.

Numa ocasião, ela colocou uma panela de ovos no fogão para ferver e imediatamente se esqueceu deles. A água ferveu até secar e os ovos explodiram, enchendo a casa de um fedor de enxofre terrível.

— Imagino que esse seja o cheiro da periferia do inferno — comentara nossa vizinha, Miss Marple, com uma careta quando chegara mais tarde para almoçar. Foram necessárias três demãos de tinta para restaurar o teto da cozinha.

Então não sentimos tristeza alguma quando, ao ouvir que minha esposa estava grávida, Mary anunciou a demissão porque não suportava crianças de maneira geral, muito menos bebês. Miss Marple, que tem um histórico admirável em treinar jovens mulheres para serviços domésticos, veio ao nosso resgate. Flora tem todas as qualidades que faltavam em Mary. É confiável, capaz e devotada ao nosso filho, David. É uma boa cozinheira de pratos simples e uma confeiteira melhor ainda. Griselda afirma ainda que ela tem cara de cavalo, o que alega que desencorajará pretendentes furtivos como Bill Archer, que cortejou Mary até a morte dela, há apenas uma semana.

De acordo com Miss Hartnell, a solteirona mais simpática do nosso vilarejo, Archer fora envenenado pelo próprio veneno. Não era segredo que ele era um larápio; mas, até aí, há poucos segredos num vilarejo como St. Mary Mead, graças ao que Griselda chama de "a cambada de velhotas", que são mais ágeis com as notícias do que a BBC, ainda que por vezes menos precisas.

Mas estou divagando. Archer havia cozinhado um ensopado com um dos faisões do Coronel Bantry, recheado de cogumelos selvagens. Por mais que fosse um forrageiro experiente, de alguma maneira ele usara cogumelos venenosos o bastante para produzir efeitos fatais. Um trabalhador rural de passagem foi alertado pelos latidos angustiados do jack russell terrier de Archer. Ele espiou pela janela da cozinha e viu Archer caído no chão em meio a um monte de louça quebrada e uma garrafa de cerveja estilhaçada.

Apesar da propensão bem conhecida de Archer de se servir da produção de outras pessoas, a polícia local não fez pouco caso da morte dele. O Inspetor Slack — que, ao contrário do significado em inglês do nome, não era nada relaxado — chegara de Much Benham com a usual aura de presunção. Ele passara boa parte do dia distribuindo ordens, então trancou o chalé e lacrou a porta.

— Grande coisa. Qualquer idiota conseguiria entrar nesse barraco decrépito do Archer em questão de minutos — observou meu sobrinho Dennis, cujos anos de estágio como policial lhe renderam uma especialização em qualquer questão criminal.

Parecia, no entanto, que até o Inspetor Slack não encontrava nenhum indício de crime. Logo naquela manhã, Miss Marple me detivera enquanto eu passava nos fundos do jardim dela.

— Já sabe quando vai ser o funeral de Archer? — perguntou ela.

— Temo que a família não possa fazer planos enquanto a polícia não liberar o corpo.

— Não ficou sabendo? O coronel concluiu que a morte foi por causas naturais. Eles tiraram o lacre do chalé ontem de manhã. Acho que Mary já o visitou. Era a tarde livre dela. — É *claro* que Miss Marple saberia a rotina de todos os empregados domésticos do vilarejo.

Mas nem Miss Marple poderia ter previsto que eu entraria na minha cozinha depois da nossa conversa e encontraria a mesma Mary caída no chão de pedra, a cabeça numa poça de sangue, uma frigideira de ferro fundido largada com omelete ao lado dela. Por mais que eu desconfiasse de que estivesse morta, cheguei a me agachar e checar o pulso. Não só não havia qualquer palpitação como a pele estava fria ao toque.

Eu me levantei e me encaminhei para o telefone do corredor. Para o desgosto de Mrs. Price Ridley, Miss Hartnell e Miss Wetherby, não temos nenhum policial aqui em St. Mary Mead. (Melhor assim, diz Dennis, que já é o eterno alvo das reclamações delas.) Então fui obrigado a ligar para Much Benham, onde o Inspetor Slack é o mandachuva. Torci para que ele estivesse fora, cuidando de alguma investigação, mas, assim que eu disse "cadáver", fui transferido por meio de uma série de cliques e apitos até o próprio homem.

— Mr. Clement? — disse ele, ríspido. — Que história é essa sobre um cadáver na sua cozinha?

Eu expliquei o que encontrara. Houve um longo silêncio, então Slack pigarreou.

— Pensei que um assassinato no vicariato já seria o bastante para qualquer membro do clero. — Ele fez uma pausa. Eu não fazia ideia do que ele esperava que eu respondesse, então permaneci em silêncio. Finalmente, ele suspirou. — Não toque em nada. Chegaremos em breve. — O estrépito do fone atingindo o gancho reverberou desagradavelmente em minha cabeça.

Slack era um homem de palavra, e chegou com Dennis e outro policial uniformizado na cola dele. Fui enxotado da cozinha para meu escritório, onde Slack logo se juntou a mim.

— O Policial Hurst me contou que a falecida trabalhava aqui — começou sem preâmbulo.

Antes que eu conseguisse responder, ouvimos uma batida nas portas francesas que davam para o jardim. Ali estava Miss Marple, carregando luvas de jardinagem e um par de tesouras de poda. Apesar do muxoxo de Slack, abri a porta. Na ausência de um advogado, sentia a necessidade de algum apoio moral.

— Não pude deixar de notar a polícia chegando — disse ela, entrando. — Tão indiscretos, aqueles camburões.

— Não há necessidade de discrição quando uma mulher foi espancada até a morte — afirmou Slack brevemente.

A expressão de Miss Marple retratou surpresa, mas nem um pouco do horror trêmulo que se esperaria de uma solteirona idosa. Minha vizinha é dura na queda, como eu descobrira depois do assassinato do Coronel Protheroe naquele mesmo cômodo onde estávamos.

— Que lástima — disse ela. — Mas quem foi assassinada? Sei que não podem ser as queridas Griselda ou Flora, pois as vi saindo de carro hoje mais cedo.

— Elas levaram David para visitar os pais de Griselda em Chipping Marlbury — falei automaticamente.

— De acordo com o Policial Hurst, a vítima é Mary Hill — interrompeu Slack com seu jeito brusco.

Nesse momento, sim, Miss Marple pareceu chocada.

— Mary? Mas o que ela estava fazendo aqui?

— É o que eu gostaria de saber. — Slack se virou para mim. — Ela tinha um horário marcado com o senhor?

Balancei a cabeça.

— Não. Ela nem frequentava a igreja, não desde que entregou o aviso prévio. Foi trabalhar com Miss Hartnell e, desde então, só nos falávamos quando ela atendia a porta lá.

— Ela era amiga da sua criada? Flora, é isso?

— Não que eu saiba.

Miss Marple concordou.

— Flora é sensata demais para gastar o tempo dela com Mary. Por que Mary foi assassinada na sua cozinha é de fato um mistério.

Slack deu umas voltas no assunto por alguns minutos, sem avançar. Ele perguntou onde eu estava antes de minha descoberta, e fui capaz de providenciar uma lista de paroquianos que visitara. Ele fez uma grande cena ao anotar os nomes e endereços, que me fizeram sentir culpado mesmo que soubesse ser inteiramente inocente de qualquer ataque a Mary.

Enfim, ele nos deixou a sós.

— Acho que eu deveria fazer uma visita a Miss Hartnell para dar os pêsames — falei.

— De fato, pastor. Mas talvez ela ainda não saiba sobre a morte de Mary. — Miss Marple se levantou. — Se não se importar, eu gostaria de acompanhá-lo. Às vezes a presença de outra mulher ajuda na hora da revelação de notícias trágicas.

Sempre achei impossível dizer não à Miss Marple. Ela nunca é mandona, como Miss Hartnell; nem autocrática, como Mrs. Price Ridley; nem faz chantagem emocional, como Miss Wetherby. Mas quando quer alguma coisa, tem uma aptidão para fazê-la parecer inevitável.

— Eu acho, pastor, que deveríamos sair pelo jardim e pegar a rua dos fundos — continuou ela. — A viatura na sua porta terá atiçado a curiosidade do vilarejo todo, e precisaríamos satisfazê-la diversas vezes até conseguirmos chegar ao nosso destino.

Ao nos aproximarmos do jardim de Miss Hartnell, percebi que ela, assim como Miss Marple, também usava o disfarce de podar as rosas para ficar de olho no vicariato. Assim que entramos no campo de audição da mulher, ela se levantou num pulo com a velocidade geralmente ativada apenas para aterrorizar a juventude local.

— Pastor — ribombou ela. — Vi que a polícia está na sua porta. Aconteceu um roubo?

Miss Marple pôs a mão no portão do jardim.

— Podemos entrar, minha querida? Acho que uma xícara de chá cairia bem para todos nós.

Miss Hartnell soltou um muxoxo de desdém.

— Talvez você mesma precise fazê-lo, Jane. Mary parece ter saído por aí em um dos amuos dela. Não a vejo em canto algum desde que ela tirou as xícaras de café depois da visita de Matilda Merchiston. Conhece Matilda, pastor? A romancista? Eu mesma não tenho tempo para essas baboseiras, mas as mocinhas parecem devorar esse engodo aos borbotões.

— Sinto dizer... — Parei, um pouco desconfortável em dar minhas notícias em meio aos gladíolos e as dálias e a conversa sobre romance.

Frequentemente subestimo a força sob o tweed quando se trata das minhas paroquianas mais velhas.

— Mary não está amuada, minha querida. Mary foi assassinada — disse Miss Marple sem qualquer vestígio de drama na voz.

O queixo de Miss Hartnell caiu, revelando grandes dentes amarelos que combinariam mais com a boca do caçador favorito de Coronel Bantry.

— Mary? Assassinada? Deve haver algum erro, Jane. O que poderia motivar alguém a assassinar Mary? Não é como se ela tivesse inteligência para representar uma ameaça para

49

qualquer um. Ou personalidade o suficiente para provocar um pensamento assassino.

Parecia que o conceito de nunca blasfemar os mortos caía por terra quando o morto era da classe proletária.

— Mesmo assim — continuou Miss Marple —, ela foi assassinada.

— Meu bom Deus. — Miss Hartnell pigarreou de novo. — Acho que isso pede algo mais forte do que chá. Um pouco de xerez, alguém?

Antes que eu pudesse recusar, Miss Hartnell havia entrado, com a vizinha nos calcanhares. Ela seguiu para o decantador e as taças sobre o aparador, mas, enquanto servia a bebida, Miss Marple voltou a falar.

— Podemos dar uma olhadinha no quarto de Mary?

Miss Hartnell franziu a testa.

— Esse não é o trabalho da polícia?

— É claro. Mas o Inspetor Slack não tem olhos femininos. Pode ser que nós duas notemos algo que ele deixaria passar. — Miss Marple usava seu tom mais dócil. Se Griselda estivesse presente, eu sabia que ela teria dificuldade de ficar séria.

— Brilhante, Jane. Você tem uma mente tão aguçada. Venha, vamos dar uma olhada.

Miss Hartnell guiou o caminho pelo corredor e pela cozinha até um quartinho minúsculo que eu suspeito já ter sido uma despensa. Entre a cama de solteiro, o armário pequeno e a cômoda de cabeceira, sobrava pouco espaço para as duas mulheres, então permaneci na porta. Miss Marple analisou o cômodo, registrando a aquarela malfeita de uma clareira de floresta e o espelhinho. Abriu a primeira gaveta da cômoda e pegou um maço de cartões-postais. Exceto o do topo, todos estavam presos por um elástico.

Ela virou o maço. Mesmo de onde eu estava, pude ver o selo carimbado e a caligrafia inculta.

— De Bill — anunciou ela. — Possivelmente Bill Archer?

Miss Hartnell empinou o queixo na defensiva.

— Eu me recusei a permitir que Mary falasse com ele ao telefone. Em vez disso, ele mandava cartões-postais confirmando os encontros e contando novidades.

— Você os lia? — perguntei.

— Seria difícil evitar. — O tom de Miss Hartnell era gélido. — E eles foram enviados para a minha casa, afinal.

Miss Marple não deu atenção a essa conversa. Em vez disso, franzia a testa para o cartão avulso.

— Interessantíssimo — murmurou, devolvendo os cartões à gaveta.

Aparentemente não havia mais nada de interessante ali, pois ela se voltou para o guarda-roupa, revirando todos os bolsos de maneira metódica. Exceto por uns dois lenços, sua busca não revelou nada.

— Obrigada, minha querida — disse ela, seguindo decidida para a porta e fazendo com que eu e Miss Hartnell recuássemos desajeitadamente. — E agora o xerez, por favor.

Voltamos à sala de estar. Não tenho o hábito de beber antes do almoço, mas a perspectiva de fazer tal refeição parecia ter desaparecido da agenda, então aceitei de bom grado o que me foi oferecido.

— Quem faria uma coisa dessas? — repetia Miss Hartnell em intervalos regulares, entre goles.

Ela não parecia exigir respostas, mas Miss Marple perguntou se havia mais algum homem interessado em Mary.

Nossa anfitriã bufou de escárnio.

— Que nada, Jane. O que Bill Archer via nela era um mistério para mim.

— Bill estava longe de ser um grande partido — ousei destacar.

Miss Marple me lançou um olhar indulgente.

— O senhor é um bocado ingênuo, pastor.

Antes que eu pudesse argumentar, a campainha tocou. Miss Hartnell suspirou profundamente e se levantou.

— Precisarei encontrar outra criada — reclamou ela.

A mulher voltou com o Inspetor Slack a seguindo energicamente.

— Pastor! O que o senhor está fazendo aqui?

— Repassando as notícias trágicas da morte de Mary à sua empregadora — respondi.

Ele olhou feio para Miss Marple.

— E a senhora? Espero que não esteja interferindo no trabalho da polícia de novo.

— Vim dar os pêsames — respondeu ela rispidamente. Ela engoliu o resto do xerez e se levantou. — E agora seguirei meu caminho.

Fiquei dividido entre esperar para ouvir se Slack fizera algum progresso e o desejo de descobrir o que interessara tanto à Miss Marple no cartão-postal avulso na gaveta de Mary. Mas eu poderia tentar convencer Miss Marple a falar a qualquer momento, enquanto Slack eram outros quinhentos. Então eu segui Miss Hartnell e ele até o quarto de Mary. Relanceei por cima do ombro para Miss Marple, que parecia olhar fixamente para a janela curvada que dava para a rua.

Na soleira do quarto de Mary, Slack nos dispensou grosseiramente.

— Não há razão para vocês interferirem na cena do crime. O senhor não tem paroquianos para visitar, pastor? Ou conseguiu encaixar todos eles nessa manhã?

Alcancei Miss Marple no caminho para o portão, onde ela parara para admirar as flores tardias na cerca viva de herbáceas. Ao sairmos do chalé de Miss Hartnell, aventurei-me a perguntar o que ela achara tão interessante no quarto de Mary. Ela sorriu meigamente.

— Querido pastor, o senhor não deixa nada passar. O que me chamou a atenção foi que o selo no cartão-postal não fora carimbado.

— Quer dizer que não passara pelo correio?

— Parece que não. Meu palpite é que Archer o escrevera, mas não o enviara, e que Mary o encontrou ontem ao visitar o chalé de Archer pela primeira vez depois da morte dele.

— O que dizia?

Ela fechou os olhos, como se convocando a imagem à mente.

— "Grande surpresa na mata hoje, talvez possa render um lucro." — Ela piscou e sorriu.

— Só isso? Nenhuma pista ao que ele se referia?

— Dá para especular. Consigo pensar em pelo menos três ou quatro possibilidades, o senhor não? Mas não, não havia nada mais específico do que isso.

Estávamos quase no portão de Miss Marple quando algo me ocorreu.

— Mas se o cartão só dizia isso, por que alguém se sentiria suficientemente ameaçado para matar Mary?

— Essa é a questão, não é? — Então se virou para o portão e me deixou no escuro.

Griselda voltou logo depois das dezoito horas, acompanhada por um David exausto e rabugento. Baguncei o cabelo dele carinhosamente enquanto Flora o mandava ir tomar banho e dormir.

— Como estão seus pais? — perguntei.

— Cada vez mais teimosos e tacanhos com a idade — respondeu ela, suspirando. Ouvir Griselda falar essas coisas me enerva; é como se esquecesse de que estou significativamente mais próximo da idade dos pais dela do que da dela. Meu eterno medo é que ela venha a pensar o mesmo de mim.

Ela flagrou meu momento de apreensão, leu meus pensamentos e se inclinou para me beijar na bochecha.

— Não seja bobo, Len. Você sabe que é minha missão de vida te manter jovem para sempre. — Ela bocejou. — Estou esgotada. Meu pai empolga tanto David com os soldadinhos de chumbo dele, então minha mãe o enche de doces e limonada até que o pobrezinho fique eufórico. Quando ele chega ao auge do frenesi, eles não conseguem lidar e de uma hora para a outra descobrem que precisam fazer alguma coisa terrivelmente urgente em outro lugar e me deixam para lidar com a criança. — Ela seguiu para a porta do escritório.

— Aonde vai? — perguntei em tom exigente, com mais rispidez do que pretendia.

Griselda parou e me encarou.

— À cozinha, para esquentar a torta que Flora preparou para o jantar.

— Você não pode. Não deve. Não pode entrar na cozinha. Está... está interditada.

Minha esposa me olhou como se eu fosse louco.

— Por que não? Como jantaremos com a cozinha interditada?

Antes que eu pudesse responder, o grito de Flora o fez por mim. Griselda correu para a cozinha, onde Flora berrava com o avental sobre o rosto.

— Sangue, sangue — dizia ela entre soluços.

Griselda olhou para a poça de sangue coagulado no chão, então para mim.

— O chão está coberto de sangue.

— Eu sei. É por isso que eu estava tentando te impedir de entrar na cozinha.

— Len... o que aconteceu aqui?

Foi preciso algum tempo para explicar o que acontecera; para convencer Flora a não entregar o aviso prévio imediatamente; depois para acalmar David, que estava quase histérico diante da não chegada de seu leite com biscoitos da noite. A pessoa aparentemente menos afetada era Griselda, cuja empolgação mal reprimida só foi amplificada pelo retorno de Dennis da delegacia de Much Benham ao final do expediente.

— Vocês prenderam alguém? — perguntou Griselda, exigente.

Dennis se jogou numa poltrona e balançou a cabeça.

— Não. E não é provável que prendamos. Slack está em polvorosa. Não encontramos uma única pista ou testemunha que tenha visto Mary ou o assassino entrar ou sair do vicariato.

— Difícil de acreditar — observou Griselda. — Dada a rede de postos de observação das velhotas.

— Deve ter acontecido àquela hora da manhã em que todas estão ocupadas em se certificar de que as criadas delas poliram as lâmpadas — disse Dennis.

— Mais importante — falei —, parece impossível imaginar quem poderia ter tido motivo para assassinar Mary.

— Talvez Miss Hartnell — argumentou Griselda. — Apesar de que, se ela nunca mais quisesse encarar um dos assados carbonizados dela de novo, poderia apenas demiti-la.

— Isso não é motivo para gracejos — repreendi. — Mary foi brutalmente executada na própria cozinha que já considerou como lar.

Griselda teve a elegância de parecer envergonhada.

— Desculpe, Len, é minha maneira de lidar.

Antes que eu conseguisse aceitar o pedido de desculpas, Flora abriu a porta para Miss Marple. Ela hesitou um pouco no batente antes de entrar.

— Minha querida Griselda, que terrível para você.

— Mais terrível para Mary — respondeu Griselda. — E para a coitada da Flora, que está de joelhos, tentando tirar as manchas de sangue do chão da cozinha.

— É claro. É bem perturbador para você, Dennis. Seu primeiro assassinato. — Ela fez uma pausa e franziu a testa. — Ao menos suponho que seja o primeiro.

Dennis se empertigou no assento.

— Salienta a importância do que fazemos.

— De fato. — Miss Marple se virou novamente para Griselda e sorriu com contrição. — Desculpe pela intromissão numa hora dessas, mas eu estava me perguntando se você ainda planeja ir a Much Benham amanhã. É só que eu contava bastante com a possibilidade de visitar o farmacêutico.

— Minha nossa, sim. Não acho que Mary esperaria que entrássemos em luto formal.

Tendo Miss Marple completado a missão dela, eu a acompanhei para fora pelo escritório.

— Por sinal, o que chamou sua atenção na janela da casa de Miss Hartnell? — perguntei enquanto lutava com o ferrolho complicado.

Uma rápida expressão de confusão foi seguida pela de compreensão.

— Ah, mas, pastor, não era para a janela que eu estava olhando. — E, sem mais delongas, foi embora.

Eu fiquei olhando enquanto ela se afastava, tentando imaginar o que ela notara que escapara tanto a mim quanto ao Inspetor Slack. De um lado da janela havia uma pequena prateleira de mogno com mais ou menos uma dúzia de livros. Do outro, um aparador com uma bacia rasa contendo alguns cartões de visita. Certamente nem mesmo Miss Marple conseguiria decifrar qualquer uma dessas coisas àquela distância.

Como acontecia bastante com minha vizinha, Miss Marple me deixara perplexo mais uma vez.

Incrivelmente, a vida no vicariato parecia ter voltado ao normal na manhã seguinte. Flora serviu o café da manhã, David recontou uma versão um tanto confusa de uma história do Urso Rupert e Griselda reclamou de precisar fazer geleia para o encontro seguinte da Mothers' Union. Eu me recolhi a meu escritório para trabalhar no sermão da semana seguinte e nenhum policial interrompeu nosso dia.

Durante o almoço, Griselda me entreteve com a ida dela a Much Benham.

— Uma coisa curiosa — contou ela. — Miss Marple sumiu por quinze minutos dentro da Goodenough's e saiu sem nenhum livro. É estranho, não acha? Visitar uma livraria e sair de mãos abanando?

— Eles nem sempre têm um estoque bom. Tentei comprar o novo da Matilda Merchiston para você na outra semana e eles não tinham, mesmo que ela seja uma autora local conhecida. Fiquei bem surpreso. Não é como se ela fosse bicho do mato. Vive dando palestras numa ou outra organização, e aqueles pugs dela já devem ter roído metade dos tapetes do condado. Talvez a Goodenough's não tivesse o que Miss Marple procurava. Você perguntou?

— Ela foi muito evasiva. — Griselda se serviu de um segundo prato da torta de frango que deveríamos ter comido na noite anterior. — Ah, por sinal, com todo o rebuliço de ontem, esqueci de te contar que esbarrei com Jeremy Jenner em Chipping Marlbury. Ele estava entregando panfletos de candidatura aos meus pais. Sabia que está concorrendo na eleição suplementar lá na semana que vem?

Seria difícil não saber. Havia pouco recebêramos Jenner e a esposa para jantar no vicariato por obrigação, e ele praticamente não falara de outro assunto. Alegava que a experiência dele em negócios levara o primeiro-ministro a lhe prometer um posto no gabinete se fosse eleito.

— Seus pais acham que ele vai vencer?

Griselda fez uma careta.

— Um porco malhado com a roseta do partido certo poderia ocupar aquele assento.

Quando Flora entrou com a torta de maçã, Dennis se esgueirou para dentro às costas dela.

— Saudações, família. Fiquei de verificar se havia qualquer sinal de que Mary deixara um bilhete para o pastor, mas pensei que poderia aproveitar a viagem e comer uma sobremesa.

— Em serviço? — perguntei.

— Ele tem direito a horário de almoço, não tem, Len? — Griselda deu uma piscadela conspiratória para Dennis.

Cedi e gesticulei para a cadeira dele de sempre. Ele começara a servir o creme na tigela já cheia até a boca quando Flora retornou com Miss Marple mais uma vez. Ela pediu desculpas profusas por nos interromper à mesa; Griselda lhe disse que ela era sempre bem-vinda, com uma leve dureza na voz, e Dennis continuou comendo.

— Sei que é muito grosseiro de minha parte, mas, quando vi Dennis entrar, pensei que deveria aproveitar a oportunidade para compartilhar minha descoberta.

— Uma descoberta? Que empolgante — comentou Griselda. — Tem a ver com o assassinato?

— Certamente tem a ver com *um* assassinato. Resolvi dar uma caminhada em Old Hall Woods antes do almoço e me deparei com algo que acho que a polícia deveria averiguar. E o senhor sabe, pastor, como pode ser difícil capturar a atenção do Inspetor Slack. — Ela piscou para mim, me lembrando de experiências anteriores com o inspetor. — Então pensei em levar nosso próprio policial até a minha descoberta. Melhor deixá-la no lugar, sabe?

Dennis contemplou a tigela pela metade com pesar, limpou a boca no guardanapo e arrastou a cadeira para trás com um suspiro.

— Melhor não deixar para depois.

Com um último olhar pesaroso, ele saiu do cômodo, com Miss Marple atrás.

— Pobre Dennis, perdeu o momento de lazer dele — disse Griselda.

— Ele ainda não sabe, mas a reputação dele está prestes a se elevar — argumentei. — Miss Marple é a última pessoa que eu acusaria de desperdiçar o tempo da polícia.

— Foi o livro que me apontou o caminho certo — disse Miss Marple, bebericando um licor de cereja digestivo na sala de estar do vicariato naquela noite. Tudo acontecera numa velocidade impressionante depois que ela mostrara a descoberta dela a Dennis; duas pessoas já haviam sido presas.

— Mas a senhora não *comprou* livro nenhum — argumentou Griselda.

— Não comprei porque a Goodenough's já havia vendido o único exemplar que tinham. *Fungos nativos dos condados originais*. Eu o avistei na estante de livros deveras negligenciada de Miss Hartnell e o considerei muito estranho, visto que ela nunca havia demonstrado qualquer interesse por natureza selvagem. Parecia muito novo, e notei que tinha o adesivo da Goodenough's no pé da lombada. Isso me fez pensar.

— Em Archer?

Ela sorriu.

— Exatamente, pastor. Archer passou a vida subsistindo por meio da terra. A ideia de que ele colheria cogumelos envenenados para um ensopado parecia absurda. Mas adicioná-lo ao ensopado depois de preparado seria fácil. O chalé dele não está no melhor estado, e não seria preciso muito esforço para entrar por uma das janelas. O cartão que ele escreveu para Mary e não postou claramente indicava um plano de chantagear alguém. Mas, para fazer isso de maneira efetiva, é preciso ter certeza de que a vítima não tem a coragem, ou o desespero, necessária para dar um fim em você. E foi aí que Archer errou fatalmente.

— Mas quem? E por quê? — perguntou Griselda, exigente.

Ignorando-a, Miss Marple continuou:

— Seria preciso ter certeza do veneno. Então o assassino precisou consultar um guia confiável. Depois que o livro servira a seu propósito, o cúmplice dela o escondeu na estante de livros de Miss Hartnell. Se qualquer suspeita surgisse, o local do livro apontaria para Mary. — Miss Marple franziu os lábios. — Quanta perversidade.

— Mas quem comprou o livro? — A voz de Griselda estava mais aguda.

— Jeremy Jenner.

Eu não tinha dificuldade de acreditar que Jenner seria capaz de quase tudo para defender o lugar dele no gabinete. Mas Griselda franziu a testa.

— Ele não pode ter matado Mary. Falamos com ele em Chipping Marlbury ontem de manhã. Ele estava em campanha para a eleição suplementar. Não poderia estar atacando Mary no vicariato.

— Não, querida, Jeremy Jenner não é o tipo de homem que faz o próprio trabalho sujo. Isso ficou a cargo da parceira dele no crime. E, me atrevo a dizer, parceira no adultério. Imagino que Archer tenha esbarrado com eles na mata e pensado, como disse no cartão para Mary, que talvez pudesse render um lucro. Imagino que Jenner e a amante tenham decidido que um assassinato era preferível a ter a espada de Dâmocles pendendo eternamente sobre as cabeças deles, então bolaram um plano. A cúmplice envenenou o ensopado, e eles acharam que seria o fim.

— Quem era a cúmplice? — exigiu Griselda.

— E por que matar Mary? Eles não estavam seguros após matar Archer?

Miss Marple balançou a cabeça com tristeza.

— Mary custava a acreditar que Archer poderia ter cometido um erro tão estúpido, e a mensagem dele a convencera de que ele fora assassinado. Ela se perguntava se conseguiria convencer a polícia a levá-la a sério. Então foi em busca de conselhos. Da pessoa errada. A mulher com quem ela falou tentou convencê-la a não ir à polícia, mas Mary ainda tinha dúvidas. — Ela me lançou um olhar bondoso. — Acredito que tenha vindo aqui para pedir seu sábio aconselhamento, pastor. E que foi seguida pela assassina.

Griselda estava na beira do assento.

— Quem?

Miss Marple ergueu o indicador.

— Tudo a seu tempo, Griselda. Achei que houvesse desvendado o mistério, mas ainda não há prova direta. Fiquei me perguntando se poderia haver algo aparentemente insignificante no chalé de Archer que a polícia deixara passar. Algo que poderia não parecer importante para um homem.

— Algo que uma mulher poderia deixar para trás? — perguntei.

— Algo que uma mulher poderia não notar que deixara para trás. A copa de Archer tem uma janelinha escondida por uma rosa-rugosa. E, numa análise mais atenta, notei que uma tira de musselina de algodão de qualidade havia se agarrado aos espinhos. Reconheci o tecido na mesma hora, pois estive na sala de costura de Miss Politt há apenas duas semanas, por acaso quando a dona dele passara para buscar o vestido. É peculiar, na minha opinião. Em especial porque a saia bem cheia dela está com uma tira rasgada. Apontei o fato para Dennis, e o Inspetor Slack entrou em ação. Agora Jeremy Jenner e a amante estão em celas da delegacia de Much Benham.

Griselda resmungou.

— Pare de me torturar, Miss Marple. Diga-me quem matou Mary.

— Matilda Merchiston.

Ambos encaramos nossa vizinha, boquiabertos. A autora celebridade local, rainha das romancistas, reconhecidamente dedicada ao marido e aos pugs dela... uma assassina a sangue frio? Era inacreditável. Quase falei: "Só pode ser um engano". Então lembrei bem a tempo com quem estava falando.

Miss Marple terminou a bebida e se levantou.

— Essa história toda foi chocante e trágica, querido pastor. Vamos torcer para que esse seja o *último* assassinato no vicariato.

Miss Marple toma Manhattan

Alyssa Cole

Miss Marple usava um casaco de lã azul-escuro prático com um cachecol creme pesado. Suas luvas, de couro amaciado por décadas de uso, estavam dobradas com capricho no bolso, e seus dedos expostos se flexionavam nos nós ossudos no ar gélido. Estava bem longe do vilarejo de St. Mary Mead; estranhamente, encontrava-se numa rotatória no meio da Herald Square, em Manhattan. Uma onda de táxis amarelos barulhentos característicos de Nova York passava de ambos os lados, a fumaça dos escapamentos se combinando com as nuvens de condensação cinza-clara que acentuavam as exalações de encanto dela.

Apesar das advertências do sobrinho, Raymond West, e a esposa, Joan, que a haviam levado com eles para os Estados Unidos, ela estava sozinha.

Deveria estar no quarto dela no Martinique New York Hotel; na verdade, conseguia ver a janela do quarto de onde estava. Como a maioria das mulheres mais velhas, Miss Marple frequentemente *deveria* estar num lugar, como se fosse uma vela ou uma almofada de sofá; no entanto, tinha o estranhíssimo hábito de acabar exatamente *onde queria estar*.

Ela aplacou a culpa com o fato de que não estava sozinha; a ideia era disparatada, levando em conta a quantidade de pessoas que circulavam apressadas ao redor dela, assim são retratadas nos filmes sobre aquela cidade vibrante. Na verdade, além das pessoas que passavam de um lado para o outro a cada mudança nos sinais de trânsito, e às vezes no ínterim, havia um sujeito barbudo que morava na rua e os pombos que ele alimentava compartilhando a calçada com ela. Ele era uma boa companhia, não a incomodara além de um olá rouco, e um bom anfitrião, visto que claramente guardava apenas as melhores migalhas para os amigos de penas.

Na verdade, Miss Marple havia resistido à ideia inicial de acompanhar o sobrinho aos Estados Unidos para a estreia da adaptação de um dos livros dele na Broadway. Ele já fazia tanto por ela, bondoso como era, e ela pensara que a cidade de Nova York talvez fosse um pouco demais para uma velha como ela; uma que encontrava ocorrências estranhas e mistérios aonde quer que fosse. Ora, Manhattan era a capital mundial do crime, não era? Miss Marple havia se preocupado com o que poderia dar errado, e como ela poderia ser atraída para qualquer coisa que desse, mas Raymond e Joan haviam prometido um grande tour pelas refinadas lojas de departamento americanas, e a curiosidade prevalecera sobre a praticidade.

Ainda assim, desde que haviam chegado na cidade, três dias antes, Raymond e Joan pareciam ter se esquecido das paradas mais importantes do itinerário proposto, visto que as excursões deles levavam a todos os lugares menos às lojas de utilidades domésticas;

a Catedral de St. Patrick e o topo do Empire State eram lindos de fato, mas não se podia comprar roupas de cama de qualidade ou um conjunto de chá primorosamente elaborado em nenhum dos dois lugares. Os jantares haviam acontecido em restaurantes esnobes com pessoas elegantes que falavam *para* ela como se ela fosse um spaniel velho e acabado cujas orelhas precisassem ser coçadas de tempos em tempos para conferir se continuava vivo. Para piorar, Raymond estava convencido de que ela estaria em perigo caso ousasse sair sozinha, então as opções até aquele momento haviam sido ou acompanhá-los nas aventuras deles ou ficar na suíte do hotel. Ela já viajara a locais mais perigosos do que um distrito de compras americano, mas guardou as opiniões sobre o assunto para si; afinal, Raymond só se preocupava porque se importava com ela, e ela não podia se ressentir dele por isso.

Naquela manhã, quando trouxera o assunto das lojas de departamento à tona, Raymond a repreendera por se apegar ao familiar, já que, na cabeça dele, as quinquilharias dos Estados Unidos eram as mesmas do país natal e tão sem graça quanto. Então ele a convidara ao Metropolitan Museum of Art, onde a Mona Lisa estava emprestada. É claro que, sendo Joan uma artista, eles já haviam visto a obra diversas vezes no lar de Miss Marple no Louvre, mas aparentemente isso era diferente do desejo dela de admirar estampas de porcelanas e toalhas de chá, apesar de a pintura ter um valor funcional bem menor.

Miss Marple recusara educadamente, insinuando que poderia ser uma boa ideia que ela descansasse antes da estreia da peça naquela noite. Verdade seja dita, ela tivera sua dose dos mestres italianos enquanto era uma jovem estudante na Itália e não considerava que um museu lotado de pessoas suadas disputando por uma olhadela num selo de carta superestimado fosse o auge da empolgação. Depois que Raymond e Joan foram embora, ela se encarapitara decorosamente no divã de veludo da saleta da suíte, refletindo sobre como o Martinique não se parecia em nada com os hotéis tradicionais da juventude dela; não era nenhum Bertram's, por exemplo. O estilo renascentista era espalhafatoso, pior ainda para quem tivesse um olhar aguçado para identificar uma casa bem-cuidada, e, de maneira geral, lhe dava um pouco de dor de cabeça. Ela não era fã da maioria das coisas francesas, exceto porcelanas e doces, e essa versão americana era ainda menos cativante.

Por mais que a visão não fosse mais tão aguçada quanto na juventude, ainda era suficientemente boa e não parava de ser atraída para a grande janela do quarto, onde os letreiros da Gimbels e da Macy's a chamavam. Quando olhara para a rua abaixo, vira um fluxo de clientes passando da incivilidade do frio do inverno para o ambiente aquecido atrás das portas das grandes lojas de departamentos, parecendo ansiosos para fazer compras ou, ao passarem de novo na direção oposta, encantados com o que haviam comprado. As janelas das lojas estavam meticulosamente decoradas, lindas vitrines que pareciam mostrar a mudança das estações com uma transição de vidro coberto de geada para um amontoado de açafrão e narcisos de papel.

Em certo momento, Miss Marple deixou o tricô de lado e anunciou:

— Depois de certa reflexão, concluí que não tenho um vestido apropriado para essa noite. — falou como se tentasse convencer a decoração desastrosa ao redor dela de que alguém se importava com o que uma velha solteirona vestia num ensaio técnico de uma peça da Broadway. Então se levantou hesitante, assentindo com a cabeça para a sinfonia de rangidos e estalos de articulações advindos de uma vida de aventura tranquila, porém contínua.

Eles acham que não é seguro sair do hotel, mas as lojas ficam logo do outro lado da rua. Afinal, não posso constranger meu querido Raymond ao aparecer vestida como uma relíquia do passado desarrumada. Eu deveria pelo menos parecer desarrumada com roupas atuais.

Com um plano de ação satisfatório decidido, ela pegou o casaco, luvas e cachecol. Uma hora já se passara desde que ela saíra de fininho, relanceando ao redor como se Raymond e Joan pudessem aparecer e arrastá-la de volta para o quarto feito uma criança malcriada, mas ela ainda não havia entrado em nenhuma das lojas.

Miss Marple não era de se impressionar fácil, e deveria ter achado Manhattan uma latrina imunda e superlotada em comparação aos charmes simples de St. Mary Mead — que ainda era relativamente pitoresca mesmo com a chegada das Pessoas do Desenvolvimento —, mas estava impressionada, sim. Havia uma energia e uma vitalidade na cidade que pareciam compatíveis com a mesma característica que vibrava nos velhos ossos dela desde sempre. E havia tanto para *observar.*

Um motorista de táxi abaixou a janela e gritou com um ciclista que disparava pelo cruzamento com o sinal fechado, proferindo uma série de palavrões anasalados que ruborizaram as bochechas de Miss Marple tanto quanto o frio. Um empresário bem-vestido enfiou gentilmente um maço de notas no copo de papel do morador de rua com uma inclinada do chapéu. Um casal atravessava pela faixa de pedestres de mãos dadas, passando por uma briga: uma mulher que encarava uma aliança na mão com lágrimas nos olhos e um homem que a olhava com orgulho. Ela achou que eles lembravam muito Mr. e Mrs. Brade, o casal músico de Montserrat ao qual Raymond a apresentara, mas o sobrinho lhe alertara a não dizer a pessoas negras que elas lembravam umas às outras, por algum motivo estranho. Outra mudança moderna incompreensível.

Depois de absorver as vistas, os sons e os cheiros da cidade por mais um instante, ela finalmente decidiu sair do canteiro central e entrar na loja. Foi nesse momento que ela quase cometeu um erro fatal que provaria que os medos de Raymond tinham fundamento; apesar de ter assistido ao fluxo do tráfego por tanto tempo, ela olhou para o lado errado ao pisar na rua e não viu um ciclista errante se aproximando a toda velocidade. Foi puxada para trás bem a tempo pelo morador de rua que alimentava os pássaros; além de pombos, pelo visto ele também cuidava de velhotas britânicas.

— Obrigada — disse ela, recebendo um som rouco em resposta.

Ao enfim chegar em segurança ao interior da Gimbels, ela decidiu que não precisava de um vestido novo no fim das contas, mas já que se dera ao trabalho de chegar à loja, daria uma olhadinha. Pegou a escada rolante de madeira para a seção de artigos para casa e foi recebida pelo atraente brilho da porcelana e o familiar aroma de prata polida; uma experiência olfativa muito mais agradável do que o perfume que as vendedoras espirraram furiosamente na direção dela assim que entrou na loja. Que bom que os reflexos dela ainda não a tinham abandonado por completo, ou estaria cheirando como um "buquê sexy e jovial" ao voltar para o hotel, o que com certeza acarretaria perguntas de Raymond e Joan.

Ela fez um lento trajeto ao redor das estantes da Wedgwood e da Noritake, admirando algumas peças e desdenhando de outras. A inspeção não era tão satisfatória quanto na Inglaterra, não tanto pela qualidade da mercadoria, mas pelo que faltava: nostalgia. Ela achou que gostasse de lojas de departamento pela própria natureza delas, mas esse lugar não tinha qualquer lembrança afetiva dos anos de mocidade ou marcos familiares da terra natal dela, mesmo que vendesse as mesmas marcas. Foi um choque e tanto descobrir que ela tinha tal sentimentalismo; desviou o olhar interno, sem querer ser grosseira consigo mesma durante uma demonstração de emoção tão inapropriada.

Um pouco decepcionada com o fato de que a excursão que ela criara na mente fora um fracasso, perambulou até a seção de liquidação no subsolo, uma nova experiência para ela, com potencial de fazer o passeio valer a pena. Embora tenha sido novidade, ela não encontrou nada que valesse o trabalho de transportar de volta para o outro lado do Atlântico. Quinze minutos depois, estava acariciando sem ânimo uma toalha de mesa terrivelmente brilhosa enquanto reunia coragem para voltar ao frio, e ficou quase aliviada quando ela foi arrancada dos dedos.

— Ah, é *isso*! — exclamou uma mulher de cabelo cor de fogo usando um batom de um vermelho ainda mais intenso numa voz que não indicava saber que não estava sendo usada dentro de um estábulo. — É isso, Davey!

— Está brincando, não é? Isso é uma toalha de mesa, Serena — respondeu o homem ao lado dela numa voz baixa e frustrada. Ele tinha um bigode grosso e sobrancelhas ainda mais grossas que o deixavam surpreendentemente bonito; Miss Marple sentiu uma antipatia instantânea por ele. Não tolerava homens bonitos, nem um pouco. Raramente conhecera um que não tivesse más intenções, por mais que em geral as atividades deles enveredassem para maldades que não exigiam intervenção policial.

— E daí? — A mulher ergueu a toalha de mesa como se fosse uma tapeçaria refinada. — Eu me recuso a usar aquele vestido horroroso no qual Carl insistiu só para me fazer de boba. Se Estelle puder ajustá-lo e drapejá-lo, este tecido ficará perfeito na minha cena final.

— Você acha que ela vai desafiar o Sr. Todo-Poderoso? — perguntou Davey.

Serena revirou os olhos.

— Ela vai amar. Já me contou que ele sempre se esfrega *acidentalmente* nela enquanto ela o veste e que também odiou o vestido que ele escolheu. Ele acha que pode me intimidar até que eu saia dessa produção, mas eu já aguentei até agora, e vencerei no fim. Eu me recuso a pisar no palco parecendo, bem... parecendo com ela!

Miss Marple olhou para o rosto da mulher depois que algum instinto animal a alertara de que alguém gesticulava para ela. A mulher tinha leves bolsas sob os grandes olhos castanhos e linhas profundas ao redor da boca. Era jovem, não passava dos cinquenta, e Miss Marple a achou bonita. Serena tinha o ar de alguém que praticamente só pensava em si mesma, mas ainda prestava atenção o bastante aos arredores para notar uma velha que, de fato, poderia ser confundida com um par de cortinas enfadonhas por algum transeunte menos observador.

— Não seria nada desejável — falou Miss Marple com uma piscadela, com total consciência da aparência dela e nenhum incômodo por ela. — Devo dizer que duvido que qualquer vestido possa deixá-la tão desinteressante quanto eu. Tenho décadas de experiência, mocinha.

— Você é inglesa! — arrulhou Serena, a pele nos cantos dos olhos se enrugando de encanto, e quando voltou a falar, o sotaque mudara de uma americana melodramática para o de um pivete do East End. — Eu sou atriz, sou, sim. Não há nada que eu ame mais do que sotaques, exceto talvez uma xícara de chá.

A loja ficava perto do distrito dos teatros, é claro, e agora Miss Marple podia imaginar figurinistas e cenógrafos fazendo uma visitinha de última hora para arrumar objetos ou adições não convencionais. Que esplêndido.

— Você é muito boa — respondeu Miss Marple cautelosamente ao notar que Serena esperava a avaliação dela. O sotaque *não* era bom, mas Miss Marple duvidava de que ela própria pudesse fazer um sotaque americano convincente, e, portanto, aplaudiu o esforço apesar do resultado. Ela gesticulou para a toalha de mesa. — E você vai usar isso como um figurino teatral? De fato acho que é bem... chamativo.

— Viu? — disse a mulher de cabelo cor de fogo, lançando um olhar para Davey antes de se voltar para Miss Marple. — O vestido que aquele *nojento* escolheu parece uma toalha de mesa coberta de lama, porque ele quer que eu me *sinta* uma toalha de mesa coberta de lama. Ele está bravo porque não conseguiu uma jovem *ingénue* para ser a protagonista, uma que bateria os cílios para ele e o faria se sentir como mais que um picareta fracassado. Vai ser um barato usar uma toalha de mesa *de verdade* para mostrar que ele não pode me empurrar para fora do holofote!

— Ah! Sim. De fato — concordou Miss Marple. — Eu adoro ironias desse tipo.

Serena se virou, balançando o tecido dramaticamente às costas como se fosse uma linda capa; o ato foi melhor do que o sotaque, pois, naquele momento, a toalha *se tornou* uma bela capa, esvoaçando de forma majestosa. Ela relanceou para Miss Marple por cima do ombro e inclinou a cabeça, régia, então se virou e seguiu para o caixa do departamento de liquidação.

Davey — assistente, amante, ou ambos — trotou atrás dela, o bobo da corte da rainha.

— E suponho que eu vá pagar por isso? — murmurou ele.

Miss Marple sorriu. Ir à Gimbels não fora totalmente inútil. Ela conhecera uma pessoa interessante, e não era para isso que vivia? A miríade de maneiras de se cruzar caminhos com outro ser humano? Um leve arrepio desceu pela espinha dela com esse pensamento; ela esperava, pelo bem da mulher de cabelo cor de fogo, que elas não se esbarrassem de novo. Era durante segundos encontros com Miss Marple que as pessoas não acabavam muito bem.

Ela se aventurou para o frio e de volta ao hotel, onde encontrou Raymond brigando com o porteiro por ter deixado uma senhora frágil, indefesa e um pouco confusa vagar para as ruas cruéis da cidade de Nova York sozinha. Ela se perguntou por um momento quem seria a senhora indefesa, então se deu conta de que era ela.

— Turistas costumam vir a Manhattan para fazer exatamente isso, senhor — respondeu o porteiro. — Seria ruim para os negócios se eu tentasse deter toda velhota que sai daqui; isto é um hotel, não uma prisão.

— Ora, talvez vocês devessem adicionar uma ala de prisão! — retrucou Raymond. — Vocês, americanos, são obcecados pelo conceito, não seria muito difícil implementá-lo.

— Estou bem, Raymond — afirmou ela, pegando o braço dele. Ele baixou o olhar para ela com o rosto tão rosa e suado quanto na época em que tinha acessos de birra por querer mais açúcar no chá quando menino. Ele sempre fora abaladiço, o querido sobrinho.

— Aí está a senhora, sã e salva — disse o porteiro com um aceno de cabeça, e abriu a porta, guiando ambos para o saguão. — Tenham uma boa tarde.

— Pensei que estivesse caída numa sarjeta em algum lugar! — exclamou Raymond.

— O sistema de esgoto daqui não teria permitido isso — disse ela, então voltou a olhar para o porteiro. — Ele só está nervoso essa noite — explicou gentilmente. — Vamos a um ensaio que está lhe gerando muita ansiedade. Não ligue para ele. E as sarjetas daqui são proezas de planejamento urbano, ele não quis ser desrespeitoso.

Depois de uma viagem de elevador tensa, na qual Raymond expôs todas as muitas calamidades que poderiam ter recaído sobre ela — incluindo ser atropelada por uma bicicleta —, eles chegaram à suíte, onde Joan acalmou o marido irritável e Miss Marple se recompôs.

— Ora, está tudo bem agora, não está? — perguntou Joan, entregando uma bebida a Raymond para acalmar os nervos. — Vamos descansar e depois nos arrumar para a noite. Vão mandar um carro para nos levar ao ensaio. Imagino que poderíamos andar até o distrito dos teatros, visto que já estamos na Broadway, mas essas ruas são bem longas; duvido que nós duas chegaríamos à Times Square sem desfalecer, tia Jane.

— Se alguém vai desfalecer em algum lugar, a Broadway seria o lugar apropriado para isso; seria bem dramático — comentou Miss Marple, então se lembrou de algo. — Você sabe precisamente a localização do teatro? Perguntei ao jovem simpático na porta sobre o endereço mais cedo, e ele disse...

— O carro já foi providenciado por um dos atores como um presente de boas-vindas para Raymond, tia Jane. Por favor, não se preocupe com nada; a senhora já passou por coisas o bastante hoje.

— Ora, eu não passei por absolutamente nada — retrucou ela, com apenas um toque de indignação rabugenta na voz.

— Vamos só descansar — disse Joan, afagando as costas de Miss Marple de maneira reconfortante enquanto a ajudava a tirar o casaco. — Será uma noite empolgante e exaustiva. Se acha que seus amigos artistas não são convencionais, essas pessoas da Broadway são loucas; vai saber no que vamos nos meter?

Miss Marple sentiu outro daqueles breves arrepios pela coluna e esperou que fosse do frio, por mais que uma mulher da idade dela soubesse que a intuição era muito mais confiável do que a esperança.

— Tem toda razão — concordou ela. — Realmente preciso descansar. Nunca se sabe o que a noite trará.

Miss Marple toma Manhattan

* * *

Ao longo da ilustre carreira como autor, Raymond West passara a entender como empreendimentos criativos podem ter um resultado aquém do escopo inicialmente proposto. No entanto, ao registrar o teatro decrépito em frente ao qual fora deixado — localizado em uma rua de Lower Manhattan que parecia saída de um dos livros sensacionalistas que ele tanto desprezava —, ele não conseguiu deixar de pensar que o lugar estava abaixo da discrepância média entre ideia e execução.

Quando o livro mais popular de Raymond, *Sórdido e desagradável*, fora licenciado para adaptação teatral do outro lado do Atlântico, ele recebera a notícia como uma afirmação da genialidade subapreciada dele. O fato de que ela seria produzida pela lenda do teatro G. Gregory Stapleton, que fisgara o infame Carl DeVoe como protagonista, fora, na cabeça dele, o prenúncio da tão esperada ascensão de "escritor inglês de sucesso" para "gigante literário internacional".

A tia frequentemente perguntava com um jeito ingênuo se os livros dele seriam algum dia adaptados para o West End, mas quem precisava da Royal Court quando os personagens dele estavam prestes a chegar à Broadway e aterrissar com furor no Great White Way? Quando ele a regalara com a notícia da produção, recebida por meio do agente dele, ela o parabenizara, então hesitara.

— Esse sujeito Stapleton. O nome dele soa familiar, não soa? E o texto vai ser adaptado e dirigido por uma Ms. Prince, não é? Tem certeza de que são todos honestos? Tenho certeza de que já ouvi esses nomes antes...

— Por que a *senhora* teria ouvido falar deles, tia Jane? — perguntara Raymond, impressionado pelo fato de uma solteirona que raramente saía de seu pequeno vilarejo inglês poder se considerar familiar com bambambãs do teatro americano. — Talvez os esteja confundindo com outras pessoas. Talvez Mr. Stimpleton, o açougueiro? E Mrs. Price, a nova cabeleireira do Desenvolvimento?

— Estou provavelmente enganada, querido. Você tem razão — respondera Miss Marple, voltando ao tricô e estreitando os olhos para evitar errar um ponto, o que vinha acontecendo com mais frequência nos últimos tempos.

Foi por coisas assim — errar pontos no tricô e caminhar mais devagar e, de maneira geral, ser uma mulher em idade avançada — que Raymond a convencera a se despedir de St. Mary Mead e pegar um avião de Londres para Nova York. Ele queria se certificar de que tia Jane vivesse os anos restantes da vida dela ao máximo, mas agora se perguntava se não a tinha trazido para mais perto de uma morte prematura.

— Acho que houve um engano — protestou Raymond, automaticamente refreando a agitação; era uma habilidade que ele aperfeiçoara ao longo dos muitos anos lidando com bloqueios criativos, rejeições e críticas.

A afirmação fora direcionada a Michael, o motorista enviado para levá-los do hotel até o teatro, mas o olhar de Raymond estava fixo no letreiro da marquise acima dele. Era torto e enferrujado, criado a partir de metal reutilizado e fixado à frente do que claramente já fora uma fábrica, apesar de uma bela fábrica, para ser justo. A rua era ladeada por esses prédios imponentes com design de ferro fundido; o bairro inteiro parecia ter sido entregue à ferrugem. Os poucos bulbos ao redor das bordas da marquise estavam queimados; alguns tinham sido quebrados, os resquícios pontiagudos acomodando fiapos de filamentos. O nome do espetáculo, SÓRDIDO, que fora pintado descuidadamente em vermelho, parecia mais uma descrição dos arredores do que qualquer outra coisa.

— Um engano de fato — disse Joan, agarrando o braço do marido e olhando com desconfiança para um homem vomitando na sarjeta a alguns metros deles.

Enquanto eles usavam roupas simples, porém elegantes, apropriadas a uma ida ao teatro, o homem pálido que vomitava usava um avental respingado de tinta sobre uma calça jeans — sem camisa — e botas respingadas de tinta para combinar. Um casal passou por eles, a mulher parecida com uma versão invertida de Jackie Kennedy, com o cabelo bufante e minivestido combinando com pérolas.

— Não pode ser o teatro certo — continuou Joan. — Não fica nem no bairro certo. Talvez seja algum tipo de piada? O humor americano pode ser tão grosseiro e confuso às vezes.

Michael, um homem alto e pálido com os ombros curvados frequentemente vistos em enfermarias de abrigos de cachorros, piscou na direção deles. Quando falou, foi com um sotaque de gângster de filme, uma voz que parecera um tanto tola para Raymond quando eles se apresentaram, mas que agora parecia ameaçadora de alguma forma.

— Me disseram para te trazer aqui ao teatro, e foi aqui ao teatro que eu te trouxe. Fiz o que me pediram. Sempre faço o que me pedem.

Joan olhou para ele de soslaio.

— Faça as tarefas, Michael. Limpe o chão, Michael. Acenda as luzes, Michael. Lide com Serena, Michael. — O homem parecia atormentado, e Joan se afastou um pouco.

Raymond escutava parcialmente. Como escritor, estava sempre pronto para criar uma história que pudesse explicar tanto situações maravilhosas quanto insatisfatórias, e era isso mesmo que estava fazendo.

— Tem certeza? — arriscou ele com um tom obsequioso. Novaiorquinos tinham um quê selvagem, na experiência dele, e uma tendência a estourar à mínima das preocupações; com sarcasmo perspicaz, críticas mordazes ou, a julgar pelo brilho barato do terno mal ajustado de Michael, talvez algo um pouco mais perigoso. — Talvez você tenha errado o caminho ou nós tenhamos entrado em algum tipo de dimensão paralela? Eu bem sei que agências espaciais americanas inventam todo tipo de coisa — brincou ele.

Michael franziu a testa.

Joan arquejou quando o homem vomitou de novo, cotovelando a costela de Raymond.

— Olha, eu não sou nenhuma especialista em Nova York, mas esse lugar certamente *não* é a Broadway — disse ela. — Você espera que eu acredite que *esse* é o lar de *Garotos e garotas* e *Minha bela dama*? Está mais para *Garotos e degenerados* e *Meu belo bêbado*.

— West Broadway — disse Miss Marple, e Raymond se sobressaltou, quase esquecido de que a tia estava ao lado dele. A tia, idosa e acostumada a uma vida pacata, não ao agito e à confusão da Big Apple ou à imoralidade encontrada nos recantos mais escuros dela. Essa viagem deveria ser empolgante, porém segura para a senhora, mas ele a arrastara para um território muito mais perigoso do que antecipara. Um grupo de jovens de aparência barra-pesada vinha do fim da rua num bando chamativo e ruidoso como um enxame de abelhas pós-modernas.

— Tia Jane — falou Raymond, segurando-a pelo braço com a mão livre. — Vou resolver essa questão mais tarde. Precisamos levá-la de volta ao hotel e para longe desses vagabundos. Sinto muitíssimo pelo ocorrido.

— Ora, ora, querido — respondeu Miss Marple, sorrindo para o sobrinho nervoso e resistindo ao puxão. — Não há vagabundo nenhum por aqui... bem, exceto por aquele ali.

Raymond relanceou para o homem que estivera vomitando e que agora estava com as costas esticadas, rindo e limpando o canto da boca com o braço ao se juntar aos rufiões. Um deles puxou uma bandana do bolso e jogou-a para o bêbado, que não parecia mais tão bêbado assim.

— Você não deve pedir desculpas por esse tipo de confusão — continuou Miss Marple. O olhar dela perdeu o foco e um toque de sorriso repuxou as rugas ao redor da boca. — É um tanto engraçado, de certa forma, como a percepção pode mudar as coisas. Lembra-me de quando Mr. Smith votou "não" na reunião sobre a reforma do vicariato e Mr. Naosmith votou "sim", mas, quando os votos foram contabilizados, todo mundo achou que Mr. Naosmith tinha votado contra.

Joan West se inclinou para a frente, para além do marido, para olhar Miss Marple.

— A senhora está muito cansada, tia Jane? Raymond, vamos levá-la de volta ao hotel. O fuso horário deve estar confundindo as ideias dela.

— West Broadway — repetiu Miss Marple com mais firmeza, olhando ao redor da rua ladeada por antigas fábricas que haviam falido em épocas difíceis e sido convertidas por artistas e boêmios. Ela conseguia ver certa beleza nesses prédios de tijolos e as grandes janelas de vidro; havia certo apelo continental europeu neles. Mesmo as crateras queimadas pelas quais passaram de carro poderiam ser sido o resultado da Blitz, embora um incendiário intoxicado com vapores de tinta fosse o culpado mais provável naquele bairro.

Ela não sabia direito por que Joan estava tão aborrecida; por mais que o cenário fosse um pouco *déclassé*, eles estavam claramente em algum tipo de quarteirão artístico, e a própria Joan era artista. No entanto, os arredores a faziam olhar com mais carinho para o Desenvolvimento que surgira em St. Mary Mead; as pessoas que moravam lá ao menos usavam camisas quando se aventuravam fora de casa e escondiam os bêbados vomitando na privacidade dos lares, como era respeitável.

— Ah! — Raymond fez uma careta ao encontrar significado nas palavras sem sentido da tia. — West Broadway. Não Raymond West *na* Broadway. Eu imaginei que fosse algum erro de digitação...

— Você não pode estar falando sério — exclamou Joan, incrédula. — Raymond, eu te disse para me deixar cuidar da correspondência, mas não, é claro que você precisava...

Bem nesse momento, uma porta se abriu com um rangido e uma mulher negra de meia-idade, com um vestido estampado longo e largo, saiu por ela. O cabelo dela era curto, cortado num estilo não muito diferente do de Miss Marple, apesar de a mulher não precisar de um permanente para ter cachos.

— Mr. West e família? — perguntou ela em um sotaque que Miss Marple achou encantador; ela soava bastante como uma heroína que não levava desaforo para casa de um filme americano. Na verdade, Miss Marple soube imediatamente que aquela americana em particular de fato *não* levava desaforo para casa.

— Por acaso a senhorita é a dramaturga e diretora, Ms. Prince? — perguntou ela, saboreando a surpresa momentânea que atravessou o rosto da mulher.

— Tia Jane? — chamou Raymond com hesitação, puxando-a de lado, como se com receio de que ela pudesse falar algo ofensivo. — Lembra do que eu lhe disse...

— Não, tenho bastante certeza de que é ela. Sabia que o nome dela soava familiar; durante aquela situação com Marina Gregg, eu acabei estudando revistas sobre celebridades americanas, em que encontrei artigos sobre ela — continuou Miss Marple, então relanceou para Raymond e baixou um pouco mais o tom de voz. — Ms. Prince estava sendo impedida de trabalhar por pessoas que desaprovavam o histórico dela. Veja bem, meu querido, ela é...

— Tia Jane! — exclamou Raymond.

— ...comunista — completou Miss Marple, olhando para Raymond com preocupação. — Você está bem? Talvez seja você quem deva voltar para o hotel?

Raymond passou a mão sobre o rosto, deixando-a sobre a boca enquanto balançava a cabeça. Ele murmurou alguma coisa, mas a audição de Miss Marple não era tão boa quanto a visão.

— Podem entrar — ofereceu Ms. Prince. — O ensaio está prestes a começar, e estou tão feliz que o autor esteja pessoalmente aqui para ver nosso trabalho. Espero que tenhamos conseguido capturar o brilhantismo único de seu livro.

Raymond se reanimou ao ouvir isso, e todos a seguiram para dentro.

Ao ingressarem no teatro, Miss Marple apreciou calmamente a arquitetura rústica americana: paredes de tijolos expostos com um ou outro gancho de metal embutido, um resquício do passado como fábrica. As luzes piscavam no teto alto, e as enormes janelas deixavam entrar a luz suave dos postes lá fora. Fileiras de assentos haviam sido instaladas na superfície plana do que já fora o chão da fábrica, e um palco com cenário minimalista fora construído na parte da frente do grande cômodo.

Era improvável que o lugar tivesse sido uma fábrica de munições durante a guerra; pela observação de Miss Marple, talvez uma fábrica têxtil. Talvez tivesse produzido uniformes, e depois vestuário para uso cotidiano. Era um tipo de arte, mesmo que a moda tivesse se tornado mecanizada, e agora o espaço estava sendo utilizado para outra arte, uma que rejeitava a noção de linha de produção.

Todos os resquícios de eras passadas devem evoluir e adaptar, ou ruir; até a própria Miss Marple. Ela sabia que as pessoas mais jovens ao redor dela presumiam que ela já houvesse ruído, o que de fato a atraía, visto que seria muito mais fácil do que mudar. Mas ela se conhecia: sabia que não era do tipo que ruía. Ela precisaria partir em algum momento, como todas as pessoas, mas esperava que o fizesse numa explosão gloriosa, como os prédios queimados pelos quais haviam passado.

— Sua tia está certíssima, por sinal — disse Junie Prince ao afastar um amontoado de cabos elétricos pendurados na parede.

— Na verdade, minhas inclinações políticas são o motivo para sua peça ser alocada aqui em vez de na Broadway. Já ouviu falar do Comitê de Atividades Antiamericanas?

Raymond passou por cima de uma poça duvidosa no chão de cimento e tentou deixar o momento mais leve.

— Já, mas em discussões com amigos sobre coisas que poderiam fazê-los nos acusar de antibritânicos. Grande parte dos delitos tem a ver com chá, como seria de se imaginar.

Ms. Prince deu uma risada e se virou para encará-los enquanto desciam pelo corredor central. O armazém de pé-direito alto não era o tipo de teatro ao qual Miss Marple estava acostumada, mas a lembrava de aventuras que tivera fora de St. Mary Mead. Ela se recordou de como mais cedo, na loja de departamentos, o fato de que o lugar era similar, mas não igual às lojas da terra natal lhe desagradara; esse teatro a lembrava de que às vezes também havia emoção no desconhecido.

— Bem, aparentemente abordar inequalidade racial na própria obra é antiamericano, então eu fui arrastada ao comitê.

Raymond pigarreou.

— Fiquei deveras chocada ao ler o que aconteceu com você — falou Miss Marple, passando por cima de um dos muitos fios de eletricidade que serpenteavam ao redor dos pés dela. — Já pensou em vir trabalhar na Inglaterra? Algo assim nunca aconteceria lá. Não temos inequalidade racial, e, se tivéssemos, nunca seríamos tão escancarados sobre isso. Seria bastante impróprio. Você pelo menos seria *discretamente* reprimida, em vez de arrastada diante de câmeras e todo aquele bafafá.

Junie Prince lhe lançou um olhar capaz de transmitir "Estou muito bem, obrigada", então continuou:

— Fui considerada inocente, mas, depois disso, o projeto que deveria estrear na Broadway foi descartado, e ninguém queria nem chegar perto de mim. Meu amigo, Mr. Stapleton, já estava na lista restrita e comprara esse prédio velho depois de ver que havia artistas se mudando para a área. Já foi um armazém e uma fábrica e algo impronunciável na frente dos mais velhos, mas agora ele o converteu num teatro onde nós, que somos *persona non grata*, ainda podemos realizar nosso ofício. Escolhemos sua peça como nossa primeira produção graças à poderosa reflexão sobre injustiça.

Raymond estufou o peito de orgulho.

— Injustiça! Reflexão! Sim, era exatamente no que eu mirava quando a escrevi; é adorável conhecer pessoas que entendem de fato o significado mais profundo do meu trabalho.

— Esse não foi o livro que você escreveu para ofender aquele crítico que vivia chamando sua prosa de baboseira pomposa? — sussurrou Joan.

Raymond lançou um olhar magoado para ela.

— Ser desvalorizado não é injustiça?

— Junie! Junie! — chamou uma voz estridente de detrás da cortina do palco. — Ele está causando problemas de novo. Por favor, pode fazê-lo parar?

Os cantos da boca de Ms. Prince se abaixaram quando ela relanceou para a fonte do barulho.

— O que houve agora, Serena?

De um lado do palco, uma mulher usando um vestido cinza sem graça apareceu pisando forte. O cabelo dela era castanho-escuro, ou assim pareceria se você não notasse os fiapos vermelhos que escapavam da peruca ligeiramente torta. Ela trazia nas mãos uma trouxa de tecido em uma estampa que era familiar a Miss Marple.

Miss Marple juntou as mãos.

— Minha nossa.

— Ele o arruinou! Eu sei que foi ele! — A atriz sacudia os restos do que já fora uma toalha de mesa barata com uma estampa chamativa. — Eu só queria *uma coisa*, mas não, tudo tem que ser feito do jeito de Carl. Não importa que tenhamos cedido a quase todos os seus pecadilhos, ele quer que atendamos a *todos*.

Junie Prince manteve a expressão neutra ao repetir:

— O que houve agora, Serena?

— Sabe o vestido que eu te mostrei? Aquele que eu disse que era uma reflexão melhor da personalidade de Trudy como eu a incorporei, em vez da interpretação de *Carl* sobre ela? — Ela apontou com o dedão para a cortina às costas. — Ele viu que eu o estava ajustando e disse que eu não podia mudar as coisas de última hora porque o precioso ego dele não conseguiria tolerar. A habilidade de atuação dele é atrapalhada por um vestido novo, mas *ele* é a atração principal estoica e *eu* sou a diva apagada?

Nesse instante, um homem grisalho bem barbeado entrou no palco atrás dela. Ele andava devagar, de olho no furacão de Serena. A expressão dele era de perplexidade, as mãos nos bolsos e os ombros curvados transparecendo que ele odiava esse conflito e que todos precisassem testemunhá-lo.

Tinha a beleza de uma estrela de cinema, com um carisma reluzente que atraía e repelia em medidas iguais, como o holofote de um farol. Miss Marple soltou um suspiro de desdém.

— Serena, eu disse que ficaria confuso ao vê-la usando algo tão diferente do que você vem usando nos ensaios de figurino.

— Ele se virou para Junie Prince. — E nós já conferimos a iluminação; ela precisaria ser reajustada por um capricho dela. O objetivo dos ensaios de figurino é nos habituar, não é? — Ele fez uma pausa, bem como um advogado que acabara de fazer uma pergunta crucial a um júri, então voltou a olhar para Serena. — Sim, eu pedi para você não fazer uma mudança impulsiva e desnecessária. Não, eu não rasguei o seu vestido.

— Eles não têm nada a ver com o William e a Trudy que imaginei ao escrever o livro — sussurrou Raymond para Joan. — Ele é baixo demais, e ela é muito...

— O quê? — perguntou Joan com astúcia.

Raymond secou a testa com nervosismo e silenciou.

— Se não foi você, quem foi? A única outra pessoa que sabia do vestido além de você era Estelle, e ela não rasgaria o próprio trabalho tendo um salário tão baixo. — A voz de Serena estava esganiçada; lembrava Miss Marple de um cachorrinho minúsculo que rosna baixinho ao ser incitado por todos os convidados de uma festa, então é punido quando por fim explode numa série de latidos agudos. — Carl nem mesmo saberia das mudanças se não tivesse invadido meu camarim por pensar que minha substituta, que por sinal é 25 anos mais nova que ele, estivesse se trocando lá dentro!

A expressão de Carl quase não se alterou, pensou Miss Marple. Os olhos se estreitaram um pouco — talvez devido à tensão do maxilar dele —, e o olhar se tornou incisivo como um picador de gelo. Era a expressão que um certo tipo de homem fazia ao encontrar uma mulher fria e orgulhosa demais para ser afetada pelo fervor que ele fazia passar como charme, mas que era mais similar a enxofre. Era um olhar que dizia: "Se você não derreter, vou te estilhaçar".

— Mentir é indecoroso, Serena. Uma mulher da sua idade deveria tentar preservar um dos poucos recursos restantes que a favorecem.

— Recursos restantes? Ah, isso era para me magoar? — Serena levou a mão à boca e, em vez de chorar, começou a rir lenta e metodicamente. Era uma risada pensada para agir como sal numa lesma, e até Miss Marple se flagrou se retraindo. — Você acha que uma tirada dessa magoa, mas só porque você é velho e tem medo de ficar mais velho. De se tornar um homenzinho enrugado e impotente... Odeio te dar essa notícia, Carl, querido, mas molhar sua cenoura mole no molho de qualquer garota de vinte e poucos que lhe dê trela não vai impedir isso.

— Você deu trela a essa cenoura com todo o prazer quando *você* tinha vinte e poucos — respondeu Carl com desprezo. — Ou você pensa que é a única jovenzinha bonitinha com permissão para dormir com alguém em troca de um lugar no palco?

Serena arquejou e lançou um olhar desesperado e pesaroso em direção à Junie Prince, o rosto subitamente pálido ao se voltar para a pequena plateia que assistia ao ato teatral, mesmo que o ensaio ainda nem tivesse começado.

— Ele está mentindo. Eu nunca fiz nada do tipo... Eu...

— Eu cuido disso, Serena. Não se preocupe. — Junie Prince parecia imperturbável, mas tinha fechado as mãos em punhos.

— Por favor! Ou eu vou cuidar. — Serena lançou um olhar sombrio para Carl ao passar raivosamente por ele e, no último momento, jogou as fitas de tecido no rosto dele. Ele as pegou num reflexo odioso, soltando fumaça pelas ventas enquanto ela se afastava, então saiu no rastro dela.

Junie baixou o olhar para Miss Marple.

— Caso a senhora já tenha imaginado que ser diretora é glamoroso, saiba que também precisamos dar uma de babá quando os protagonistas não se entendem. E lidar com crises de birra quando um ator parece decidido a tornar tudo mais difícil do que precisa ser.

— Pelo menos você não precisa trocar fraldas — disse Miss Marple. — Eu tive que trocar as de Raymond quando ele era pequenino, e posso te dizer que não foi nada prazeroso. Eu me perguntava se ele não tinha algum tipo de problema no intestino.

Junie Prince caiu na gargalhada ao mesmo tempo em que Raymond exclamou "Tia Jane!" em tom de censura novamente. Talvez a propensão americana ao escândalo fosse propagadora, porque ele vinha gritando o nome dela o dia todo. O rosto dele estava escarlate, e de novo por nenhuma razão; quando voltassem ao hotel, ela sugeriria que ele visitasse um médico antes de embarcarem de volta para a Inglaterra.

Ms. Prince saltou para cima do palco, espanando as mãos ao seguir os dois protagonistas voluntariosos.

— Bem, com certeza eles memorizaram bem a dinâmica dos personagens — comentou Raymond, então deu meio que uma risada nervosa. Ele olhou ao redor do teatro dilapidado e suspirou. — Isso vai dar uma bela história para se contar à mesa do jantar um dia, não acham? Estou tentado a dizer que deveríamos simplesmente esticar a verdade e dizer que foi um sucesso retumbante que levou a Broadway à loucura, mas eu convidei todos os meus amigos americanos para a noite de estreia, então...

Duas coisas aconteceram ao mesmo tempo: a eletricidade irrompeu num súbito clarão, então a luz se apagou, e um grito arrepiante, saído direto de um filme de terror dos anos 1950, dominou o teatro inteiro do chão às vigas. Os ecos desvanecentes do aterrorizante som ainda perduravam quando as luzes voltaram a se acender.

— O que aconteceu? — exclamou Joan.

Miss Marple ficou quieta, determinada a ver o que poderia ser previsto da situação desagradável que os aguardava.

Michael, o motorista, saiu subitamente de detrás da cortina, gritando:

— Alguém se feriu! Não tem telefone aqui; vou ligar para a polícia do bar no fim da rua!

Raymond ficou paralisado por mais um momento, então pareceu voltar a si. Começou a subir as escadas ao lado do palco, com Joan e Miss Marple tentando acompanhá-lo em um passo mais lento.

As mãos de Joan tremiam ao segurar o braço de Miss Marple pelo cotovelo e pelo pulso, a guiando para o palco.

— O que a senhora acha...

— Assassinato, querida — afirmou Miss Marple, odiando aquela parte de si que antecipava quais poderiam ser os "comos" e os "porquês". Era tudo um pouco mórbido, mas... algumas pessoas conheciam coisas, e Miss Marple conhecia assassinatos. Se aborrecer por isso faria menos sentido do que um pardal ficar chateado por notar que ele sabe como construir um ninho.

Eles seguiram para o caótico espaço dos bastidores, um labirinto formado por tiras de tecido. Havia todo tipo de objeto estranho no chão, pronto para fazer alguém tropeçar. Os laços de cabos elétricos onipresentes, é claro, além de vários tipos de ferramentas que poderiam ser necessárias de última hora em mudanças de cenário. Objetos cenográficos também: uma bengala, uma chaleira e o que parecia ser uma galinha de borracha.

Em seguida passaram por entre araras de roupas — o camarim, talvez —, se aproximando da fonte do grito. Miss Marple se preparou.

— Ah, não! O espetáculo não pode continuar, então — exclamou Raymond de algum lugar logo à frente dela, as palavras seguidas por uma risada trinada que ela só ouvia quando ele levava um susto.

Ao passarem pela divisória seguinte, encontraram Serena de pé com as mãos sobre o rosto e Junie Prince com uma expressão de terror resignado. Elas estavam ladeadas por uma jovem negra segurando um par de tesouras de costura e uma mulher porto-riquenha com maquiagem de palco completa: Estelle, a figurinista, e a substituta não nomeada, supôs Miss Marple.

Carl estava caído no chão com o rosto para baixo, imóvel.

Junie balançou a cabeça.

— Isso... é... a última coisa de que essa produção precisa. — Ela lançou um olhar severo para Serena e, ao voltar a falar, foi com uma pergunta bastante direta. — Você o matou? Se sim, por favor deixe isso claro antes que a polícia chegue. Já fui falsamente acusada de um crime uma vez, e gostaria de não passar por isso de novo com um assassinato.

— Tentativa de assassinato — corrigiu Miss Marple. — Aquele homem não está morto.

De fato, olhando com bastante atenção, as costas de Carl DeVoe continuavam subindo e descendo.

— Ao menos ainda não — completou Raymond, se aproximando do corpo.

Nenhuma das pessoas que trabalhavam de fato com Carl se aproximou.

— Similar ao incidente com Naosmith de mais de uma maneira — murmurou Miss Marple, embora ninguém estivesse prestando atenção.

— Foi um acidente! — exclamou Serena. — Vim para meu camarim para me afastar dele! Queria me acalmar e tentar me preparar para o ensaio final, mas ele entrou de repente atrás de mim. Ele pisou nos fios e...

Ela imitou, com o que Miss Marple presumiu ser uma grande precisão, um homem recebendo uma grande descarga elétrica pelo corpo.

— Então vocês todos entraram correndo — concluiu ela.

Miss Marple relanceou para os pés de Carl; estavam calçados apenas com chinelos finos, que estavam molhados. Havia uma poça ao lado dele e um fio desencapado. Ela não tinha total certeza de que a poça já estava ali antes da eletrocussão nem de que o fio puíra naturalmente; deixaria o detalhe anterior para outra pessoa verificar.

— E por que *você* não pisou no fio? — perguntou Junie Prince. — E, antes que se aborreça, estou perguntando porque a polícia vai chegar em breve e também vai querer saber.

Serena tirou a peruca com frustração e jogou-a longe. Então suspirou e foi buscá-la, a elegância dos passos quase fazendo parecer que ela flutuava.

— Como é que, além de tudo, eu preciso responder pelo descuido de Carl? Vou acabar na cadeia porque não sou uma atriz com a cabeça tão enfiada no próprio traseiro que não presta atenção nos arredores? — retrucou ela por cima do ombro, se locomovendo habilmente por entre os fios soltos e vários detritos no chão como se estivesse brincando de pular elástico sem sequer olhar para baixo.

— Dançarinos — sugeriu Miss Marple — de fato parecem ter algum tipo de sexto sentido nos pés. Eu me lembro de uma moça que conheci depois da guerra; ela me disse que, graças aos reflexos de dançarina, nunca tropeçara numa pilha de escombros enquanto trabalhava na cantina militar.

Serena pegou a peruca e se aproximou de Miss Marple, relanceando para ela com gratidão antes de pendurar os cachos castanhos bagunçados num gancho ao lado de várias outras extensões de cabelo.

— Não entendi metade do que a senhora disse, mas sim... treinei por anos para desenvolver a habilidade de desviar de qualquer coisa na qual possa tropeçar enquanto estou no palco. Faço isso enquanto danço para a frente, danço para trás, e até enquanto tento fugir de um ator azucrinante.

Junie suspirou.

— Eu acredito em você. Na pior das hipóteses, você o teria estrangulado até que a vida se esvaísse dos olhos dele. Você é minuciosa, não é do tipo que deixa coisas ao acaso.

Serena sorriu com o elogio.

— Obrigada, Junie. Independentemente do que aconteça, tem sido um prazer trabalhar com alguém que vê o melhor em mim.

Junie suspirou e se virou para a figurinista e a substituta.

— E vocês duas? Estelle, essas tesouras poderiam desencapar tranquilamente alguns fios.

Estelle riu pelo nariz.

— Junie, você precisaria estar louca para pensar que eu arriscaria minha vida para tentar matar qualquer um desses dois. — Ela apontou com o queixo para o corpo estendido de Carl e depois para Serena.

Serena pareceu compreender.

— Eu?

Estelle suavizou a expressão.

— Esse é o seu camarim. Se essa armadilhazinha tinha o objetivo de matar alguém, era você.

Todos os olhos se voltaram para a substituta. A jovem tinha cabelo escuro e sardas salpicadas pela pele clara das bochechas. Miss Marple torceu para não ter sido essa garota, que provavelmente se sentia toda adulta, mas cuja vida só estava começando. Era quase pior que ver alguém morrer, ver uma pessoa jovem jogar o futuro no lixo por um assassinato quando quase sempre há outra solução.

A voz de Serena soou magoada pela primeira vez naquela noite.

— Vera...

— Não fui eu — disse Vera, os grandes olhos castanhos se enchendo de lágrimas reativas. — Eu amo Serena... eu a venero. Vocês todos sabem disso. Quanto a Carl... ele não parava de me importunar. Vivia me dizendo que se eu só... fizesse um favor para ele, ele faria um para mim. Ajudaria minha carreira. — Uma súbita ferocidade irrompeu nos olhos da jovem. — Mas eu não faria isso tudo se quisesse machucá-lo. Esse esquema todo? Quando ele poderia ser empurrado na frente de um vagão de metrô sem qualquer possibilidade de o crime ser conectado a mim? Eu tenho cara de quê?

Ela balançou a cabeça pesarosamente, e Miss Marple sorriu. A garota era jovem, mas tinha uma boa cabeça sobre os ombros.

— Então foi um acidente — disse Raymond, por fim tocando no pescoço de Carl em busca de pulsação. — Há fios por todo lado, visto que este lugar é uma fábrica convertida; parece o suficiente para provar que foi apenas azar. Acidentes acontecem em fábricas, e em teatros, o tempo todo.

Raymond não estava perturbado pelo fato de que alguém possivelmente tentara matar o homem; ele já conhecera muitos homens como Carl, e Joan já lhe falara sobre eles o bastante, para ter certeza de que eletrocussão era uma tentativa branda em comparação ao que ele talvez merecesse. Mas ter um espetáculo cancelado por uma eletrocussão acidental era uma ótima história para festas; já um cancelamento por assassinato era drama do pior nível.

— Isso é ainda pior — afirmou Junie. — Quem leva a culpa por um acidente? A companhia de teatro. Tudo que estamos tentando construir... todo o nosso trabalho árduo... Não é justo!

— A polícia já não deveria ter chegado? — perguntou Joan. — Michael já deveria pelo menos ter voltado.

— Levando em conta como ele pula toda vez que Carl estala os dedos, estou surpresa que ele próprio não tenha carregado o homem para o hospital — comentou Estelle.

— Ah. Ah, entendi — disse Miss Marple, passando os dedos de leve pela frente do casaco. — Não é exatamente igual, mas bem parecido. Naosmith.

Raymond ergueu o olhar para a tia, sentindo um nó familiar se formando no estômago.

— A senhora não acha que foi um acidente, acha?

Miss Marple olhou ao redor, contemplativa e calma.

— Ah, eu acho, mas não exatamente como todo mundo está imaginando.

— A sua tia é médium? — Serena olhou para a velha com interesse renovado. — Era por isso que estava lá na Gimbels mais cedo? A senhora sabia que me entregar aquela toalha de mesa...

— Não, não, eu não acredito em nenhuma dessas coisas. Nosso encontro mais cedo foi simplesmente um prelúdio encantador à atual situação desagradável. — Miss Marple suspirou. — Mas... Naosmith. Depois que Mr. Smith foi derrotado na votação do vicariato, ele deixou que todos acreditassem que Naosmith votara contra, mesmo que ele próprio tenha dado um voto negativo. Algumas pessoas presumiram que ele não gostasse de Mr. Naosmith; não sei bem por quê, talvez pensassem que fosse uma simples questão de se sentir menosprezado pelo nome dele? Mas eu sempre pensei que Mr. Smith fosse contrário ao plano do vicariato e Mr. Naosmith fosse apenas um alvo conveniente.

— Não sei bem sobre o que a senhora está falando — disse Serena, perdida.

— Nem eu — adicionou Estelle.

— Eu... acho que estou começando a entender o que a senhora está expondo — disse Junie Prince, se aproximando um passo de Carl DeVoe.

— Depois que a votação não saiu como ele queria, Mr. Smith chegou ao ponto de alegar que Mr. Naosmith estava desviando dinheiro da igreja — continuou Miss Marple. — Veja bem, era tudo mentira. Mr. Smith, na verdade, fazia parte de um grupo que tentava comprar o terreno onde o vicariato deveria ser reerguido para construir casas novas; acredito que alguns deles tenham se tornado parceiros no Desenvolvimento, mas isso não vem ao caso.

— O Desenvolvimento? — perguntou Vera, e Miss Marple balançou a cabeça em um pedido de desculpas.

— Ah, esqueça isso, querida. Levou um tempo para esclarecer as mentiras, mas Mr. Naosmith perdeu muita credibilidade com os outros que já o haviam respeitado, e algumas pessoas nunca acreditaram que ele não fizera algo de errado. Foi tudo deveras indecoroso.

— Levante-se, Carl — disse Junie, cutucando-o delicadamente com o sapato, depois nem tão delicadamente assim. — Agora, ou vou acertá-lo com um fio desencapado de verdade e alegar que estava tentando ressuscitá-lo.

Carl não se mexeu... então rolou devagar, olhos abertos e brilhando com uma malícia tão inapropriada que beirava a perversidade.

Serena soltou um gritinho alguns decibéis mais baixo que o inicial e Junie cruzou os braços.

— George disse que você estava tentando ser solidário, mas eu sabia que havia algo estranho na sua aporrinhação para participar dessa produção mesmo que não estivesse em lista inimiga alguma; você é um espião infiltrado. E está tentando nos destruir.

Carl ergueu o olhar para Junie, abrindo um sorriso vencedor para ela. Ele voltara a ser encantador e cativante.

— Ah, vamos lá, Junie, quem acreditaria numa baboseira dessa? Ninguém.

— O que você quer dizer? — perguntou Raymond, sem saber se ficava aliviado ou aborrecido.

— Quero dizer que ele vem debilitando essa peça; estamos trabalhando do nosso jeito, sem alvará, e com pessoas que foram colocadas em listas de inimigos. Exceto por Carl. — Junie balançou a cabeça com frustração. — Todo aquele comportamento arrogante, exigindo coisas que diminuíam a qualidade da produção e tentando enlouquecer Serena, era só para se certificar de que fracassaríamos. Você nos enganou.

— Ele ia fingir a própria morte? — perguntou Vera.

Carl balançou a cabeça, e, quando falou, foi com absoluta determinação.

— Eu não poderia fingir minha morte. Sou Carl DeVoe.

Junie suspirou.

— Mas tabloides amam relatar intrigas. Um teatro comandado por comunistas na lista de inimigos é uma coisa, mas um teatro comandado por comunistas na lista de inimigos que levaram à quase morte do queridinho americano Carl DeVoe seria uma *verdadeira* morte para nossas carreiras.

Miss Marple assentiu com a cabeça.

— Acredito que, antes de Michael sair correndo tão rápido, rápido demais para ter conferido o que acontecera, ele usou o quadro de luz para criar a ilusão de que Carl fora eletrocutado. Então ele saiu correndo sob o pretexto de fazer uma ligação, mas na verdade estava indo buscar outros participantes da farsa.

— Mas como a senhora concluiu isso tudo, tia Jane? — perguntou Joan. — A senhora acabou de conhecer essas pessoas.

— Como falei mais cedo, só havia um único vagabundo lá fora conosco hoje à noite. — Miss Marple se aproximou das perucas e apontou para uma barba, arrancando uma pena cinza de pombo dela. — Eu encontrei Serena hoje mais cedo, e pelo visto encontrei Michael também. Estava disfarçado de pedinte. Eu o reconheci depois que chegamos aqui, mas presumi que o crime dele fosse pedir esmola sob falso pretexto, não espiar Serena.

Ela pensou em mencionar que ele a salvara, mas decidiu que não era relevante para a situação.

— Alguém o recompensou pelo serviço de espião; uma bela quantia enfiada no copo de esmolas camuflada como bondade. Michael reportou o que viu a Carl, e foi assim que ele ficou sabendo do vestido. Deve ter lhe dado a ideia de como irritar Serena e também dar um último empurrão no espetáculo para fora dos trilhos.

— Você está dizendo que a adaptação da minha peça é uma casualidade de intriga política americana? — exclamou Raymond, não parecendo nem um pouco desmotivado pela ideia. — *Isso vai me tornar o assunto de toda a comunidade literária inglesa!*

— Só se alguém acreditar em você — disse Carl, se levantando por conta própria, já que ninguém se oferecera para ajudá-lo. Ele fez uma careta para a poeira que se acumulara nas roupas, então olhou para Junie com uma expressão mordaz. — Vou embora agora. Tenho certeza de que a peça fracassará e será esquecida assim que eu anunciar que não sou mais o protagonista. Morrerá de qualquer forma, mas com um ganido em vez de um estouro.

— Você não pode simplesmente ir embora. Espere a polícia chegar! — exclamou Vera enquanto Carl espanava as calças.

Ele riu.

— Eu não fiz nada ilegal, querida. Talvez, se vocês tivessem esperado eu dar meu show no hospital para desvendar a história toda, teriam podido me acusar de uso indevido de serviços públicos. Mas como não foi o caso...

Nesse momento, Michael entrou correndo com dois paramédicos. Todos os três pareciam agitados e heroicos ao chegarem, mas mudaram rapidamente de atitude ao registrar a cena.

— Fomos desmascarados? — perguntou Michael, e Carl fez que sim.

Com isso, Carl, Michael e os falsos paramédicos foram embora; o anticlímax foi tão impressionante que Miss Marple quase o considerou empolgante.

Serena, Estelle e Vera se reuniram, remoendo o que acabara de acontecer. Junie Prince saiu para encontrar o substituo de Carl e contatar George Stapleton.

— Estou tão feliz por vocês terem me convencido a vir — disse Miss Marple, encantada. — Que noite maravilhosa.

— Por que a senhora está tão alegre? — perguntou Raymond.

— Porque, querido Raymond, eu pude solucionar um assassinato sem que nenhum assassinato fosse cometido — explicou Miss Marple, como se a resposta fosse óbvia. — Nova York é realmente uma cidade onde nossos sonhos mais loucos podem se tornar realidade.

O desenlace

Natalie Haynes

— Não vejo como isso explicaria qualquer coisa — disse Susan Goldingay. — E não faz sentido ter um armarinho se eles nem estão abertos.

Miss Marple assentiu com seriedade.

— Bem, sim — concordou ela. — Mas tenho certeza de que Mrs. Weaver voltará a abrir de manhã.

— Você viu a... — Susan se interrompeu e espiou as mesas ao redor. Mas a casa de chá estava lotada nesse dia chuvoso de outono, e ninguém as entreouvia. — A briga?

— Ah, minha nossa, não — respondeu Miss Marple. — Fiquei sabendo por Florence. E ela ficou sabendo por Williams, quando ele entregou a correspondência.

— Então ele viu?

— Ah, sim. — Miss Marple ergueu a xícara e deu um gole delicado. Ao devolvê-la ao pires, inclinou-se ligeiramente para mais perto. — Ele viu tudo. O fazendeiro e o empregado dele chegaram à praça logo antes das quinze horas. Ele tinha bastante certeza do horário por causa dos sinos e dos porcos, sabe.

Susan franziu o rosto, mas não interrompeu. Já era amiga de Miss Marple havia tempo o bastante para saber que ela chegaria à história, de uma forma ou de outra.

— Syme entrou no açougue e deixou os porcos a cargo do empregado novo, Martin, se não me engano. Williams contou a Florence que ele esperava por Syme com toda a calma. Os porcos não estavam causando incômodo nenhum.

Susan franziu o nariz. Sempre considerara porcos criaturas desagradáveis, com os dentes afiados como cacos de louça quebrada.

— E Martin não causou qualquer problema até Mr. Weaver sair da loja e lhe mandar ir embora dali.

— Que estranho! — disse Susan. — O homem não poderia ir embora sem Syme, não é?

— Não, querida — respondeu Miss Marple. — Mas quando ele se recusou a sair, Mr. Weaver ficou agitado e começou a gritar.

Susan ergueu as sobrancelhas.

— Ele é tão calado normalmente!

— Como sabe, eu não gosto de criticar um homem que já passou por uma guerra difícil — disse Miss Marple. — Mas Williams estava bem seguro do que vira. Contou que o tal Martin tentou manter a calma mesmo enquanto Weaver gritava. Ele lançava olhares nervosos para o açougue, mas Williams não soube dizer se ele estava com medo de Syme sair ou com medo de ele não sair, se é que você me entende.

Susan assentiu.

— Coitado — disse ela. — Ele devia estar com receio de perder o emprego.

O *desenlace*

— Sim — concordou Miss Marple. — Florence disse que Syme o contratou há apenas uma semana. Então não é nenhum espanto que ele estivesse ansioso. Mas eu me pergunto se isso explica... — Ela se interrompeu e franziu o rosto. — Realmente não sei se explica, sabe.

— O que aconteceu depois? — perguntou Susan.

— Williams disse que Mr. Weaver ergueu os punhos — continuou Miss Marple. — E Martin recuou um passo e tropeçou no meio-fio.

— Minha nossa!

— Sim. — Miss Marple assentiu com a cabeça. — Então o coitado estava deitado no meio dos porcos quando Syme reapareceu e Mr. Weaver começou a gritar com ele também.

— Não!

— O que foi uma sorte, de certa forma — prosseguiu Miss Marple. — Porque assim Syme pôde ver que Martin não estava errado, visto que culpou Mr. Weaver na mesma hora.

— Entendi.

— Mas então Martin se levantou de um pulo da calçada e começou a sacudir a bengala no rosto de Mr. Weaver. Williams disse que ele fora provocado o bastante para justificar a reação, mas certamente teria perdido o emprego se Syme não estivesse tão bravo com Mr. Weaver e se também não precisasse de ajuda para juntar os porcos que tinham corrido para todo lado quando Martin caiu.

— E foi aí que o Sargento Dover chegou?

— Exatamente.

— Eu ainda não entendi a parte dos sinos — comentou Susan.

— Ah, bem, os sinos badalavam três vezes quando três porcos passaram correndo por ele — explicou Miss Marple. — Por isso Williams tinha tanta certeza da hora.

— E o que Dover disse? — perguntou Susan.

— Bem, ele estava prontíssimo para levar Martin para passar a noite na delegacia, mas Syme o convenceu de que o coitado dificilmente tinha culpa. Então, no fim, Dover deixou que eles levassem os porcos de volta à fazenda e pediu que Mr. Weaver falasse com a polícia da próxima vez que estivesse preocupado com a presença de animais na praça.

— Bem, isso põe um fim à história.

Miss Marple franziu a testa e respondeu:

— Talvez.

Mas os Weaver não reabriram a loja na manhã seguinte. Assim como nenhuma das lojinhas da praça, inclinadas desordenadamente umas contra as outras. A fileira inteira manteve as portas fechadas enquanto a polícia procurava a arma usada para matar Martin, cujo corpo — olhos castanhos embaçados e cegos — fora descoberto pelo leiteiro logo ao raiar da manhã seguinte. A princípio, pensaram que o velho devia ter morrido pelo estresse da discussão com Weaver. Então se perguntaram se ele batera a cabeça nos degraus de pedra do meio-fio ao cair. Havia uma manchinha escura na beira no degrau mais baixo, que Dover tinha certeza de que devia ser sangue.

Mas quando o médico examinou a parte de trás da cabeça do homem, ele a declarou ilesa: nem mesmo um galo. Além disso, não houve dúvida sobre o que o matara quando eles viraram o corpo. A haste quebrada de uma flecha ainda se projetava do peito.

O *desenlace*

* * *

Susan não sentiu qualquer necessidade de esperar que o telégrafo do vilarejo comunicasse as novidades quando podia levar a notícia sobre a morte do homem pessoalmente para Jane. Para ter uma desculpa para uma visita matinal, ela embrulhou alguns bolinhos em papel-manteiga, o barbante deslizando de um lado para o outro enquanto ela tentava amarrá-lo com pressa. Mas, honestamente, já era ruim o bastante que ela tivesse perdido a briga sobre os porcos no dia anterior porque estava fazendo arranjos de flores na igreja, então se recusava a ser excluída do incidente mais extraordinário do vilarejo desde que ela se lembrava. Sabia que era esperada no vicariato para debater sobre os ensaios do coral, mas tinha confiança de que, se Deus estivesse satisfeito com os esforços dela no nome Dele, Ele a pouparia de mais um encontro da igreja só dessa vez para que ela pudesse ter o prazer de falar sobre assassinato com Jane. E se Ele não apreciara as dálias de ontem, ela poderia recompensá-lo outro dia, quando coisas menos importantes estivessem acontecendo.

Ela se apressou colina acima, os sapatos de caminhada robustos guinchando a cada passo. Mas, ao virar a esquina, viu Williams, o carteiro, avançando de bicicleta. Ela cerrou os dentes com irritação ao devolver o aceno alegre dele. Certamente o homem passava algum tempo entregando cartas, e não apenas agindo como mensageiro particular de Jane, certo? Era, refletiu ela ao esmagar folhas secas sob os pés, tão típico de Miss Marple ter encontrado uma empregada que namorava o carteiro. E, se o vilarejo não tivesse um carteiro, ela sem dúvida teria arrumado um jardineiro que fosse irmão de um entregador. As notícias sempre chegavam a Miss Marple, de um jeito ou de outro.

— Ah! — exclamou Miss Marple quando Susan entrou apressada na sala de estar. — Isso aí são aqueles seus bolinhos deliciosos, Susan? Quanta gentileza.

Susan sorriu ao entregar o embrulho a Florence, a empregada, junto com o chapéu e o casaco.

— Você é terrível, Jane. Já ficou sabendo por Williams, não ficou?

— Sobre o homem morto? Que coisa pavorosa. Um arco e flecha, ele disse?

— Isso mesmo. — Susan estava determinada a ser a autoridade em alguma coisa. — Falei com Sargento Dover pessoalmente antes de vir vê-la.

— A flecha fora quebrada? — questionou Miss Marple.

— Sim! — respondeu Susan. — Dover pensou que ela tivesse quebrado sob o peso do homem quando ele caiu, mas a polícia não encontrou o resto em lugar algum.

— Entendo — comentou Miss Marple. — Isso realmente complica as coisas.

— É bem louco. Quem atiraria num homem e depois voltaria para tentar recuperar a flecha?

Miss Marple assentiu.

— De fato, quem? — murmurou ela.

A resposta — até onde Sargento Dover sabia — era óbvia. O cuidador de porcos só chegara na área havia alguns dias, e ninguém sabia de onde ele viera. Syme contou que ele bateu na porta e ofereceu trabalho em troca de comida e um celeiro seco onde dormir. O fazendeiro estava precisando de mão de obra e, embora geralmente desconfiasse de estranhos, o cachorro dele demonstrara um afeto atípico pelo homem, Martin. Quando ele chegara, o animal disparara pela fazenda, latindo alto. Mas, assim que se aproximara do estranho, o homem estendera a mão para coçar a orelha do cachorro, que balançara a cauda como se eles fossem velhos amigos. Syme considerava o julgamento do cachorro confiável por via de regra, então deu o benefício da dúvida a Martin. Mas o homem não era de jogar conversa fora, então Syme não sabia muito mais sobre o estranho do que o resto das pessoas.

Sargento Dover começou e finalizou a investigação no armarinho. Manteve a atitude contrita e o interrogatório brando: os Weaver eram um casal popular no vilarejo. Como Miss Marple mencionara no dia anterior, eles haviam enfrentado uma guerra difícil. Mr. Weaver se alistara, com patriotismo e relutância, visto que era bem velho e tinha visão fraca. E Mrs. Weaver gerenciara a loja sozinha por anos, sem nunca reclamar de não ter ajuda ou de tentar criar o filho, Eric, sozinha ou do fato de que tantos artigos que eles costumavam vender — enroladores de lã, máquinas de costura — eram impossíveis de arrumar naqueles tempos. Ela era prática e gentil: como Susan destacara, sempre reservava lã para os clientes para que eles pudessem comprar a quantidade necessária para fazer um agasalho, um novelo por semana, quando recebiam os salários. Miss Marple concordava que isso era símbolo de uma excelente lojista.

Mr. Weaver, no meio-tempo, se encontrava na Marinha. A princípio, o vilarejo ouviu muitas das façanhas dele: ele lutara em uma batalha depois da outra, sempre conseguindo evitar ferimentos sérios, embora, preocupantemente, tenha sido dado como morto mais de uma vez. Mas, conforme os anos passaram, as coisas se aquietaram. Ninguém gostava de fazer muitas perguntas a Mrs. Weaver porque más notícias viajavam mais rápido que boas, e notícia nenhuma era o tipo mais cruel. Mais de uma pessoa especulou que Weaver estaria trabalhando com a Resistência Francesa, outros o estabeleciam no norte da África. Recebiam-se informes sobre quase todo o resto dos aldeãos que haviam ido para a guerra, mas nunca notícias dele.

Quando a guerra foi vencida, os homens voltaram ao vilarejo. Nem todos, é claro: muitos foram perdidos e outros, debilitados de forma irreparável. Mas, um por um, todos foram contabilizados, com uma exceção. Weaver desaparecera. E assim as coisas permaneceram — Mrs. Weaver gerenciando a loja, ninguém comentando que o marido continuava desaparecido — por vários anos. Então, um dia, ele voltou para casa.

Aquilo, refletia Susan ao coletar cinco novelos de lã novos para Miss Marple e carregá-los colina acima, fora o último acontecimento dramático do vilarejo. Normalmente, o lugar era muito sonolento e agradável. Mas, quando Mr. Weaver voltou, Mrs. Weaver soltara um grito de choque e alegria.

— Lembra, Jane? — perguntou Susan enquanto Miss Marple comparava as cores de cada novelo, assentindo com a cabeça ao ver que todas combinavam.

— Lembro do quê, querida? — disse ela. Os óculos estavam encarapitados no nariz enquanto ela consultava a estampa. Já tricotara mantas de bebê com essa estampa diversas vezes, mas ainda gostava de confirmar a quantidade de pontos exigida em cada repetição.

O desenlace

— Quando Mrs. Weaver reviu o marido depois de todo aquele tempo?

— Claro que lembro — disse Miss Marple. — Seria difícil esquecer uma cena daquelas.

Susan sorriu.

— Ela estava tão feliz, lembra? Derrubou uma grande cesta de tecidos e gritou de alegria.

— Ah, você acha? — Miss Marple pegou as agulhas de tricô e verificou as medidas.

— Você disse que lembrava! Um grande grito de deleite, ela soltou.

Miss Marple ergueu o olhar e franziu a testa.

— O que eu lembro é que ele estava exausto, coitado. Parecia que viajava havia meses.

— Anos — concordou Susan. — E deve ter sido tão estranho para ele ficar sozinho depois de tanto tempo vivendo e lutando lado a lado com os homens dele. Parecia perdido.

— Parecia mesmo — disse Miss Marple.

— Imagino que deva ter passado por tantos lugares... — Susan se orgulhava da imaginação dela.

Os aldeãos haviam recebido o vizinho perdido por tanto tempo com gentileza e certa curiosidade. Mas só as crianças eram diretas o bastante para perguntar a Weaver onde ele estivera por tanto tempo, e não recebiam qualquer resposta além de um peteleco na orelha do adulto mais próximo. Os olhos pálidos de Weaver contavam sua própria verdade: onde quer que tivesse estado, não era uma história para ser compartilhada. E mesmo que, de alguma forma, o armarinho parecesse mais silencioso com duas pessoas trabalhando lá do que quando era gerenciado só por Mrs. Weaver, os aldeãos continuavam se sentindo sortudos pela presença dele.

Mas enquanto murmúrios corriam nos dias seguintes, o que Sargento Dover faria? O tumulto na praça fora testemunhado por vários transeuntes, e todos concordavam: Mr. Weaver fora o agressor. E visto que mais ninguém admitia ter conexão alguma com Martin — além das trocas superficiais de Syme —, Dover não tinha escolha exceto falar com os donos do armarinho.

O interrogatório aconteceu atrás de portas fechadas, com a presença exclusiva do sargento, seu policial, Mr. Weaver e Mrs. Weaver. Ainda assim, os detalhes do interrogatório — mesmo que sem importância — voaram pelo vilarejo sem demora.

— O senhor já conhecia Martin antes dessa semana? — perguntou o sargento. Seu rosto redondo estava ruborizando, e ele relanceou para o caderno do policial a fim de evitar fazer contato visual com qualquer um. O policial havia escrito WEAVER em maiúsculas e desenhado duas linhas paralelas sob o nome.

Weaver balançou a cabeça.

— Por que estava tão irritado com ele?

Weaver deu de ombros.

— Eu gostaria de uma resposta, senhor — disse o sargento, infeliz. Ele estava mais acostumado a resolver disputas entre vizinhos e ajudar a encontrar gatos perdidos. Nunca havia esperado ter que lidar com um assassinato. Ele aguardou, torcendo para que o outro cedesse primeiro.

— Acho que fiquei irritado com a bagunça — respondeu Weaver. Ele parecia tão esgotado que nenhum dos dois policiais conseguia imaginá-lo gritando. Mas Dover ouvira a briga pessoalmente. Ele vira a consequência imedita dela, e não seria desencorajado.

— Eram apenas alguns porcos, senhor.

— Ele não deveria tê-los deixado bem na frente da loja — retrucou Weaver. — Isso afasta nossos clientes. Quem quer passar por um curral para chegar à porta?

— Isso tem sido um problema frequente? — Dover ergueu as sobrancelhas. Syme levava os porcos para a cidade duas ou três vezes por ano no máximo.

— Essa não é a questão — respondeu o homem. Suor brotava na testa dele. — Se meus clientes quisessem trabalhar numa fazenda de porcos, eles trabalhariam.

— Então o senhor lhe pediu para sair? — perguntou o sargento. — E ele se recusou?

— Sim — disse Weaver. — E foi insolente.

— Como?

— Ele disse que queria ver minha esposa.

— Sua esposa, senhor? Para quê?

— Não sei — respondeu ele. — Não perguntei por que ele queria falar com ela. Falei para ele não ser tão impertinente.

— Entendo. E sua esposa sabia o que ele poderia querer com ela?

Os olhos do homem se arregalaram.

— Por que não pergunta a ela? Penny! Penny!

Mrs. Weaver apareceu tão depressa no batente que o sargento soube que ela estava ouvindo atrás da porta.

— Perdoe-me, madame — disse Dover. Ele achou melhor fingir que Mrs. Weaver não ouvira cada palavra dita até então.

— Estamos nos perguntando se a senhora poderia ter ideia do motivo pelo qual o homem morto queria falar com a senhora.

Mrs. Weaver era uma mulher bonita, com cabelos longos e escuros, trançados e presos com firmeza. Os olhos azuis-claros dela brilharam de desconfiança, embora Dover meio que se lembrasse de quando ela era menina e achava que os olhos antes brilhavam de alegria. Quando Weaver fora para a guerra, o filho deles era apenas um bebê. E quantos anos tinha agora? Vinte? Vinte e um? Fosse como fosse, tinha idade o bastante para trabalhar como professor júnior na escola local. Então talvez não fosse desconfiança que ele visse na expressão dela, mas o cansaço dos anos.

— Eu? — A voz dela era ricamente melódica. — Por que eu saberia, sargento?

Dover se pegou tropeçando nas palavras.

— Eu... nós... eu esperava que você pudesse tê-lo reconhecido.

— Não — respondeu ela. — Acredito que não.

— Ele já estivera aqui antes? — perguntou o policial, sem esperanças. Para a surpresa dela, uma faísca de emoção piscou no rosto dela.

— Não — disse ela.

Mas dessa vez ele soube que ela estava mentindo.

Miss Marple ergueu sutilmente uma sobrancelha, e a garçonete correu para a mesa delas. Susan — que tentava atrair o olhar dela havia cinco minutos — tentou não parecer irritada ao pedir um chá da tarde para ambas. Miss Marple apertou o xale com mais firmeza ao redor dos ombros; a porta não parava de ser aberta com o entra e sai dos clientes.

— Nunca vi esse lugar tão movimentado! — disse Susan, virando-se no assento para olhar melhor. — Tivemos sorte de encontrar uma mesa. E não reconheço metade dessas pessoas.

Miss Marple assentiu.

— Eu me pergunto se a investigação atraiu a atenção dos jornais — respondeu ela.

Susan arregalou os olhos.

— Turistas de assassinato! — sibilou ela. — É isso o que são?

— Acho que podem ser — respondeu Miss Marple. — Sim, é certamente uma possibilidade.

— Eles vão embora quando a investigação acabar, Jane? Acho que não gosto disso.

— Talvez — respondeu Miss Marple. — Sim, quando o sargento fizer a prisão dele, eles devem ir embora.

— Prisão? Quem ele vai prender?

— Mr. Weaver, é claro.

— Ah, não! — Susan levou a mão ao peito com tanta ênfase que as pérolas pularam. — Ele não pode ter feito isso.

— Não pode ter feito o quê, querida?

— Matado o criador de porcos — sussurrou Susan. Ela não queria que outras pessoas pensassem que ela também era turista de assassinato.

— Não, ele não matou ninguém — disse Miss Marple. — Dá para ver que o coitado não conseguiria fazer mal a uma mosca. Ele treme quando um cachorro late.

— Mas você falou...

— Eu falei que ele seria preso. Mas certamente não é o culpado. O homem foi morto, de maneira bem teatral, com um arco e flecha.

— Eu sei — disse Susan.

— Mr. Weaver tem tremores, querida. Ele voltou assim da guerra.

— É mesmo?

— Sim. É por isso que Mrs. Weaver tem que fazer todo o trabalho de pesar e cortar o tecido.

— Mas o homem não foi esfaqueado. Ou atingido com uma balança.

Miss Marple não suspirou, mas exalou com vontade.

— Ele não conseguiria segurar uma flecha no lugar, querida. Muito menos mirar.

— Então ele não pode ser preso!

— Temo que será esperado que o sargento prenda alguém — respondeu Miss Marple.

E, como era tão frequente, ela estava certa.

A luz da manhã estava suave e cinzenta, e Susan buscou Miss Marple de carro para que a amiga não precisasse caminhar até a igreja na calçada escorregadia. O comitê de planejamento de venda de bolos vibrava com boatos, visto que o Sargento Dover e o Policial Jebb haviam prendido Mr. Weaver. Os dois homens deviam ter se conhecido na guerra, pensava-se, e Martin voltara para resolver um rancor antigo. Ou Mrs. Weaver estava envolvida de alguma forma. Martin não parecia o tipo de homem que ela conheceria, mas não havia como saber, havia? Se ela não o conhecesse, por que ele quereria falar com ela? E por que Weaver ficaria tão bravo, a não ser que soubesse de algo que o resto não sabia?

O desenlace

Miss Marple escutava atentamente cada pergunta e insinuação, mas não dizia nada. Como tivera uma carona para a reunião, levara o tricô. A manta crescera um pouco, notou Susan, mas não tanto quanto deveria.

— Ficou sem lã, querida? — perguntou ela.

Miss Marple sorriu ao contar os pontos ao longo da agulha de tricô.

— Não, eu pulei um ponto — explicou ela. — E só notei várias carreiras depois, então precisei desmanchar vários centímetros do trabalho.

— Que chato — comentou Susan, solidária. Ela nunca entendera de fato o apelo do tricô. — Sim, é claro — acrescentou, dessa vez se dirigindo à presidente do comitê. Mrs. Wilson queria os bolinhos de Susan na venda, e ninguém poderia dizer que ela deixara o telhado da igreja se deteriorar por querer uma ou duas fornadas.

— Demorou muito? — perguntou a Miss Marple, agora que o olhar aguçado de Mrs. Wilson havia se voltado para outra direção.

— O tricô? Sim, querida. Mas não para desmanchar. Demora mais para pegar os pontos de novo e... — Miss Marple se interrompeu. — Ah. Acho que poderia ser isso, não poderia?

— O quê, Jane? — Susan conhecia a amiga havia muitos anos e reconhecia os sinais de Miss Marple se dando conta de algo importante: os olhos dela ficavam quase vidrados, como se ela estivesse hipnotizada.

— Mas isso não nos diz quem o matou, é claro — disse Miss Marple. — Embora talvez reduza as opções.

— Jane! — Susan tentava ser discreta, visto que estavam em uma sala cheia de pessoas que conheciam os Weaver, então sussurrou com urgência, mas o mais baixo que conseguiu. Mesmo assim, atraiu um olhar severo de Mrs. Wilson.

— Está se voluntariando, Susan? Maravilhoso, obrigada.

Susan assentiu, perguntando-se com o que acabara de concordar. Pelas expressões gratas nos rostos dos outros integrantes do comitê, ela certamente se arrependeria.

Quando Mrs. Wilson declarou o fim da reunião, Susan e Miss Marple caminharam devagar para a praça. As nuvens de chuva tinham derretido e havia esqueletos de folhas úmidas impressos no caminho que levava à igreja.

— Não sei bem o que prometi fazer — murmurou Susan enquanto as duas se esgueiravam para longe dos outros integrantes do comitê.

— Servir o chá na peça da escola, sinto dizer — informou Miss Marple.

— Ah, não. — Susan revirou os olhos. — Será em breve?

— Hoje à noite, acredito. — Miss Marple piscou para ela. — Eu poderia ajudar, se você quiser.

As duas mulheres chegaram ao saguão da escola às dezesseis horas em ponto. Havia uma caixa bem surrada de xícaras e pires encarapitada na beira de uma mesa de cavalete, e a jarra de água já estava quente ao toque. Miss Marple distribuiu os pires em fileiras organizadas enquanto Susan misturava suco concentrado numa jarra grande e o servia em copos de papel. Quando a plateia começou a chegar, elas já estavam prontas para servir chá e biscoitos para todos que quisessem.

O desenlace

Um rapaz bonito — pouco mais velho que as crianças, na opinião de Susan, mas que se movia com um ar de autoridade e usava um traje acadêmico completo — saiu de detrás das cortinas do palco e franziu a testa ao esquadrinhar o saguão da escola. Talvez não estivesse tão cheio quanto esperava. Susan acenou para ele antes de perceber quem era.

— Jane! — disse ela. — É Eric! Quer dizer, o jovem Weaver.

— Ah, sim — respondeu Miss Marple quando o rapaz acenou de volta com constrangimento e começou a caminhar na direção delas. — Ele dá aula aqui, não dá?

— O que podemos perguntar a ele? — murmurou Susan enquanto Eric se aproximava.

— Nadinha — afirmou Miss Marple com firmeza. Ela estendeu uma xícara de chá, que Eric pegou.

— Muito obrigado — disse ele. Tinha cabelo castanho-claro e olhos cor de avelã, um cortezinho de barbeador cicatrizando na bochecha esquerda. Susan pensou em como era sortudo por ter puxado à mãe, com seu maxilar forte e o nariz reto. As mesmas feições faziam mãe e filho belos de formas diferentes.

— Estava procurando alguém? — perguntou Miss Marple.

— Minha mãe — explicou o rapaz. — Ela esperava assistir à apresentação desta noite.

— Tenho certeza de que ela sabe o trabalho que você teve para ensaiar uma peça inteira — disse Miss Marple.

O rosto dele se abriu num sorriso.

— Ela testemunhou em primeira mão! Viu-me às voltas com o roteiro e os horários dos ensaios por semanas.

— Tenho certeza de que ela chegará em breve — afirmou Susan.

Todas as crianças entravam agora. *Como estavam arrumadas*, pensou Susan. Os blazers azul-marinho tinham o emblema da escola no bolso, e elas andavam em pares até os assentos.

— Seus pupilos são muito bem-comportados — comentou ela. Ele assentiu com a cabeça.

— Eles realmente tomaram gosto pelo teatro. Assim que percebi que a única forma de fazer os garotos se entusiasmarem por uma peça era se ela fosse repleta de violência, eles se tornaram muito interessados.

— Ah — disse Susan, com a voz um tanto fraca. — Qual é a peça?

— Ésquilo. Esposas assassinando maridos. Nunca falha. — Ele saiu andando, ainda procurando pela mãe.

— Que moderno, Jane — comentou Susan.

— De certo modo — respondeu ela.

Mrs. Weaver apareceu pouco antes de as luzes se apagarem, passando direto pela mesa delas sem parar. Mesmo que o rosto estivesse esgotado de preocupação, ela queria apoiar o filho.

Ao final da peça — não tendo entendido mais do que uma em cada cinco palavras e se perguntando se sobrara alguém vivo —, Susan cutucou Miss Marple. Mrs. Weaver se esgueirava apressadamente para fora do saguão antes que a salva de palmas acabasse. Susan tentou acenar para chamar a atenção dela, mas sem sucesso; Mrs. Weaver não ergueu o olhar pálido do chão.

— Imagino que não queira falar com ninguém — disse Susan enquanto recolhia xícaras e pires de debaixo dos assentos de madeira e Miss Marple os empilhava organizadamente sobre a mesa.

O desenlace

— Não — concordou Miss Marple. — Imagino que venha tentando evitar perguntas de todos os lados.

— Acha que a polícia a interrogou? — Susan estava chocada.

— A polícia e o filho, é claro.

— Por que o filho dela a estaria interrogando?

— Porque ele teme que ela tenha feito algo terrível.

— Assassinato? — sussurrou Susan.

— Não, acho que não. — Miss Marple empilhou o restante dos pires. — Algo que ele achará bem mais difícil de perdoar, talvez. Mas talvez ela consiga manter o segredo dela, se tiver sorte. Apesar de que, é claro, ela não foi incrivelmente sortuda até agora, foi?

Mas, na manhã seguinte, parecia que a sorte dos Weaver finalmente mudara. Mr. Weaver foi solto depois que testemunhas se pronunciaram dizendo que o tinham visto andando ao lado da represa no horário em questão. Mesmo que ele conseguisse atirar uma flecha — que Miss Marple já destacara que não era o caso —, ele certamente não conseguiria atirá-la a quase um quilômetro de distância. Por que as testemunhas não se pronunciaram antes, todos se perguntaram, e quem eram? A polícia não estava preparada para responder a fofocas e especulações frívolas, então o vilarejo tirou as próprias conclusões, que se provaram (nesse caso) corretas. Weaver fora avistado por um casal durante um encontro ilícito que nenhum dos dois queria tornar público. De qualquer forma, eles não estavam dispostos a ver um homem inocente enforcado devido à indiscrição deles, então deram testemunhos separadamente ao Sargento Dover.

— O mais estranho, Jane, foi que eu vi Mr. Weaver quando ele voltou à loja ao sair da delegacia — disse Susan, sentada na sala de estar de Miss Marple. As mãos de Susan estavam afastadas segurando o novelo de lã para Miss Marple enrolar. — E ele não parecia nada feliz.

— Ah, que interessante. — Miss Marple enrolava a lã tão depressa que ela parecia saltar das mãos estendidas de Susan. — Como ele parecia estar?

Susan pensou por um momento.

— Deprimido — respondeu ela. — Se você o visse sem saber, pensaria que estava indo para a prisão, e não saindo dela.

Miss Marple não desacelerou.

— Então é bem o que pensei — disse ela. — Ele se deixou ser preso porque estava protegendo alguém.

— A esposa? — Susan baixou um pouco as mãos, mas a lã se emaranhou e puxou-as bruscamente para cima de novo.

Miss Marple olhou para a lã e para a manta de bebê que havia desmanchado cuidadosamente pela segunda vez para eliminar outro erro que cometera ao tentar tricotar sem luz o suficiente. Tão penoso pular um ponto logo no começo, impossível de consertar sem puxar demais o tecido de qualquer um dos lados. Ela desmanchara o trabalho com o máximo de cuidado possível para não precisar recomeçar tudo do zero.

— Fico me perguntando se é esse o caso — falou ela.

— O quê? — perguntou Susan.

— Acho que viemos tentando tecer os fatos quando deveríamos tentar destecê-los. Mesmo eu, que deveria entender do assunto — respondeu Miss Marple, distraída.

— Destecê-los? — repetiu Susan. — Essa palavra sequer existe.

— Só tem uma forma fácil de confirmar, é claro. — A bola de lã nas mãos de Miss Marple crescia à medida que o novelo nas mãos de Susan diminuía.

— Confirmar o quê? Como? — perguntou Susan.

— Você viu Martin?

— Sim, passei por ele e Syme a caminho da igreja naquele dia, antes da discussão com Mr. Weaver.

— Você passou perto o bastante para ver a cor dos olhos dele?

— Sim. — Susan estreitou os próprios olhos num esforço de se lembrar do que vira. — Castanhos. Acho que eram castanhos.

— E Mrs. Weaver tem olhos azuis — disse Miss Marple. — Notei na escola aquele dia.

— Sim, é verdade. Ela usa aquele lindo vestido carmesim que destaca o avermelhado dos cabelos dela.

— Certo. Bem, isso muda tudo, não muda?

— Muda?

— Sim, querida. Fui tão tola. Estava olhando para eles do jeito errado.

— Para quem? Honestamente, Jane, eu juro que presto atenção a tudo o que diz, mas às vezes você parece estar falando outra língua.

— Desculpe, Susan, não tive a intenção de irritá-la. Mas eu venho olhando para esse quebra-cabeça pela perspectiva errada. E, se eu estiver certa, Mrs. Weaver será presa antes do fim do dia.

— Não! — exclamou Susan.

— Precisamos falar com o Sargento Dover — continuou Miss Marple. — Ou ele cometerá um erro terrível, e não sei o que pode acontecer depois disso. Apesar de que eu imagino que seja tarde demais para salvá-lo.

— Salvá-la — corrigiu Susan.

Miss Marple terminou de enrolar a bola e depositou-a na caixa de tricô.

— Perdão, querida?

— Salvar Mrs. Weaver — repetiu Susan.

— Ah — disse Miss Marple. — Não sei bem se ela gostaria de ser salva. Acho que ela planeja fazer exatamente o que Mr. Weaver tentou fazer.

— Não sei como a senhora acha que posso ajudá-la — afirmou o Sargento Dover. Ele era o policial do vilarejo havia muitos anos, e gostava da maioria dos residentes, até daqueles que pareciam ocupar a maior parte do tempo dele. Chegava a se perguntar se as coisas haviam se tornado um bocado mais difíceis quando Miss Marple se mudara para o chalé no topo da colina. Ela era, ele admitia, uma cidadã-modelo: ajudava na igreja, na escola, apoiava os comércios locais e tudo o mais. Ainda assim, de alguma forma, a presença dela fazia com que ele se sentisse um pouco menos cidadão-modelo. O que era ridículo, visto que ele era o sargento da polícia. Mas algo sobre a velha senhora nas roupas elegantes de tweed e chapéu posicionado com cuidado, mãos apoiadas nas alças de madeira da bolsa, o fazia sentir como se tivesse oito anos de novo e tivesse sido flagrado roubando doces.

— Mrs. Weaver — disse Susan. — Ela cometeu um erro terrível.

— Acho mesmo que a senhora está subestimando a seriedade de um assassinato, Mrs. Goldingay — respondeu o sargento.

O desenlace

— Ela não cometeu um assassinato, sargento. — Susan começava a achá-lo um tanto irritante. — É isso o que estamos tentando lhe dizer.

— Ela confessou o assassinato. — O Sargento Dover apoiou os cotovelos na mesa e juntou as mãos com um estalo. — Como regra geral, isso significa que a pessoa cometeu um assassinato.

— Ah, mas veja bem, ela cometeu um tipo de assassinato — disse Miss Marple. — Mas não o tipo pelo qual poderia ser presa.

O policial suspirou e concentrou toda a atenção na senhora de cabelos brancos que parecia tão paciente e nunca cedia.

— Que tipo de assassinato seria esse, Miss Marple?

— Bem, é bem difícil nomear, não é? — respondeu ela. — Suponho que ela tenha ajudado a assassinar o marido, de certa forma. Mas só porque acreditava que ele já estivesse morto.

— O marido dela está vivíssimo, Miss Marple. — O Sargento Dover suspirou. — Ele estava nas minhas celas há dois dias.

— Não, sargento, temo que esteja enganado. Ele foi encontrado morto na rua com uma flecha no peito — respondeu Miss Marple.

— Miss Marple — falou o policial. — Acho que deve estar confusa. Mr. Weaver está em casa, no apartamento deles acima do armarinho. Mrs. Weaver confessou ter assassinado o estranho, Martin.

— Ora, é claro que confessou — disse Miss Marple. — Mas ela não matou Martin, e ele não era um estranho.

— Estou tentado a chamar ambos à delegacia para explicar as coisas lentamente à senhora — declarou ele.

— Ah, mas eu não acho que eles gostariam disso — falou Miss Marple. — A vida deles juntos foi construída com base numa mentira, então eu duvido que a verdade lhes venha facilmente agora.

— Eu tenho um cadáver que foi identificado como Mr. Martin — disse o policial. — E uma assassina que confessou.

— Que motivo ela alegou que tinha para matá-lo? — perguntou Susan.

— Ela não precisou dar um motivo — respondeu o policial. — Ela admitiu. Admitiu ter atirado nele. Até mesmo confessou ter quebrado a flecha.

— Mas ela não deu um motivo, é claro — disse Miss Marple.

O policial estreitou os olhos.

— Não — concordou ele.

— Um advogado decente a faria sair livre do tribunal — disse Susan. — O que ela deveria, porque ela é inocente.

O Sargento Dover pensou por um momento, então cedeu.

— Vamos visitar Mr. Weaver esta tarde — declarou ele. — Para buscar alguns itens de necessidade para Mrs. Weaver. Se decidir visitar o armarinho às dezesseis horas, pode questioná-los pessoalmente.

— Acho que 16h30 seria preferível — disse Miss Marple. — Se quiser que o assassino também compareça.

O policial começou a rir e perguntou:

— Ele tem outra coisa para fazer antes?

— Sim — respondeu Miss Marple. — E não vai conseguir sair até as dezesseis horas.

O sino da igreja tocou duas vezes para marcar a meia hora enquanto Miss Marple e Susan subiam os degraus para o armarinho. Lá dentro, encontraram Mr. e Mrs. Weaver parados de um jeito constrangido atrás do balcão enquanto o Sargento Dover e o Policial Jebb observavam. Mrs. Weaver estava com o cabelo preso com simplicidade e parecia mais jovem do que parecera em anos.

— Boa tarde — cumprimentou Susan, alegre. — Gostaríamos de saber se poderiam responder a algumas perguntas?

— Não sei o que vocês querem — respondeu Mrs. Weaver. — Ou o que esperam alcançar.

— Acho que a verdade pode ser útil, não acha? — disse Miss Marple.

— Por que acha que não estou falando a verdade? — retrucou ela.

— Porque não achamos que seja uma assassina — disse Susan. — E Jane sabe quem é o culpado.

Mrs. Weaver ficou um tanto pálida e se agarrou à escada que usava para alcançar as prateleiras mais altas.

— Eu o matei — falou ela. — Vou me declarar culpada.

Miss Marple balançou a cabeça com tristeza.

— Isso não irá salvá-lo — disse ela. — Ele não deixará que você assuma a culpa pelo que ele fez. Você sabe que ele chegará a qualquer momento para confessar.

Lágrimas brotaram nos olhos de Mrs. Weaver, e o marido se aproximou para reconfortá-la.

— Calma, quem vai confessar? — perguntou o Policial Jebb. O sargento balançou a cabeça.

Então a porta atrás deles se escancarou, e Eric Weaver entrou bruscamente na loja.

* * *

— Mas como você sabia, Jane? — perguntou Susan. As duas estavam na casa de chá, recuperando a equanimidade com sanduíches e bolinhos.

— Ora, porque ele não podia ser filho de Mr. Weaver, é claro — disse Miss Marple. — Quer dizer, o novo Mr. Weaver. Imagino que nunca venhamos a saber o nome verdadeiro dele.

— Como assim? — Susan encheu ambas as xícaras de chá, franzindo o rosto para a cor do líquido ao fazê-lo.

— Eric Weaver tem olhos castanhos — explicou Miss Marple. — Mr. Weaver, o novo Mr. Weaver, tem olhos azuis.

— Você quer dizer que Mrs. Weaver...? — Susan pareceu horrorizada e não conseguiu concluir a pergunta.

— Quero dizer que o Mr. Weaver que voltou da guerra não era o mesmo homem que foi lutar nela — explicou Miss Marple com firmeza. — Imagino que fossem camaradas. Mr. Weaver confessou isso ao Sargento Dover. Ele viu o primeiro Mr. Weaver ser ferido e capturado. No norte da África, acredito, perto do fim da guerra. Nunca lhe ocorrera que o homem pudesse ter sobrevivido. No meio-tempo, Mrs. Weaver recebeu a notícia de que o marido desaparecera em ação e obviamente temeu o pior.

— Então o homem que voltou ao vilarejo como Mr. Weaver não era ele? — perguntou Susan. — Mas ela devia saber!

— Talvez — disse Miss Marple. — Mas espera-se que um homem mude durante uma guerra, não é?

— Você mesma disse, Jane: os olhos dele tinham mudado de cor!

— Sim. Mas se você fosse Mrs. Weaver, gerenciando um negócio, criando um menino sozinha por todos esses anos, acha que teria feito essa pergunta? — Os olhos de Miss Marple brilharam. — Ou talvez simplesmente aceitasse que havia um homem à sua frente, alegando ser seu marido e se oferecendo para dividir o trabalho?

Susan hesitou.

— Acho que consigo imaginar isso.

— O homem que a deixara nunca mais voltaria — disse Miss Marple. — Ou foi o que ela pensou.

— Então Mr. Martin, o novo empregado de Syme, era o Mr. Weaver original? — perguntou Susan. — Mas onde ele passara esse tempo todo?

Miss Marple balançou a cabeça.

— Acho que ninguém nunca saberá essa resposta. Seja lá pelo que ele tenha passado, deve ter sido verdadeiramente terrível para ele voltar irreconhecível.

— Sim — concordou Susan. — Apesar de que o novo Mr. Weaver o reconheceu, não foi? Foi por isso que eles brigaram na praça.

— Acho que sim. Ou o reconheceu ou ao menos reconheceu algo nele. Talvez a consciência dele tenha feito o resto.

— E Eric Weaver também o reconheceu? — perguntou Susan.

— Eu me pergunto — disse Miss Marple. — Ele era apenas um bebê quando o pai foi embora. E acho que nunca questionou se era mesmo o pai dele, aquele que retornara. Será que sequer se lembraria da aparência do verdadeiro pai?

— Mas se não lembrava, por que...?

— Acho que ele viu a briga e tirou as próprias conclusões — explicou Miss Marple. — Eric é um homem de instrução e saberia que um pai e uma mãe de olhos azuis muito dificilmente teriam um filho de olhos castanhos. Acho que acreditava que a mãe tivera um caso com um estranho e que o estranho voltara, muito anos depois, para mergulhar a família em caos. Foi por isso que o matou.

Susan cobriu a boca com as mãos.

— Não — sussurrou ela. — Ele matou o próprio pai sem saber? Que terrível.

— Mrs. Weaver pegou a flecha, é claro, quando ele entrou em pânico e lhe contou o que fizera. Ela ficou com medo de haver impressões digitais nela e não sabia mais o que fazer. Mr. Weaver concordou em ser preso, e eles esperavam que o caso fosse dispensado por falta de provas. Mas quando as testemunhas se pronunciaram para dizer que ele não poderia ter cometido o crime, eles precisaram bolar outro plano, e depressa.

— Que era Mrs. Weaver assumir a culpa?

— Exatamente.

— Mas Eric não teria deixado a mãe ser enforcada, imagino?

— Não — disse Miss Marple. — Não acredito que conseguiria. Eles esperavam que o caso fracassasse no tribunal.

— Quase queria que não tivéssemos interferido, Jane.

Miss Marple fez que sim.

— Eu entendo, querida. Mas um homem não pode matar o pai e não ser punido. Não quando tal pai não fez nada errado além de ser desventurado.

— Como você concluiu tudo isso? — perguntou Susan.

— Foi o desmanche do tricô — disse Miss Marple. — Lembrou-me de Penélope desmanchando a mortalha funerária toda noite por anos porque acreditava que o marido voltaria para ela.

— Alguma coisa a surpreende? — Susan sorriu.

Miss Marple balançou a cabeça.

— Ainda não.

O Natal de Miss Marple

Ruth Ware

— Então, *querida* tia Jane... — A voz de Raymond West veio pelo fio do telefone com uma dose ainda maior do que a normal de charme bajulador. — O que a senhora acha? Um verdadeiro Natal dos velhos tempos em St. Mary Mead?

Miss Marple reprimiu um suspirinho melancólico. Ela achava que nenhum Natal moderno poderia chegar aos pés dos Natais de sua juventude, e certamente não um que passassem apertados no chalezinho, ela, Raymond e a esposa. O Natal, durante a infância de Miss Marple, era uma festa de fogueiras ardentes, meias cheias de doces, nozes e bugigangas, castanhas crepitantes e uma ceia capaz de rivalizar com as da corte de Henrique VIII, com lombo, presunto e peru, batatas assadas e cozidas, e não uma, mas duas porções de pudim natalino.

A extensa casa de campo ficava cheia de crianças da idade dela, assim como uma abundância de tias, tios e parentes diversos, todos infelizmente já falecidos, e todos faziam o tipo de brincadeira que pais modernos recriminavam como perigosas demais. A favorita dela era *snapdragon*, que envolvia catar passas ardentes de um prato flamejante de conhaque; divertidíssimo e acompanhado de muitos gritinhos e dedos escaldados, ela se lembrava, além de deixar no tapete do quarto das crianças manchas de queimado muito difíceis para as pobres criadas limparem.

Um Natal com Raymond e Joan seria sem dúvida muito satisfatório e provavelmente envolveria uma boa dose de músicas no rádio, partidas de bridge com os Bantry e uma bela quantidade de coquetéis, mas com certeza não seria um Natal dos velhos tempos.

— É claro que podemos ir para um hotel se for algum incômodo — adicionou Raymond. — Ouvi dizer que o Savoy faz uma ceia natalina bem respeitável. Mas Joan é bem contrária à ideia; e eu pensei que talvez a senhora fosse gostar da companhia.

— Ah, eu nem sonharia em deixá-los fazer isso — disse Miss Marple, um pouco chocada com a sugestão. — Hotéis são ótimos do jeito deles, Raymond querido, mas Joan está certíssima: *não* para o Natal. E pense nos gastos. Não, eu adoraria receber você e Joan enquanto seu encanamento é consertado. Mas devo alertá-lo: será bem calmo.

— Paz e tranquilidade é exatamente do que precisamos — respondeu Raymond, alegre. — Tenho meu livro para terminar, e Joan... bem, Joan anda um pouco derrubada nos últimos tempos, então uma dose da boa e velha água do lago de St. Mary Mead será o melhor remédio para ela. Caminhadas pelo campo, muito ar fresco... esse tipo de coisa. Se tiver certeza, nos vemos no dia 22.

— Não vejo a hora — disse Miss Marple com sinceridade.

* * *

— Então agora são sete — avisou Mrs. Bantry ao marido, devolvendo o telefone ao gancho e contando nos dedos. — Não, seis. Não... eu estava certa da primeira vez. *São* sete. Nove, incluindo eu e você.

— O quê? Sete? Sete o quê? — A voz do Coronel Bantry emergiu de detrás do jornal matinal.

— Sete convidados para a ceia de Natal. Precisarei pedir a Cook para encomendar um peru maior. Ou acha que comprar dois pequenos seria mais seguro, para o caso de o forno causar problemas de novo?

— Sete? — O marido dobrou o jornal e a encarou, perplexo. — Como assim, Dolly? Você convidou sete pessoas para o Natal? Com o que estava na cabeça?

— Arthur, quantas vezes vou precisar repetir? Já tivemos essa conversa. Você convidou aqueles seus amigos, os Dashwood, para ficarem aqui quando foi caçar tetrazes com o Major Dashwood, não lembra?

— Mal somos amigos — disse o coronel, um pouco rabugento.

A esposa continuou como se ele não tivesse dito nada.

— Então *eles* perguntaram se podiam trazer o sobrinho, Ronald. E eu convidei Jane Marple, e agora o sobrinho *dela* e a esposa vão passar o Natal com ela por causa do encanamento deles, ou talvez seja a eletricidade, não lembro direito, então precisei convidá-los também.

— Ah, caramba, Dolly. Não é aquele camarada West que escreve aqueles livros terríveis, é?

— Sim, e você será *educado* com ele, Arthur. Não sei como saberia se eles são terríveis ou não, você nunca lê romances.

— Bem, eu continuo sem saber como isso soma sete. São só seis.

— Sir Henry Clithering.

— Ah. — Coronel Bantry se apaziguou. Ele gostava de Sir Henry; o antigo delegado da Scotland Yard tinha gostos similares aos dele: era tradicional, apreciador de um cachimbo depois do jantar e não muito falante. — Ah, sim, eu tinha me esquecido. Bem, ele tudo bem, mas nós realmente precisamos aguentar todo o resto em nossa casa?

— Eles não estarão *dentro* da nossa casa, Arthur, não todos, de qualquer forma. Raymond e Mrs. West se hospedarão no chalé de Miss Marple; eles só vêm aqui para o Natal. E os Dashwood são culpa exclusiva sua. *Eu* não os convidei.

— Bem, o estranho é — disse Coronel Bantry pensativo — que não sei bem o que me deu. Eu não tinha a *intenção* de convidá-los, se é que me entende. Mas, maldição, Major Dashwood foi tão amigável, e de alguma maneira o assunto surgiu e eu achei que deveria estender a velha mão da hospitalidade, sabe?

— Não, eu *não* sei, Arthur, eu não estava lá. Só o que sei é que você telefonou cheio de pânico perguntando se tínhamos espaço para mais dois no Natal, e aqui estamos nós. E agora — Mrs. Bantry se levantou, alisando a saia — é melhor eu ir dar as notícias a Cook. Só espero que ainda dê tempo de falar com Footit para encomendar outro peru.

— Nem sei como expressar tamanho deleite, Mrs. Bantry — repetiu Joan West. Ela mexeu o coquetel e olhou com admiração para a sala de estar de Gossington Hall, do fogo ardente na lareira aos ramos emaranhados de azevinho e hera pela cornija.

— Um verdadeiro Natal dos velhos tempos. E uma árvore tão encantadora.

— Collins se superou esse ano — respondeu Mrs. Bantry. Ela deixou a cesta de costura de lado e olhou com satisfação para a espruce-da-noruega no canto da sala de estar. — Ele é nosso jardineiro, sabe; por mais que ultimamente seja mais um diretor de operações. Tivemos que contratar um novo assistente, Bertie Finch, visto que o coitado do Collins não aguenta mais trabalhos pesados de escavação. Bertie é um pouco... — Ela parou, fez contato visual com Miss Marple e tossiu, então continuou. — Bem, de qualquer forma, de cavalo dado não se olham os dentes, e preciso dizer que não tivemos reclamações sobre o trabalho dele. E é *tão* difícil conseguir funcionários ultimamente, e nós temos *muita* área de jardim.

Joan seguiu o olhar dela para a janela da sala de estar, que dava para os gramados extensos.

— Ah! Está nevando de novo. Que perfeição.

Flocos brancos tinham começado a cair sobre o cobertor grosso de neve intacta que já cobria os teixos esculpidos e as roseiras do terraço.

— Um Natal com neve — disse Raymond com um sorriso oblíquo. — Um clichê de cartão-postal.

— Sim, querido, deveras pitoresco — concordou Miss Marple placidamente. Ela estava sentada em uma poltrona de espaldar alto ao lado da lareira, a definição de uma velha senhora vitoriana com touca e luvas de renda, tricotando algo branco como neve que se afofava sobre o colo dela. — Apesar de muito inconveniente para os motoristas, como sempre ouvi.

— Um maldito inconveniente para todos — adicionou Major Dashwood. — Ouvi no rádio que a linha de trem vinda de Londres está bloqueada. Parece que tivemos uma sorte tremenda em passar antes de a neve começar.

— Realmente espero que não fiquemos presos, Carlton — disse a senhora do lado oposto, arregalando os olhos azuis. Mrs. Dashwood era uma mulher bonita de expressão vaga e trinta e poucos anos, com um rosto ao mesmo tempo enérgico e estranhamente desprovido de emoção. Seus olhos estavam tão abertos quanto possível, bem ao estilo de uma boneca de porcelana, mas a expressão neles pareceu a Joan como um tipo de pantomima de alarme.

— Não se preocupe, minha querida Esmé — tranquilizou o marido, dando tapinhas no braço dela. — Não temos motivos para correr de volta para Londres, e Arthur e Dolly não nos jogariam na neve lá fora, haha!

— Como é? — disse o Coronel Bantry, erguendo o olhar enquanto esvaziava o cachimbo na lareira. — Jogá-los na neve? Penso que não, não haveria cabimento.

— Arthur! — A voz de Mrs. Bantry interrompeu a conversa vinda do centro da sala, onde ela estava parada debaixo de um enorme ramo de visco pendurado no lustre. — Já estou há uns bons dez minutos embaixo deste visco esperando você me notar.

— Ora, isso não está certo! — disse o Major Dashwood, repousando o uísque com refrigerante e se levantando com um galanteio. — Permite-me, Mrs. B?

Mrs. Bantry ofereceu uma bochecha com pó de arroz — com bastante relutância, na visão de Miss Marple —, e o Major Dashwood plantou um beijo de bigode nela e se curvou.

— Tarde demais, Bantry, já era! — exclamou o major com uma risadinha, voltando ao assunto.

— Minha vez, Raymond — disse Joan. Ela deixou o copo ao lado da grande poinsétia vermelha e seguiu para debaixo do arranjo. O marido sorriu e se levantou para se juntar a ela.

— Tudo muito pagão, é claro — comentou ele ao beijar a bochecha da esposa. — Que bom que o vigário não está aqui; não sei o que ele pensaria desses vestígios sobreviventes dos deuses antigos. Suas belas tradiçõezinhas natalinas — ele acenou com o dedo para a sala, abrangendo os Bantry, os Dashwood e a tia — estão bem longe do Natal cristão. Na verdade, são uma espécie de lobo druídico em pele de cordeiro. Os deuses nórdicos teriam reconhecido todo esse azevinho e hera pelo que são: símbolos de fertilidade, adoração a plantas e renovação. Beijar sob o visco é o vestígio moderno e aguado do que já foram tradições muito terrenas de fato.

— Opa, vamos com calma, meu velho camarada! — disse o Major Dashwood com uma curta risada estrondosa. — Não vamos chocar as mulheres e crianças, hein?

— Não acho que seu sobrinho esteja escutando, Major Dashwood — falou Joan com um aceno de cabeça para o outro extremo da sala, onde Ronald estava curvado sobre um livro. — Parece interessado demais no livro dele. E, falando por mim, sou artista e lhe garanto que é preciso muito mais que alguns deuses nórdicos para *me* chocar.

— Ah, mas a senhora é casada, Mrs. West — opinou Mrs. Dashwood, com um olhar significativo para Miss Marple. — E isso faz diferença, não faz? Duvido que a querida Miss Marple esteja acostumada a esse papo de... o que era? Rituais de fertilidade nórdicos?

— Ah, ora — murmurou Miss Marple, levantando um ponto do tricô. — Eu não diria... Quer dizer, num vilarejo ninguém está nem de longe tão protegido quanto forasteiros talvez presumam. Fertilidade... nascimento... posso lhe garantir que tais assuntos são dificilmente desconhecidos em St. Mary Mead. Outro dia mesmo a garota de Mrs. Clyde, Dora... Mas, pensando bem, não devo fazer fofoca.

— Gosto bastante das antigas tradições — disse Sir Henry Clithering no assento ao lado da lareira, com um sorriso. — Quando eu era garoto, a tradição de nosso vilarejo era arrancar uma frutinha toda vez que alguém beijasse uma garota, e quando todas as frutinhas acabavam, o mesmo acontecia com os beijos. O que acha, Miss Marple? Podemos?

Ele se levantou e se posicionou sob o visco, de mão estendida.

Piscando, a velha senhora deixou o tricô de lado e foi para o meio do cômodo, oferecendo a bochecha rosada para o beijo de Sir Henry. Ele, por sua vez, ergueu a mão para arrancar uma frutinha, mas se retraiu depressa, chupando o dedo.

— Ai! Tinha esquecido como a folhagem é espinhosa. Bem, que se dane, as frutinhas terão de ficar. Mas vou reivindicar meu beijo.

Ele se curvou e beijou a bochecha de Miss Marple, que abriu um sorriso travesso.

— Não é meu primeiro beijo debaixo do visco, Sir Henry. Sempre me lembra de alfinetes de chapéu, sabe.

— Alfinetes de chapéu? — repetiu Sir Henry, um tanto confuso. — Temo não ter entendido sua associação, Miss Marple.

— Ah, sim, de fato. Os rapazes costumavam se demorar sob o visco em festas natalinas, e se uma garota do gosto deles passasse, eles reivindicavam um beijo, e *às vezes* eram bastante insistentes. Mas minha querida mãe sempre aconselhava todas as moças a guardar um alfinete de chapéu no corpete. Não há nada como um alfinete de chapéu para proporcionar certo desencorajamento a pretendentes indesejados. Vagões de trem também.

— Vagões de trem? — O Coronel Bantry pareceu desconcertado. Do outro lado do cômodo, Raymond lançou um olhar levemente preocupado à esposa. De fato, a tia estava se tornando um pouco doida demais nos últimos tempos.

— Ah, sim — interveio Mrs. Bantry no assento no outro extremo do cômodo. — *Eu* me lembro muito bem disso. O trem entrava num túnel e todas as luzes se apagavam. Os rapazes aproveitavam a oportunidade para beijar a garota sentada à sua frente, uma completa estranha às vezes. E se fosse um túnel longo, é claro, eles se sentavam antes que o trem saísse dele, então, quando as luzes se acendiam, você estaria encarando uma fileira de rapazes, incapaz de dizer quem fora o culpado. Mas se você tivesse um alfinete de chapéu à mão, poderia espetá-lo, e *isso* os fazia voltar rapidinho aos seus assentos.

— Minha nossa, Dolly — disse o marido, admirado. — Eu não fazia ideia de que você era tão feroz.

— Ora, Arthur, só se eu não *gostasse* do rapaz.

Bem nesse momento, o gongo soou. O jovem curvado no canto ergueu a cabeça do livro.

— Digam, o jantar está pronto? Estou morrendo de fome.

— É o gongo da hora de se vestir — respondeu Mrs. Bantry, bruscamente. — Não que eu precise me preocupar. — Ela retomou a costura e alisou o vestido de renda marrom bem funcional. Mrs. Dashwood, no entanto, se levantou e saiu murmurando algo sobre retocar a maquiagem.

— Diga, Clithering — O Major Dashwood se levantou e se espreguiçou —, gostaria de jogar um pouquinho de bilhar antes da refeição?

— Sinto dizer que não jogo — respondeu Sir Henry. — Mas talvez Bantry lhe dê o prazer de uma partida, e eu cuido do placar.

— Vou acompanhá-los para um cigarro — disse Raymond West, e os quatro homens se retiraram para a sala de bilhar, deixando Joan, Miss Marple e Mrs. Bantry a sós com o apático Ronald.

— Gostaria que ele largasse aquele livro — murmurou Mrs. Bantry para as duas mulheres, enfiando a agulha no tecido com ferocidade contida. — É bem grosseiro ler na companhia de outros. Já teriam confiscado meu livro se eu me comportasse assim quando criança. Ah, droga. Acabaram meus alfinetes.

— Sim, querida, mas é uma idade estranha — sussurrou Miss Marple.

Então, mais alto, ela disse, dirigindo-se ao garoto:

— Conte-me um pouco sobre você, Ronald. Está hospedado com seus tios?

— Sim — respondeu o rapaz. Ele parecia, na visão de Miss Marple, um pouco velho para ser estudante, por mais que fosse difícil definir os jovens daqueles dias. Os trejeitos, no entanto, eram mais compatíveis com os de um garoto desengonçado. Então ele ruborizou num tom feio de roxo, como uma beterraba, e silenciou.

Com o ar de alguém que valentemente arranca conversa de uma pedra, Mrs. Bantry comentou:

— Seu livro parece muito envolvente. Sobre o que é?

— Histórias de detetives. *Hangman's Holiday.*

— Que título medonho — comentou Mrs. Bantry, mas Miss Marple balançou a cabeça.

— Ah, não, querida. Miss Sayers, sabe. Lorde Peter Wimsey é o detetive dela, um rapaz muito glamoroso. Eu mesma o li no ano passado, da biblioteca circulante de Much Benham. As tramas dela são *tão* inteligentes, e cheias de citações literárias, por mais que eu deva confessar nem sempre entender o latim. Raymond é muito gentil ao traduzir para mim, mas temo que ele desaprove ficção policial.

— Seria típico de Raymond — comentou Mrs. Bantry, um pouco azeda.

— Acho que é simplesmente porque ele tem mais interesse pela *psicologia* do crime do que pela descoberta do culpado — sugeriu Joan. — Tantos autores de histórias de crime se concentram em *quem* o cometeu em detrimento do *porquê*. Que inadequações freudianas jazem na raiz desses impulsos criminais?

— Tenho certeza de que está certa, querida Joan — disse Miss Marple, estalando as agulhas placidamente. — Mas, sabe, por mais que as pessoas sejam muito perversas, não sei bem se há tantas *neuroses sexuais* envolvidas quanto Raymond parece acreditar. Muitas vezes percebo que os motivos são muito mais mundanos. Dinheiro, por exemplo, se manifesta com triste frequência.

À menção da palavra *sexuais*, o rapaz assumiu um tom ainda mais escuro de beterraba, murmurou algo sobre lavar as mãos e saiu do cômodo.

— *Quem* são os Dashwood, Dolly? — perguntou Miss Marple enquanto o som dos passos de Ronald se dissipavam no corredor. Mrs. Bantry soltou a costura e cutucou o fogo com um mau humor bem evidente.

— Ah, são realmente pessoas *terríveis*. Não faço ideia do que Arthur estava pensando. Foi tão atípico da parte dele; em geral, ele é bem antissocial. Bem, não quero dizer com pessoas como *vocês* e Sir Henry. Pessoas de quem ele gosta, quero dizer. Mas com pessoas que não conhece direito, ele é normalmente antissocial de verdade. Então ele vai e convida os Dashwood! *Ele* é Coleton ou Carlton ou algo assim; um major aposentado e irmão de Lorde Archibald Dashwood. Ou talvez primo. Não lembro direito, é uma família bem grande. E ela é... bem, acho que já foi algum tipo de atriz. O nome dela é Esmé, se é que dá para acreditar. E quanto ao sobrinho, ele está sendo fastidioso desde que chegou. Não quis nem ir à igreja hoje de manhã. No Natal, pelo amor de Deus! Pensei que Arthur fosse ameaçá-lo com um chicote.

— Deve estar entediado — falou Joan sem pensar, então se afobou ao perceber a gafe. — Quer dizer, é diferente para nós, é claro! Mas sabe como é, naquela idade...

— É claro que ele está entediado — retrucou Mrs. Bantry. — Qualquer garoto da idade dele estaria entediado, enfurnado no campo com um monte de pessoas de meia-idade. Mas isso dificilmente é culpa minha ou de Arthur. Pelo que entendi, ele foi despachado para os tios como algum tipo de punição por ter sido expulso de Oxford. Jogos de azar ou algo assim. Resultado: eles não o querem aqui, e ele certamente *não quer* estar aqui. E o problema com os jovens de hoje em dia é que eles não hesitam em demonstrar isso. Nenhuma consideração por Arthur ou por mim. Só fica sentado com os braços cruzados dando respostas monossilábicas. Temo tê-lo colocado ao lado de Raymond no jantar. Achei que ele poderia conseguir arrancar algo do garoto.

— Ah, Dolly, acha que foi uma decisão sábia? — perguntou Miss Marple. — Raymond é um amor, mas pode ser... perdoe-me, Joan querida... bem, um tantinho cínico às vezes. E jovens dessa idade são tão influenciáveis.

Joan riu.

— Bem, eu não me importo — disse Mrs. Bantry com finalidade. — Já o aguentei por tempo demais, e Arthur também. Até onde sei, Raymond é receptivo com ele, e talvez possa transformá-lo num personagem de um dos livros dele. Ele gosta de pessoas desagradáveis, não gosta?

— Meu querido Raymond... — começou Miss Marple, mas o comentário foi interrompido por um grito estridente e penetrante vindo do andar de cima.

— O que foi isso? — perguntou Joan, franzindo a testa.

— Ah, provavelmente aquela Dashwood terrível viu um rato — respondeu Mrs. Bantry. — Avisei a Lorrimer outro dia mesmo que precisamos colocar algumas ratoeiras no andar de cima.

— Ah, Carlton! — soou outro grito, dessa vez inegavelmente a voz de Mrs. Dashwood. — Carlton, venha depressa! Elas *sumiram*!

As três mulheres se entreolharam; então, em sincronia, levantaram-se e seguiram para o corredor, onde encontraram Mrs. Dashwood ao pé da escada, segurando um estojo de marroquim verde e queixando-se para o marido:

— Carlton, elas *sumiram*.

— Sumiram? Como assim *sumiram*, Esmé? O que sumiu?

— Minhas pérolas! Guardei-as aqui ontem à noite, mas então pensei que seria bom usá-las para a ceia de Natal. E agora... — Um soluço se ergueu na voz dela. — Agora elas *sumiram*.

— Arthur! — exclamou Mrs. Bantry, a voz repleta de alarme ao se virar para o marido. — Arthur, o que está havendo? Nós fomos roubados?

— Roubados? Impossível — retrucou o Coronel Bantry. — Nem pensar.

— Minha querida Mrs. Dashwood. — Sir Henry Clithering assumiu uma conduta tranquilizadora. — Por favor, não se aflija. Tenho certeza de que há uma explicação perfeitamente razoável. Talvez as pérolas tenham caído dentro de uma gaveta, ou a senhora não as tenha guardado como pensa?

— Se estiver chamando minha esposa de mentirosa... — disse o Major Dashwood com tensão. Sir Henry fez uma expressão surpresa.

— Nem por um momento, major. Mas me parece muito mais provável que seja tudo um mal-entendido infeliz. Mrs. Bantry — ele se voltou para a anfitriã —, se puder chamar a criada, tenho certeza de que podemos resolver tudo.

— Sim, sim, é claro — respondeu Mrs. Bantry distraidamente. — Talvez... ah, céus. Por que vocês não voltam para a sala de estar enquanto eu chamo Mary?

Quando o pequeno grupo saiu em fila, Mrs. Bantry se virou desesperadamente para a amiga.

— Está vendo, Jane? Não lhe disse que os Dashwood eram intoleráveis? E logo antes da ceia de Natal, além do mais. Cook ficará *tão* chateada, e é tão difícil manter o lombo *aquecido*, sabe.

O Natal de Miss Marple

* * *

Uns dez minutos depois, Lorrimer, o mordomo, acompanhado da empregada, Mary, de olhos vermelhos, mas composta, estavam parados num canto da sala de estar, com Lorrimer empertigado em toda a impressionante altura dele e radiando uma aura de retidão tensa.

— Já conversei com Mary, e ela está bem segura, madame, de que nunca encostou no estojo verde, nem viu qualquer pérola enquanto arrumava o quarto essa manhã. No entanto, se me der permissão, talvez uma busca no quarto de Mrs. Dashwood seja adequada?

— Estou dizendo, o colar não está *lá* — lamuriou-se Mrs. Dashwood da posição reclinada dela no divã do canto. Ela segurava uma taça de conhaque e parecia bem perturbada. — Já procurei e procurei. Acha que não procurei? Não sou uma completa tola, sabe!

— É claro que eles precisam verificar, Esmé — falou o marido com aspereza. — É a única opção. A pergunta é: quem fará a busca?

— Eu acho — opinou Sir Henry com delicadeza — que deveríamos confiar a busca a Lorrimer e Mary, mas também seria bom se um dos Bantry e um dos Dashwood estivesse presente.

— Excelente ideia — respondeu o Coronel Bantry. Sua expressão era sombria. — Podemos, Dashwood? E eu gostaria que você fosse também, Clithering. Como terceiro desinteressado e tudo o mais.

Sir Henry assentiu, e os três homens se levantaram e seguiram Lorrimer e a criada escada acima.

— Ora, minha *nossa* — falou Raymond West com a voz arrastada quando o silêncio recaiu sobre a sala de estar. — Isso foi uma reviravolta e tanto. Já consigo ver os jornais matinais: "Roubo de joias no Natal na pacata St. Mary Mead!".

— Roubo! — gemeu Mrs. Dashwood do canto do sofá. — Ah, nem diga uma coisa dessas! As pérolas pertenciam à mãe de Carlton, sabe; são inestimáveis, deveras inestimáveis. Ao menos três mil libras. Talvez cinco! Se tiverem sumido... Olha, eu não sei como vou aguentar.

Raymond soltou um assobiozinho e balançou a cabeça.

— Têm seguro?

— Céus, como vou saber?! É Carlton que cuida disso tudo; mas mesmo que tenham, essas empresas sempre encontram uma forma de se esquivar de pagar!

— Minha nossa, minha nossa. — Miss Marple deixou o tricô de lado com uma expressão preocupada. — Sei muito bem o que quer dizer, Mrs. Dashwood. Mr. Blair, aquele jovem e esperto advogado em Much Benham, teve a motocicleta roubada três vezes nos últimos dois anos, e da última vez a seguradora se recusou a pagar, sabe. Ele fez um escarcéu. Mas então acabou que o amigo dele a havia pegado emprestada e estacionado na garagem errada, então ficou tudo certo no fim. Sei como as seguradoras são muito severas sobre reinvindicações fraudulentas e, de fato, ele poderia ter se encontrado numa situação muito difícil se a reivindicação tivesse realmente sido atendida. Na verdade, *algumas* pessoas acharam que o amigo... Mas enfim. Não devo fazer fofoca.

Mrs. Dashwood virou o rosto manchado pelas lágrimas para Miss Marple.

— Por que diabo a senhora está falando em motocicletas? Eu não perdi uma motocicleta! E duvido muito que minhas pérolas apareçam na garagem de alguém.

— Não, não, de fato — murmurou Miss Marple em tom contrito. — Sinto muitíssimo, temo que minha mente tenha vagado. A senhora tem toda a razão, Mrs. Dashwood. Deveras aflitivo.

— Vamos lá, não consideremos as pérolas perdidas ainda — disse Joan, reconfortante. — Há grandes chances de que elas só tenham deslizado para dentro de uma gaveta.

Mas quando Sir Henry Clithering voltou à sala de estar uns vinte minutos depois, foi com uma expressão séria, e ele balançou levemente a cabeça em resposta à sobrancelha erguida de forma questionadora de Raymond West.

Mrs. Bantry se levantou ao avistá-lo, com o ar de alguém que já chegara ao seu limite.

— Preciso ir falar com Cook, ela ficará fora de si. Jane, pode vir comigo?

Miss Marple assentiu e, deixando a lã branca felpuda de lado, seguiu a velha amiga pelo corredor. Não falou nada pelos primeiros poucos minutos, mas, ao fazer a curva para a biblioteca, ousou falar.

— Dolly, querida, a cozinha fica na direção oposta, não fica?

— Sei perfeitamente disso — respondeu Mrs. Bantry com franqueza, abrindo a porta da biblioteca e afundando numa poltrona de couro com uma expressão martirizada. — Eu apenas precisava sair daquela sala de estar. Não aguentaria ouvir aquela mulher suspirando e resmungando por nem mais um minuto. Ah, Jane, que situação péssima. E no Natal! Arthur estava *tão* ansioso para esse lombo; e não há nada pior do que peru seco.

— Imagino que ela estivesse *mesmo* usando as pérolas ontem à noite? — perguntou Miss Marple. — Quero dizer... não é possível que ela as tenha deixado em casa ou perdido no caminho para cá?

— Sim, ela estava usando as coisas — disse Mrs. Bantry, contrariada. — Na verdade, não parava de falar sobre elas. Fez um bafafá sobre o valor. Arthur disse depois que quase lhe tirou o apetite. Deveras vulgar, na minha opinião. Não é de se espantar que tenham sido afanadas se ela não parava de se vangloriar sobre o quanto valem. Deve ter sido aquele sobrinho mal-humorado dela. Ou dele. Seja lá de quem for.

— Então você *acha* que as pérolas foram roubadas? — questionou Miss Marple. Mrs. Bantry jogou as mãos para cima.

— Só Deus sabe! Se elas não aparecerem, não sei que outra explicação pode haver. Mas me recuso terminantemente a acreditar que Mary tenha alguma coisa a ver com isso! Ou qualquer um dos empregados, na verdade. Eles trabalham conosco há anos. Só que, se a joia não for encontrada, sempre haverá uma suspeita torpe, incômoda. Ah, Jane, eu seria capaz de estrangular aquela mulher, de fato seria.

— Estrangular quem? — perguntou uma voz grossa na porta, e Mrs. Bantry se virou com um pulo culpado, levando a mão ao peito.

— Arthur! Como pôde me dar um susto desses? Pensei que fosse um dos Dashwood. Como estão as coisas? Algum sinal do colar?

— Nenhum — respondeu o marido, lúgubre. — Mary e Lorrimer passaram um pente-fino no quarto dos Dashwood, e agora estão seguindo para os aposentos dos criados. É difícil pra burro, Dolly, admito. Desci para telefonar para o Policial Palk do vilarejo. Não há mais nada a ser feito a essa altura.

— Ah, Arthur, é necessário? Se envolvermos a polícia...

— Não há outra opção, minha querida. — A expressão do Coronel Bantry era de resignação sombria. — Mrs. Dashwood está convicta de que elas foram roubadas, e provavelmente nesta manhã, ou enquanto todos estávamos na igreja ou tomando coquetéis. Ela guardou o colar na caixa de joias ontem à noite antes de dormir e está bem segura de que ninguém pode ter entrado no quarto durante a noite. E ela tomou café da manhã no quarto também, o que deixa uma janela a partir das dez horas. Clithering está interrogando Collins para saber se ele viu alguém se esgueirando pelo terreno, mas acho que as chances são pequenas.

— Ah, céus — disse Mrs. Bantry com distração. — Então imagino que não haja alternativa exceto ligar para Palk. Mas o peru estará seco como um osso quando *ele* terminar.

Infelizmente, os piores medos de Mrs. Bantry se tornaram realidade. Eram quase quinze horas quando o Policial Palk atravessou penosamente a neve até Gossington Hall, e ainda mais tarde quando terminou de interrogar os criados dos Bantry e voltou a atenção aos hóspedes. Em vez do suntuoso banquete natalino que esperavam, o pequeno grupo na sala de estar comeu sanduíches de rosbife frio e chá quente. Muito bons também, à sua maneira, como observou Raymond, mas *não* o mesmo que uma mesa completa com lombo e peru, vinho, pudim, queijos e porto para acompanhar.

Mrs. Dashwood se recolhera à cama com uma dor de cabeça nauseante depois do próprio interrogatório com Palk, e o Coronel Bantry podia ser visto andando de um lado para o outro pelo terraço nevado com o cachimbo preso entre os dentes e o rosto furioso quando Palk entrou na sala de estar e disse:

— Miss Marple, se me permite?

Miss Marple assentiu com compostura, dobrou o tricô e seguiu o policial pelo corredor até o escritório do Coronel Bantry, onde os interrogatórios aconteciam.

Sir Henry Clithering, que estava sentado numa poltrona no canto, ergueu a sobrancelha, um tanto entretido, quando a velha senhora entrou e se sentou, bem empertigada, na cadeira de espaldar reto no centro do cômodo.

— O Inspetor Slack não conseguiu passar pela neve — explicou ele enquanto Miss Marple arrumava o tricô calmamente no colo e entrelaçava as mãos. — A estrada vinda de Much Benham está bloqueada. Presumo que não se importe, Miss Marple?

— Ah, imagine, não. Não mesmo. Duas cabeças funcionam melhor do que uma, como minha querida mãe sempre dizia.

— Ou até três? — disse Sir Henry com um sorrisinho. — Os eventos de hoje a lembram de alguma coisa, Miss Marple?

— Ah, nossa. — Miss Marple ficou imediatamente um pouco afobada. — Bem, sim e não. Mas é tão difícil ter *certeza*, sabe, e eu não gosto muito de *afirmar* qualquer coisa. Imagino que tenham encontrado uma janela aberta?

A outra sobrancelha de Sir Henry se ergueu ao ouvir isso, mas ele fez um aceno positivo com a cabeça.

— De fato, sim. Aquela no hallzinho de entrada dos fundos. Mas o que a faz dizer isso?

— Bem, é claro que *precisaria* haver uma janela aberta... para dar uma oportunidade. Presumo que tenha sido forçada?

— Sim — respondeu Sir Henry secamente. — E não de modo muito experiente. Parece que usaram alguma espécie de espátula. Somando-se isso à neve, que exclui qualquer possibilidade de intervenção externa, sinto muitíssimo afirmar que parece algum tipo de trabalho interno. Mas buscar as pérolas numa casa deste tamanho está se provando similar a procurar uma agulha num palheiro; sem falar do terreno.

— Ah, nossa, sim, sei *bem* o que quer dizer. E o terreno, dificílimo. Não houve nenhum visitante?

Sir Henry balançou a cabeça.

— Nenhum. Lorrimer foi bem claro sobre isso. E nós teríamos visto os rastros, sabe, voltando da igreja. Não, por mais que eu quisesse acreditar num agente externo, temo que nada sustente essa teoria.

— Ah, nossa, aquele pobre rapaz. É mesmo *muito* difícil se livrar do passado. E isso pode levar as pessoas a tomar, bem, decisões *tolas*.

— Pobre rapaz? — repetiu Sir Henry, franzindo a testa.

— Posso perguntar onde a senhora estava entre as dez horas e 12h30, Miss Marple? — interveio o Policial Palk, evidentemente determinado a seguir o roteiro de obter uma declaração de todos os presentes. — Sinto muito por perguntar, mas é puramente rotina, como tenho certeza de que entende.

— Ah, mas é claro — respondeu Miss Marple com seriedade. — Eu *de fato* entendo. E posso, sim, lhe dizer: eu estava na igreja com os Bantry, Joan, Raymond e os Dashwood. Ao menos os dois Dashwood mais velhos. O sobrinho, eu acho, *não* estava lá.

— Não, ele ficou aqui — confirmou Sir Henry. — E não me importo em informar-lhe, Miss Marple, que estamos investigando o histórico dele. Ele foi expulso de Oxford por ter acumulado uma dívida considerável em jogos de azar.

Foi nesse momento que a porta do escritório se abriu e Mrs. Bantry entrou.

— Se me dá licença, madame — começou Palk com rigidez, mas Mrs. Bantry o cortou.

— Ah, não me venha com essa, Palk. Como pôde aborrecer Collins? Não sei o que falou para ele, mas ele está arrasado. Bertie Finch, o jardineiro assistente, está ameaçando pedir demissão. É péssimo, realmente.

— Minha cara Mrs. Bantry — disse Sir Henry —, o Policial Palk só está fazendo o trabalho dele. Se Finch não tem nada a esconder, ele não tem nada a temer.

— Despautério! — disse Mrs. Bantry, virando-se para ele com raiva. — Você sabe tão bem quanto eu como as fofocas circulam num lugar como esse. Collins disse que Palk praticamente acusou Finch de forçar a janela do hall com uma espátula. Ele disse que encontrou lascas de tinta numa espátula da cabana de jardinagem.

— Tenho motivos para acreditar que aquele jovem possa não ser tudo o que diz que é — falou o Policial Palk com um toque de pompa. — Talvez seja melhor a senhora pedir referências da próxima vez, Mrs. Bantry.

— Eu sei muito bem quem ele é! — retrucou Mrs. Bantry — É o sobrinho do padeiro de Market Basing e passou dois meses na cadeia por roubo. Foi por isso que conseguimos contratá-lo para uma vaga que mais ninguém queria, e ele tem sido um ótimo assistente de jardineiro!

— Um ótimo assistente de jardineiro, mas um rapaz um tanto tolo — murmurou Sir Henry Clithering, dando batidinhas na mesa com o cachimbo vazio e olhando com uma expressão pensativa para Miss Marple. — Não é verdade, Miss Marple?

— Minha nossa, minha nossa — respondeu Miss Marple com um suspiro preocupado. — Há *tanta* tolice no mundo, e é tão difícil para um rapaz tentando encontrar o caminho dele. Dolly, se me perdoar, preciso falar com o Policial Palk e Sir Henry Clithering só por um momento. Então me juntarei a você na sala de estar. Acho que todos precisamos de um pouco de chá quente.

— É melhor passar a noite aqui, Jane — disse Mrs. Bantry resignadamente ao tomar o prometido chá. — Está escuro demais lá fora, e Arthur disse que a estrada para o vilarejo está bloqueada.

— Ah, obrigada, Dolly. Sinto muito por incomodá-la, mas de fato acho que seria melhor. Meu caro Raymond mencionou ir a pé, mas acho que ele não está muito acostumado às nossas estradas de terra, e quanto a Joan...

— Quanto a Joan? — repetiu uma voz questionadora às costas delas, e Miss Marple se virou e viu o sobrinho e a esposa. Joan riu. — Desculpe-me, tia Jane, não queria bisbilhotar, mas não consegui deixar de entreouvir meu nome. Estamos presos pela neve, então?

— Temo que sim — respondeu Mrs. Bantry. — Nem Palk conseguiu voltar; ele vai dormir no quarto vazio em cima da copa. Pedi para Mary arrumar o quarto azul para a senhora e seu marido, Mrs. West. Jane, coloquei você no quarto acima da varanda. Ouso dizer que ficarão terrivelmente desconfortáveis, mas não há alternativa... Mary no geral é tão eficiente, mas ficou bem abalada com toda essa história, e a segunda criada, Dorcas, foi para a cama com histeria. Histeria, dá para acreditar? Quando eu era garota, criadas não tinham histeria.

— De fato, Dolly — disse Miss Marple com gentileza —, mas, sabe, Bertie Finch é o rapaz dela, então é compreensível que esteja bem chateada com a história toda.

— Ela não é a única. — Uma voz áspera soou atrás do ombro de Miss Marple, e o grupinho se virou e encontrou o Coronel Bantry parado atrás deles com uma expressão muito taciturna. — Essa história é absolutamente detestável.

— Ah, Arthur, ele não foi preso, foi?

— Foi levado para interrogatório, mas acho que é só uma questão de tempo até ele ser acusado. Não está bom para o lado do garoto. As pérolas não estão em canto algum, mas Palk encontrou um pedaço do fecho no canteiro de flores embaixo da janela do hall dos fundos. E o pior é que Dashwood se informou com a seguradora e parece que as malditas pérolas não estavam apropriadamente asseguradas; a apólice venceu no mês passado.

— Ah, não, Arthur! — Mrs. Bantry assumiu uma expressão de horror ao repousar a xícara de chá. — E o que isso significa?

— O que significa? Significa que vou ter que pagar pela mer... digo, pela droga da joia. Nem posso recusar, considerando que parece que foi um dos *meus* empregados que a pegou. Vou ter uma palavrinha com Barlett e Mundy quando eles reabrirem, ver se podemos usar o nosso seguro, talvez, mas não tenho esperanças, Dolly, não tenho nenhuma esperança.

— Quanto elas valiam? — perguntou Mrs. Bantry.

— Entre três e cinco mil libras — respondeu o Coronel Bantry com uma voz de profundo desgosto. Raymond West soltou um assobio.

— Minha nossa! Então La Dashwood não estava exagerando. É uma bela quantia. Não vejo seus seguradores ficando muito felizes, coronel.

— Nem eu — concordou o Coronel Bantry com desânimo.

— Ah, nossa. — Miss Marple assumiu uma expressão de profunda aflição. — Ah, nossa, aquele pobre rapaz. *Deveras* tolo. E tão difícil saber o melhor a se fazer.

— O que diabo a senhora quer dizer, Miss Marple? — perguntou o Coronel Bantry, com a voz rouca. — Não há nada a ser feito além de aceitar a punição.

Eram 2h05 da madrugada, e roncos suaves emergiam dos quartos por todo o corredor leste quando passadas sorrateiras podem ter sido ouvidas nas escadas de Gossington Hall. Com suavidade, muita suavidade, alguém descia a longa escadaria em pés de meia, esgueirando-se silenciosamente pelo corredor até a sala de estar, onde um fogo baixo ainda queimava na lareira, projetando a sombra da figura que atravessava o tapete da lareira na ponta dos pés até o canto da sala.

Ainda mais suavemente, a figura pegou uma das cadeiras ao lado da lareira e colocou-a no centro da sala, embaixo do enorme buquê de visco pendurado no lustre. Com um leve grunhido, a figura subiu na cadeira e estendeu o braço; apenas para ser interrompida por uma voz vinda das sombras profundas ao lado da lareira.

— Ah, tome cuidado, Mrs. Dashwood. Esses espinhos são muito afiados.

A mulher sobre a cadeira soltou um gritinho e cambaleou para o chão, olhando para a escuridão com a mão sobre o coração.

— Ah! Miss... Miss Marple, não é? A senhora me deu um susto terrível. O que diabo está fazendo aqui? E por que diabo está falando sobre espinhos?

— Os espinhos no visco — respondeu a senhora, séria. — Eu tomaria muito cuidado se fosse você. Sir Henry espetou feio o dedo.

— Não faço ideia do que está dizendo — afirmou Mrs. Dashwood, um tanto afobada. — Eu... eu tinha pedido um pouco de visco para aquele pobre jardineiro assistente; nós moramos em Londres, sabe, e é bem difícil encontrar, então pensei em tentar começar uma muda na macieira do nosso jardim. No entanto, com tudo o que aconteceu... e eu não queria incomodar os Bantry, considerando a situação... então só pensei em descer aqui e pegar por conta própria.

— Não acho que isso seja bem verdade — disse Miss Marple com suavidade. — Eu acho, sabe, que você veio buscar as pérolas. Foi por isso que esperei. Eu não tinha *certeza* de quem viria buscá-las.

A mulher parada no centro da sala não respondeu, mas o rosto e a atitude mudaram com uma prontidão quase desconcertante. Ela baixou a mão do coração para a lateral do corpo, e a expressão tola, um tanto vaga, sumiu, substituída por uma espécie de astúcia bruta. Ela lançou um olhar analítico para Miss Marple, como se medindo a força e compleição da velha senhora.

— Eu não faria isso, sabe — falou Miss Marple com compostura. — Sou bem mais forte do que pareço, e escolhi esta cadeira porque ela fica *bem* perto da campainha dos criados. Estou com o dedo nela agora.

— E quem vai dizer que não fui *eu* quem a tocou depois que você se esgueirou para cá com más intenções? — perguntou a mulher diante dela, a voz dura e fria.

— Eu vou — disse uma voz atrás dela. A mulher se virou de súbito, e as luzes se acenderam. O Policial Palk estava parado à porta, com uma expressão muito severa. — Abaixe essa almofada de alfinetes, Mrs. Dashwood. A senhora está presa.

— Então o nome deles nem era Dashwood? — perguntou o Coronel Bantry, deveras perplexo, durante os ovos com bacon da manhã seguinte. Miss Marple negou com a cabeça.

— Não. Mas é bem fácil assumir um nome como Dashwood, uma grande e extensa família, e alegar ser um parente distante.

— Mas eu não entendo — disse Mrs. Bantry, lamuriosa. — As pérolas eram verdadeiras. Tinham um certificado de autenticidade e tudo.

— Ah, sim, *bem* verdadeiras, por isso era imprescindível que ela as reouvesse.

— E o que a fez desconfiar dos Dashwood? — perguntou Sir Henry, abismado.

— Bem, caro Sir Henry, na verdade foi o senhor — respondeu Miss Marple com uma piscadela. — Ou, na verdade, seu comentário sobre a vegetação espinhosa. Porque, sabe, viscos *não têm* espinhos. E isso me fez pensar.

— Mas as pérolas ainda não haviam desaparecido naquele momento — disse Raymond West.

— Não, de fato. E isso tudo fazia parte do plano. Eles exibiram as pérolas o máximo possível no jantar da noite anterior, então no dia seguinte saíram para a igreja, deixando aquele pobre garoto tolo responsável pelo que eu acredito que os ladrões chamem de *a entrega*. Não sei o que lhe disseram. Ouso dizer que a polícia chegará ao cerne da questão. Mas é claro que ele estava muito mal, tendo acumulado dívidas significativas em jogos de azar, e rapazes fazem coisas *muito* tolas por dinheiro.

— Ah, a entrega — disse Raymond West. — E aqui chegamos a Bertie Finch, suponho?

— Não, querido. Nada de Bertie. O problema foi que a neve dificultou tudo. Não sei *quando* Ronald descobriu que o cúmplice não viria, as notícias sobre o fechamento das estradas passaram no rádio, mas ele deve ter tido um momento bem desagradável ao perceber que o plano fracassara e ele não conseguiria tirar as pérolas da casa. É claro que a decisão sensata seria apenas cancelar o plano todo e dar um jeito de interceptar a tia antes que ela fizesse a cena. Mas acho que ele entrou em pânico. E somado ao livro que estava lendo...

— Então o plano original era entregar as pérolas para um cúmplice? — perguntou Mrs. Bantry. — E fazer parecer uma invasão?

— Sim. *Por isso* o sobrinho teve que ficar em casa. Então, na volta da igreja, Mrs. Dashwood soaria o alarme e insistiria numa busca muito minuciosa dos pertences dela, para deixar *bem* claro que as pérolas não estavam em posse dos Dashwood. Acho, no entanto, Sir Henry, que vai descobrir que eles já fizeram isso antes. Mas há uma diferença enorme entre encenar um roubo num lugar como Londres, com tantas pessoas indo e vindo a toda hora, e St. Mary Mead, onde todas as visitas são notadas.

— Bem, preciso dar crédito a ele — disse Raymond West, magnânimo. — Ele pode ter entrado em pânico, mas a ideia do visco foi bem esperta. Eu me pergunto como a concebeu?

— Ora, meu caro — falou Miss Marple, enrubescendo um pouco. — Não sei bem se a ideia foi *dele*, sabe.

— A ideia não foi dele? — Raymond ficou confuso. — De quem foi, então?

— Dorothy L. Sayers — disse Miss Marple, simplesmente. Houve um momentâneo silêncio confuso antes de Mrs. Bantry falar.

— A autora? Era ela que o garoto estava lendo, não era?

— Ficção policial da alta sociedade — disse Raymond. — Mas eu não entendo...

Miss Marple corou de novo.

— Eu sei, querido Raymond, que você não aprova muito histórias de detetive. Mas preciso admitir que tenho uma quedinha por elas. Lorde Peter Wimsey é *muito* encantador, e as tramas de Miss Sayer são de fato bastante engenhosas. Há uma história em *Hangman's Holiday* na qual um ladrão esconde algumas pérolas soltas num punhado de visco, e acho que quando o pobre Ronald percebeu que não conseguiria se desfazer do colar como planejado, a inspiração se provou irresistível. Ele cortou o cordão, tirou os alfinetes da sua almofada de alfinetes, Dolly (você se lembra de que descobriu que estava sem alfinetes?), e prendeu as pérolas apressadamente ao arranjo. Foi um risco, mas não tão grande assim. Os empregados estavam ou na igreja ou ocupados com os preparativos da ceia de Natal. Imagino que ele tenha queimado o cordão na lareira da sala de estar, então só precisava se livrar do fecho, que jogou pela janela do hall dos fundos.

"O que eu não sei é se ele tinha a intenção de incriminar o pobre Bertie Finch. Penso que não; foi apenas azar que a neve tenha impedido um forasteiro de levar a culpa, e é claro que Ronald foi *deveras* tolo ao usar uma espátula da cabana de jardinagem para forçar a janela. Isso fez com que a prova apontasse para Bertie de uma maneira bem infeliz."

— Ora, parabéns, tia Jane — disse Raymond com um ar magnânimo de quem aceita o ponto de um adversário. — Esse ficou por sua conta e de sua biblioteca circulante. Nunca mais vou difamar seu gosto literário! Mas preciso contestar sua teoria de que eles já fizeram isso antes; não vejo como pode ser o caso. Eles dificilmente poderiam continuar acionando o seguro das pérolas. A seguradora não aceitaria.

— Acho que nunca houve uma seguradora, querido. *Isso* serviu só para deixar claro aos Bantry que, se eles não assumissem responsabilidade pelo roubo, os Dashwood teriam que desembolsar o próprio dinheiro. Não, eu acho que eles foram um par bem esperto. O Major Dashwood, por mais que eu não esteja convencida de que seja um major de verdade, viajou pelo país em busca de prováveis... acredito que o termo seja *alvos*... para seu joguinho. Tipos corretos e honráveis como o Coronel Bantry, em quem se podia confiar para compensá-los quando os próprios criados fossem postos sob suspeita.

— Maldição, eu *falei* que o camarada se forçou para cima de mim — murmurou o Coronel Bantry, um tanto desconcertado.

— Nem lembrava de tê-los convidado para o Natal, então de repente cá estávamos, sendo obrigados a lidar com eles.

— Bem correto em todos os aspectos, Miss Marple — interveio Sir Henry, passando manteiga na torrada. — Falei com o Inspetor Slack de Much Benham esta manhã. Nosso suposto Major Dashwood não era major coisa nenhuma; um simples Mr. Philip Rider de Friern Barnet, com dois notáveis mandados no nome dele, se quer saber. Ele perdeu totalmente a cabeça quando o prenderam. Confessou tudo. *Ela*, por outro lado, foi fria e calculista e, acredito, o cérebro por trás da operação. Um contraste e tanto com o tipo tolo pelo qual se fez passar. O inspetor ainda não descobrira a real identidade dela da última vez que falei com ele, mas não tenho dúvida de que descobrirá. Eles foram muito bem-sucedidos no esquema deles em Londres, Manchester e Leeds, mas da última vez surgiram algumas perguntas complicadas sobre o paradeiro do major durante o intervalo de tempo em que as pérolas desapareceram. O pobre Ronald, que é o nome verdadeiro dele, por sinal, deve ter parecido uma dádiva dos céus nesse aspecto; alguém que eles poderiam encarregar do risco da entrega enquanto os dois estavam irrepreensivelmente na igreja, com álibis para dar e vender.

— O que *eu* quero saber — disse Mrs. Bantry com certa aspereza — é se eles poderão ser acusados de qualquer coisa. Roubar as próprias pérolas é um crime de verdade? Especialmente quando não foram *eles* que acionaram o seguro?

— Bem, essa é a questão — respondeu Sir Henry Clithering, pensativo, alisando o bigode. — Mas o Inspetor Slack é um camarada esperto, e acredito que possa conseguir acusá-los de falsidade ideológica ou obtenção de bens por fraude ou algo assim. Guarde minhas palavras, ele vai se certificar de que eles sejam trancafiados de um jeito ou de outro. E, no pior cenário, eles terão ao menos que dar adeus àquelas pérolas; aparentemente as companhias de seguro já estão brigando para decidir de quem são.

— E já vão tarde! — exclamou Mrs. Bantry com satisfação, serrando o bacon de uma maneira que sugeria uma vingança reprimida. — Por sinal, Mr. West, sua esposa ouviu o gongo do café da manhã? Sinto dizer que seguimos horários rurais, e a mesa do café costuma ser retirada às nove horas.

— Ah — respondeu Raymond vagamente. — Não somos pessoas muito matinais, sabe, e acho que talvez ela tenha tomado um ou dois coquetéis a mais ontem à noite. Ela está tomando café no quarto. Imagino que desça mais tarde.

— Ah, a vida artística — comentou Sir Henry com uma piscadela.

Algumas horas depois, o táxi de Inch esperava na porta de Gossington Hall enquanto Miss Marple perambulava agitadamente pela casa, guardando o tricô, anotando a receita que prometera a Cook e dando adeus aos Bantry e a Sir Henry. Enquanto o táxi se afastava pela entrada para carros recentemente desobstruída da neve, Sir Henry o olhou com apreciação.

— Nunca pensaríamos que aquela touca de renda escondesse um dos melhores cérebros solucionadores de crimes de toda a comunidade cristã, não é? Uma mente afiada como um fatiador de bacon, e lá está ela preocupada com bolo de frutas. Duvido que os teríamos pegado, sabe, se Miss Marple não tivesse dado a dica sobre as pérolas escondidas no visco a Palk. Os Dashwood as teriam recuperado, trocado de nome e partido para a próxima vítima, e nenhum de nós faria ideia.

— Viu só, Arthur? — disse Mrs. Bantry com um toque de triunfo na voz. — Foi sorte sua que eu tenha convidado Jane Marple para a ceia de Natal. Foi sorte sua — repetiu ela com satisfação.

— Uff! — exclamou Joan com um suspiro, afundando na poltrona do chalezinho de Miss Marple. — Estou absolutamente exausta! Não faço ideia do porquê.

— Não faz, minha querida? — perguntou Miss Marple, lançando um olhar bem curioso para ela.

— Acho que essas coisas nos exaurem mesmo — afirmou Raymond. — Crimes e trapaças, quero dizer! Sério, tia Jane, que palpite sortudo esse que a senhora fez sobre o visco. Os Bantry estariam fritos se não fosse isso.

— Sim, querido, muito sortudo. Sem mencionar o pobre Bertie Finch. — A velha senhora se acomodou na poltrona do outro lado da lareira e sacou o tricô com uma sacudidela. — Agora, se me dão licença, preciso resolver isto aqui. Temo muitíssimo ter pulado um ponto mais cedo nos Bantry, e infelizmente meus olhos não são mais os mesmos. Eu e Dolly estávamos fofocando, o que é *deveras* repreensível, mas apenas parte da natureza humana, e eu não estava concentrada o suficiente.

— *O que* a senhora está tricotando, tia Jane? — perguntou Joan, olhando curiosa para a pilha branca como neve estendida no colo da senhora. — Você não para de estalar essas agulhas desde que chegamos. É um xale?

— Um xale? Não exatamente, minha querida — respondeu Miss Marple, com as bochechas um pouco rosadas. — Não, não é um xale, na verdade, eu não gosto muito...

— O quê? — disse Raymond com uma expressão atônita. — Não dê uma de vitoriana para cima de nós, tia Jane, e nos diga que está tricotando roupas de baixo ou algo assim? Embora eu não acredite que nem em St. Mary Mead as pessoas usem calçolas de tricô.

— Não são roupas de baixo, querido, não. — Ela sacudiu o quadrado branco como neve sobre o colo. — É, bem... — Ela lançou um olhar perspicaz e penetrante para a esposa do sobrinho. — Bem, é uma manta de bebê. Mas não gostei muito...

— Uma manta de bebê? — repetiu Raymond, e subitamente foram as bochechas dele que ruborizaram ao olhar da tia para a esposa, pela primeira vez, na longa experiência de Miss Marple com o sobrinho, sem palavras.

Houve uma longa pausa, então Joan caiu na gargalhada e jogou as mãos para o alto.

— Realmente, tia Jane, você deve ser uma bruxa. Como adivinhou?

— Ora, minha querida, quando se mora num vilarejo como St. Mary Mead, fica-se bem familiarizado com a natureza humana nesse sentido. E Raymond disse que você andava derrubada, então confesso que me perguntei antes de vocês chegarem, e, é claro, como eu já estava procurando sinais...

— E eu pensei que estava sendo tão esperta derramando meu gim com vermute nos potes de planta e reprimindo meus bocejos. Não podia contar a ninguém que coquetéis me deixam bem enjoada ultimamente.

— Sim, querida, e se me permite a sugestão, no futuro seria melhor *não* escolher uma poinsétia. Elas são bem sensíveis a rega excessiva. Então, é claro, quando Raymond disse que você estava atrasada para o café porque tinha bebido muitos coquetéis, temo que eu soubesse que era mentira.

— Bem, fomos desmascarados — disse Raymond com uma risada. — Eu e Joan queríamos guardar segredo por mais algumas semanas, mas suponho que St. Mary Mead inteira já saiba a essa altura, certo?

— Ah, não, querido. — Miss Marple pareceu um pouco chocada e dobrou o tricô cuidadosamente no colo. — Não, eu nem sonharia em sussurrar uma palavra até que você e Joan estejam prontos para anunciar a... — ela deu uma tossida — *condição* dela, sabe. Não, minha querida. — Ela se virou para Joan com um sorriso. — Seu segredo está *bem* seguro comigo.

A mente aberta

Naomi Alderman

No fundo da Sala de Descanso dos Docentes, enquanto o xerez de pré-jantar era passado de mão em mão, o Professor Cuthbert Cayling, mestre da St. Bede's College, de Oxford, discursava longamente, como fazia com tanta frequência.

— É claro que a faculdade teria colapsado depois da Restauração se não fosse pela intervenção da família da qual eu tenho a honra de integrar o ramo cadete...

Miss Marple o observava com interesse. Ela já vira o Professor Cayling, especialista em política e história constitucional, na televisãozinha em preto e branco da sala de estar. Era um convidado regular do tipo de programa de discussões raivosas que ela frequentemente sentia tender mais ao entretenimento que ao esclarecimento. Ela já tivera a impressão de que ele gostava bastante do som da própria voz, e tudo o que vira até então essa noite confirmava a teoria.

A voz do Professor Cayling retumbava das profundezas da enorme barba dele.

— Edward Bedlington, o quinto duque, sentiu uma conexão com a faculdade devido ao fato de a sede da família ficar relativamente próxima de Jarrow, sabe: a localização da abadia do Venerável Bede. — A moça de expressão entediada à qual ele se direcionava arregalou subitamente os olhos.

— Veja, a coitada está tentando se manter acordada — murmurou Aaron Kahn para Miss Marple. — Quem é ela? Elspeth Alguma Coisa. Trabalha para a BBC, eu acho. O maldito Cuthbert faz isso em todas as chances que tem. É só lhe mostrar uma garota bonita e lá vai ele.

— Sim — concordou Miss Marple —, parece mesmo que ele está tentando impressioná-la. Eu me pergunto se está sendo bem-sucedido.

Sir Aaron soltou uma risada abafada.

O Professor Cayling passou a explicar as regras arcanas segundo as quais, mesmo que descendesse dos Bedlington-Bomarsands pela linhagem feminina, ele ainda recebia acesso à propriedade da família em Seaham Ryhope. Elspeth Alguma Coisa da BBC fingia interesse, assentindo e sorrindo. *Ela quer algo dele*, pensou Miss Marple. *Eu me pergunto o que é.*

Era Dia dos Fundadores na St. Bede's College, no início congelante de janeiro de 1970, e Sir Aaron Kahn — juiz aposentado e membro honorário da faculdade — convidara Miss Marple para a mesa dos docentes. Eles comemoravam o fim bem-sucedido de um caso particularmente difícil — os assassinatos no coro Quaverley — que deixara a polícia perplexa. A solução só fora descoberta quando Miss Marple, que por acaso visitava a querida amiga Ruth, apoiadora de tal coral, apontara a importância crucial da pintura a óleo invertida. Sir Aaron, agarrando a oportunidade de serem parceiros na descoberta, sugerira que eles brindassem ao fim daquela investigação em St. Bede. Os Jantares dos Fundadores eram lendariamente suntuosos.

"Só não ligue para Cuthbert Cayling", dissera Sir Aaron, "ele é um acadêmico brilhante e um homem muito ambicioso, no entanto... seus modos."

Sir Aaron estava certo. Muito gentilmente, ele levara Miss Marple até lá em seu próprio MG Roadster verde-escuro, e quando ele e Miss Marple estacionaram na vaga reservada pela faculdade meia hora mais cedo, o Professor Cayling já esperava por eles.

As primeiras palavras para Sir Aaron foram:

— Belo carrinho. Bem, suponho que tenha shekels de sobra, velhote.

Sir Aaron apresentou Jane Marple — "a gênia que bota os juízes no chinelo" — com toda a educação, mas Miss Marple notou que o casual insulto antissemita ainda doía ao perceber uma expressão que nunca vira no rosto do amigo; uma faísca de pura antipatia. Até ódio.

Por mais que as construções fossem uma mistura gloriosa entre Alta Idade Média e gótico, o evento até então fora um pingo menos grandioso do que Miss Marple antecipara. O couro das poltronas de espaldar alto e curvo estava rachado, o xerez era bom, mas moderadamente servido, e os funcionários lhe pareciam menos bem treinados do que suas próprias criadas. Mas, é claro, ela lembrou a si mesma, os padrões atuais não eram os mesmos de antigamente, e era preciso deixar que a sociedade permissiva vivesse de acordo com as próprias crenças.

— Cortes no orçamento — disse Sir Aaron ao notar a surpresa de Miss Marple. — Só se fala de "Universidade Aberta" agora e "escancarar as portas". Modernização e "servir à grande reserva inutilizada de talento e potencial humano" *não* são bem representados pelos professores de alto escalão dessa faculdade dando banquetes dignos dos deuses, de acordo com Mr. Wilson.

— Notei que Harold Wilson não pretende devolver o diploma de Oxford e trocá-lo por um de uma Universidade Aberta — comentou Dra. Agnetha Strom com uma risada sem alegria. — Hipocrisia por todo lado. — O inglês dela tinha leves traços de um sotaque irreconhecível do norte da Europa. — Ainda mais ali. — Ela indicou o Professor Cayling com o queixo pontudo. — Vejam ele se achegando àquela produtora da BBC. Acha que será o próximo Kenneth Clark. Uma série de palestras em dez partes sobre democracia ao longo dos anos. Fica se fazendo de defensor das massas, mas não abre mão dos próprios luxos. Típico.

Sir Aaron deu uma risadinha calorosa.

— Miss Marple, Agnetha não perdoou Cuthbert por tomar o lugar dela num desses programas de discussão sobre arte que passam tarde da noite.

— Ele não sabia absolutamente nada sobre Schopenhauer — sibilou Agnetha.

— Mas estava apto para a discussão com Huw Wheldon, e você estava... indisposta. Não é culpa de Cuthbert que aquela única aparição o tenha transformado numa celebridade acadêmica.

— Eu não duvido que ele tenha posto laxante na minha sopa — disse Dra. Strom sombriamente.

— Ah — comentou Miss Marple. — Ah, nossa.

Com esse comentário nada apetitoso, o mordomo apareceu na porta da Sala de Descanso dos Docentes e declarou em voz bem alta:

— Meus lordes, damas e cavalheiros, o jantar está servido!

O salão de jantar do século XV da St. Bede's College era conhecido como um dos mais belos de Oxford. Com azulejos quadriculados em preto e branco, iluminado por centenas de velas aromáticas de cera de abelha em candeeiros e com mobílias de madeira escura polida de cinco séculos, era tudo que Miss Marple esperara. Ela não conseguiu se impedir de murmurar "Ah, nossa" ao ser guiada com os outros convidados para sua mesa. A toalha era branca como uma colina nevada, a prata brilhava como um lago à luz da lua. Cada marcador de lugar fora escrito numa caligrafia arrebatadora; ao encontrar seu lugar, Miss Marple notou com alívio que Sir Aaron estava à direita dela e, com surpresa, que "Miss Elspeth Hearken" estava à esquerda. De frente para Miss Marple, um homem bem pálido e magro de rosto severo e rabugento afundava no assento rotulado como "Dr. Eammon McManaway".

O Dr. McManaway se apresentou imediatamente, tão sério quanto se estivessem num funeral e não num banquete de comemoração:

— Eammon. Idiomas Antigos. O que a senhora é? A nova medievalista de St. Cross? Ouvi dizer que estão tendo um problema com ratos lá. Vocês têm ratos? Nas salas?

— Ah — disse Miss Marple, mal sabendo como responder. — Não, não, eu não tenho... ratos.

— Pois terá — respondeu Eammon sombriamente. — Foi o que ouvi. Por falar em ratos, olhe só aquilo.

Ele apontou para a ponta da mesa, onde o Professor Cuthbert Cayling estava envolvido em uma disputa com um homem baixo de rosto vermelho e cabelo castanho-dourado abundante.

— Sabe quem é aquele, não sabe? Medievalista, como a senhora. Simon Skipper. A senhora já leu a monografia dele sobre Mathilda. Seminal. Tesoureiro da faculdade. Acha que deveria ter sido mestre na última eleição. Aproveita qualquer oportunidade para diminuir Cuthbert. Sobre o que está resmungando agora?

Miss Marple aguçou os ouvidos, mas só capturou alguns trechos da conversa. Certamente ambos os homens pareciam bem bravos. Os empregados tentavam indicar que estava na hora de se sentar para a refeição, mas nenhum dos dois notou. Os universitários, que já estavam sentados, estavam em sua maioria ocupados com as próprias conversas tempestuosas, mas alguns tinham começado a notar que algo acontecia na mesa dos docentes.

Sem aviso, o homem de cabelos dourados, Simon, derrubou a taça de cristal do mestre, que estava cheia pela metade, manchando a toalha branca de vermelho-sangue. Ele saiu raivosamente da mesa, com o rosto fechado como uma nuvem negra.

— Maldição — disse Eammon —, nunca foi tão longe assim.

O Professor Cuthbert Cayling observou, perplexo, enquanto os empregados cobriam a mancha com uma toalha nova e arrumavam para ele um novo lugar à mesa. Ao terminarem, Cuthbert, de maneira cerimoniosa e bem pomposa, deu nove batidinhas precisas na nova taça e esperou até que se fizesse silêncio completo no salão, e todos os universitários tivessem parado de sussurrar com o vizinho ou se remexer na cadeira. Levantou-se pesadamente e declamou as palavras "Benedictus Benedicat" antes de voltar a se sentar com grande solenidade. Isso, pelo visto, concluía o discurso dele.

Elspeth Hearken, a produtora da BBC, observara o drama que se desenrolara na mesa dos docentes com curiosidade explícita. Era uma jovem moderna, com longos cabelos castanhos e franja pesada, usando um vestido de bolinhas preto e branco de manga comprida no estilo curto da moda, que mostrava a maior parte das pernas marcadas por celulite e um pouco manchadas. *Esses estilos da moda não combinavam muito bem com todo mundo*, pensou Miss Marple, e Elspeth Hearken parecia mais uma vítima da tendência atual constrangida ao puxar a barra do vestido para baixo ao se sentar.

— Eu deveria ter usado tweed, como a senhora — comentou Elspeth num tom contrito —, mas não queria parecer que estava tentando me encaixar demais. Conte-me, a senhora sabe o que está havendo na ponta da mesa?

— O Professor Cuthbert Cayling nunca faz um amigo se puder fazer um inimigo. — Foi Eammon McManaway que respondeu. — Ele derrotou Simon Skipper na eleição para mestre. Seria de se pensar que tal vitória tornaria um homem magnânimo. Mas, desde então, Cuthbert tem se virado em mil para humilhar Simon em qualquer oportunidade. Semana passada, no conselho da faculdade, ele lhe pediu para levar chá e biscoitos. Como se fosse um empregado doméstico! E anda tentando expulsar Skipper dos aposentos dele; ele tem um belo espaço na escada cinco que Cuthbert quer usar como segundo escritório.

— É nessas minúsculas diferenças que a vida acadêmica é construída — comentou Sir Aaron em tom agradável.

— São *mesmo* minúsculas? — perguntou Elspeth. Havia algo forçoso nos modos dela que Miss Marple precisava respeitar, mesmo que não gostasse muito. Uma ambição. — Acho, sim, que é preciso manter a mente aberta em relação a tudo. A faculdade não recebeu um grande legado? Com o qual o mestre pode decidir o que fazer, desde que receba aprovação do conselho? Não acha que o Professor Cayling pode estar tentando forçar Simon Skipper a sair do conselho... ou tornar o lugar tão desagradável para o homem que ele saia da faculdade? Não é possível que seja isso o que está acontecendo?

— Opa — falou Eammon —, é melhor tomarmos cuidado com o que dizemos, com uma jornalista em nosso meio.

Elspeth continuou:

— Bem, é ou não é? Não podem reconhecer essa possibilidade?

Ela parecia quase incapaz de deixar o assunto para lá, mas o homem à sua esquerda lhe perguntou sobre os interesses acadêmicos dela. Os dois começaram a discuti-los com fervor.

O primeiro prato — perdiz recheada com ameixas secas numa cama de cogumelos selvagens — foi posto diante de todos. Miss Marple se sentiu subitamente bem cansada. Isso acontecia cada vez mais nos últimos tempos em eventos grandes como esse: uma onda de exaustão a dominava. Ela se via desejando a sala silenciosa dela em St. Mary Mead. "Esses jovens", dizia a si mesma, "não têm mais interesse em você, Jane, tampouco precisam de você. Para eles, você é uma relíquia vitoriana; história antiga, assim como os manuscritos que eles estudam." Fragmentos de conversas rodopiavam ao redor dela: as histórias de Sir Aaron sobre a época no tribunal, o discurso acadêmico daquelas pessoas terrivelmente inteligentes.

— Sabia que ele vinha usando aquela padaria como fachada para o negócio dele de venda de drogas? — disse Sir Aaron em um tom informal para o jovem docente sentado ao lado dele. — As tortas de frango eram recheadas de drogas.

— De certo modo, não dá para deixar de admirar Chatterton pela ousadia. Enganou todo mundo com todas aquelas falsificações — comentou Elspeth com o homem à esquerda dela.

— Já ouvi as pessoas dizendo isso, mas, sendo sincera, o que a maioria de nós *faria* com um computador em casa? — perguntou Eammon McManaway. — Eu nem sei mexer na minha Goblin Teasmade. Vivo botando o líquido errado no lugar errado.

A dois assentos de distância, o sotaque estranho da Dra. Agnetha Strom podia ser ouvido:

— É claro que há formas de ele usá-lo consigo mesmo. Todo fundo precisa de um presidente generosamente pago, não sabia?

A mente de Miss Marple se agarrou a algo que ela acabara de ouvir. Não sabia que parte era, só que alguém falara algo muito inesperado. Algo que sugeria... o quê? Ela pensou em Jim, o assistente do açougueiro em St. Mary Mead, que apostara que conseguiria pular a correnteza do moinho. Algo...

Ela se sobressaltou na cadeira quando uma mão agarrou o ombro esquerdo dela. O pensamento se dissipou.

O Professor Cuthbert Cayling apertou o braço de Miss Marple com um excesso de familiaridade doloroso.

— A senhora não se importa, certo? — Ele espiou o marcador de lugar na mesa. — Jane, minha querida. É só que eu e Elspeth estávamos bem no meio de uma conversa mais cedo. — Ele deu uma risadinha. — Perguntei a Simon Skipper da forma mais amigável possível se ele se importaria de trocar de lugar com você, Elspeth, e ele ficou terrivelmente mal-humorado.

— Ah — disse Elspeth —, mas estou no meio da minha refeição.

— Não se preocupe. A equipe da faculdade vai lidar com isso. Fiquei bastante interessado no que você estava falando sobre o novo programa de palestras *políticas* na BBC2.

— Ela está bem onde está — interveio Eammon.

Os olhos do Professor Cayling se encheram de pura fúria.

— Ela pode decidir por conta própria — retrucou ele. — Não pode, minha querida?

Elspeth olhou ao redor com nervosismo.

— Você não precisa ir — disse Eammon suavemente. — Ele não pode obrigá-la.

Ainda assim, com uma expressão meio de modéstia e meio do que pareceu a Miss Marple medo, com dois pontos corados brotando nas bochechas, Elspeth Hearken se levantou, o vestido curto mal cobrindo o traseiro, e caminhou ao longo da mesa para ocupar o assento ao lado do Professor Cayling.

Fez-se um estranho silêncio ao redor de Miss Marple. O prato principal fora servido: costelas de veado com pastinacas assadas, amoras e recheio de castanhas. Eammon devorou a carne ferozmente. Agnetha Storm avançou alguns assentos e ocupou o lugar de Elspeth. Ela e Eammon trocaram um olhar sombrio. Até mesmo Sir Aaron parecia desanimado.

— Perdoem-me — disse Miss Marple —, mas eu me pergunto se é *seguro* deixar o Professor Cuthbert com jovens mulheres.

Eammon deu uma risada vazia.

No outro extremo da mesa, o Professor Cayling sussurrava algo no ouvido de Elspeth Hearken. Ela parecia nervosa. Parecia prestes a recusar, encolhendo o queixo junto ao peito e fazendo um pequeno não assustado com a cabeça, mas o Professor Cayling estava com o braço ao redor do ombro dela, esmagando-a com aquele aperto de torno.

— Seguro? — disse Eammon. — Vai ser a história daquela garota Harrison toda de novo.

— Garota Harrison? — incitou Miss Marple.

Mesmo daquela ponta da mesa, todo mundo sabia o que o Professor Cayling dizia para Elspeth. Que garota bonita ela era, e não usaria um vestido daquele comprimento sem pensar que as pessoas olhariam?

Agnetha Strom explicou:

— Contei a Elspeth sobre ela mais cedo. Era uma boa amiga minha. Cuthbert a bolinou. Todo mundo disse que ela deveria ficar quieta. Mas ela fez um escândalo, recorreu à universidade. É claro que Cuthbert disse que ela estava tão a fim quanto ele e só se arrependera depois. A palavra dele contra a dela. E ela *tinha* sido flagrada na cama com um namorado depois do toque de recolher um ano antes, então tudo pegou muito mal para ela. Ela foi rejeitada para a vaga de docente júnior depois disso.

A mão do Professor Cayling desceu mais pelo braço de Elspeth, o dorso quase esbarrando no seio dela. Ele deu batidinhas no bolso do paletó e sussurrou algo no ouvido de Elspeth.

— Metaqualona — anunciou Eammon. — Ele consegue com um médico da Harley Street, para ajudá-lo a relaxar. Deu isso para Harrison. Olhe — disse ele a Agnetha —, eu sei que ela era sua amiga, mas você não sabe da missa a metade. Eu estava no quarto ao lado do dela. Era eu que a ouvia chorando a noite toda. Eu costumava conversar com ela quando estava assustada demais para dormir.

Miss Marple observou o Professor Cayling e Elspeth Hearken. Ele lhe entregou um comprimidinho branco e ela o pôs na taça de vinho. Ele fez o mesmo com a própria taça. Os dois giraram as taças e entornaram o conteúdo.

— Mas Cuthbert não tem controle sobre Elspeth, tem? — perguntou Sir Aaron com leve apreensão. — Ela não é pós--graduanda. Trabalha para a BBC. É uma agente independente e pode fazer o que bem entender.

— É o que o senhor diz — respondeu Eammon. — Eu acho que ela se inscreveu para um Ph.D. aqui há um ou dois anos. Com uma teoria sobre Oliver Cromwell e Lady Sarah Bedlington, amante de Charles II. Foi recusada. Muita gente gostaria de viver esse estilo de vida sibarita. — Ele parou e relanceou de novo para a ponta da mesa. — Olhem, preciso dizer alguma coisa.

Um jantar formal é um lugar difícil para interromper uma sedução, mas Eammon McManaway fez uma tentativa ousada. Sob o pretexto de falar com um dos mordomos sobre uma cadeira bamba, aproximou-se da ponta da mesa, onde o Professor Cayling massageava a lombar de Elspeth Hearken, chegando perto do traseiro dela. Eammon pegou a jarra de vinho e se ofereceu para servir mais uma taça para ambos, só para ser simpático. Então insinuou que Cayling já havia ocupado bastante do tempo de Elspeth e talvez ela devesse voltar ao seu lugar original. Elspeth balançou a cabeça, calada. Cuthbert Cayling deu uma risada ruidosa. Apertando Elspeth com força, ele disse, alto o bastante para todos da mesa ouvirem:

— Agora, antes dos brindes e da sobremesa, minha querida, talvez você queira se refrescar nos meus aposentos.

Elspeth, com os olhos grandes brilhando, seguiu Cuthbert Cayling para fora pelos fundos do salão de jantar.

— Talvez ela goste mesmo do velhote? — comentou Agnetha, observando-os sair.

— Ninguém gosta de Cuthbert Cayling — respondeu Eammon, voltando ao assento dele. — Ela está com medo demais para dizer não.

— Temos certeza de que tem algo inapropriado acontecendo? — perguntou Sir Aaron. — Talvez ela precise de um momento para se refrescar? Está muito quente aqui dentro.

Miss Marple foi tomada por uma sensação crescente de apreensão. Certamente havia algo inapropriado acontecendo. Havia algo terrível acontecendo naquela mesa a noite toda. Se ao menos ela não tivesse tomado duas taças de xerez antes da refeição, ela saberia o que era. Tinha a sensação de que todos eram peças de xadrez naquele jantar, movendo-se por aquele chão quadriculado num padrão já estabelecido por alguém. Mas quem?

Não haviam se passado mais de trinta minutos quando Cuthbert e Elspeth voltaram à mesa. Ambos, na percepção de Miss Marple, haviam claramente tomado algum tipo de droga. Ela aprendera a identificar os sinais das novas drogas com os amigos da força policial durante a última década, e também aprendera que muitos esperavam que ela as desaprovasse. O uso de drogas, que já fora considerado deveras indigno e de baixo escalão em 1959, era agora, em 1970, visto até entre pessoas inteligentes como um sinal de espírito aventureiro e faro para diversão. Mas Miss Marple se lembrava de uma época antes de haver qualquer lei sobre o uso de drogas. Lembrava-se de como, durante a Primeira Guerra Mundial, era possível comprar "um presente de boas-vindas para amigos na frente de batalha" na Harrods: cocaína, morfina e toda a parafernália. Os jovens sempre pensavam que tinham inventado tudo.

Na opinião de Miss Marple, tanto Elspeth quanto Cuthbert pareciam ter tomado muito de fosse lá o que fosse. Metaqualona, dissera Eammon McManaway. E tinham perdido o prato principal. Os empregados estavam claramente ansiosos para começar a tirar os pratos e servir a sobremesa, mas precisavam esperar "o discurso", uma formalidade. Elspeth cambaleou e tropeçou ao se sentar, parecendo zonza e confusa.

O Professor Cayling não parecia muito melhor. Apesar disso, voltou a se levantar, o rosto reluzindo, os olhos muito brilhantes, e começou o discurso formal que marcava o Dia dos Fundadores, declamando as palavras em latim com as quais o benfeitor original da faculdade pedira para ser lembrado. Mas havia algo errado. As palavras iam se embolando cada vez mais. Ele se perdeu várias vezes e murmurou "Perdão". Seus olhos se fechavam e voltavam a se abrir. Então ele desabou devagar para a frente, aterrissando de cara nos restos da carne de veado assada, fazendo taças de vinho saírem girando e se estilhaçando no chão.

Sir Aaron se levantou num pulo. Recebera um pouco de treinamento médico durante o período no Exército, então afastou o

Professor Cayling com força do prato, sentiu a pulsação e olhou dentro da boca dele.

— Chamem um médico! — gritou Sir Aaron. — Pelo amor de Deus, chamem um médico!

Cuthbert Cayling ainda respirava de maneira lenta, engasgada e gorgolejante.

Elspeth Heaken, ao lado dele, escorregou lentamente da cadeira. No chão, o rosto dela se afundou nas migalhas e restos do jantar nas tábuas de madeira polida, e ela começou a se sacudir e convulsionar.

A última voz que Miss Marple se lembra de ter ouvido naquele terrível momento foi a de Eammon McManaway, gritando:

— O que vocês estão fazendo aí parados?! Liguem para um maldito médico!

Miss Marple e Sir Aaron se sentaram juntos no café da manhã do dia seguinte no espaçoso salão de refeições do Randolph Hotel, com vista para o encanto georgiano da Beaumont Street e o Martyrs' Memorial. Sir Aaron achara imprudente tentar dirigir para casa, mas nenhum dos dois quis ocupar os respectivos quartos de hóspedes na faculdade. A maior parte do lugar, na verdade, estava sendo revistada pela polícia em busca de qualquer evidência relacionada ao uso de drogas ilegais e morte subsequente. Todos os convidados do jantar tinham sido advertidos a permanecer em Oxford pelos dias seguintes, até que a investigação fosse concluída.

Sir Aaron disse:

— Elspeth Hearken, ao menos, está fora de perigo.

— Sim — concordou Miss Marple —, isso é um grande alívio.

Elspeth Hearken e o Professor Cuthbert Cayling tinham sido levados de ambulância para o Hospital Radcliffe. Elspeth, mais de 35 anos mais jovem que Cuthbert, tivera — de acordo com o relatório ao qual Sir Aaron tivera acesso aquela manhã — uma noite ruim. Mas, depois de passar por uma lavagem estomacal, descansava tranquilamente e devia passar só mais uma ou duas noites no hospital antes de receber alta.

Mas o exemplar do fim da manhã do *The Times* aberto sobre a mesa entre Miss Marple e Sir Aaron mostrava um obituário de página inteira do Professor Cuthbert Cayling. A formação em Eton e Balliol, a ancestralidade na família Bedlington-Bomarsand, cujos jazigos seriam abertos para o funeral, o trabalho de Ph.D. em Harvard. O obituário listava as conquistas consideráveis em história política, o popular livro sobre democracia publicado em 1965, os talentos como mestre da faculdade, as duas esposas e os dois divórcios. O rosto dele — duas décadas mais jovem, mas igualmente engolfado pela barba abundante — os encarava da página, com olhar penetrante.

— Diga-me — falou Sir Aaron —, honestamente, como isso lhe cheira?

Os olhos de Miss Marple brilharam com inteligência.

— Bem, devo dizer — respondeu ela — que é preciso manter a mente aberta, mas há uma ou duas questões que me preocupam.

— Certo, deixe-me tentar adivinhar antes que você me conte tudo. É mesmo *um pouco* estranho que Cuthbert, que possuía a metaqualona — Sir Aaron proferiu a palavra com certo desgosto —, e que já a tomara tantas vezes, tenha conseguido tomar tantas nessa ocasião a ponto de ter overdose e morrer. E, além do mais, que tenha posto Elspeth Hearken em perigo.

— Sim — disse Miss Marple —, esse é um problema. Seria de se pensar que ele saberia precisamente quanto tomar. Parece mesmo improvável que isso pudesse tê-lo matado. E podemos notar — ela relanceou pela janela, ainda parecendo tímida com a própria perspicácia, embora Sir Aaron fosse bem ciente de tal característica —, na verdade é impossível não notar como seria fácil que alguém adulterasse as bebidas.

— Eu cheguei a pensar em Simon Skipper derrubando aquela taça de vinho. Ele poderia estar tentando derramar um veneno que já dera a Cuthbert.

— Sim, de fato. E *derrubar* a taça pode ter tido a intenção de fazer todos pensarem que ele não poderia ter dado nada ao mestre; enquanto, é claro, significaria que todos os rastros seriam imediatamente removidos e a toalha de mesa, lavada pelos empregados. Mas, também, o Professor Cayling *de fato* tinha uma grande quantidade de inimigos pela mesa. Ele realmente tinha talento para criar inimizades. Fez um comentário antissemita grotesco sobre você quando chegamos, por exemplo.

— Não é possível que ache que *eu* o matei.

— Ah, não, não. Seria deveras extraordinário de sua parte *me* convidar para testemunhá-lo cometendo um assassinato. Eu só quis dizer que ele era um homem fácil de desgostar. A posição dele sobre o legado da faculdade era impopular. Agnetha Strom acredita que ele a tenha sabotado deliberadamente. O Dr. Eammon McManaway não o suportava. Você por acaso notou que o Dr. McManaway também pegou a jarra de vinho durante o jantar? Teria sido bem fácil derramar comprimidos ou pós discretamente dentro dela.

— Ou o vinho ou a refeição do mestre pode ter sido adulterada por alguém que distraiu algum empregado da faculdade. O chefe de polícia daqui é um amigo meu. Preciso pedir para ele se certificar de que toda a equipe de garçons seja interrogada cuidadosamente com essa possibilidade em mente.

— Sim — concordou Miss Marple —, isso é muito sábio, é claro, muito sábio. Não consigo deixar de pensar, no entanto, na existência de nuances que ainda não entendi muito bem.

Uma tosse educada interrompeu a conversa. Um garçom de libré ao estilo Randolph esperava ao lado da mesa deles, segurando um envelope.

— Acabou de chegar para o senhor, Sir Aaron.

Sir Aaron deu uma gorjeta ao garçom e esperou que ele se retirasse antes de abrir o envelope.

— Análise dos conteúdos estomacais. Pedi para ver uma cópia assim que possível. Agora saberemos com o que Cuthbert e Elspeth foram envenenados.

Ao ler o documento, o rosto curioso e inteligente assumiu uma expressão confusa. Ele passou o laudo para Miss Marple em silêncio. Ela o leu com cuidado, duas vezes.

O laudo hospitalar afirmava categoricamente que não havia nenhuma droga adicional no sistema de Cuthbert Cayling; vinho e a metaqualona receitada pelo médico particular dele em Harley Street eram as únicas substâncias intoxicantes.

— Ah — disse Miss Marple. — Pois bem. Isso torna tudo muito claro. Muito claro de fato. — Ela se serviu da última panqueca na mesa. — A única dificuldade vai ser provar.

* * *

Três semanas depois, Miss Jane Marple e Sir Aaron Kahn ocuparam os lugares deles na grande capela familiar da propriedade dos Bedlington-Bomarsand na costa de Seaham, alguns quilômetros a sudeste de Jarrow. O teto de mármore abobadado era coberto de vigas espraiadas; era um pouco como olhar para o céu por entre os galhos de uma grande árvore, pensou Miss Marple. Os bancos de madeira eram bem estofados com almofadas bordadas a mão, e a congregação era formada por rostos famosos do mundo acadêmico, o mundo da imprensa, a aristocracia e até dois integrantes secundários da família real. Também contava com muitas das pessoas que Miss Marple conhecera e vira três semanas antes em St. Bede's College: Agnetha Strom, em um vestido preto austero até os tornozelos, Eammon McManaway, em um terno amarrotado, Elspeth Hearken, ainda um pouco pálida e adoentada, em renda preta, o raivoso Simon Skipper usando um agasalho devorado por traças e calça, bastante informal. Vários criados e empregados da faculdade também estavam presentes.

— Suspeito fortemente, Sir Aaron — murmurou Miss Marple —, que o assassino... e eu acho mesmo que um assassinato *foi* cometido, independentemente do que diga a polícia... não conseguirá ficar longe disso, não concorda? Esse momento, eu acredito, é a razão para tudo.

As vozes do coral se ergueram em "Dies Irae", a música assombrosa enchendo o enorme espaço reverberante, ecoando nas paredes, no chão e no teto, parecendo às vezes vir diretamente dos anjos esculpidos acima deles ou das imagens reluzentes dos vitrais de Maria Madalena acima do altar. Madalena era a santa padroeira da família Bedlington-Bomarsand, explicara alguém, numa insinuação bem significativa ao fato de a família ter sido originalmente elevada ao alto escalão porque a primeira duquesa fora uma das muitas amantes de Charles II. Os bustos de mármore da família alinhavam a parede, e, para honrar a matriarca fundadora, a linhagem de Bedlington-Bomarsand descendia pelo lado feminino assim como pelo masculino. Dessa forma, o Professor Cuthbert Cayling, para imenso orgulho dele, também era considerado um Bedlington-Bomarsand pela família estendida, porque a mãe fora filha do duque, mesmo que ela tivesse se casado com um Mr. Cayling, um industrialista humilde de carteira gorda.

— As mulheres da família sempre foram muito formidáveis, ouvi falar — comentou Sir Aaron. — Desde a primeira duquesa. Olhe só para ela. Não dá para deixar de imaginar o intelecto por trás daqueles olhos finos e aquele nariz enorme, dá?

— De fato — concordou Miss Marple —, há um certo tipo de mente que é atraída a imaginar o passado. Até imaginar amigos entre os mortos. Esse tipo de pessoa pode começar a sentir que tem mais em comum com o passado do que com o presente.

A tia do Professor Cayling, Constance, a duquesa viúva, era uma mulher em meados dos noventa anos. Mantinha uma postura empertigada e obstinada, e caminhou com muita dignidade do assento dela na frente da capela antes de pegar uma grande chave de ferro da bolsa de contas. Lentamente, andou até a grande porta de carvalho cravejada de couro e com faixas de ferro à esquerda do altar, inseriu a chave na fechadura e girou-a. A porta se abriu devagar, e um vento frio soprou do jazigo, fazendo as velas bruxulearem nos candeeiros. Havia algo grandioso e glorioso naquilo. O grande jazigo dos Bedlington-Bomarsand estava aberto.

— O jazigo da família — anunciou Sir Aaron. — Pela tradição familiar, ele permanecerá aberto por sete dias e sete noites enquanto Cuthbert ocupa o altar, antes que o caixão seja levado à tumba com os ancestrais dele e o jazigo seja selado de novo.

— Ah, sim — falou Miss Marple. — Achei mesmo que devia ser algo assim. Suponho que faça muitos anos desde a última vez que ele foi aberto?

Sir Aaron franziu a testa para ela.

— Sim, extraordinário, não é? Vinte e dois anos, eu acho, desde que o último Bedlington-Bomarsand morreu.

— Isso faria total sentido — respondeu Miss Marple.

A música voltou a se erguer, os coristas da escola Seaham Ryhope combinando as vozes ao violoncelo, ao oboé e ao fagote, as notas chapinhando nos tímpanos como uma chuva suave.

— Espero mesmo que aquela cripta não seja fria demais — disse Miss Marple.

— Os cadáveres pouco se importam — rebateu Sir Aaron.

— Não — concordou Miss Marple —, mas nós nos importaremos.

Depois da meia-noite, Miss Jane Marple e Sir Aaron Kahn esperavam sentados no escuro. Estava, de fato, bastante frio. Sir Aaron emprestara a jaqueta dele com gola de lã a Miss Marple e usava a capa de chuva mais leve que mantinha no carro, tremendo.

— Acha que devemos esperar muito? — perguntou ele.

— Não — murmurou Miss Marple —, acredito que a pessoa que estamos esperando pense que já esperou o bastante. Já viu a pintura *A morte de Chatterton*? Eu a vi numa exposição de verão há alguns anos e fiquei muito abalada. O poeta e falsificador, de cachos ruivos flamejantes, deitado por entre os papéis dele, que renderiam sua fama duradoura mesmo após a morte. Só tinha dezessete anos ao morrer, em 1770. Uma evocação extraordinária. Ora, veja bem, Sir Aaron: um admirador de Thomas Chatterton é alguém que pensa que o mundo deve notar a genialidade dos muito jovens. Que qualquer necessidade de esperar por aprovação ou afirmação é demais para suportar. Um admirador de Thomas Chatterton é impaciente.

— Chatterton, o poeta? — perguntou Sir Aaron. — O que Chatterton tem a ver com isso?

— Ora, veja, foi uma menção a Chatterton durante o jantar que me lembrou de Jim, o assistente do açougueiro. Como ele não conseguiu esperar que Betsy o notasse por conta própria, precisou pular a correnteza do moinho para se provar... e, é claro, caiu lá dentro. Impaciência, essa é a conexão. Mais tarde, Jim acusou um dos empregados da fazenda de ter ensebado as pedras, mas...

— Perdão, ainda não consigo entender bem...

— Shh! — silenciou-o Miss Marple.

Alguém descia os degraus para dentro do jazigo da família. Passos leves e cuidadosos. E havia um feixe de lanterna passando por cima do jazigo onde os caixões ocupavam os nichos de mármore. Sir Aaron e Miss Marple estavam bem escondidos em uma câmara lateral, e o feixe de luz passou por eles sem tocá-los. Daquele ponto, eles viram uma figura encapuzada curvada sobre um caixão em particular; o antiquíssimo caixão de carvalho no nicho central. A figura puxou um longo objeto do casaco e começou a arrombar metodicamente o caixão.

Sir Aaron arquejou de repulsa, mas abafou rapidamente o som. Ele deu batidinhas no ombro de Miss Marple, como se para dizer "Agimos agora, certo?", mas Miss Marple indicou que ambos deveriam permanecer em silêncio com um minúsculo meneio de cabeça.

A figura havia aberto o caixão. Ele exalou um cheiro — não totalmente desagradável — de velhos cômodos mofados, de leve decadência. A figura se curvava por cima do corpo, o casaco ocultando as ações. Então ela se reergueu, a postura confiante, quase exultante.

— Agora — murmurou Miss Marple.

Sir Aaron acendeu a lanterna. A figura era uma jovem mulher.

— Pare onde está — disse ele na voz autoritária que ganhara tanto reconhecimento em seu tempo como conselheiro do rei.

A figura se virou para correr, mas seis policiais já desciam dos degraus da capela acima. Derrotada, a ladra de túmulos enfim virou inteiramente o rosto para Miss Marple e Sir Aaron. Ela apontou um dedo trêmulo para o caixão, onde um maço de cartas estava preso entre os dedos do esqueleto decomposto.

— Vejam, eu as encontrei. Eu realmente as encontrei. Podem dizer o que quiserem sobre o que fiz, mas eu as encontrei — disse Elspeth Hearken.

— O que exatamente eram as cartas, no fim das contas? — perguntou Miss Marple. — Essa era a única parte que eu não sabia. Algo relacionado a Cromwell?

— Minha nossa, como você soube? — Sir Aaron parecia perplexo, assim como o inspetor de polícia local e o duque atual.

Todos eles estavam sentados ao redor de uma lareira flamejante na biblioteca de Seaham Ryhope. Chá, uísque e panquecas generosamente amanteigadas tinham sido providenciados para afastar o frio da cripta dos ossos deles. Miss Marple estava acomodada diante do fogo, uma manta pesada sobre os joelhos, e Sir Aaron suspeitava que ela estivesse gostando da posição momentânea dela como centro das atenções.

— Ah, você não se lembra daquele comentário do Dr. Manaway durante o jantar? De que Elspeth Hearken fora recusada para um Ph.D. e tinha uma teoria sobre Oliver Cromwell e Lady Sarah Bedlington, amante de Charles II?

— Pai do céu. Sim. Bem. Ela tinha *mesmo* uma teoria. E, como disse, ela adotou uma forma muito determinada e impaciente de prová-la. As cartas eram extremamente interessantes, na verdade. Tive uma breve chance de analisá-las... e, é claro, não sou nenhum especialista na época... mas são cartas trocadas entre Lady Sarah e Charles II que sugerem que Oliver Cromwell, na verdade, era a favor da restauração da monarquia. Que trabalhara secretamente para enfraquecer a posição dele como protetor e não deixar um sucessor, de forma que o rei legítimo pudesse reaver o trono depois da morte dele. Elas com certeza vão oferecer provas de sobra para acadêmicos remoerem.

— Sim, imagino que sim — comentou Miss Marple com certo azedume. — Entendo bem que esse é o tipo de teoria que pode ter chamado a atenção de uma mulher como Elspeth Hearken. Ela é bem determinada, quase dolorosamente esforçada, de certa forma. Tentando se vestir como uma garota moderna, mas teria sido mais feliz numa época mais antiga. Ela deve ter se agarrado àquela teoria como um sinal de uma continuidade secreta do mundo; de que mesmo pessoas que estavam tentando mudar as coisas fossem secretamente a favor do status quo, talvez? Acho que ela remoeu essa ideia, pensou nela constantemente, na verdade. Sim, consigo ver isso; ao ser rejeitada para o Ph.D. sobre o assunto, ela pode ter se tornado tão obcecada que mataria para provar o argumento.

— Está sugerindo que ela tramou assassinar Cuthbert Cayling apenas para que a cripta fosse aberta e ela pudesse conseguir as cartas?

— Tramou? Não. Não, eu só acho que ela viu a oportunidade. Talvez nem soubesse que o Professor Cayling fazia parte da família Bedlington até que ele o mencionasse no jantar. E, é claro, ela não levara uma arma do crime com ela, quanto mais um veneno. Não. Ele lhe contou sobre a ligação dele com o objeto da obsessão dela, e ela se deu conta de que, se ele morresse, o jazigo da família seria aberto e ela poderia provar que a teoria dela estava certa. Ela já ouvira fofocas o bastante sobre ele na faculdade para saber que ele teria certa quantidade de inimigos que seriam suspeitos do crime antes dela. Então *ele* ofereceu drogas a *ela*. Ora! Era uma chance boa demais para ser desperdiçada, suspeito. Impaciência, veja. Deve ter achado que nunca seria pega.

— Mas como diabo ela fez Cuthbert tomar uma dose tão alta da droga?

Miss Marple ergueu uma sobrancelha.

— Vamos lá, Sir Aaron, como uma moça bonita convence um homem mais velho tolo a fazer qualquer coisa? Ela o desafiou, imagino. Tomou um pouco. Disse que já a tomara antes e preferia o efeito de cinco ou seis comprimidos. Talvez tenha escondido um pouco na bochecha e cuspido mais tarde. Ele já estava bêbado. Quem poderia suspeitar que a própria droga do homem fosse uma arma do crime?

— Só a senhora — afirmou o duque. — A senhora é uma mulher fantástica. Mesmo assim será difícil à beça provar que foi um assassinato, acho. Preciso dizer, no entanto — ele se recostou, mãos dobradas sobre a barriga —, que por mais que eu vá sentir falta do velho e rabugento primo Cuth, estou bem satisfeito com a luz que ela lançou sobre a história de minha própria família. Imagine estar secretamente envolvido num plano orquestrado por Cromwell para trazer o rei de volta ao trono!

Ele se serviu de outra dose generosa de uísque e ofereceu o decantador às pessoas ao redor.

— Ah, sinto muitíssimo, sua graça — disse Miss Marple. — Não, não, eu não expliquei. As cartas não são verdadeiras. São falsificações.

Um arquejo entrecortado emanou de três homens na sala ao mesmo tempo.

— Sim — continuou Jane Marple com suavidade —, esse é o tipo de teoria estranha com a qual as pessoas ficam *mesmo* obcecadas. Foi tudo proposital. Houve uma grande conspiração. Há poderes secretos agindo nos bastidores. Não, não. É a história do assistente do açougueiro toda de novo. Ninguém ensebou as pedras. Coisas acontecem. Não há um grande segredo que todos sabem, menos você. As coisas acontecem porque acontecem. Foi por isso que ela falou com tanta admiração sobre Chatterton; ele foi um falsificador famoso, sabem. Ela estava analisando o que podia fazer, mesmo lá no jantar. Dizendo a si mesma que, se Chatterton conseguira, ela conseguiria. Se ela conseguisse, de alguma forma, tirar esse único homem do caminho e então falsificar as cartas de que precisava, ela poderia provar que a teoria dela estava certa. Suponho — refletiu Miss Marple — que ela pretendesse arrombar o caixão à noite e deixá-lo para ser descoberto no dia seguinte. Não importava que *ela* descobrisse as cartas, só que alguém o fizesse e provasse que ela estava certa.

— Não estou entendendo bem — disse Sir Aaron.

— Ela não *encontrou* as cartas no caixão. Ela as falsificou, como Chatterton. E plantou-as lá dentro.

— Pai do céu — falou o duque.

Na semana seguinte, as cartas foram examinadas por um especialista do Museu Britânico, que as declarou falsificações muito bem-feitas de fato. Escritas em papéis cortados de livros da época, elas seriam praticamente indetectáveis. Elspeth Hearken conseguiria a reparação dela: seu trabalho de Ph.D. seria aceito em qualquer faculdade de Oxford. Miss Marple sentia um bocado de pena dela, de certa forma — lembrava-se de Jim, o assistente do açougueiro, saindo da correnteza do moinho todo desgrenhado —, mas, conforme Sir Aaron a lembrou, estávamos falando de uma mulher que deliberadamente matara um homem por overdose, então não havia necessidade de piedade demais.

Além de tudo, Simon Skipper, o novo mestre, convidara Miss Marple para outro jantar na faculdade.

— Os docentes da faculdade querem fazer amizade com você, eu acho. Adequando-se aos tempos atuais — disse Sir Aaron —, à nova sociedade aberta e igualitária.

Miss Marple sorriu e disse que ia pensar.

A Imperatriz de Jade

Jean Kwok

Miss Marple ficou surpresa ao se flagrar valsando. Sempre admirara a dança como algo elegante, mas não pensara muito em dançá-la pessoalmente. No entanto, depois de várias semanas a bordo do cruzeiro *Imperatriz de Jade* a caminho de Hong Kong, onde ela encontraria o sobrinho, o romancista bem-sucedido Raymond West, acabou sucumbindo à bajulação da instrutora de dança de salão do navio.

— Quem consegue andar, consegue valsar — dissera a bela moça, erguendo a cabeça com o coque escuro e liso. Como muitos dos funcionários a bordo, ela era chinesa.

O que Miss Marple gostava na valsa era que o dançarino podia manter a dignidade, diferentemente daquelas danças latinas em que era esperado que ele se contorcesse como um pretzel. O parceiro de dança idoso, Mr. Pang, cuja cabine ficava no mesmo corredor que a dela, também tinha uma altura razoável. A maioria dos jovens da época parecia alcançar alturas ridículas que deviam ser bem inconvenientes para passar por portais e afins. Mr. Pang, na verdade, era baixo e atarracado, e

Miss Marple ficou aliviada ao não sentir nenhuma dor residual do reumatismo no pescoço ao olhar para ele.

— A Imperatriz de Jade é a rainha-mãe do Oeste, sabia? — comentou Mr. Pang, arquejando um pouco pelo exercício. — Dizem que possui o elixir da vida. Com um gole, você poderia viver para sempre e nunca envelhecer. Não seria nada mal para pessoas como nós, hein? Quando um homem avança em idade, ele quer...

Era sorte que Mr. Pang só soubesse alguns passos de dança, pensou Miss Marple, ou seria ainda mais difícil engolir os falatórios dele do que já era. Visto que os dois não tinham o conhecimento nem o desejo de sair valsando pelo convés como alguns dos outros casais mais aventureiros e audaciosos, eles giravam suavemente no canto, como um carrossel, apenas pontuado intermitentemente por um giro por baixo do braço, que Miss Marple executava com um bocado de graça.

Ela deixou a mente vagar. Era uma tarde adorável no convés superior. Ela desfrutava do tempo aberto e ameno da primavera, assim como do azul-escuro do oceano ao redor deles. Tinham acabado de sair de Singapura — tão longe do vilarejo de St. Mary Mead! — e passariam mais alguns dias no mar antes de chegar ao destino. Raymond era realmente muito gentil. Ele ficaria lá por um ano, produzindo uma peça que se passava na China, ao mesmo tempo em que atuava como uma espécie de embaixador cultural, acenando a bandeira da Grã-Bretanha, e insistira que Miss Marple se juntasse a ele por um mês. Insistira que seria bom para a saúde e para as faculdades mentais dela, como se ela estivesse se tornando *senil*. Mas o querido sobrinho cuidara de tudo, então Miss Marple se viu com pouco a fazer exceto admirar as águas do Mar da China Meridional enquanto ouvia os acordes cadenciados de "The Blue Danube".

— Não vejo meu filho desde que ele era criança — continuou Mr. Pang, sem notar a desatenção de Miss Marple. — Eu não queria deixá-lo, nem à mãe dele, entende, mas não tive opção.

— É claro que não — murmurou Miss Marple, tentando juntar as peças da história. — Por que mesmo o senhor saiu de Hong Kong?

— Para construir uma nova vida para nós. Eu me mudei para Liverpool, precisei de anos até conseguir juntar o suficiente para levá-los, mas, a essa altura, a mãe dele já havia falecido e meu filho não queria mais vir. Disse que estava feliz em Hong Kong. Em apenas alguns dias, o reencontrarei depois de todas essas décadas. — A pálpebra de Mr. Pang arriou um pouco, e Miss Marple educadamente ignorou uma lágrima que ele enxugou depressa, dando de ombros.

— É sua filha que está viajando com o senhor? — Miss Marple notara uma moça grande, um tanto bamboleante, além de uma senhora mais velha com um olho de vidro, que parecia ser algum tipo de cuidadora de Mr. Pang.

— Sim, da minha segunda esposa, que infelizmente também faleceu no ano passado. — Mr. Pang ergueu o braço esquerdo de maneira abrupta, sinalizando um giro, e Miss Marple passou por baixo dele. — Ela amava jardinar...

Quando Miss Marple retornou à posição apropriada, Mr. Pang dizia:

— ...peônia, tesouro do meu coração. A visão me deleita todos os dias.

Miss Marple respondeu:

— Uma flor adorável.

— Tão importante para os chineses — disse Mr. Pang — quanto a rosa inglesa...

Eles foram interrompidos pela voz firme da professora de dança de salão ao contar:

— UM-dois-três, UM-dois-três...

Por cima do ombro de Mr. Pang, Miss Marple teve um vislumbre da instrutora deslizando para a frente e para trás com um rapaz de aparência notável que encarava os pés com intensidade. O pescoço dele estava tão vermelho e manchado de vergonha que a cor escura lembrava algum tipo de alergia ou marca de nascença. A professora o lembrou, "Olhos para cima", mas foi ignorada.

— Ah, aí vêm sua filha e sua amiga — anunciou Miss Marple, olhando além do homem infeliz para as acompanhantes de Mr. Pang, que se aproximavam depressa.

Mr. Pang relanceou na direção que ela indicou e paralisou. Ficou olhando fixamente por cima do ombro dela. Pareceu ter dificuldade de respirar por um momento enquanto o rosto assumia um tom roxo-escuro.

— Mr. Pang — disse Miss Marple, um pouco assustada. — O senhor está bem?

Ela seguiu o olhar dele e encontrou apenas as acompanhantes do velho e um casal de trinta e poucos anos que ela conhecera mais cedo: Victor e Ellen Richards. Ambos esguios e intensos. Victor tinha um nariz aquilino e olhos muito fundos, enquanto o rosto alongado de Ellen, emoldurado por uma cortina de cabelo castanho-claro, tinha um ar taciturno. Aparentemente, eram donos de uma empresa farmacêutica bem-sucedida, que, pelo que Victor explicara a Miss Marple, produzia todo tipo de drogas importantes, sem as quais a sociedade ficaria incapacitada.

— Sim — guinchou Mr. Pang depois de uma pausa. — Só um pouco de valsa demais, eu acho.

Sentada à mesinha dela no canto do salão de baile depois do jantar, Miss Marple espiava ao redor com interesse. Lâmpadas suaves reluziam em todas as mesas enquanto os lustres cintilantes banhavam o cômodo imponente em luz dourada. Os homens estavam distintos de *black-tie*, e a maior parte das mulheres usava vestidos de gala coloridos. A própria Miss Marple trajava um elegante vestido de renda cinza. Havia hóspedes de todas as etnias, idades e tamanhos, variando desde algumas famílias com crianças pequenas a casais mais velhos de cabelo branco. Muitos demonstravam os passos que haviam aprendido na aula de dança daquela tarde enquanto a orquestra do navio tocava uma melodia lenta. Outros papeavam ou consumiam bebidas quentes e coquetéis nas mesas redondas espalhadas pelo perímetro do cômodo, assim como Miss Marple.

Ellen Richards, lembrando um pouco uma árvore em um longo vestido verde com estampa de folhas, parou à mesa de Miss Marple.

— Posso me juntar à senhora?

— É claro — respondeu Miss Marple. Ela deu um gole no café excelente, então pousou a xícara. — Onde está seu marido?

— Victor estava com um pouco de dor de cabeça, então se retirou mais cedo. — Ellen acenou para o garçom, que trouxe outro café. — Não estou vendo seu parceiro de dança.

— Mr. Pang? De fato, eu mesma estava procurando por ele. Parecia um pouco indisposto mais cedo, então espero que esteja bem.

Ellen fungou.

— Não é de se espantar, com aquela acompanhante dele. Tia Faith, como eles chamam. Bem, seria preciso ter fé no jeito estranho dela para tolerá-la, imagino.

— Está se referindo àquela senhora mais velha?

Ellen assentiu e se curvou para a frente. Apesar da conduta séria da mulher, Miss Marple descobrira que ela adorava uma fofoca.

— Acho que ela ficou bem próxima dos funcionários. Até mesmo usa as instalações do navio para cozinhar a mais para ele, fornecendo todo tipo de medicina tradicional chinesa. Estremeço só de pensar no que ela vem dando para ele comer. Já viu as coisas ultrajantes que ela vem fazendo? Queimando incenso a altas horas da noite. Entoando sozinha enquanto anda. Há rumores de que ela o espeta com agulhas. Outro dia cheguei a vê-la jogando caranguejos e lagostas vivos no mar!

Miss Marple ergueu as sobrancelhas.

— Onde ela os arranjou?

Ellen balançou a cabeça. Pareceu surpresa com a reação pragmática de Miss Marple.

— Na cozinha, acredito.

— É *mesmo* um pouco estranho, mas bem revitalizante para os caranguejos e as lagostas, imagino.

Ellen baixou a voz, embora a orquestra quase encobrisse as palavras de qualquer forma.

— Ela é uma bruxa chinesa.

Mas, em vez de ficar apropriadamente horrorizada, Miss Marple pareceu um tanto fascinada.

— Pergunto-me se alguma das técnicas dela funciona mesmo.

— É claro que não! — exclamou Ellen. — Baboseira supersticiosa, sem base em qualquer tipo de ciência.

— Bem, você saberia melhor do que eu, tenho certeza — disse Miss Marple com modéstia. — Temo ter levado uma vida bem recolhida.

Ellen abriu um sorrisinho presunçoso que deixou claro que ninguém esperaria que uma mulher tão idosa e provincial tivesse qualquer noção de lógica.

— Isso certamente perturbará a senhora, mas tenho certeza de que aquela bruxa só fica com o velho por causa dos boatos sobre o tesouro que ele possui.

O que perturbaria você, pensou Miss Marple, *são as coisas chocantes que podem acontecer em um vilarejo tão pequeno quanto St. Mary Mead*. Mas, em voz alta, ela apenas respondeu:

— Que tipo de tesouro?

— Uma joia extremamente valiosa.

Mais tarde, Miss Marple se demorou à porta de Mr. Pang, que ficava a apenas algumas cabines da dela, no mesmo corredor. Não queria se intrometer, e ele claramente tinha a ajuda tanto da filha quanto da cuidadora, a quem Ellen chamara de bruxa chinesa. Ainda assim, ela sentia uma inquietude vaga. Mais cedo, Mr. Pang parecera bem assustado com algo, apesar das alegações contrárias.

Enquanto se perguntava se deveria bater, a porta se abriu. Miss Marple se sobressaltou com o rosto surpreso da filha de

Mr. Pang, que devia ter uns vinte e poucos anos. Ela era alta, com ombros largos, mãos grandes e fiapos de cabelo escapando de um coque bagunçado.

— Posso ajudá-la com alguma coisa? — perguntou a filha, com educação.

Miss Marple ruborizou um pouco, sentindo-se uma velha intrometida.

— Desculpe incomodá-la, mas eu dancei com seu pai mais cedo e estava só me perguntando se ele está se sentindo bem.

A filha sorriu, os olhos escuros expressivos iluminando o rosto simpático.

— Eu me lembro. Meu pai ficou bem orgulhoso dessa valsa, Miss Marple, certo? Meu nome é Mudan, e fico grata por se importar com a saúde do meu pai. — Ela franziu a testa. — Ele realmente estava com certa dificuldade de engolir mais cedo, mas fico feliz em dizer que está dormindo e descansando agora.

Ela abriu mais a porta para mostrar a Miss Marple uma cabine escurecida, de onde saía um som suave de respiração. Havia restos de uma refeição no aparador: uma tigela de arroz e um prato de ovos cozidos ao lado de um vaso de flores. Em uma mesinha perto da porta, Miss Marple notou uma foto desbotada em preto e branco de uma mulher com uma criança pequena nos braços.

Mudan notou o olhar de Miss Marple e pegou-a para mostrar a ela.

— Pa mencionou que ele lhe contou sobre meu meio-irmão, Tao. Essa foto é dele quando bebê com a mãe. Foi a última vez que Pa o viu.

A primeira esposa de Mr. Pang tinha um rosto oval e sereno visivelmente tomado de amor pelo menininho nos braços, apesar da luz do sol salpicada que lançava sombras sobre os dois. Uma faixa escura cobria parte do rosto e do pescoço da criança, dificultando decifrar a expressão dela, mas Miss Marple notou o traje de marinheiro bem passado e a boina. Parecia bem cuidado. Um raio de luz cascateava do broche brilhante preso à blusa da mãe.

Mudan assumiu uma expressão triste ao olhar a foto.

— Meu pai não vê a hora de revê-lo em Hong Kong. Fala disso há anos.

Miss Marple entendia. Lembrava um pouco Mr. Murray, um professor de St. Mary Mead que sofria pelo antigo amor perdido, uma garota que se mudara para Londres anos antes, enquanto a esposa definhava por falta de atenção. Miss Marple disse, gentilmente:

— É difícil competir com uma fantasia, não é?

Os olhos finos de Mudan dispararam para o rosto de Miss Marple, surpresos.

— Que perspicaz da sua parte. Mas, é claro, os mais velhos são mesmo conhecidos por sua sabedoria.

Mudan se curvou ligeiramente para Miss Marple, com as mãos unidas em um gesto de respeito, então, saiu da cabine, fechando a porta com cuidado às costas. Depois de desejar uma ótima tarde a Miss Marple, Mudan entrou no próprio quarto, bem de frente para o do pai.

Miss Marple estava corada. A reverência que as culturas asiáticas tinham pelas gerações mais velhas era inesperada e muito bem-vinda.

* * *

Na manhã seguinte havia uma grande comoção no corredor de Miss Marple. Ao enfiar a cabeça para fora, ela viu Dr. Grant, o médico do navio, andando a passos largos em direção ao quarto de Mr. Pang. Miss Marple fora ver o gentil e rotundo médico uma vez, quando o reumatismo dela estava causando problemas. Mais alarmante ainda era o fato de que Dr. Grant foi rapidamente seguido pelo Chefe Webster, o oficial de segurança do navio, uma figura alta e imponente.

Miss Marple se vestiu depressa. Estava saindo da cabine quando um dos comissários de bordo do navio, um rapaz gentil, se aproximou. Em vez da atitude calma usual, ele parecia agitado. O rosto bronzeado estava embranquecido em contraste com o cabelo preto, os lábios pálidos como cera e os olhos castanho-escuros arregalados de medo.

— O que aconteceu? — perguntou Miss Marple.

Ela ficara bem próxima daquele comissário em particular desde que elogiara as formas adoráveis que ele criava usando os guardanapos de pano da cabine: um corvo, uma estrela dupla, e, uma vez, até uma ave-do-paraíso. Às vezes ela o encontrava em outras partes do navio, servindo coquetéis no convés superior, por exemplo, ou dando as cartas nas aulas de bridge.

O comissário hesitou antes de responder:

— Sinto muitíssimo em lhe dar notícias infelizes, mas o cavalheiro mais velho ao fim do corredor faleceu durante a noite.

— Mr. Pang? — Ao aceno positivo do comissário, Miss Marple sentiu-se triste pelo amigo, que nunca mais veria o filho, e por Mudan. — Mas ele estava *valsando* ontem mesmo.

Podia até não estar se sentindo muito bem, mas não a ponto de parecer prestes a morrer.

As mãos do comissário tremiam visivelmente. Ele sussurrou:

— Houve alguns acontecimentos estranhos naquela cabine.

— Ah, é?

— Agouros muito ruins lá dentro.

— O que quer dizer?

O comissário se inclinou para perto.

— Coisas terríveis. Pelo menos para uma pessoa chinesa. Outras pessoas nem perceberiam que havia algo errado. Uma vez eu encontrei uma tigela de arroz com um par de *hashis* cravados bem no meio, como nós, chineses, só fazemos em funerais. Ovos de pato, que dão muito azar por serem associados à morte. E flores brancas, outro símbolo de funerais. Eu já vi essas coisas na cabine dele várias vezes, inclusive ontem. Todas elas convidam a morte para dentro de casa.

— Por que Mr. Pang manteria coisas tão azarentas na cabine dele?

O comissário balançou a cabeça.

— Essa é a questão. Mr. Pang era um homem muito supersticioso. Tenho certeza de que não levou aqueles objetos para a cabine. Ele estava sendo aterrorizado.

Ao chegar à porta aberta de Mr. Pang, Miss Marple parou. Agora que a luz do dia entrava no cômodo, ela via o aparador com clareza. Estava vazio. Alguém retirara os objetos de mau agouro? Miss Marple se lembrou do último vislumbre do interior da cabine. Definitivamente havia arroz, ovos e flores, por mais que fosse difícil enxergar com nitidez na semiescuridão. Será que alguma pessoa misteriosa vinha assustando Mr. Pang? Por que motivo? Será que Mudan ou Tia Faith haviam simplesmente retirado aquelas coisas?

Quando Miss Marple se preparava para se afastar antes que fosse notada espreitando à porta, ela notou outra coisa: a foto da primeira esposa com o garotinho também sumira.

Então um murmúrio de vozes a alertou de que o quarto estava ocupado. Miss Marple espiou o interior e encontrou Mudan encarapitada na cama onde o pai morrera, agora sem lençóis e roupas de cama, e Tia Faith sentada em uma cadeira. O Chefe Webster e o Dr. Grant as encaravam. Os olhos de Mudan estavam vermelhos e inchados de tanto chorar, enquanto Tia Faith apresentava um rosto pálido e desafiador, as mãos fechadas em punhos. Miss Marple recuou para as sombras do corredor a fim de não ser notada. Sabia que deveria seguir adiante, mas não conseguia deixar de sentir que Mudan poderia precisar da ajuda dela em algum momento. Felizmente, eles estavam tão concentrados na conversa que ninguém olhou na direção de Miss Marple.

— Só precisamos de um breve depoimento do que aconteceu — disse o Chefe Webster. — Pode nos dizer como encontrou seu pai?

Mudan arquejou.

— Eu... eu entrei...

— Está tudo bem — disse Tia Faith, dando batidinhas no braço de Mudan. — Você não fez nada errado.

— É claro que não! — respondeu Mudan, chocada. Ela inspirou e tentou se acalmar. — Eu t-trouxe a xícara de chá matinal do meu pai, m-mas ele não respondeu. — Ela voltou a desabar em soluços trêmulos e profundos.

— Sinto muitíssimo por precisarmos fazer isso — disse o Dr. Grant com delicadeza. — É só que há algumas irregularidades.

Ao ouvir isso, Mudan levantou a cabeça de repente e Tia Faith encarou o homem com o olho bom.

— Co-como assim? — perguntou Mudan.

O Chefe Webster lançou um olhar repressor para o Dr. Grant. Miss Marple sabia que nenhuma informação deveria ser dada a testemunhas ou suspeitos antes de seu relato.

— Por favor, saiba que a melhor forma de ajudar seu pai agora é nos dizendo tudo o que viu, com o máximo de detalhes possível. Você notou alguma coisa incomum em Mr. Pang ontem à noite?

O conceito de ser útil pareceu acalmar Mudan.

— Pa não estava se sentindo bem ontem à noite, mas achei que talvez ele tivesse comido alguma coisa que não tivesse caído bem. Estava com certa dificuldade para engolir e não falou muito ao longo da noite, mas finalmente sossegou e foi dormir.

O Dr. Grant perguntou:

— Ele *consumiu* algo incomum ontem à noite?

— Só a medicação chinesa normal — disse Tia Faith. O olho de vidro dela brilhava à luz.

— No que ela consiste? — perguntou o Dr. Grant em uma voz suave.

— Ele andava muito nervoso nas últimas semanas, então eu estava lhe dando uma infusão fortificadora para elevar sua coragem: *ginseng* e cobra em pó — respondeu Tia Faith com calma.

O Chefe Webster se empertigou abruptamente.

— A senhora dava cobra para Mr. Pang comer?

— Certamente o veneno era retirado — afirmou o Dr. Grant.

— Ah, não — declarou Tia Faith. — O veneno é a melhor parte! O medo é um veneno, e é preciso combater veneno com veneno.

O Dr. Grant ergueu uma sobrancelha espessa.

— Ah, similar ao conceito de combater fogo com fogo, imagino. Mas não acha que adicionar veneno a veneno poderia dar terrivelmente errado?

— Ah, não — interrompeu Mudan. — Tia Faith é a melhor curandeira que conhecemos. É famosa lá na nossa comunidade chinesa e está com a nossa família desde antes de eu nascer. Ela só dava um pouquinho de cobra a Pa todo dia, não o suficiente para envená-lo. Ela nunca cometeria um erro desses. Não o bastante para matá-lo.

Ao dizer isso, ela desabou e afundou o rosto nas mãos. Tia Faith se inclinou na direção dela e apoiou a mão em seu ombro enquanto olhava feio para os dois homens.

O Chefe Webster pigarreou.

— Já chega por hoje.

Um momento antes de os dois homens saírem do cômodo, Miss Marple se afastou da porta e se ocupou com a bolsa, fingindo procurar a chave da cabine. Mudan se tensionou ao vê-la, mas então a surpreendeu ao abrir um sorriso fraco. Tia Faith nem indicou notar a presença dela. Depois que Mudan e Tia Faith estavam fora de vista, Miss Marple retomou a posição ao lado da cabine.

O Chefe Webster se voltou para o médico.

— O que acha disso tudo?

O Dr. Grant passou a mão pelo rosto.

— Faria sentido. Uma pequena quantidade de veneno de cobra pode ser ingerida, não que eu jamais fosse recomendar algo do tipo, mas seria quebrada por ácidos estomacais e enzimas digestivas. No entanto, quantidades maiores poderiam chegar à corrente sanguínea e levar a um ataque no sistema nervoso. Os sintomas poderiam incluir pálpebras caídas e dificuldade de falar e engolir, resultando na incapacidade de respirar. Como o senhor sabe, eu já determinei que a causa da morte foi sufocamento.

Chefe Webster falou na voz grossa dele:

— Homicídio culposo, então, ou assassinato.

— Estou surpreso por não a ter prendido imediatamente.

— Quero revistar as posses e os documentos de Mr. Pang primeiro para tentar determinar se houve motivo. Afinal, estamos em um navio. Tia Faith não pode ir a lugar algum.

Miss Marple contraiu os lábios. Primeiro o pai de Mudan falecera, então sua acompanhante era suspeita de assassinato. Que momento terrível para aquela jovem gentil.

Miss Marple não viu nenhum sinal de Mudan ou Tia Faith pelo resto do dia. Os outros passageiros pareciam inquietos com o súbito falecimento de Mr. Pang, mas não muito preocupados. Ele tinha idade bem avançada, afinal, e havia rumores de que sofria de algum tipo de condição nervosa, que certamente levara ao súbito fim, como se todos os idosos ansiosos fossem passíveis de caírem mortos a qualquer momento, pensou Miss Marple.

Na hora do jantar, Miss Marple entrou no salão de jantar perdida em pensamentos. Mr. Pang e suas histórias... Ele falara da primeira esposa e do filho. Amava peônias e se encantava com elas. Então ficara um tanto agitado ao ver a filha ou a cuidadora, a suposta bruxa chinesa, ou Victor e Ellen Richards. E também havia o comissário que acreditava que alguém tentava assustá-lo de propósito. Miss Marple não conseguia identificar direito a estranheza daquele momento na pista de dança. Estava deixando algo escapar. Além disso, qual poderia ser a conexão com a foto e os objetos de azar desaparecidos? Também havia aquele boato sobre uma joia fabulosa de Mr. Pang. Será que ainda estava na cabine? E agora ele estava morto. Ela não estava gostando daquilo, nem um pouco.

Ainda não havia sinal de Mudan ou da acompanhante dela quando chegou a hora da refeição noturna, mas Victor e Ellen avistaram Miss Marple e gesticularam para que ela se juntasse a eles.

Assim que Miss Marple se sentou, Ellen perguntou:

— Ficou sabendo da notícia terrível sobre seu amigo?

Miss Marple notou a elevação do status de Mr. Pang de *parceiro de dança* para *amigo* na descrição de Ellen, mas apenas assentiu. Muitas pessoas sentiam uma emoção vicária ao estarem perto da morte. Quanto mais próximo, melhor, até que a morte invariavelmente chegasse para elas.

Victor acrescentou, com satisfação:

— Bem, claramente a causa do falecimento não foi natural. Estão planejando prender aquela chinesa estranha, Tia Faith, amanhã de manhã, por envenenar Mr. Pang com cobra em pó. Ela mesma admitiu.

— O quê? — disse Miss Marple, fingindo incredulidade.

— Ah, a equipe médica a bordo é muito camarada conosco — vangloriou-se Ellen. — Afinal, nós os abastecemos. *Eles* pensam que ela achou que o estivesse ajudando... A senhora precisa admitir que ela usava métodos muito suspeitos.

Quando o garçom se aproximou para pegar o pedido deles, Miss Marple ficou surpresa ao reconhecer o comissário.

— Nunca o vi no salão de jantar antes.

Ele fez uma pequena reverência.

— Temos uma equipe pequena no navio, então desempenhamos várias funções, e hoje à noite estavam precisando de ajuda aqui.

Miss Marple hesitou por um momento, então prosseguiu:

— Você se importaria de nos explicar algumas coisas?

Victor e Ellen a encararam com expressões alarmadas, aparentemente horrorizados por ela estar conversando com o garçom chinês.

Victor exclamou:

— Isso é um tanto inapro...

Miss Marple o ignorou.

— Pode nos dizer por que uma pessoa espetaria outra com agulhas? Ou jogaria lagostas e caranguejos vivos no mar? Ou consumiria cobra em pó?

O jovem comissário corou um pouco, mas se esforçou para dar as respostas a Miss Marple.

— O uso de agulhas é chamado de acupuntura. É um tratamento ancestral chinês que alivia dor e vem sendo utilizado com eficiência há milhares de anos. Alguns acreditam que soltar animais como lagostas e caranguejos é uma oferenda aos deuses, um tipo de presente cósmico para trazer boa sorte. E uma pequena quantidade de medicamentos como o veneno de cobra é dada às vezes como um restaurador, mas a quantidade precisa ser controlada com cautela pelo profissional.

— Obrigada pela explicação esclarecedora — disse Miss Marple, sorrindo para o comissário. — Você conhece minimamente a Tia Faith?

— Sim, um pouco. Ela entra na área dos funcionários com frequência. Na verdade, estava lá hoje cedo, porque precisava de um pouco de água fervida, mas algo a assustou e ela acabou derramando tudo pelo chão. O supervisor ficou bem zangado.

Ellen falou, então, com um bocado de grosseria:

— Podemos pedir agora?

Ao comer o jantar de carpa suculenta no vapor com molho shoyu, Miss Marple se sentiu perturbada. Pelo próprio conhecimento sobre plantas, ela sabia que uma boa quantidade de tratamentos herbais chineses tinha mérito. Apesar da desconfiança geral sobre Tia Faith no navio, Miss Marple não acreditava que Mudan fosse permitir que uma charlatã tratasse o amado pai. E nada disso explicava a foto e os outros objetos desaparecidos.

Ela não conseguia deixar de sentir que havia mais por trás daquela história.

Miss Marple estava agitada demais para ir ao salão de dança depois do jantar, então voltou à cabine. A paz e a tranquilidade talvez a ajudassem a clarear a mente e se concentrar naquela morte suspeita.

Acabara de chegar ao corredor quando ouviu um grito agudo.

Mudan saiu cambaleando de uma das cabines, envolvendo o próprio corpo com as mãos. Estava sem fôlego e soluçava.

— O que houve? — exclamou Miss Marple.

— T-tia Faith! E-ela está morta! — Mudan oscilava como se pudesse desmaiar.

Miss Marple agarrou o braço dela, então arquejou ao ver as manchas escuras na blusa e nas mãos de Mudan. Sangue.

Outros habitantes das cabines abriram as portas, arquejando e falando, atraídos pela comoção. Alguém correu para buscar o médico e o oficial de segurança.

— Pobrezinha — disse Miss Marple. — Venha, você precisa se sentar.

Miss Marple levou Mudan para a cabine dela, cuja porta estava entreaberta, e a guiou até a cama. Ela se sentou pesadamente. Afundou o rosto nas mãos, sem perceber que sujava as bochechas de sangue. Miss Marple lhe serviu um copo d'água e lhe deu tapinhas nas costas.

Quando o Chefe Webster e o Dr. Grant entraram, vários minutos depois, foram recebidos pelo semblante ensanguentado de Mudan.

— Minha nossa! — exclamou o Dr. Grant, parando de repente.

— Se puder nos dar licença — disse o Chefe Webster para Miss Marple, mas Mudan agarrou as mãos da mulher.

— Por favor, fique! — implorou ela. — Estou totalmente sozinha agora. P-por favor, deixe essa senhora bondosa ficar.

O Dr. Grant e o Chefe Webster trocaram um olhar e, com um minúsculo aceno de cabeça, o Chefe Webster decidiu permitir a permanência de Miss Marple.

— Pode nos contar o que aconteceu?

Mudan pressionou os dedos contra as pálpebras fechadas como se quisesse apagar as imagens que vira.

— E-ela não estava se sentindo bem. Falou que sentia enjoo. Fui ver como ela estava, e encontrei-a coberta de sangue.

— Você tocou no corpo? — perguntou o Chefe Webster.

Miss Marple lançou um olhar para os dedos encharcados de sangue de Mudan e sentiu vontade de suspirar. Claro que ela tocara.

— S-sim — confirmou Mudan. — Tentei sentir a pulsação. E-estava torcendo para... — Ela encarou o chão e não disse mais nada.

— Como Tia Faith foi morta? — perguntou Miss Marple.

O Dr. Grant respondeu com um tom pesado:

— Uma faca. A arma do crime sumiu, mas ela foi esfaqueada bem recentemente, eu diria que na última hora.

O Chefe Webster olhou feio para o médico falastrão, mas, antes que conseguisse dizer qualquer coisa, Mudan se lamuriou:

— Pa! Tia Faith! — E desabou em soluços altos e arquejantes.

Miss Marple passou um braço ao redor dos ombros de Mudan.

— Cavalheiros, já terminaram? Essa pobre jovem passou por maus bocados.

— Sinto dizer que esse assunto está longe de se encerrar — disse o Chefe Webster, sombrio. Ele se levantou. — Mas as deixaremos por hoje.

Depois que os homens saíram, Miss Marple ajudou Mudan a se limpar e a se deitar.

— Não pense demais. Haverá tempo de sobra para isso amanhã.

Ela ficou à cabeceira de Mudan, segurando a mão dela, até que a jovem caísse em um sono exausto. Por mais que tivesse aconselhado a outra a descansar, Miss Marple não conseguiu fazer o mesmo.

Havia um assassino a bordo do *Imperatriz de Jade*.

— Por que aquela filha ainda não foi presa? — sibilou Victor. — A segurança de todos está em risco! É ela ali, sentada à janela?

Miss Marple deu uma mordida no *bao* de abacaxi, um tipo de "pãozinho", mas que ironicamente não continha abacaxi algum. Ainda assim era doce e delicioso, e confortou-a um pouco depois da noite mal dormida.

— Não, aquela é outra mulher. Acredito que Mudan esteja fazendo as refeições na cabine. Não foram encontradas provas contra ela.

— Ora, eles são todos parecidos mesmo — disse Ellen, dando um gole no café preto. — É claro que foi ela. Quem mais teria sido? Ela encontrou os dois corpos. Ouvi dizer que estava coberta de sangue. Estão todos com os nervos à flor da pele. Aqui estamos, presos em alto-mar, com uma assassina à solta. Não se pode confiar nessas pessoas.

Miss Marple ergueu o olhar.

— Que pessoas?

— Estrangeiros — respondeu Victor pela esposa.

— Em Hong Kong — falou Miss Marple —, acredito que nós seremos os estrangeiros.

Quando Miss Marple voltou à cabine após o café da manhã, ficou surpresa ao encontrar Mudan esperando à porta.

A jovem estava pálida e visivelmente trêmula, mas conseguiu abrir um sorriso abatido.

— Queria lhe agradecer pela gentileza de ontem à noite.

— Não foi nada. Você está bem?

— Não. Acho que nunca mais ficarei bem. Não como antes, de qualquer forma. — Mudan deu uma fungadinha.

— Por que não entra? — sugeriu Miss Marple, abrindo a porta.

Mudan assentiu e seguiu-a para dentro da cabine organizada de Miss Marple. Ela afundou em uma cadeira à mesa como se estivesse completamente exausta. Miss Marple ocupou o lugar ao lado e disse:

— Na noite em que seu pai faleceu, você notou algo estranho na cabine dele? — Quando Mudan negou com a cabeça, confusa, Miss Marple continuou: — Alguma comida, como arroz e flores?

— Talvez? Eu estava preocupada com Pa. Não olhei direito ao redor. — Ela franziu a testa. — Apesar de que alguém parece ter pego a foto da primeira esposa de Pa com Tao.

— Sim, eu notei isso.

Mudan lançou um olhar aguçado para ela.

— A senhora é muito observadora.

Houve uma batida forte na porta. Miss Marple a abriu e encontrou o Chefe Webster, um grupo de oficiais de segurança e o comissário do lado de fora, o último retorcendo as mãos.

O rosto do Chefe Webster estava tenso e hostil.

— Pensamos que poderíamos encontrá-la aqui. Mudan Pang, você está presa.

— O quê? Por quê? — exclamou Mudan, se levantando em um pulo.

Os outros oficiais entraram depressa e a cercaram, segurando os braços dela de ambos os lados.

— Encontramos a arma do crime, uma faca de carne, no seu quarto, escondida em um guardanapo de tecido, que fora dobrado no formato de uma torre alta e espiralada.

— Mas eu não fiz nada. Eu nunca, jamais machucaria... — pranteou Mudan. Ela olhou ao redor em desespero, fixando-se no comissário. Apontou para ele. — Eu o vi! Ele estava saindo do corredor quando cheguei ao quarto de Tia Faith. Deve tê-la matado logo antes de eu chegar e escondido a faca no guardanapo no meu quarto.

O rosto do comissário ficou pálido.

O Chefe Webster fez que não com a cabeça.

— Ele já foi interrogado. Na hora da morte, estava em serviço no salão de jantar, na frente de muitos hóspedes. E parece bem suspeito que você nunca tenha mencionado isso antes.

— Eu estava desestabilizada! Tudo me fugiu à mente. Por favor...

— Por que ela faria coisas tão terríveis? — perguntou Miss Marple com a voz suave.

— Parece que o pai dela tinha um belo seguro de vida — disse o Chefe Webster.

— Ela era a beneficiária? — perguntou Miss Marple.

— Sim, ela e o meio-irmão. Em uma investigação mais atenta, descobrimos que ela é dona de uma padaria em Liverpool, que não anda bem das pernas.

— Os negócios sempre têm fases boas e ruins — explicou Mudan.

— Perguntamos por aí, e não era segredo algum que o pai tinha uma ampla preferência pelo filho. Talvez também tenha sido por inveja.

Mudan cambaleou para trás, como se ele a tivesse golpeado. Levou uma das mãos trêmulas até a boca.

— Qual seria o motivo para o segundo assassinato? — perguntou Miss Marple.

O Chefe Webster respondeu:

— Isso ainda não foi determinado. — Ele deu de ombros. — É possível que Tia Faith tenha encontrado alguma prova do crime.

— Mas eu amava meu pai e Tia Faith — gemeu Mudan.

— O senhor deve me considerar uma velha tola — falou Miss Marple —, mas meus instintos me dizem que ela *realmente* gostava muito dos dois. Além disso, o comissário mencionou que alguns objetos tinham sido postos na cabine de Mr. Pang, possivelmente para aterrorizá-lo, como arroz branco com palitinhos cravados de pé. Não haveria qualquer motivo para Mudan fazer tal coisa, visto que tinha acesso à comida dele de qualquer forma.

O comissário assentiu.

Um brilho de respeito se acendeu nos olhos do chefe.

— Eu aprendi a nunca subestimar o instinto. No entanto, não posso concluir um caso baseado apenas nisso. — Ele entregou o cartão de visita a Miss Marple. — Se a senhora se lembrar de algo mais concreto, seja de dia ou de noite, por favor, fale comigo. Retornarei à minha posição na polícia de Hong Kong depois deste cruzeiro.

Ele se virou para os oficiais, que levaram embora uma Mudan revoltada. Ela lançou um último olhar suplicante para Miss Marple enquanto a levavam sob custódia.

* * *

A *Imperatriz de Jade*

Alguns dias depois, Miss Marple estava fazendo tai chi em um parque de Hong Kong com um grupo de outros praticantes idosos. Estava com a mente perturbada desde que desembarcara do navio, remoendo os detalhes do que acontecera a bordo. A casa de Raymond era adorável, mas ele tendia a dormir até mais tarde, enquanto Miss Marple preferia começar o dia cedo. Ficara encantada ao descobrir um grupo fazendo esse exercício suave, porém revigorante, toda manhã.

Embora nunca tivesse feito nada do tipo, achou os simples exercícios tranquilizadores. Juntos, eles esticavam as mãos entrelaçadas em um movimento que ela aprendeu que se chamava Sustentar o Céu para fazer a energia fluir, então passavam para a Garça, em que Miss Marple estendia os braços como um pássaro alçando voo, com o joelho esquerdo erguido. A mente dela ficava livre para voar, enquanto o corpo se concentrava na atividade meditativa.

Os assassinatos a bordo do *Imperatriz de Jade* a haviam deixado extremamente inquieta. Será que a inocência de Mudan fora uma atuação, pensada para iludir uma senhora idosa? Ou o culpado podia ter sido o comissário, no fim das contas? Talvez ele tivesse conseguido escapar durante o turno no salão de jantar, embora Miss Marple precisasse admitir que era bem improvável e não parecia característico dele. Talvez até Victor ou Ellen estivessem envolvidos. Com o conhecimento e o acesso a produtos farmacêuticos, teria sido bem fácil envenenar Mr. Pang, e qualquer um poderia ter arrumado uma faca de carne. No entanto, a amarga verdade era que ninguém a bordo do cruzeiro, exceto Mudan, tinha um motivo possível para aqueles assassinatos.

Miss Marple estava fazendo dupla com outra senhora idosa para um exercício chamado "empurrar as mãos". Ao espelhar os movimentos da parceira, notou uma grande marca de nascença vermelha na lateral do rosto da mulher.

De repente, tudo se esclareceu.

— Que bom que o senhor veio me encontrar no seu dia de folga — disse Miss Marple. — Esses pãezinhos de porco defumado estão excelentes. Está servido?

— Delicioso — respondeu o Chefe Webster. Ele analisou a mesa deles, que estava lotada de pãezinhos de sementes de lótus em panelas de bambu a vapor, rolinhos de macarrão de arroz recheados com carne em pratinhos minúsculos e tigelinhas de *congee*, um mingau de arroz salgado. Garçons e garçonetes empurravam carrinhos cheios de iguarias pelo restaurante, e os clientes escolhiam o que desejavam.

— Aprendi recentemente que *dim sum*, que eu acredito que seja o nome desse tipo de comida, significa "tocar o coração" — disse Miss Marple. — Adorável, não é?

— De fato — respondeu o Chefe Webster.

Ele tinha as sobrancelhas franzidas, como se imaginando por que ela o convidara. Ela tivera receio de que ele fosse recusar o convite, mas notou, pela forma prazerosa como ele mordia uma trouxinha de camarão, que apreciava uma boa refeição.

— Respostas a mistérios como assassinatos estão sempre ligadas a questões do coração, não estão? — disse ela.

O Chefe Webster parou de mastigar, mudando o foco da comida para Miss Marple.

— Ao menos dois objetos haviam desaparecido da cabine de Mr. Pang — continuou ela. — Um broche valioso e uma foto da primeira esposa e do filho.

— Tais itens não foram encontrados, mas não há prova de que eles existissem, para começo de conversa.

— Por isso eu não os mencionei antes — disse Miss Marple. — No entanto, acredito que sejam peças-chave para solucionar este mistério. Na noite em que Mr. Pang morreu, eu estava valsando com ele e notei que ficou bastante agitado ao ver algo por cima do meu ombro. Eu só vi Mudan, Tia Faith, Victor e Ellen Richards, mas fui culpada de um defeito que muitos de nós compartilhamos: *não notei os funcionários*. Eles estavam invisíveis para mim. A instrutora de dança de salão também dançava com um rapaz. Levei muito tempo para lembrar que havia algo incomum nele, algo bem óbvio, porque ele não parava de olhar para os pés. A princípio, parecia que o pescoço dele estava vermelho de vergonha, mas era mais que isso. Ele tinha uma marca de nascença vermelha na lateral do pescoço.

Os olhos do Chefe Webster vagaram de volta à tortinha de ovos delicada no prato. Ele devia estar se perguntando se ela chegaria a algum lugar com aquela história.

— Lembrei-me de um incidente do qual ouvi falar — disse Miss Marple, omitindo o fato de que tinha, na verdade, solucionado aquele mistério em particular —, no qual uma mulher disfarçada de camareira cometera um assassinato, mas ninguém a notara, porque só viram o uniforme, e não a pessoa que o vestia.

— Devo admitir que não faço ideia do que está tentando dizer — confessou o Chefe Webster.

— Ora, é tudo muito simples — explicou Miss Marple. — O senhor mesmo disse, havia dois beneficiários do seguro de vida: Mudan e o meio-irmão, Tao. Tao é o rapaz com a marca de nascença no pescoço. Na foto dele com a mãe, a marca estava visível, mas parecia uma mancha escura causada pela luz do sol salpicada. Suspeito que ele tenha embarcado no navio como passageiro, então se disfarçado de comissário. Como tantas pessoas pensam que todos os asiáticos — e empregados — se parecem, elas não repararam que o comissário que entrava e saía da cabine dele não era sempre a mesma pessoa.

"Portanto, nosso comissário real era, de fato, inocente, mas Tao se passou por ele algumas vezes. E, enquanto estava disfarçado de comissário, ele tinha acesso às chaves. Colocou objetos assustadores na cabine de Mr. Pang para levar Tia Faith a lhe dar cobra, então se certificou de que Mr. Pang sofresse uma overdose. O pai deve tê-lo reconhecido durante a valsa, então Tao precisou atacar naquela noite. Com o acesso dele à comida de Mr. Pang, isso foi relativamente fácil.

"Imagino que ele quisesse que Mudan fosse acusada, porque isso invalidaria a reivindicação dela ao pagamento do seguro de vida e ele seria o único beneficiário. Além disso, fiquei sabendo que Tia Faith entrava frequentemente na área dos funcionários, e o *verdadeiro* comissário mencionou um incidente para mim no qual ela se assustara com alguma coisa. Acredito que Tia Faith o tenha reconhecido por causa da marca de nascença no pescoço; ela estava com a família havia muito tempo. Então isso deu um motivo para Tao se livrar dela também. Enquanto o verdadeiro comissário estava no salão de jantar, Tao esfaqueou Tia Faith. Depois disso, ele plantou a faca no quarto de Mudan."

A Imperatriz de Jade

O Chefe Webster estava de queixo caído. Ele o fechou com um estalo.

— E o boato sobre a joia inestimável na posse de Mr. Pang?

— Acredito que fosse o broche. A mãe de Tao o usava na foto. Acho que vai encontrá-lo quando revistar a casa dele. Ele deve estar na lista de passageiros, e a professora de dança de salão poderá ajudá-lo a identificá-lo se ele tiver usado um nome falso.

— Que tipo de broche devemos procurar?

Miss Marple respondeu:

— A imagem não estava clara, mas era uma flor. Suspeito que fosse uma peônia, porque Mr. Pang falou sobre como se deleitava em ver a peônia dele todo dia. A princípio, achei que ele tivesse uma planta no quarto ou talvez algumas mudas de Singapura, mas então me lembrei de que é impossível uma peônia florescer nos trópicos. Elas precisam de um inverno árduo. Portanto, devia estar se referindo a outra coisa.

O Chefe Webster balançou a cabeça.

— Por que a senhora continuou pensando nesse caso, que parecia tão simples e óbvio?

Miss Marple deu um gole no chá *oolong*, deliciando-se com o sabor defumado.

— Não fazia sentido para mim que Mudan matasse duas pessoas que ela claramente amava. Como falei, assassinatos estão sempre ligados a questões do coração. Agora, gostaria de um *wonton*?

Miss Marple não conseguiu deixar de corar ao ler o jornal. O Chefe Webster lhe dera crédito integral quando o broche de peônia inestimável e a foto de Tao com a mãe foram encontrados na casa dele. Tao confessou tudo. Aparentemente odiava o pai porque, ao contrário das declarações de Mr. Pang, ele não tivera uma primeira e uma segunda esposas. Na verdade, fora bígamo. Abandonara Tao e a mãe em Hong Kong para ir a Liverpool e se casar com a mãe de Mudan. Depois que a mãe morrera na pobreza, Tao ficou profundamente ressentido da segunda família do pai, em especial da meia-irmã. Queria a herança integral e o broche de peônia para si.

Um certo casal Mr. e Mrs. Richards do cruzeiro foi citado como "absolutamente espantado" com o fato de que Miss Marple solucionara esse caso, mas a parte favorita dela do artigo era o fim, no qual a recém-liberta Mudan, ao ficar sabendo que o pai dissera que a peônia dele era o tesouro de seu coração, declarara: "Esse é o meu nome. Mudan significa peônia".

Um casamento aterrorizante

Dreda Say Mitchell

I

Nem um assassinato faria Miss Marple interromper um momento afetuoso entre noivos ao chegar — aflita, mas inevitavelmente — atrasada para a mais estranha festa de casamento à qual já comparecera. Esgueirando-se de maneira discreta para a sala onde a recepção do casamento aconteceria, ela não conseguiu identificar de imediato o motivo pelo qual ele era tão estranho. Não havia nada de errado com o lugar, é claro. Um salão de banquete em uma casa senhorial era claramente um lugar apropriado para comemorar o casamento do filho de um baronete. As paredes eram cobertas de pinturas dos ancestrais do noivo e os móveis, utensílios e aparelho de jantar tinham o peso de séculos de uso. Tudo brilhava em cobre e dourado. Estava tudo certo em relação a isso.

Também não havia algo de dissonante nos convidados, que eram respeitáveis e estavam bem-vestidos. E o noivo dedicado e a noiva também cumpriam o papel de casal feliz no dia do casamento. Peter Apfel-Strand usava o fraque tradicional, enquanto Marie Baptiste, sua noiva, parecia uma pintura em um vestido branco de *chiffon*. Apesar de a peça talvez ser um pouco moderna demais para o gosto de Miss Marple.

Não, era o grupo de indivíduos sentado à mesa principal que era desconcertante, visto que lembravam uma cena de um desses filmes Nouvelle Vague modernos dos quais os críticos pareciam gostar tanto, mas que deixavam os espectadores completamente confusos. A ponta da mesa da noiva estava deserta exceto pela amiga íntima de Miss Marple, Miss Bella, tia da noiva. A família de Marie era de St. Honoré, uma bela ilha do Caribe onde Jane Marple passara as férias recentemente. Talvez a distância entre St. Honoré e a Inglaterra fosse o motivo para mais pessoas próximas e queridas não terem comparecido? Quando Miss Marple perguntara sobre os outros parentes da sobrinha de Miss Bella, ligeiramente surpresa por ter merecido um convite, a resposta fora evasiva de forma educada: "Famílias podem ser muito complicadas".

De fato, elas podem.

Enquanto o lado da noiva estava quase vazio, o do noivo estava lotado. Ali estavam o pai de Peter, Sir Herbert Apfel-Strand, a mãe, Lady Margaret, e o tio por parte de mãe, Bispo Ambrose, que oficializara a cerimônia. Outros integrantes da família pareciam proliferar onde quer que se olhasse, e os pais do noivo exibiam sorrisos forçados enquanto cumprimentavam todos, claramente determinados a manter as aparências; como uma família de abutres que baixou sobre uma vítima e então descobriu que as hienas já haviam chegado primeiro.

Havia uma inevitável e desagradável explicação para o óbvio desconforto deles: embora pudéssemos esperar que, na Inglaterra dos anos 1960, o preconceito racial já tivesse ficado no passado, infelizmente esse não era o caso. Seria o fato de que o filho e herdeiro estava se casando com uma mulher negra de St. Honoré a razão para o desânimo dos Apfel-Strand? Miss Marple tensionou os lábios em desaprovação.

— Jane! Estou tão feliz por você ter vindo. — Miss Bella cumprimentou Miss Marple com um abraço caloroso após se retirar temporariamente do lugar dela junto do casal feliz.

— Peço desculpas pelo atraso. — Miss Marple perdera a cerimônia de casamento. — Infelizmente, dois trens de St. Mary Mead foram cancelados. Sem dúvida teve alguma relação com Lorde Beeching e os cortes que ele fez no serviço ferroviário.

A figura escultural de Miss Bella assomava acima da amiga muito menor. Ela usava um vestido malva simples que contrastava com o brilho da pele morena e um chapéu elegante encarapitado na cabeça. Miss Bella nunca saía de casa sem chapéu. Por mais que as mulheres tivessem se visto havia pouco tempo, enquanto Miss Marple passava as férias em St. Honoré — uma viagem que incluíra a terrível história da perda de um hóspede de hotel —, elas na verdade haviam se conhecido em um abrigo antiaéreo durante a Blitz. Enquanto Londres era bombardeada, Miss Bella passara o tempo narrando a Miss Marple, que fora fazer uma breve visita à metrópole, como ela não tivera permissão para servir no Serviço Territorial Auxiliar, como fizera a jovem Princesa Elizabeth na época, mas como se recuperara desse golpe e lutara com unhas e dentes para ser aceita na Força Aérea Auxiliar das Mulheres em vez disso. A unidade continha outras caribenhas como ela, que atenderam ao chamado para ajudar a "pátria", como elas tinham sido criadas para considerar a Inglaterra. Miss Bella tinha então, depois da guerra, permanecido e se tornado enfermeira no novo Serviço Nacional de Saúde da Grã-Bretanha.

— Marie não tinha nenhum amigo para convidar? — perguntou Miss Marple.

— Ela é discreta. Na verdade, não sei muito sobre a vida dela na Inglaterra. Ela chegou de St. Honoré há pouco mais de um ano. Acredito que tenha algum tipo de trabalho de escritório.

— Sabe como conheceu o noivo?

— Não. Ela é sempre vaga sobre o assunto — respondeu Miss Bella. — Não nos conhecemos muito bem, visto que morei boa parte da vida adulta na Inglaterra. Não quero que ela pense que estou me intrometendo nos assuntos dela.

— Está hospedada aqui perto? — perguntou Miss Marple.

— Estou dividindo um quarto com Marie no Fruit Pickers Arms do vilarejo. Mas volto para casa amanhã, e Marie e Peter saem em lua de mel esta noite. Ao menos é o que eu acho; Marie também foi bem vaga sobre isso.

Marie Baptiste parecia ser vaga sobre muitos assuntos.

O olhar aguçado de Miss Marple notou outra coisa na mesa principal.

— Parece que sua sobrinha tem uma convidada, no fim das contas.

A recém-chegada era uma mulher de vinte e poucos anos, alguns anos mais nova que a noiva, alta e esbelta, exibindo um corte de cabelo bob louro ao estilo Vidal Sassoon e um bronzeado, como se tivesse acabado de voltar de uma região mais quente, e assomava sobre Marie. Usava a peça conhecida nos jornais mais libertinos como "minissaia". Era indecentemente curta e com certeza não o tipo de traje que uma jovem respeitável usaria para uma festa de casamento. Marie e a convidada trocavam o que pareciam ser palavras concisas, concluídas com uma longa pausa e um dar de ombros de Marie. A mulher então se sentou na cadeira que Miss Bella deixara desocupada.

Ao que parecia, Miss Marple e Miss Bella não eram as únicas assistindo a essa interação curiosa. Bispo Ambrose, o venerável tio do noivo, avaliava cuidadosamente as pernas da mulher, e a expressão sugeria que ele estava considerando dar um sermão contra os pecados da carne.

— Você conhece aquela moça? — perguntou Miss Marple a Miss Bella.

A amiga negou com a cabeça.

— Acho que a vi brevemente no Fruit Pickers Arms no café da manhã. Talvez também esteja hospedada lá? Marie deve conhecê-la bem, ou não teria sido convidada para se sentar na mesa principal. Ah, vejo que Sir Herbert está prestes a direcionar todos a seus lugares. É melhor eu buscar outro para mim antes que ele comece.

Enquanto Miss Marple ziguezagueava pela confraternização de convidados e encontrava a mesa dela, o resoluto nobre se levantou, com um sorriso tenso ainda fixo no rosto.

— Eu e minha esposa gostaríamos de lhes dar as boas-vindas a Strand Hall na feliz ocasião do casamento de nosso filho, Peter. A refeição será servida agora, antes dos discursos.

Uma sopa fria de aspargos, seguida de salmão com vegetais e uma salada de frutas para a sobremesa foram complementados por um vinho branco agradável, com champanhe providenciado para os brindes. Uma bela refeição inglesa, e, um pouco mais de uma hora depois, com todos satisfeitos, Sir Herbert voltou a se levantar e deu batidinhas na taça de vinho com uma colher. Mas, antes que começasse a falar, uma comoção se iniciou no lado da noiva.

A misteriosa convidada de Marie se levantou com dificuldade, sem ar. Ela apertou o peito em evidente sofrimento, então a barriga, antes de agarrar e afundar os dedos com força no pescoço. A cadeira dela tombou para trás, caindo no chão enquanto ela passava cambaleando pela noiva horrorizada em direção ao pai do noivo.

Ela proferiu, em uma voz rouca e áspera:

— Stra... Strand... B... B... Ap...

Então desabou nos braços do atônito baronete.

Instintivamente, ele embalou o corpo da jovem, que se contorcia e convulsionava. Então ela sossegou. Sir Herbert parecia estar à beira do pânico, até que a esposa interveio com o sangue-frio fleumático da aristocracia.

Lady Margaret se dirigiu aos convidados.

— Ah... A jovem parece ter desmaiado. Está *mesmo* terrivelmente abafado aqui dentro. Talvez alguém possa abrir algumas janelas? — Ela se virou para o marido, a voz tensa, proferindo as palavras entredentes. — Deixe-me ajudá-lo a acompanhar nossa convidada até o salão, onde ela pode se deitar e se recuperar.

Com um gesto rápido de dispensa aos empregados que haviam avançado para ajudar, Lady Margaret pegou um dos braços frouxos da mulher e passou-o ao redor do próprio ombro.

Então o baronete e a esposa resolutamente meio carregaram, meio arrastaram a jovem por uma porta nos fundos do salão de banquete.

Miss Marple e Miss Bella trocaram olhares astutos. Miss Bella era enfermeira aposentada, enquanto Miss Marple já vira muito na vida.

Ambas tinham certeza de que a infeliz desconhecida estava morta.

II

— Você verificou se a jovem está mesmo morta? — perguntou Miss Marple a Miss Bella enquanto ambas espreitavam perto da porta por onde o baronete e a esposa haviam entrado.

Miss Bella acabara de voltar naquele minuto, depois de tentar oferecer os serviços como enfermeira treinada.

— Não consegui. Sir Herbert e Lady Margaret não me deixaram vê-la. Insistiram que não precisam de ajuda.

Assim como Miss Marple, Miss Bella tinha certa reputação de detetive amadora na comunidade caribenha de Londres. Afinal, fora ela que, por conta própria, deduzira o que realmente acontecera no infame caso conhecido como "assassinatos de frigideira de aço" em Notting Hill.

A expressão de Miss Bella estava severa.

— Não sei o que eles estão inventando... Por que não vai dar uma olhada?

Foi exatamente o que Miss Marple fez. Do outro lado da porta havia um corredor com várias portas fechadas. Mas era fácil afirmar atrás de qual os Apfel-Strand estavam; as vozes erguidas deles se propagavam com clareza pelo corredor.

— Pela última vez, Herbert, já falei que *não* vamos cancelar esta festa. Você sabe quanto ela custou. — Lady Margaret parecia um buldogue em posição de ataque. — Não se lembra do sorrisinho no rosto daquele banqueiro desprezível quando pedimos uma extensão do nosso limite de crédito? Com uma casa senhorial dessas, não havia como escaparmos de fornecer o local para o casamento. Caso contrário, todo mundo teria adivinhado nossa situação. Não podemos nos dar ao luxo de acabar com esta festa e possivelmente ter que pagar por outra. Não é como se a família da noiva estivesse à altura, e as aparências *precisam* ser mantidas.

Miss Marple parou e escutou.

— Você não está realmente sugerindo que deixemos essa garota morta em uma pilha de caixas de laranja enquanto saímos e celebramos o casamento do nosso filho? — respondeu Sir Herbert, recuperado. — Vou chamar a polícia e uma ambulância. Agora mesmo.

— Você não fará nada disso. — A resposta da esposa estalou no ar. — Vamos esperar até todos os convidados irem embora, *então* chamaremos. Podemos facilmente explicar a demora.

Quando Herbert Apfel-Strand voltou a falar, foi em um tom muito mais suave e bajulador.

— É tão ruim assim que nosso filho tenha se casado por amor, Margaret? Marie é uma garota tão adorável.

— Casar por amor? — desdenhou a esposa. — Você está falando como uma criada. Não nos casamos por amor nessa família, como você bem sabe. Se seu filho tivesse cumprido o dever dele e se casado com uma pretendente apropriada e *endinheirada*, não estaríamos nessa confusão. Ou você teria preferido que Peter se casasse com uma mulher como essa meretriz que você convidou para o casamento? — O baronete permaneceu em silêncio, provocando uma ira ainda maior na esposa: — Pelo visto, você não tem nem a decência de negar.

Ela se interrompeu abruptamente, talvez sentindo que alguém espreitava do outro lado da porta. Miss Marple achou prudente bater, então a porta se abriu alguns centímetros para revelar uma fresta do rosto profundamente franzido de Sir Herbert.

— Ah, Miss Marple, não é? Como posso ajudá-la?

— Eu só estava me perguntando se posso oferecer alguma assistência à jovem que passou mal. Sou socorrista experiente, sabe.

Apfel-Strand deu uma risada suave e não completamente convincente.

— A senhora ficará satisfeita em saber que a paciente está de pé e bebendo um gole d'água. — Ele virou a cabeça, falando mais alto: — Não é mesmo, Louise? — Ele se voltou para Miss Marple. — Ela está bem constrangida, para ser sincero, e não quer chamar mais atenção. Vamos voltar aos nossos assentos em breve, então peço que a senhora faça a gentileza de voltar para a festa, sim?

A porta se fechou com firmeza no rosto dela. Em seguida, Miss Marple ouviu mais uma parcela da conversa.

Lady Margaret dizia amargamente:

— Era Jane Marple? Minha madrinha mora no mesmo vilarejo que ela, St. Mary Mead, e alega que é uma excêntrica enxerida. Deve estar ficando caduca, com a idade avançada.

Miss Marple suspirou. Não era a primeira e não seria a última vez que ela seria menosprezada como uma velha tola com um pé na cova, o que, pensou ela, contrastava fortemente com a maneira como Miss Bella era tratada pela comunidade caribenha dela. A amiga era posta em alta estima, e ninguém jamais sonharia em chamar Bella Baptiste apenas pelo primeiro nome. O honorífico "Miss" era considerado uma marca de respeito pela idade e experiência de vida.

Ao perambular de volta pelo corredor, Miss Marple notou que uma das outras portas estava entreaberta. Por pura curiosidade, abriu-a e entrou. O cômodo, que claramente já fora uma sala de estar deveras grandiosa, estava deserto. Em contraste com a opulência do salão de banquete, as paredes dali exibiam marcas onde já houvera quadros pendurados. O que pareciam ser os últimos conteúdos do cômodo estavam embalados em caixas de madeira, empilhadas de maneira perigosa nas tábuas expostas, aparentemente esperando para serem coletadas. Os Apfel-Strand estavam claramente passando por dificuldades; o que mais poderiam estar escondendo?

Miss Marple e Miss Bella se reuniram em um canto silencioso. Miss Bella murmurou para a amiga:

— Como dizem lá na minha terra, "crocodilo bota ovo, mas não é galinha". — Para evitar dúvidas, ela elaborou. — As coisas não são sempre o que parecem, são? Moças saudáveis não caem mortas em festas de casamento, e a família certamente não finge, depois disso, que um convidado morto está vivo. Não preciso dos meus anos de enfermagem para saber que os sintomas dela são de envenenamento. Talvez devamos ligar para a polícia nós mesmas?

Um casamento aterrorizante

Miss Marple considerou a possibilidade, mas balançou a cabeça.

— Temo que a polícia seria mandada embora com uma pulga atrás da orelha caso Sir Herbert e Lady Margaret queiram negar que há um cadáver no local. A polícia provincial tende a ser bem deferente quando se trata da pequena nobreza. Sugiro que tentemos esclarecer pessoalmente a questão, por enquanto.

— O problema é que nem sabemos quem ela é, quanto mais quem poderia ter um motivo para envenená-la, se foi isso o que aconteceu. Precisamos falar com Marie e descobrir o que ela sabe.

— Talvez já tenhamos uma pista sobre a identidade dela. Sir Herbert a chamou de "Louise". Ele estava afobado demais com a situação toda para inventar, então é bem provável que seja o nome verdadeiro dela. E a esposa praticamente o acusou de ter uma conexão ilícita com "essa meretriz", que presumo que também seja uma referência à jovem morta e, se estivermos corretas, assassinada.

Miss Bella concordou com um aceno de cabeça.

— Aos meus ouvidos, pareceu que ela estava tentando dizer o sobrenome do senhorio antes de desabar nos braços dele. Parece *muito* incriminador.

— Talvez não — contra-argumentou Miss Marple depois de alguns segundos de pensamento silencioso. — Em momentos de sofrimento médico, é muitas vezes natural chamar o nome da pessoa à sua frente em um pedido de ajuda.

— No entanto — persistiu a amiga —, Louise passou direto por Marie para chegar ao senhorio.

Com tantas questões inexplicadas, Miss Marple e Miss Bella começaram a organizar o plano delas com uma precisão quase militar. Miss Marple usaria os olhos e ouvidos, falando primeiro com a noiva, enquanto Miss Bella tentaria rastrear a origem do veneno.

Após uma rápida busca, Miss Marple encontrou Marie no gramado à margem do grande jardim formal. Vários outros convidados faziam uma caminhada pós-prandial, mas a recém-casada estava sozinha, os braços envolvendo com firmeza a própria cintura. Miss Marple se aproximou e disse gentilmente:

— Sinto muitíssimo que sua amiga Louise tenha passado mal.

— Perdão? — Marie bateu os cílios freneticamente. — Quem?

— A jovem sentada ao seu lado? Que desmaiou. Louise?

Marie olhou para os vastos jardins bem-cuidados.

— Ela não é minha amiga. Não faço ideia de quem seja. Ou de qual seja o nome dela. Temo não ter tido muita influência sobre a lista de convidados.

— Ainda assim, parece bem incomum convidar uma desconhecida a se sentar ao seu lado no seu casamento, querida.

— Ah, ela me disse que era amiga de *tante* Bella — explicou Marie. Usou a palavra em francês para "tia", enfatizando o longo som de "e" no final. Embora em St. Honoré se falasse inglês, ainda restava uma ou outra palavra em francês. — Ou talvez fosse outra pessoa da família. Não me lembro. Ela me perguntou se poderia se juntar a nós, e eu senti que seria grosseiro recusar. — Ela virou o rosto para a mulher mais velha, os olhos arregalados, arrepios brotando nos braços expostos ao vento frio. — Ela está bem?

Miss Marple decidiu manter as cartas escondidas na manga, por enquanto.

— Seus sogros estão cuidando dela. — Então mudou de assunto rapidamente. — Como você e seu adorável marido se conheceram?

Marie gaguejou, afobada, e respondeu com o que parecia ser a imprecisão habitual dela.

— Não me lembro.

Antes que Miss Marple conseguisse pressioná-la mais, o noivo apareceu. Ele foi atencioso, segurando carinhosamente a mão da esposa.

— Desculpe por interrompê-las, mas acho que meus pais voltarão em breve e, enfim, darão início aos discursos.

Miss Marple deixou-os para terem um momento tranquilo a sós e voltou à festa. Afinal, havia outra testemunha que ela queria interrogar.

Tirando vantagem da interrupção das atividades, ela ocupou o lugar vazio ao lado do Bispo Ambrose na mesa principal. Não o conhecia pessoalmente, é claro, mas a voz e a opinião dele eram familiares. Ele era um convidado regular no rádio, em especial no BBC's Home Service, no qual era conhecido por pregar sobre os males da "sociedade permissiva".

— Bispo Ambrose, por favor, perdoe-me a interrupção, mas pensei em aproveitar essa oportunidade para dizer como apreciei seu discurso alertando os bons cristãos sobre os perigos de escutar aqueles rapazes de Liverpool... os Beatles, não é?

Ambrose ficou lisonjeado o suficiente para perdoar o erro.

— Era o Rolling Stones, madame, mas obrigado.

Miss Marple sabia que qualquer tentativa de questionar o bispo teria que ser breve, visto que a recepção estava prestes a ser retomada com o retorno dos Apfel-Strand, então prosseguiu com entusiasmo:

— Aquela jovem que passou mal, por acaso o senhor a conhece?

Ambrose franziu os lábios em desaprovação.

— Infelizmente, sim.

— Ah, ela não é lá boa coisa?

O Bispo Ambrose confidenciou:

— Não sou de atirar a primeira pedra, mas meus olhos sabem o que viram. Vou dizer apenas isso: é difícil esperar que as classes inferiores se comportem apropriadamente quando os superiores sociais dão um exemplo tão ruim. — Com isso, o bispo lançou o que poderia ser considerado um olhar acusatório para o cunhado, Sir Herbert, que entrava no cômodo naquele momento. — O peixe apodrece pela cabeça.

III

"Apenas equipe da cozinha", alertava o aviso preso à porta da cozinha abaixo das escadas. Em circunstâncias normais, Miss Bella teria voltado à festa ao vê-lo; era uma defensora das regras, especialmente quando se tratava de cozinhas. No entanto, a determinação de desvendar o que acontecera com aquela pobre e infeliz garota a impulsionou adiante. No interior havia muitos funcionários apressados e pedidos sendo vociferados de um lado para o outro. Ninguém notou Miss Bella, mas ela avistou o que parecia ser o vestiário dos funcionários e se esgueirou para dentro. Lá encontrou um dos aventais cinza que todos estavam usando e o vestiu, torcendo para que, como vários integrantes da equipe também eram negros, ela passasse despercebida. Trocou o chapéu pela touca branca que vinha com o uniforme e se encaminhou para a enorme pia, onde bandejas e bandejas de pratos e tigelas tirados do salão de banquete estavam equilibradas em pilhas altas. O objetivo dela era primeiro examinar a comida em busca de qualquer evidência de algo incomum, algo que pudesse lembrar veneno, e, se isso não gerasse resultado, checar os restos das bebidas servidas.

Mas só havia uma maneira de examinar os pratos sem chamar atenção: fingindo lavá-los. Miss Bella, sempre indômita, arregaçou as mangas, tampou o ralo e começou a encher a pia com água com sabão. Simulando lavar a louça sem de fato mergulhá-la na água, ela examinou cuidadosamente cada prato em busca de sinal ou cheiro de jogo sujo. Estava concentrada no prato de peixe quando uma das tigelas de salada de fruta comida pela metade atraiu o olhar dela.

— E *o que* você está fazendo aqui? — perguntou uma voz em tom exigente.

Miss Bella se virou e encontrou um chef com um chapéu alto branco a olhando com profunda desconfiança. As bochechas dele estavam vermelhas, conferindo-lhe a aparência de alguém que entornava o conhaque da cozinha às escondidas enquanto comandava a *batterie de cuisine*. Ainda assim, ela não podia culpar o comprometimento dele em acertar a comida para a festa, porque notou que tinha as mãos ásperas de alguém que trabalhava arduamente para se sustentar.

Rápida no improviso, Miss Bella respondeu:

— Perguntaram a um dos garçons o que havia na salada de frutas, e ele me perguntou se eu sabia quando trouxe os pratos de volta. Deliciosa, aparentemente. Sei como vocês, chefs, são ocupados, então estava verificando por conta própria.

Com orgulho, o chef esticou o pescoço, fazendo o chapéu balançar.

— Minha *salade de fruits*? Uma pitada de especiarias exóticas e meu ingrediente especial. Diga a ele que é segredo!

Ele se afastou afetadamente e Miss Bella se voltou para a tigela de salada de frutas que chamara a atenção dela. Usando uma colher, ela pescou um pedaço de fruta e encarou-a com horror.

O que Marie Baptiste escondia? Por que fingia não conhecer Louise? E por que ficara tão afoita e evasiva quando perguntada como conhecera o noivo? Essas perguntas incomodavam Miss Marple quando ela voltou a se sentar à mesa no salão, esperando que o noivo começasse o discurso. A mente aguçada trabalhava, tentando pensar em uma maneira sutil de incitar Marie a falar sobre a relação dela com a morta, visto que tinha certeza de que havia mais ali do que a jovem deixara transparecer. Miss Marple sorriu com satisfação quando a estratégia perfeita lhe veio à mente.

Ela se virou para os outros convidados à mesa e comentou tranquilamente:

— Sempre penso que é uma pena que a noiva não possa fazer um discurso no próprio casamento, não acham? Que sejam apenas o noivo e o padrinho e o resto dos homens a falar, mesmo nos dias de hoje.

O homem careca de rosto vermelho de frente para ela não concordou.

— Noivas fazendo discursos em casamentos? A senhora é o quê, uma radical ou algo do tipo?

Alegremente, no entanto, a esposa dele, bonita e muito mais jovem, foi rápida em pegar o bastão.

— Não seja grosseiro, Giles. Ela tem muita razão. *Por que* a noiva não pode dizer algumas palavras? Mulheres também têm língua, sabe.

Giles revirou os olhos, mas suavizou, demonstrando um afeto indulgente pela esposa.

— Não sei, querida. Eu só lido com as leis, não as crio.

A atenção deles foi logo atraída pela mesa principal quando o noivo, Peter Apfel-Strand, se pôs de pé e pigarreou. Ele contou diversas histórias, mas não a que Miss Marple esperava ouvir: como conhecera Marie. Então, quando ele terminou, ela suspirou para as belas mulheres da mesa:

— Ah, eu adoraria tanto ouvir algumas palavras da noiva sobre como eles se conheceram. Sou *tão* romântica.

Na mesma hora, a mulher, que talvez tivesse bebido mais vinho do que seria recomendado, exclamou:

— Que tal se a noiva falasse um pouco sobre como vocês se conheceram?

Alguns dos convidados mais velhos pareceram deveras escandalizados pelo comportamento dela; gritar em um casamento da alta sociedade como um feirante no Petticoat Lane Market não era apropriado. No entanto, havia diversas mulheres mais jovens concordando com firmes acenos de cabeça. Eram os anos 1960; o mundo estava oscilando e mudando depressa.

Determinado, Peter se ergueu à ocasião:

— Nós nos conhecemos em um escritório de advocacia...

— Não foi, não — interrompeu Marie, com uma pontada de alarme; então, suavizando a voz, continuou: — Foi em uma festa.

— Foi? — Peter pareceu profundamente confuso com a afirmação da noiva, mas o que quer que tenha visto na expressão dela o fez mudar de tática rapidamente. — É claro... é claro que foi em uma festa! Como pude esquecer?

Miss Marple reconheceu, descontente, que o plano dela fracassara, e estava prestes a sair da mesa para procurar Miss Bella e ver como ela estava se saindo quando Giles, o marido de rosto vermelho da mulher faladeira, se pronunciou de súbito:

— Eu sei como eles se conheceram.

Miss Marple fez uma pausa momentânea antes de agarrar a oportunidade.

— É mesmo? Por favor, conte.

— Sou advogado da família. Peter e o pai estavam no meu escritório um dia discutindo assuntos financeiros. Minhas duas clientes seguintes estavam sentadas do lado de fora e, do nada, começaram um bate-boca. Até que eu, Peter e Sir Herbert separamos a briga. Uma das mulheres era Marie. Foi assim que Peter a conheceu. Ele a levou para fora para acalmar a situação e foi assim que o cortejo deles começou. No meio-tempo, Sir Herbert levou a outra jovem para outro lugar para fazer o mesmo. — Ele tossiu. — Para acalmá-la, quero dizer. — Mas lançou um olhar expressivo para a esposa e piscou.

Miss Marple era toda ouvidos.

— E quem, se me permite perguntar, era a outra jovem na sala de espera?

Ele pareceu deveras surpreso com a pergunta.

— Ora, Louise McCracken. A mulher que desmaiou na mesa principal.

Miss Marple saiu apressada, entusiasmada com as novidades, mas parou de pronto ao se deparar com Miss Bella no corredor e ver o rosto preocupado.

— O que foi? O que houve?

Bella abriu o guardanapo dobrado que segurava. Lá dentro havia o que parecia ser metade de uma minimaçã-verde, mas ela afastou Miss Marple quando a amiga se aproximou para analisar melhor.

— Não toque, Jane!

— O que diabo é isso?

Bella estava terrivelmente aflita.

— Estava em uma tigela de salada de frutas que deve ter sido dada a Louise...

— McCracken. Louise McCracken.

Miss Bella continuou:

— São chamadas de "maçãzinhas da morte". Altamente venenosas. Podem ser letais. Devia ter uma quantidade maior na salada de fruta dela, que ela comeu. Dizem que tem um gosto muito doce e sedutor.

Notando que a amiga estava profundamente abalada, à beira das lágrimas, Miss Marple disse:

— Não entendi muito bem. Por que está tão chateada?

— Porque essa é a fruta da mancenilheira, nativa do Caribe. Ela cresce em St. Honoré, não aqui. — Ela olhou Miss Marple fixamente nos olhos. — Só há duas pessoas neste casamento que vêm de St. Honoré e conheceriam essa árvore. E *eu* não pus essas maçãs da morte na sobremesa de Louise McCracken.

Só restava uma pessoa. A noiva.

A adorada sobrinha dela, Marie Baptiste.

IV

— Sua sobrinha é inocente, tenho certeza, e nós vamos provar — afirmou Miss Marple ao se sentarem no banco traseiro do táxi a caminho do Fruit Pickers Arms. — Tenho certeza, assim que dermos uma boa olhada no quarto de Miss McCracken, vamos solucionar esse mistério. Mas precisaremos encontrar o verdadeiro assassino assim que possível, ou ele vai desaparecer como a águia-real que gerou todo aquele bafafá.

Miss Bella assentiu com a referência à agora notória Goldie, que escapara recentemente do Zoológico de Londres e não fora encontrada por treze dias.

Miss Bella falava com ardor:

— Um dos motivos pelos quais eu lutei longa e arduamente, há todos aqueles anos, para ser admitida na Força Aérea Auxiliar das Mulheres foi abrir o caminho para a próxima geração de mulheres negras, como minha adorada sobrinha, Marie, de forma que, quando a hora *dela* chegasse, ela pudesse passar, de cabeça erguida, direto pela porta. — Bella Baptiste se sacudiu e empertigou os ombros com determinação. — Não há a menor chance de a filha da minha irmã mais nova ter tirado a vida de outra pessoa.

Naquele momento, Miss Marple entendeu. A investigação delas não envolvia mais apenas quem matara Louise McCracken. Para Miss Bella, era uma questão de exonerar Marie, que ela estava certa de que não poderia ser culpada de um crime tão perverso. Ela já enfrentava um prejuízo profundamente arraigado por estar se casando com alguém da aristocracia, então a última coisa de que precisava era de uma sombra pairando sobre o nome dela. Mas quem poderia ser o culpado, e por que estava tentando incriminar a noiva?

Sir Herbert era um suspeito óbvio. Estava bem claro que ele estava envolvido ilicitamente com a desafortunada Louise. Mas com certeza era altamente improvável que ele houvesse convidado a amante para o casamento do filho. É óbvio que, se fosse mesmo verdade que eles estavam tendo um caso, então Lady Margaret teria um potencial motivo. Ou talvez Peter Apfel-Strand estivesse se vingando de Louise pelo que quer que ela tenha feito com sua Marie, que aparentemente causara o desentendimento no escritório de advocacia. E quanto ao Bispo Ambrose? Será que o olhar dele se demorara demais nas pernas da muito alta e esguia Miss McCracken? Será que ele, secretamente, era um pouco chegado demais aos pecados da carne que tanto condenava? Não havia hipócrita maior do que um moralista, refletiu Miss Marple.

— Conte-me sobre a mancenilheira, Bella.

— Você provavelmente as viu em St. Honoré nas suas férias recentes. Elas crescem ao longo da praia, uma defesa natural para proteger a costa da erosão. Infelizmente, tudo nessas árvores é perigoso. Não são só as frutas que podem ser letais, mas também a casca do tronco e as folhas. A árvore produz uma seiva leitosa que queima a pele e, se ingerida, queima a garganta e causa problemas estomacais terríveis. Também ouvi dizer que, se a madeira for queimada, o fogo produz gases venenosos que podem cegar e matar. As autoridades pintam cruzes brancas nelas para alertar as pessoas para que mantenham distância. A toxina que elas produzem é poderosa e ainda permanece um mistério. — Ela continuou a falar com os olhos abaixados para as mãos tensas: — Por mais que a maioria das pessoas em St. Honoré saiba que deve manter distância dessa terrível árvore, vira e mexe há mortes. Em geral de crianças, infelizmente. Lembro-me de um caso no qual uma criança adormeceu embaixo de uma das árvores da praia. A seiva do tronco e das folhas pingou em na pele dela, sorrateira como um assassino silencioso. O menino foi levado às pressas para o hospital local, mas não havia nada a ser feito. — Uma torrente de lembranças embotou o brilho usual de seus olhos castanhos. — O pranto de dor da mãe dele permanecerá comigo pelo resto dos meus dias nesta terra.

Franzindo a testa, Miss Marple revirou a memória, tentando lembrar se já ouvira falar da mancenilheira e do fruto venenoso dela. Como jardineira entusiasmada, ela se certificava de ampliar o conhecimento sobre a flora e a fauna do mundo, incluindo espécies letais. E, com certeza, se essa árvore fosse tão danosa, haveria registros de mortes causadas por ela. Adivinhando os pensamentos da querida amiga, Miss Bella ergueu a cabeça, curvando a boca para baixo.

— A morte de nativos de St. Honoré não era de muito interesse para as autoridades, então por que se dar ao trabalho de manter registros quando um deles morria pelo encontro com a malévola árvore da morte? — Ela franziu a testa. — O que é estranho, no entanto, é que Louise McCracken tenha morrido tão depressa.

— Como assim? — insistiu Miss Marple.

— Em todos os casos que conheço, as pessoas que adoeceram por comer a maçã da mancenilheira ou sobreviveram por tempo o suficiente para receber tratamento e se recuperaram ou morreram horas depois, por não terem acesso à intervenção médica. Deve haver outra explicação para a convidada de Marie ter morrido tão depressa.

Os campos ingleses, aparentemente benevolentes em comparação aos perigos do Caribe, passavam em um borrão enquanto o táxi as levava de volta ao vilarejo local, onde ficava o Fruit Pickers Arms, no meio de uma rua medieval. A pousada em si era a representação perfeita de uma estalagem rural inglesa, em estilo enxaimel, mas com um pouco de alvenaria georgiana aqui e ali e uma hera exuberante se insinuando onde era mais necessária para dar o acabamento no efeito geral. Salpicado pelo sol de fim de tarde, o letreiro antigo balançava na brisa.

Miss Bella fez uma careta.

— Devo alertá-la de que o proprietário não é muito simpático. Está sempre zangado e rabugento. Quando eu e Marie chegamos, ele nos lembrou de que não recebia muitos "hóspedes da Comunidade das Nações" no estabelecimento. Fez parecer uma coisa boa.

— É mesmo? — Miss Marple ficou aborrecida pela maravilhosa amiga e a adorada sobrinha dela terem precisado lidar com um preconceito tão escancarado, especialmente em comparação à recepção calorosa que ela própria recebera em St. Honoré.

O velhote barbudo atrás da recepção, cujas roupas pareciam vesti-lo em vez de o contrário, as analisou com suspeita, os olhos turvos.

— Senhoras. Como posso ajudá-las?

Miss Bella se pronunciou:

— Temo informar que uma das suas hóspedes passou mal e nós viemos buscar os pertences dela. O nome dela é Louise McCracken.

O proprietário foi muito firme.

— Isso está fora de questão. Em situações assim, só podemos oferecer as chaves à equipe da polícia ou da ambulância.

Miss Marple apertou o braço da amiga e avançou um passo.

— Nós entendemos. Normalmente nem sonharíamos em pedir, mas se o senhor se lembrar da moça em questão, entenderá por que a família quer reduzir ao mínimo o envolvimento das autoridades. Ela saiu deste local em um traje que algumas pessoas poderiam concluir ser mais apropriado para dormir do que para usar na rua...

O senhorio fungou.

— Refere-se à jovem do quarto 6? — Então assumiu um tom de prazer malicioso ao caçoar: — Acabou mal, foi? Não posso dizer que estou surpreso, pela aparência dela. Vemos esse tipo de comportamento mesmo em um vilarejo sonolento como o nosso. Rapazes de cabelo comprido e mulheres de reputação questionável dirigindo carros esportivos com a capota aberta, buzinando a qualquer hora da noite.

Miss Marple se aproximou.

— Louise é de uma família muito direita, então, como pode imaginar, eles estão ansiosos para evitar qualquer escândalo.

Se nos permitir coletar as coisas dela, eles ficariam eternamente gratos.

O proprietário pensou por alguns instantes antes que a compaixão pelos pais vencesse. Ao entregar a chave, resmungou de novo:

— Aquela Louise não parava de bater papo com Elsie, a camareira, distraindo a garota do trabalho. Não a pago para ficar à toa e fazer amizade com a clientela.

O quarto 6 não tinha muitos sinais de que fora sequer ocupado por alguém. Havia itens de maquiagem na penteadeira e uma mala pequena com uma única muda de roupa.

Miss Marple suspirou.

— Decepcionante.

Mas, ao começarem a sair, Miss Bella recuou e pegou o que parecia ser uma caixinha de joias.

— Um objeto bem incomum, não acha? E tem um emblema gravado.

Miss Marple explicou:

— Acho que é o que os escoceses chamam de *snuff mull*, uma espécie de caixa de rapé grande. — Ela passou o dedo pela tampa. — Caixas de rapé escocesas eram feitas de chifres de animais, como a tampa desta aqui, e muito frequentemente deixadas no formato do chifre. Esta peça é antiga e bem cara.
— Uma inspeção atenta permitiu que Miss Marple distinguisse alguns detalhes do emblema, que era habilmente esculpido. — Cruz de Santo André... um cervo... um pico de montanha... definitivamente escocês, mesmo que de forma estereotipada.

Miss Marple abriu a caixinha, que revelou algumas folhas ásperas e pequenos pedaços de madeira lascada, com aparas ao lado. Com urgência, Miss Bella arrancou a caixa das mãos da amiga.

— Não toque, Jane. — Ela despejou as folhas e a madeira em um pedaço de papel na escrivaninha e examinou-as sob a luminária. — São folhas e cascas do tronco de uma mancenilheira. Estão certamente cobertas da seiva leitosa tóxica. — Ela olhou de relance para Miss Marple. — Será que alguém deixou isso aqui deliberadamente, sabendo que ela abriria a caixa? Terá sido outra maneira de tentar envenenar Louise McCracken?

Elas saíram do quarto e trancaram a porta. Miss Bella seguiu para as escadas, mas a amiga hesitou.

— Não, Bella, querida.

— Certamente já terminamos aqui?

Tinha que ser dito.

— Precisamos checar as posses de Marie também. A polícia investigará em breve, e é melhor conseguirmos algumas respostas antes disso.

Ao entrarem no quarto, Miss Marple conduziu uma busca minuciosa na mala de Marie, onde, em um bolso lateral, encontrou um porta-retrato de prata, fino e dobrado. Ao abri-lo, achou duas fotos em preto e branco, uma de cada lado. A primeira mostrava um oficial da Marinha branco com uma mulher negra em um conjunto elegante, de braço dado com ele. No fundo havia uma igreja de tábuas brancas e uma montanha. Quando tirada da moldura, uma inscrição a lápis no verso informava: 24 DE JUNHO DE 1940. A outra foto era da mesma mulher, embalando um bebê amorosamente.

— Sabe quem são essas pessoas, Bella?

A mão da amiga tremia ao pegar as fotos.

— A mulher é minha irmã mais nova, Colette, e o bebê é a filha dela, Marie. Devem ter sido tiradas em St. Honoré, porque isso atrás deles é o vulcão inativo que domina a ilha. — Ela olhou com atenção para o homem de uniforme. — Nunca o vi antes. Havia uma base naval na ilha durante a guerra que caçava submarinos e esse tipo de coisa. Talvez ele estivesse lá a serviço, conheceu minha irmã e, como essas coisas acontecem, um bebê nasceu. Eu estava em Londres, mas tenho certeza de que ouvi que ela havia se casado. Quando finalmente voltei para casa depois da guerra, lá estava a criança, Marie, mas nenhum marido, e eu não fiz perguntas.

Sem uma palavra, Miss Bella pegou o porta-retratos duplo e saiu do quarto. Alguns minutos depois, voltou com a caixa de rapé do quarto de Louise McCracken. Mostrou a Miss Marple o emblema na caixa e o outro, desgastado pelo tempo, no porta-retratos de prata.

Era o mesmo emblema.

No andar de baixo, Miss Marple usou o telefone público para ligar para seu velho amigo, Sir Henry Clithering, um delegado aposentado da Scotland Yard. Falou baixo e rápido com ele. Ao terminar a ligação, ela e Miss Bella tomaram alguns refrescos enquanto esperavam Sir Henry retornar a ligação, o que ele fez em menos de uma hora. Munidas da informação que ele provera, Miss Marple e Miss Bella finalmente chegaram à verdade sobre o assassinato cometido mais cedo.

Miss Bella compartilhou mais um dos perspicazes provérbios caribenhos dela:

— "Antes que um macaco compre calças, ele precisa saber onde pôr o rabo." — E explicou: — Esse crime foi cuidadosamente planejado, passo a passo.

Antes de irem embora, o proprietário lhes contou mais uma coisa:

— A garota do quarto 6 estava muito ocupada ontem. — Ele estreitou os olhos para Miss Bella. — De manhã eu a vi falando com a jovem que viajou com a senhora. E mais tarde eu a vi imersa em uma conversa com Sua Senhoria, lá de Strand Hall.

V

— Louise está morta? — Marie se jogou para trás contra o sofá Chesterfield, com lágrimas nos olhos. Miss Marple notou que ela não fingia mais não conhecer a mulher.

A festa ainda seguia a todo vapor em outra parte da propriedade. Ao voltarem para Strand Hall e depois de outra visita à cozinha, Miss Marple reunira discretamente todos os envolvidos relevantes em um cômodo que ela suspeitava ter sido escolhido por Lady Margaret, porque ainda estava mobiliado. Foi ali que Miss Marple revelou as notícias trágicas da infeliz morte para a noiva.

Peter puxou a esposa para perto de maneira protetora, respondendo a Miss Marple com rispidez:

— Como assim, morta? Ela desmaiou, e presumi que já estivesse a caminho de casa.

Miss Marple fixou os olhos astutos nos pais do noivo.

— Ela está morta em outro cômodo do térreo, não é verdade, Sir Herbert?

Um casamento aterrorizante

Herbert Apfel-Strand teve a decência de desviar o olhar, mas a esposa foi outra história; ela comprimiu os lábios com rebeldia. No entanto, nenhuma resposta foi necessária; o silêncio da verdade era alto como um grito.

Miss Marple começou:

— A jovem que morreu aqui hoje, como alguns de vocês já sabem, era Louise McCracken. No quarto dela do Fruit Pickers Arms, nós encontramos um objeto que exibia o emblema de uma família escocesa muito abastada. Clyde McCracken, proprietário de terras do clã McCracken, faleceu recentemente, tornando a filha, Louise, uma herdeira muito rica.

"Durante a última guerra, no entanto, Clyde McCracken fora um oficial da Marinha alocado no Caribe, em St. Honoré, quando conheceu uma mulher local e se apaixonou..."

— Minha irmã mais nova, Colette — interveio Miss Bella, a emoção na voz trêmula audível a todos.

— Eles tiveram uma filha, que chamaram de Marie — continuou Miss Marple. — Quando Clyde voltou à Inglaterra, descobriu que o pai havia investido as finanças da família em alguns empreendimentos muito imprudentes. Segundo a tradição das classes altas, Clyde precisava se casar pensando em dinheiro, o que fez no mesmo ano. A herdeira era de outra família escocesa dona de terras. E ele trabalhou pesado para recuperar as finanças da família (na verdade, Sir Henry havia estimado que ele as triplicara) como um empresário durão, de ambos os lados da fronteira. Mas Clyde McCracken escondia um segredo.

"Enquanto jovem oficial da Marinha, ele não apenas tivera uma filha com Collete Baptiste, mas também tomara uma atitude honrável e se casara com ela, em uma cerimônia na igreja local em St. Honoré. Isso significava que o casamento dele com a mãe de Louise era bígamo, e que Marie, a primeira e única descendente legítima, era a verdadeira herdeira, e não Louise.

Peter olhou para a nova esposa com espanto:

— Querida, isso é verdade?

Marie ergueu o olhar para ele, claramente aflita. Ela tremia ligeiramente nos braços dele e estava prestes a responder quando a voz do tio ressoou para dentro do cômodo.

— Hein? — balbuciou Bispo Ambrose em ultraje clerical. — Impossível! A igreja mantém registros meticulosos de todos os casamentos. Se ele tivesse tentado se casar enquanto ainda tinha uma esposa, teria sido descoberto.

Miss Marple já havia levado isso em consideração.

— Os registros do casamento de Clyde e Colette estavam no Caribe, do outro lado do mundo; bem fora do alcance de qualquer um na Inglaterra. Não seria a primeira vez que algo assim acontece. Durante a guerra e depois dela, não era incomum que pessoas se casassem duas vezes, sinto dizer, independentemente do que a Igreja goste de pensar.

Finalmente, Marie se pronunciou baixinho:

— Eu sabia que Clyde McCracken era meu pai. Mas não sabia que ele era casado com a minha mãe até essa história terrível com Louise começar. — Peter abraçou-a mais forte. — Clyde comprou uma casa de veraneio em St. Honoré, onde levava a *esposa* e Louise para passar o verão enquanto fazia visitas furtivas a mim e mamãe do outro lado da ilha. Ele pagou para que eu tivesse uma boa educação e me ajudou a conseguir um bom emprego quando vim para a Inglaterra. — Uma chama se acendeu nos olhos dela. — Mas eu sempre fui o segredinho sujo dele. Eu nunca pedi nada disso. Eu *não* assassinei minha meia-irmã.

Miss Marple então fixou o olhar inquisitivo em Sir Herbert e a esposa. Lady Margaret soltou uma risada desdenhosa.

— A senhora não está sugerindo que *nós* tivemos algo a ver com a morte dela, está?

Miss Marple se concentrou no baronete.

— O senhor estava tendo uma relação ilícita com Louise McCracken?

Foi a própria Miss Marple que respondeu, no entanto, sem esperar que Sir Herbert falasse, mas com outra pergunta, dessa vez direcionada a Marie, que permanecia notavelmente quieta, com o rosto contraído de tensão.

— Mas você sabe que isso não é verdade, não sabe, minha querida? Seu sogro não estava tendo um caso com sua meia--irmã. Ele estava ajudando você.

"Marie é uma garota tão adorável." Miss Marple se lembrou das palavras de Sir Herbert para a esposa mais cedo. Elas tinham sido ditas com tanto carinho que deixava claro que ele não apenas aprovava genuinamente a esposa escolhida pelo filho, mas também nutria grande afeto pessoal por ela. O suficiente para ajudá-la quando ela se viu em uma situação problemática.

Com a voz mal passando de um sussurro, Marie falou:

— O advogado do meu pai me chamou ao escritório dele em Londres, e foi lá que encontrei minha meia-irmã pela primeira vez. Ambas fomos informadas do casamento dos meus pais e de que eu era a herdeira legal... Nós discutimos. — Ela se virou para o marido carinhosamente. — E foi lá que eu conheci Peter. Ele veio ao meu resgate, mas não ouviu a discussão acalorada que tive com Louise, então estava alheio aos detalhes. Depois disso, Louise não me deixou em paz. Ela não parava de me ameaçar para que eu ficasse quieta sobre o casamento dos meus pais. Então Sir Herbert me encontrou muito aflita um dia...

— E decidiu ameaçar Louise — completou Miss Marple. Seu olhar se voltou para o sogro de Marie. — O senhor visitou Louise na Fruit Pickers Arms e a confrontou. Infelizmente, seu cunhado, Bispo Ambrose, viu vocês dois do lado de fora. Ele relatou para Lady Margaret, irmã dele, que o vira na companhia de uma moça mais jovem, sem dúvida sucumbindo aos pecados da carne.

Parecendo nauseada e atônita, Lady Margaret se virou para o marido.

— É verdade? Por que você não negou mais cedo?

— Marie me contou o que estava acontecendo em extrema confidência. Eu ia explicar tudo a você depois do casamento.

— Mas a garota desabou nos seus braços e estava tentando chamar nosso sobrenome, Apfel-Strand. O *seu* nome — acusou a esposa. Sua boca assumiu um formato feio. — Ela estava provavelmente tentando dizer "Herbert", mas não conseguiu.

— Ela estava tentando chamar o nome de Sua Senhoria, mas não pelo motivo que pensa — informou Miss Bella ao grupo. — Miss McCracken morreu envenenada. Alguém colocou uma fruta potencialmente letal na sobremesa dela. Mais cedo, o chef me contou que, quando chegou à cozinha, encontrou uma tigela de salada de frutas cuidadosamente coberta sobre uma bancada. Havia um bilhete escrito à mão informando que ela continha uma certa iguaria de St. Honoré que Marie amava. O bilhete era de Sir Herbert, e a sobremesa especial, uma surpresa para a nova nora.

Herbert Apfel-Strand estava ultrajado.

— Que disparate. Eu não fiz nada disso.

— Nós sabemos — afirmou Miss Marple. — Encontramos folhas e casca do tronco de uma árvore muito venenosa em uma caixa no quarto de Louise McCracken.

— A mancenilheira de St. Honoré — explicou Miss Bella. — Ela pode ser fatal.

Inclinando-se para a frente, acompanhando com avidez o que era dito, Bispo Ambrose arquejou.

— A senhora está dizendo...?

— Sim — confirmou Miss Marple. — Foi Louise McCracken que pôs as armas do crime, as frutas venenosas conhecidas em St. Honoré como maçãzinhas da morte, na sobremesa de Marie. Mas não era o suficiente para ela; ela precisava se certificar de que Marie morreria, e rápido, então também adicionou cascas e folhas no prato. Isso aumentaria a potência do veneno na salada de frutas. Ela ralou a casca para disfarçá-la como uma especiaria, algo parecido com canela em pó ou noz-moscada, assim como as folhas, que estavam retalhadas. Veja bem, às vezes não basta comer a maçã. A meia-irmã de Marie sabia que precisava usar outras partes da árvore que continham a seiva para garantir.

Jane continuou:

— Marie confirmou que Louise passava as férias com os pais em St. Honoré quando criança, então ela devia saber tudo sobre a mancenilheira. E estava muito bronzeada hoje, o que sugere que voltara recentemente de algum lugar com clima muito quente.

Abraçando a noiva com ainda mais firmeza, Peter disse, confuso:

— Mas é Louise McCracken quem está morta e, felizmente, não minha doce Marie. Não entendo.

Miss Marple encaixou a última peça do quebra-cabeça.

— Marie, sua *tante* Bella me disse que você não gosta de maçã. Suspeito que, quando sua sobremesa chegou, você tenha trocado sua tigela com a de Louise porque a dela não tinha maçã.

Assentindo com a cabeça, Marie estremeceu ao perceber como chegara perto da morte. No dia do próprio casamento.

Lady Margaret ainda não estava convencida.

— Certamente essa tal McCracken teria reconhecido o próprio trabalho perverso quando a sobremesa foi posta à sua frente.

Miss Bella ergueu um dedo de alerta.

— A meia-irmã de Marie não contava com o olhar artístico do chef. Ele não gostou da apresentação do prato que encontrou esperando por ele na cozinha, então cortou as maçãs e misturou os ingredientes, acidentalmente incorporando a casca e as folhas ainda mais na salada de frutas. Na primeira vez que o vi, as palmas estavam muito rosadas, o que presumi ser um sinal de mãos desgastadas pelo trabalho, e os olhos vermelhos eu interpretei erroneamente como um gosto excessivo por bebida. Eu estava enganada. Tanto as mãos quanto os olhos dele estavam irritados por tocar nas maçãs. Louise McCracken comeu a salada de frutas porque não reconheceu o prato que preparara.

— Mas como ela sabia o que serviríamos na nossa recepção de casamento? — foi Peter quem fez essa pergunta.

— O proprietário do Fruit Pickers Arms estava muito insatisfeito com o fato de Louise viver falando com a moça que limpava os quartos — explicou Miss Bella. — Mas Miss McCracken sabia exatamente o que estava fazendo. Ela descobrira que Elsie, a camareira, também era uma das muitas pessoas contratadas para trabalhar na cozinha durante o casamento em Strand Hall. Foi por meio de Elsie que a meia-irmã de Marie descobriu qual seria o menu. A salada de frutas era o prato perfeito para esconder o coquetel culinário letal.

Miss Marple retomou a narração:

— Quando Miss McCracken percebeu que tinha sido envenenada, ela se levantou, com a garganta ardendo, as vias aéreas se fechando. Ela cambaleou, buscando ajuda, mas se deparou com um dilema. As pessoas mais próximas dela eram inimigas; Marie de um lado e Sir Herbert, que a confrontara na pousada, do outro. Ela escolheu o menor dos males, o baronete. Miss McCracken estava de fato chamando o sobrenome de Sua Senhoria, Apfel-Strand, mas não como pensam. "Apfel" é "maçã" em alemão e *"Strand"* é uma palavra antiga para "praia" em inglês, então algo como "Maçã-Praia". A fruta venenosa da mancenilheira não é chamada apenas de maçãzinha-da-morte; também é chamada de maçã-da-praia. Em seu estado aflito, Louise tentava dizer a todos que comera a maçã-da-praia, mas não conseguia pronunciar as palavras, então também apontava para Sir Herbert, indicando o nome dele. Ela até mesmo conseguiu dizer a palavra *"Strand"*.

Miss Marple fez contato visual com todos do cômodo.

— Este não foi um caso de assassinato, mas sim um caso em que o criminoso e a vítima são a mesma pessoa, que morreu por meio da malícia homicida das próprias mãos.

Em uma voz pesarosa, Marie murmurou:

— Eu lhe disse que dividiria toda a riqueza de nosso pai com ela. Que talvez nós pudéssemos nos conhecer como irmãs. Mas não era bom o suficiente para ela. Ela queria tudo para si. E me queria morta.

Miss Marple olhou com bondade para Marie.

— Sua meia-irmã era uma pessoa desesperada e gananciosa.

Miss Bella adicionou baixinho um dos sábios provérbios caribenhos dela:

— "Almeje tudo, não consiga nada."

Foi apenas uma semana mais tarde que Miss Marple e Miss Bella, junto aos Apfel-Strand, se despediram alegremente do casal feliz, que partia para a lua de mel. A viagem fora compreensivelmente adiada devido à investigação policial. Mas Sir Henry Clithering garantira ao policial responsável que ele podia confiar em tudo o que Miss Marple lhe dissera, visto que ela era uma mulher que conduzia investigações meticulosas e entendia as falhas graves na natureza humana melhor do que ninguém, na experiência dele.

Agora, em frente a Strand Hall, Marie deu um beijo e um abraço especialmente longos em Miss Marple e Miss Bella. Com um enorme sorriso, ela se juntou ao marido no superelegante Jaguar E-Type dele. As duas mulheres o observaram se afastar pela estrada, com latinhas amarradas ao para-choque traseiro retinindo no rastro deles e um letreiro de "recém-casados" preso no porta-malas.

Virando-se para a grande amiga, Miss Bella sussurrou com uma piscadela divertida:

— Parece que o desejo de Sir Herbert e Lady Margaret se realizou. O filho deles de fato se casou com uma herdeira.

Miss Marple assentiu, mas adicionou, com outra piscadela:

— Mais importante: dois jovens encontraram um ao outro e encontraram o amor.

Assassinato na Villa Rosa

Elly Griffiths

Não é necessário viajar para um belo lugar para cometer um assassinato, é claro, mas, às vezes, pode de fato ajudar. Pensei nisso várias vezes enquanto dirigia o carro alugado pela estrada italiana vertiginosa, cada curva revelando uma vista quase insuportavelmente linda e, ao mesmo tempo, me levando para infinitamente mais perto de meu próprio declínio. Era tudo demais: mar, colinas, céu azul, casas brancas, a perspectiva da vida após a morte. Vira e mexe, sem aviso, um túnel me mergulhava na escuridão e, quando eu conseguia localizar os faróis, já havia saído no sol escaldante de novo, me desviando para outra curva em formato de grampo de cabelo. Os piores momentos eram quando eu me deparava com um carro ou ônibus vindo na direção oposta. Esses veículos não davam qualquer sinal de desaceleração, e eu logo aprendi que a única opção era desviar para a cerca viva e deixar que eles passassem como um raio. O suor brotava debaixo do meu recém-adquirido chapéu Panamá, e minhas mãos estavam rígidas no volante.

Já fazia anos que eu pensava em matar Ricky. A princípio eu o amava, é claro. Percorremos uma longa jornada juntos, e ele é uma grande parte do meu sucesso. Todo mundo gosta de Ricky, e acho que isso é parte do problema. Eu me cansei dele, todos os trejeitos irritantes, todas as piadas aparentemente espontâneas pareciam sinalizadas anos antes, na era do gelo da minha memória. Mas ainda assim as pessoas riam dessas supostas sacadas e nunca pareciam se cansar da companhia dele. A única solução, como passei a pensar, era matá-lo.

Mas como e onde? Seria difícil demais fazê-lo em casa. Minha casa em Battersea era grande e confortável. Eu tinha um escritório coberto de livros no sótão de onde via a curva do Tâmisa. Também tinha uma esposa encantadora e dois filhos intermitentemente encantadores. Mas o problema era que o número 5 da rua Waterway estava infestado de Ricky. Eu já passara por experiências desconcertantes nas quais vira Ricky onde ele não tinha como estar; me seguindo pela rua costeira até o pub ou parado pensativamente na minha varanda. Não, eu não podia matá-lo lá.

Foi Paula, minha esposa, a primeira a mencionar a Villa Rosa. Ouvira falar do lugar por meio de Fran em um dos eventos sociais da Cassowary. Era o lugar perfeito, disse Paula. Ficava na Costa Amalfitana, mas não em uma armadilha para turistas como Sorrento ou Positano. As fotografias mostravam uma construção em rosa antigo, meio hotel, meio castelo, em uma formação rochosa com vista para o golfo de Nápoles. "Você pode se afastar de tudo", dissera Paula. "Trabalhar um pouco ou só descansar. O que te der na telha." Paula sabia que havia algo errado. Só não sabia o quê. Se soubesse, teria tentado me impedir. E eu não a culpava nem um pouco.

Eu estava com o caminho, digitado pelo agente de viagem, no banco ao meu lado. O problema era que, à medida que o sol baixava, eu adicionava cegueira às minhas desvantagens como motorista. O mar brilhava de um lado, as montanhas assomavam do outro, meu Fiat alugado raspava na cerca viva de novo e de novo para deixar os brutamontes passarem. Era uma sorte que eu houvesse memorizado o caminho, em parte porque parecia muito pitoresco. Passe pelo santuário da Virgem das Rochas, depois pelos pinheiros-mansos, vire à direita na torre em ruínas. Esses marcos passavam em rápida sucessão. Naquele momento, eu estava sendo seguido por outro ônibus monstruoso, mugindo impacientemente, então quase perdi a entrada e só tive tempo de jogar o carro para a direita, na direção do mar, e frear bruscamente sob uma copa de videiras.

A porta do passageiro do meu carro foi instantaneamente aberta, e uma voz tranquilizadora disse:

— Boa tarde, *Signor* Jeffries. Sou Bertrando. Bem-vindo à Villa Rosa.

Saí do carro, oscilando ligeiramente depois da longa viagem. Estava divinamente fresco no pórtico, e Bertrando me dizia que "o garoto" pegaria minhas malas e estacionaria o carro. Ao falar, ele me guiou para dentro. Notei um corredor escuro, os funcionários ao redor e o aroma de limões. Então Bertrando abriu outra dupla de portas, e eu pisquei, maravilhado.

Estávamos em um terraço, um quadrado de mesas e guarda-sóis. Mas, depois do parapeito, não havia nada. Só azul. As águas do Mediterrâneo se estendiam pelo horizonte. De cada lado, à distância, eu via a curva do golfo, as casas multicoloridas agarradas à costa arborizada, um domo dourado reluzindo à luz do fim de tarde.

— Seja bem-vindo — repetiu Bertrando — à Villa Rosa.

Meu quarto era grande e luxuoso. As persianas estavam fechadas, mas, ao abri-las ligeiramente, me deparei com a vista de novo, quase sinistra de tão bela.

— Que localização maravilhosa — falei.

— Este local já foi uma vila romana — explicou Bertrando. Seu inglês era perfeito, o sotaque perceptível apenas em algumas vogais. — Na Renascença, ela foi reconstruída para uma família aristocrática. Pintaram os afrescos nas paredes. Então virou um mosteiro, e um hospital durante a guerra. Tantas histórias. Tantos segredos. Agora o deixarei descansar.

Eu tinha meu próprio banheiro (Bertrando o chamara de "suíte"), com azulejos azuis e amarelos. Havia uma banheira, um chuveiro e, aparentemente, dois sanitários. Ao inspecioná-los, descobri que um deles era a engenhoca continental chamada de bidê. Tomei uma chuveirada e vesti roupas limpas. Bertrando explicara que era tradição do hotel que os hóspedes se reunissem no terraço para coquetéis antes do jantar, às oito horas. Como já eram 20h30, penteei o cabelo com óleo de pimenta-racemosa, enfiei a camisa para dentro da calça e desci.

O espaço encantador parecia cheiíssimo de pessoas. Um casal de cabelo grisalho, uma moça com um marido mais velho, um homem de meia-idade de porte militar e uma senhora idosa que usava um incongruente conjunto de tweed.

Bertrando permaneceu ao meu lado, murmurando apresentações:

— Signor e Signora Martinelli, Lorde e Lady Braithwaite, Coronel Peters e Miss Marple.

— Felix Jeffries. — Apertei mãos e fiz reverências, como apropriado.

— O escritor? — perguntou Lady Braithwaite, a mulher com o marido mais velho. Tinha sotaque americano e era, como percebi aos poucos, assombrosamente bela.

— Sim — confirmei, constrangido, como sempre me sinto ao admitir passar meus dias dessa forma.

— Nós amamos os livros de Ricky Barber. Não é, querido? Lorde Braithwaite, o "querido", concordou:

— São formidáveis.

— Ricky Barber — disse Signora Martinelli, a senhora de cabelo grisalho. — Sou completamente fã. — Ricky é traduzido para trinta línguas. Ele chega a todo lugar.

— Deve ser tão interessante ser romancista — comentou Miss Marple.

Algo no jeito dela de falar me fez olhar a última senhora com mais atenção. Tinha um rosto branco e rosado inocente, intocado pelo sol italiano, e cabelo branco preso em um coque cuidadoso. Seus olhos eram azul-claros e muito luminosos. Ela me olhou por um segundo, um estranho olhar vibrante, e — talvez fosse um truque da luz — foi como se soubesse *exatamente* como eu achava minha profissão interessante.

— Tenho muita sorte — respondi, como sempre.

— Sorte — disse o Coronel Peters — é apenas outra palavra para artimanha.

Bertrando anunciou que o jantar estava servido.

* * *

A comida estava absolutamente sublime e parecia nunca acabar. Antepastos, massa, frango com vagem, peixe ao molho de alcaparras, *sorbet* de limão, queijo, café em minúsculas xícaras delicadas. No final eu estava largado na cadeira, mas Miss Marple, na mesa ao meu lado, continuava empertigada como sempre, ainda com o conjunto de tweed. Depois do café, Bertrando nos ofereceu uma bebida chamada *limoncello*, um líquido amarelo forte em minúsculos copinhos azuis. Aceitei, me sentindo imprudente, assim como o Coronel e o Signor Martinelli. A conversa se generalizou e nós contamos como tínhamos vindo parar em Villa Rosa. Eu disse que fora uma recomendação da minha editora. Os Martinelli haviam se hospedado ali no ano anterior e "se apaixonado pelo lugar". Lorde Braithwaite disse que recebera uma oferta especial. Parecia satisfeito com isso, o que me surpreendeu, pois ele era obviamente muito rico. Já mencionara cavalos de corrida e iates. Quanto à bela esposa, tudo nela emanava luxo.

Quando a segunda leva de bebidas foi oferecida, os Braithwaite e o Coronel Peters pediram licença para se retirarem. Lady Braithwaite disse que estava cansada depois de um dia no sol. Coronel Peters anunciou a intenção dele de se recolher com um bom livro. Algo no tom dele sugeria que tal tomo não seria escrito por Felix Jeffries ou ninguém da estirpe dele.

Em um consenso tácito, os comensais restantes se reuniram em uma única mesa. A essa altura já era quase meia-noite, e as velas estavam gastas. Víamos ocasionalmente o brilho de um vaga-lume ou as luzes de um barco pesqueiro noturno, mas, fora isso, a baía estava mergulhada na escuridão. Os grilos cantavam por todos os lados.

Falamos sobre nossas terras natais. Os Martinelli eram de Milão e Miss Marple, de um vilarejo chamado St. Mary Mead. Falei longamente sobre os encantos de Battersea.

— É claro — disse Elisabetta Martinelli — que já morei em Sorrento. Quando era freira.

Eu não entendi o significado de imediato. O *limoncello* tinha uma parcela de culpa nisso. Mas Miss Marple falou:

— A vida reclusa deve ser fascinante.

— Sim — concordou Elisabetta. — Embora eu não tenha sido sempre reclusa. Quando a guerra começou, nós fizemos parte de um grupo, a Rede Assisi, que tentava ajudar judeus italianos a escapar da perseguição. Nós escondíamos homens, mulheres e crianças em nosso convento e, em dado momento, fui capturada.

— O que aconteceu, então? — perguntei.

Era tão difícil conciliar essa história com a mulher grisalha, elegante, porém discreta, de vestido verde, sentada ao meu lado. Luigi Martinelli observava a esposa, os óculos de armação dourada reluzindo à luz das velas, um sorriso suave nos lábios.

— Fui levada a Nápoles e aprisionada lá — contou Elisabetta. — Os fascistas tinham prendido um jovem combatente da resistência. Iam atirar nele. Eu me pus na frente dele e falei: "Terão que atirar em mim primeiro". Eles ainda eram supersticiosos demais para matar uma freira, então pouparam o homem.

— O que aconteceu com ele? — perguntei.

Elisabetta gesticulou em direção ao marido.

— Eu sou aquele homem — declarou ele com seriedade. — Nós nos reencontramos depois da guerra. Eu havia me tornado médico e encontrei Elisabetta enquanto ela trabalhava como enfermeira em Nápoles. Reconheci-a imediatamente e nos apaixonamos. Bem, eu sempre fora apaixonado por ela. Desde que ela se pusera na frente de uma bala por mim.

— Foi difícil — disse Elisabetta em sua voz suave. — Eu fizera votos e os levava a sério. Mas o amor não pode ser negado.

— Somos muito felizes desde então — continuou Luigi. — Temos quatro filhos e uma vida abundante. É claro que eu nunca poderia recompensá-la.

— Você me recompensa todos os dias — respondeu Elisabetta.

Mais uma vez, culpei o *limoncello* pelas lágrimas que brotaram em meus olhos.

— Que história linda — falei.

— Igualzinha a de um livro — disse Miss Marple.

Na manhã seguinte, enquanto tomávamos café no terraço, foi difícil olhar para Luigi e Elisabetta da mesma forma. Na superfície, eles eram o mesmo casal contente desfrutando de férias ao sol. Mas pensar que o passado deles carregava tanto perigo e tragédia, tanta *história*, me deixava quase tímido em relação a eles. Cumprimentamo-nos com um *"Buongiorno"* e eu me sentei para comer melão e presunto, um começo incomum, porém excelente, para o dia. Enquanto bebia meu café, observei um lagarto tomando sol no muro branco. *Eu deveria ir para o quarto e planejar meu assassinato*, pensei. Havia requisitado uma máquina de escrever que estava naquele momento instalada de maneira acusatória na escrivaninha do meu quarto, uma Olivetti novíssima. Eu dissera à Fran que teria uma sinopse do livro novo até o final da semana. Fran era minha editora, uma das muitas moças da Cassowary que pareciam pertencer não somente a uma geração diferente, mas a um mundo diferente. Tinha vinte e tantos ou trinta e poucos anos, era solteira, usava calças e pilotava uma pequena motocicleta para o trabalho. Uma Vespa, acho que era esse o nome. Meu antigo editor era um homem chamado Martin, que me levava a longos almoços e derrubava cinza de charuto nos meus manuscritos. Pensei em Martin com nostalgia, mesmo que ele me chamasse frequentemente de Phil.

Eu deveria estar escrevendo. Mas subitamente quis me deitar como um réptil na areia.

Uma sombra recaiu sobre minha *prima colazione*. Era Miss Marple, de vestido azul e um grande chapéu de palha.

— Como planeja passar o dia, Mr. Jeffries? — perguntou ela.

— Felix, por favor. Eu deveria trabalhar um pouco.

— Pensei em explorar a praia — falou ela. — Bertrando disse que o hotel tem uma particular. Os degraus são muito íngremes, mas tem um tipo de *teleférico*. — Ela fez a última palavra soar muito exótica, quase perigosa.

Quando Miss Marple havia se retirado alegremente, absorta pela aventura funicular dela, pensei no meu quarto: cama, guarda-roupa, escrivaninha, máquina de escrever. E decidi que também visitaria a praia.

Os degraus eram entalhados na rocha e, assim como a estrada no dia anterior, faziam várias voltas e curvas, oferecendo vislumbres do golfo reluzente. Quando cheguei à praia, encontrei Miss Marple já instalada em uma cadeira, no deque, bebericando uma limonada. A praia era apenas um triângulo de areia (que, para meu espanto, era preta) cercado de pedras. Lady Braithwaite também estava lá, estirada em uma espreguiçadeira e usando um traje de duas peças que deixava pouquíssimo para a imaginação.

Comentei sobre a areia, e Miss Marple me disse que era vulcânica.

— É claro — disse ela — que o Vesúvio não fica muito longe. Penso com frequência naquelas pobres pessoas de Pompeia. Um fim tão *desordenado*.

Precisei reprimir um sorriso ao ouvir isso. Os residentes da cidade romana haviam morrido em sofrimento, soterrados por cinzas ardentes. "Desordenado" não seria minha palavra de escolha. Mas eu achava a companhia de Miss Marple relaxante e, em pouco tempo, estava lhe contando meus planos para Ricky.

— Passei a odiá-lo — afirmei. — E nunca conseguirei me livrar dele a não ser que o mate.

— Deve ser difícil escrever sobre um personagem do qual se desgosta — disse Miss Marple.

— Não me importo em escrever vilões — falei. — Afinal, sou autor de livros policiais. Assassinato é o meu negócio. Amo entrar na mente de alguém verdadeiramente vil. Esse é o problema com Ricky. Ele é bonzinho demais. Era aceitável no começo, quando acabara de sair do Exército e entrara para a polícia. Era cheio de uma angústia interessante. Teve casos amorosos infelizes, foi afastado do filho, teve um problema de saúde. Mas, à medida que as pessoas começaram a gostar de Ricky, passei a ter medo de fazê-lo sofrer. Ele simplesmente segue o fluxo, solucionando crimes que não o afetam de verdade. Fez as pazes com o filho, e todo mundo, inclusive minha editora, Fran, se esqueceu do problema de saúde dele.

— Isso me lembra de uma pessoa do meu vilarejo — disse Miss Marple, para minha grande surpresa. — Mrs. Randall se livrou do marido porque toda noite, às dez horas em ponto, ele dizia: "Vou me recolher aos meus aposentos".

— Entendo como isso pode dar nos nervos — respondi —, mas divórcio me parece uma reação extrema.

— Ah, ela não se divorciou dele — explicou Miss Marple. — Ela o matou.

O sol estava quente e, depois de um tempo, fui me aventurar no mar. A água estava maravilhosamente fresca e cristalina, muito salgada, quase sem ondas. Nadei uma longa distância, até conseguir ver o formato indistinto de Nápoles, com o Vesúvio assomando ao fundo. "Fim desordenado", disse a mim mesmo, boiando de barriga para cima e sentindo o sol no rosto. Finais são vitais para um autor de livros policiais. É preciso solucionar o crime, identificar o culpado, fazer justiça e amarrar todas as pontas soltas, tudo nas últimas cinquenta páginas. Se for antes, os leitores reclamarão que foi fácil demais. Se for depois, vão se sentir no prejuízo.

Nadei de volta para a costa e descobri que Louisa Braithwaite havia se juntado a Miss Marple, agora usando um robe rosa e dourado diáfano por cima do biquíni. O hotel construíra um pequeno bar no canto da praia, com baldes de gelo nos quais boiava uma variedade de garrafas.

O jovem barman, que se apresentou como Carlo, perguntou:

— Gostaria de uma bebida, Signor Jeffries? Refrigerante? Vinho? Cerveja?

Eu deveria ter optado por um refrigerante, mas a ideia de beber uma cerveja gelada foi subitamente atraente demais. Carlo repousou a garrafa suada em uma mesinha de apoio ao lado da minha cadeira de praia. Louisa contava a Miss Marple que era a terceira esposa de Lorde Braithwaite. Miss Marple não contribuía muito para a conversa além de alguns murmúrios tranquilizadores para indicar que estava acompanhando, mas, como fora o caso comigo mais cedo, ela certamente parecia inspirar um espírito confessional nas companhias.

— É uma expectativa muito alta para atender — disse Louisa. — Marcus é muito particular. E, é claro, gosta de um tipo particular de mulher.

— Como assim? — perguntei, entrando de maneira abrupta na conversa. Mas eu estava intrigado.

Como resposta, Louisa vasculhou a bolsa de aparência cara. Para minha surpresa, ela puxou um envelope, de dentro do qual tirou um recorte de jornal. Miss Marple e eu nos inclinamos para a frente a fim de examiná-lo.

"Lorde e Lady Braithwaite em Cannes", informava a manchete. A foto mostrava o casal vestido na moda pré-guerra. Isso me surpreendeu, porque Louisa não parecia ter mais de trinta anos.

— Uma semelhança e tanto — comentou Miss Marple.

— Sim — concordou Louisa. — A número 2 também se parecia comigo.

E, do mesmo envelope, ela tirou uma fotografia em preto e branco de um homem e uma mulher ao lado de um cavalo de corrida. A mulher também era extraordinariamente parecida com Louisa, exceto talvez por ser mais alta. Mesmo contando com o grande chapéu, os olhos dela se alinhavam com os do marido. Eu notara na noite anterior que Louisa era uma cabeça mais baixa que Marcus.

— Quer dizer, ele tem um tipo, não tem? — continuou ela. — Não me dei conta a princípio. Conheci Marcus em Nova York depois da guerra. Eu era dançarina, e ele ia a todos os shows, se sentando na primeira fileira com o terno britânico de risca de giz dele, me encarando por todo o tempo que eu passava no palco. Alguém me disse que ele era um lorde, mas eu não acreditei. Até que um dia ele me chamou para jantar e nos casamos no mesmo mês. Eu nem sabia sobre as outras esposas até a lua de mel. Foi aqui na Villa Rosa, por sinal.

— Deve ser um lugar perfeito para uma lua de mel — comentei.

— Acho que sim. — Louisa olhou para o mar, reluzindo em dourado no brilho do meio do dia, mas tive a impressão de que ela via outra coisa. — Não me importei tanto assim em ser a esposa número 3. Quer dizer, Marcus é mais velho que eu. É esperado que ele tenha um passado. Só que, quando vi as fotografias, pensei... O que acontecerá quando eu não tiver mais essa aparência? — Ela deu batidinhas na foto de Cannes, como se realmente exibisse a imagem dela, e não a da primeira Lady Braithwaite.

— Lorde Braithwaite me lembra de uma cara amiga em St. Mary Mead — disse Miss Marple. — Ela já teve três cachorros desde que eu a conheço. Todos cocker spaniels pretos e brancos chamados George.

— Nossa, obrigada — respondeu Louisa. — Que graça de analogia.

— Não precisa se preocupar — falei apressadamente. — Lorde Braithwaite adora você. Notei imediatamente.

— Ele também adorava as outras — argumentou Louisa. — Até elas morrerem.

— Elas morreram?

— Aham — disse Louisa. — Que má sorte, não é?

Ela se recostou na espreguiçadeira e fechou os olhos. Pensei no que o Coronel Peters dissera na noite anterior.

"Sorte é apenas outra palavra para artimanha."

Carlo produziu um almoço extraordinário do nada. Belisquei salame e muçarela. Miss Marple comeu fartamente, com um guardanapo aberto sobre os joelhos. Louisa não abriu os olhos. Talvez fosse a comida, talvez fosse o sol, talvez fosse a cerveja (eu tomara uma segunda), mas eu começava a me sentir muito sonolento. Decidi ir ao meu quarto para uma *siesta*.

Os degraus pareceram incrivelmente íngremes naquela direção. Quando cheguei ao topo, oscilei e quase caí.

— *Signor*? — chamou uma voz de mulher.

Abri os olhos. Era uma das criadas. Simonetta, acho que era o nome dela.

— Está se sentindo bem?

— Sim — respondi. — Foi só a escada e o calor. — E as cervejas — adicionei silenciosamente.

Simonetta parecia entrar e sair de foco como um filme antigo.

— Bertrando ofereceu o *limoncello* especial dele ontem à noite? — perguntou ela.

— Sim — falei.

— Pode ser muito forte para quem não está acostumado — disse ela. — Pode fazê-lo ver coisas que não estão ali.

Quando voltei a abrir os olhos, ela tinha sumido.

Continuei subindo até o quarto. As persianas estavam fechadas, mas vi a máquina de escrever reluzindo na penumbra. Ignorei-a e me deitei na cama. Um mosquito zumbia em algum lugar das vigas altas. *Zanzare*, em italiano. Uma palavra maravilhosamente onomatopeica. De repente, pensei na motocicleta de Fran. *Vespa*. Outro nome perfeito.

Pensei que adormeceria de imediato, mas palavras e imagens zuniam como insetos ao redor da minha cabeça.

"A vida reclusa deve ser fascinante."

"Deve ser difícil escrever sobre um personagem do qual se desgosta."

"Vesúvio assomando ao fundo."

"Um fim tão desordenado."

Louisa mostrando uma fotografia. "Ele tem um tipo, não tem?"

Antes que eu dormisse, tive um último pensamento coerente: Simonetta era muito parecida com Louisa Braithwaite.

Na hora do jantar, foi mencionado que o sobrinho de Miss Marple pagara pelas férias dela.

— Ele é muito generoso — disse ela.

— É maravilhoso ser tio ou tia — comentou Bertrando. — Meu sobrinho Carlo trabalha comigo. Falo com minha sobrinha Francesca no telefone toda semana.

— Eu não suporto meu sobrinho — falou o Coronel Peters. — Ele matou minha irmã.

O comentário foi feito para os presentes de forma geral. Como esperado, um silêncio recaiu depois das palavras. Elisabetta sussurrou algo que pareceu uma prece.

— Como ele matou sua irmã? — perguntou Miss Marple, erguendo o olhar do risoto calmamente.

— Ele a matou de preocupação — explicou o coronel. Todos pareceram soltar um suspiro coletivo. — Com sua vida de bebedeira e mulheres e jogatina. Bem, eu me vinguei no meu livro.

Sim, o coronel também era autor. Quando ele se recolhera para a cama com um bom livro, referia-se ao próprio. Escrevera dois livros de memórias militares bem-recebidos, mas naquele momento embarcava em uma nova aventura.

— É um romance policial — contou-nos, ficando expansivo por causa do *limoncello*. — Espero que seja o começo de uma série. Estou pondo todos os meus inimigos nele e os matando um de cada vez. Imaginem que eu também tenho um enredo muito bom. Um gancho matador para fechar o livro. — Ele olhou de canto de olho para o terraço ao redor, exibindo dentes amarelos.

— Um gancho matador — repetiu Elisabetta, um tanto nervosa.

— Felix aqui poderia aconselhá-lo — disse Marcus Braithwaite.

— Não preciso de conselhos — afirmou o coronel. — Na verdade, estou indo escrever outro capítulo. — Ele marchou, um tanto cambaleante, para dentro do hotel.

Miss Marple e eu acabamos sentados lado a lado em um sofá de vime, olhando para o mar azul-escuro. Lorde e Lady Braithwaite tinham ido dar uma volta na praia e os Martinelli conversavam com Bertrando em italiano.

— Às vezes parece que o mundo todo está escrevendo um livro — falei.

— Eu sempre sinto que deve ser uma coisa muito difícil de fazer — respondeu Miss Marple. — Muito mais difícil do que parece.

Senti um afeto pela minha companheira idosa. É surpreendente como muitas pessoas acham que é fácil ser autor. "Eu sempre quis escrever", dizem, "se ao menos tivesse tempo." Como se tempo fosse a única exigência.

— Talvez seja mais fácil se você tiver um gancho matador — falei.

— Suspeito que não exista algo do tipo — disse Miss Marple. — Talvez sejam vários pequenos ganchos, como no crochê. Quando você os junta, forma uma tapeçaria completa. Gosto muito de crochê. De tricô também. Mas é mais um passatempo de inverno.

Uma mulher passou da luminosidade do terraço para a escuridão do hotel. Alguns minutos depois, eu a vi pegar as escadas para a praia. Tinha um longo cabelo preto e, por um segundo, pensei que fosse Louisa Braithwaite.

— Simonetta é muito parecida com Lady Braithwaite — comentei com Miss Marple.

— Pessoas bonitas geralmente são bem parecidas — respondeu ela.

— Foi uma história e tanto a que ela nos contou na praia — falei. — Sobre as três esposas.

— Sim — concordou Miss Marple. — Um Barba Azul moderno.

Ela riu, mas as palavras fizeram minha pele se retesar, como se um mosquito houvesse pousado ali. Pensei em Lorde Braithwaite. Parecia um típico inglês de classe alta, um tanto reservado e distraído, talvez não muito inteligente. Mas vai saber o que há por baixo. Assassinos nem sempre são gênios do mal como Moriarty. São pessoas que conhecemos em festas, pessoas com quem compartilhamos uma refeição, por quem passamos na rua ou ao lado de quem nos sentamos em um ônibus em Londres. Pensei em Bertrando dizendo: "Tantas histórias. Tantos segredos".

Então um grito cortou a noite.

Levantei-me em um impulso, mas Bertrando foi mais rápido. Ele disparou escada abaixo. Eu o segui o mais rápido que ousei. Vi o mar escuro quebrando em ondas brancas na areia preta. Vi Lorde Braithwaite, o rosto pálido ao luar. E uma mulher prostrada a seus pés, o cabelo escuro como a morte.

Então não vi mais coisa alguma.

Quando voltei a mim, estava deitado no sofá do saguão do hotel. Senti cheiro de limão e colônia italiana. Com a visão turva, foquei o ventilador de teto e as sombras terracota de um afresco. Então o rosto de um homem, olhos atentos atrás de óculos de armação dourada. Luigi Martinelli se curvava sobre mim.

— Só uma leve concussão — ouvi-o dizer. Eu me esquecera de que ele era médico.

— O que aconteceu? — Sentei-me com dificuldade. — Quem morreu? Quem foi morto?

— Ninguém morreu. — A voz de Bertrando parecia vir de muito longe. — Simonetta viu uma... como se fala?... uma água-viva... na praia. Ela gritou, correu para os degraus e caiu. Está muito envergonhada.

Somos dois, pensei.

— Por que eu desmaiei? — perguntei.

Dottore Martinelli pôs um copo d'água na minha mão.

— Você caiu da escada. Fácil de acontecer no escuro. Bateu a cabeça em uma pedra.

— Como cheguei aqui? — Tomei um gole da água. Tinha um gosto estranho, sulfúrico.

— Bertrando e Signor Braithwaite o carregaram. Mas é melhor ir para a cama. Consegue se levantar?

Consegui, com ajuda. Bertrando de um lado, o médico do outro. Ao chegarmos à escada, vi os outros hóspedes reunidos em um grupo preocupado perto das portas francesas. Lorde Braithwaite tinha o braço ao redor da esposa. Elisabetta reconfortava Simonetta. Miss Marple estava ligeiramente afastada, a luz elétrica refletindo no cabelo branco.

Exceto por uma leve dor de cabeça, eu me sentia bem pela manhã. O próprio Bertrando me trouxe café da manhã na cama: pequenos croissants que chamou de "*cornetti*", manteiga sem sal, geleia, suco de laranja e café.

— *Dottore* Martinelli disse para pegar leve hoje — falou.

— Pegar leve — repeti. — Como pode você falar inglês tão bem?

— Passei um tempo em Londres depois da guerra — disse Bertrando. — Meu irmão mora lá. Foi onde aprendi o ofício de *hotelier*.

— Você é muito bom nisso — afirmei. — Como está Simonetta esta manhã?

— Está bem. Só envergonhada por ter causado tanta... tanta comoção.

— Diga a ela para não se preocupar — falei. — Eu culpo o *limoncello*.

Achei que Bertrando parecia ligeiramente culpado ao se curvar e sair.

Depois do café da manhã, tomei uma chuveirada, me vesti e decidi caminhar até Priano, a cidade mais próxima. Não era longe, mas o caminho me levou ao longo da estrada costeira, que parecia tão assustadora a pé quanto tinha sido ao volante do meu Fiat alugado. Fazia quanto tempo que eu navegara por aquelas curvas em U? Realmente só haviam se passado dois dias? E eu não avançara em nada no assassinato de Ricky. Pensei na réplica presunçosa do Coronel Peters na noite anterior: "Não preciso de conselhos". *Eu* bem que precisava.

A estrada levava através de um dos túneis súbitos entalhados nos penhascos. Estava muito frio e escuro depois do calor do dia, mas, ao avançar mais, vi que estava iluminado por um leve brilho fosforescente. À luz sinistra, identifiquei um adereço estranho. Em uma prateleira tosca entalhada na rocha havia uma maquete de um vilarejo: casas, igreja com domo, torre em ruínas e uma construção cor-de-rosa muito parecida com a Villa Rosa. Havia velas acesas ao lado da igreja e da torre, e eram elas, refletidas contra o teto rochoso, que emanavam a agourenta luz verde. Passei pela coisa depressa.

Priano era linda, cheia de casas caiadas e escadas serpenteantes. Aparentemente, a igreja continha algumas pinturas importantes, mas fiquei feliz em simplesmente me sentar na área externa de um café com uma *spremuta di limone* e um exemplar do *Times* de dois dias antes. Perguntei ao dono, que falava inglês, sobre a maquete no túnel, e ele disse que era um *presepio*, um tipo de cenário natalino cristão. Fora criado por um artista local dois anos antes e ninguém quis removê-lo. Instantaneamente, as casas iluminadas pelas velas pareceram mais pitorescas do que sinistras. Senti um súbito desejo de escrever sobre aquilo. Talvez eu devesse mandar Ricky para a Itália, pensei, antes de lembrar que Ricky não iria a lugar algum, apenas à morte dele. Eu começaria naquela noite.

A caminhada de volta foi difícil, já que o sol estava a pino. O céu exibia um tom azul-claro forte e as cigarras pareciam vozes na minha cabeça. Talvez eu tivesse sido aventureiro demais ao me enveredar por aquela trilha. Afinal, o médico me dissera para pegar leve. Lembrei-me do dia anterior, quando me sentira tonto ao subir as escadas da praia. Talvez eu estivesse ficando doente? O túnel foi um alívio, e parei por um momento, inspirando o ar úmido. Quando saí, senti como se o sol estivesse direcionando os raios diretamente para minha cabeça. Desejei ter usado meu chapéu Panamá.

Foi aí que vi um homem andando à minha frente. Achei estranho que não o tivesse visto no túnel, mas talvez ele houvesse entrado na estrada por uma das vias costais. Era alto, com cabelo escuro ficando grisalho, e mancava ligeiramente. Lembrei-me de Ricky, que mancava nos primeiros livros, resultado de um ferimento de guerra, mas agora parecia tão ágil quanto um jovem de dezoito anos. Pensei nas vezes em que vira

Ricky na minha casa em Londres. Talvez ele estivesse mesmo lá desde o começo? Pareceu-me subitamente importante alcançar aquele homem de andar similar ao de Ricky. Apertei o passo, por mais que isso fizesse meu coração acelerar e o suor escorrer para minhas sobrancelhas.

Enfim, ali estava a Villa Rosa, as paredes cor-de-rosa dela parecendo quase vermelhas no sol do meio-dia. Pensei no saguão fresco, na jarra de limões no balcão da recepção, no afresco exibindo o julgamento de Páris. Eu me sentaria no escuro e beberia um copo d'água antes de me aventurar nas escadas para o quarto. Então parei. O homem manco também se virava em direção ao hotel. Por algum motivo, senti que precisava impedi-lo. Corri e me lancei pelas portas duplas.

Ao entrar, tomei ciência de diversas coisas ao mesmo tempo. O chão de azulejos pulsava de uma maneira desagradável. O ventilador de teto fazia circularem fragmentos de poeira que me pareciam as teclas de uma máquina de escrever Olivetti. Ouvi risadas. Então as vozes das cigarras formaram um nome.

"Ricky Barber."

Vi um rosto familiar.

E avancei, com a intenção de matar.

Dessa vez, quando acordei, estava deitado na minha cama. Uma voz feminina perguntou:

— Como está se sentindo?

— Fran! O que está fazendo aqui?

Por um momento pareceu inacreditável que minha editora estivesse sentada à minha cama em um hotel italiano. Ela pertencia a Londres, a outra vida. Mas, de certa forma, ela parecia estranhamente em casa naquele cenário. Também me lembrava de alguém.

— Desculpe — dizia ela. — Eu só queria ajudar.

Sentei-me com dificuldade. As persianas estavam fechadas e o ventilador zumbia no teto.

— O que aconteceu? — perguntei. — Eu desmaiei de novo? Pensei ter visto Ricky. Ele estava andando logo na minha frente.

— Era Salvatore — informou Fran. — Ele trabalha na cozinha.

— Pensei que fosse Ricky — falei, me sentindo um tolo. — Pensei que precisasse impedi-lo de entrar no hotel.

— Você meio que se lançou para a frente e caiu no chão — disse Fran. — Foi muito dramático. Um dos hóspedes é médico e disse que é provável que tenha sido insolação.

— Mas eu ouvi alguém falando "Ricky Barber".

Fran ficou perplexa por um momento, então riu, ao mesmo tempo em que fazia um gesto curioso de acariciar o queixo.

— Você me ouviu dizer *che barba*. Significa "que tédio". Literalmente, como esperar uma barba crescer. — Ela repetiu o gesto. — Carlo devia estar falando comigo sobre futebol.

— Você não disse o que está fazendo aqui — insisti. — Sinceramente, Fran. Acho que estou enlouquecendo. Esse lugar todo está me levando à loucura. É como algo saído de um livro. Você não acreditaria nas histórias que já escutei.

— Acreditaria, sim — disse Fran —, porque sou eu que as venho contando para você.

— Não entendi.

— Eu estava preocupada. Sabia que queria acabar com os livros de Ricky. Tudo bem por mim. Só que você não tinha uma ideia para um livro *novo*. Ou uma série nova. Achei que tivesse se desapaixonado pela escrita. Da criação de histórias. Conversei com Paula sobre isso.

— Você conversou com Paula?

— Na festa dos autores da Cassowary. Ela também estava preocupada com você. Perguntou se eu poderia recomendar um retiro de escrita, e eu pensei neste lugar. É tão lindo e tem tanta história. Achei que talvez o inspirasse. Então pensei: e se eu encher o hotel de personagens interessantes? Pessoas com histórias para contar. Meu tio sugeriu os Martinelli porque já haviam se hospedado aqui. Ele ficara muito impressionado com eles e a história deles.

— Seu tio? — perguntei.

— Bertrando.

Então lembrei que Bertrando já morara em Londres. E que tinha uma sobrinha chamada Francesca. Fora essa a semelhança que eu notara mais cedo. Eles tinham os mesmos olhos escuros e maçãs do rosto altas.

— Lorde e Lady Braithwaite passaram a lua de mel aqui — continuou Fran. — *Zio* Bertrando se lembrava bem deles. Disse que Lady Braithwaite ficara muito perturbada ao descobrir que as antecessoras eram muito parecidas com ela. Ela até mencionara isso para ele. Pensei: se ela conta essa história ao gerente do hotel, contará a todos. Convenci meu tio a lhes fazer uma oferta especial. Ricos sempre gostam de uma pechincha.

— E o Coronel Peters?

Fran deu uma risada.

— Terry também é meu autor. Não há nada de errado em um pouco de competição saudável. Ele vive falando sobre ter um gancho matador para a série de romances policiais dele. Achei que pudesse incentivar você.

Fechei os olhos. Conseguia ouvir os *zanzare* zumbindo.

— Então esse negócio todo foi para o meu bem? Não estou sendo envenenado pelo *limoncello*?

— O *limoncello* de *Zio* Bertrando é bem letal. Mas você não está sendo envenenado. Só acho que pegou sol demais hoje.

Pensei no túnel com as velas acesas, nas luzes dos vaga-lumes à noite, nas ruínas de Pompeia. Pó e cinzas.

— Alguma coisa vem acontecendo comigo — falei. — Não sei bem o quê.

— Tem uma senhora lá embaixo chamada Miss Marple — comentou Fran. — Ela quer muito ver você. Devo pedir que suba?

— Sim, peça.

Subitamente, eu queria muito ouvir a voz suave de Miss Marple e ver o mundo por meio dos olhos azuis aguçados dela.

— A senhora adivinhou? — perguntei quando Miss Marple entrou, arrumada e lembrando um pássaro com o vestido florido dela.

— Não totalmente — disse ela. — Mas, naquela primeira noite, com a história de Elisabetta... Você mesmo disse que era uma linda história, e eu pensei: igualzinha a de um livro. Então a performance de Louisa na praia. Um conto de fadas, um Barba Azul moderno. Eu me perguntei se alguém estava organizando essas histórias para que você as encontrasse.

— Mas e quanto ao marido e às duas esposas que morreram? Aquilo de fato aconteceu.

— Louisa fez a história parecer muito dramática — disse Miss Marple. — Eu acho que Marcus Braithwaite é só um homem que gosta de um certo tipo de mulher.

— E quanto a Simonetta? É coincidência que ela se pareça tanto com Louisa?

— É uma vaga semelhança. Só isso. Como falei, pessoas bonitas tendem a ser bem parecidas. As três Lady Braithwaite, na verdade, não são mais parecidas do que os três spaniels da minha amiga. É só o nome que os faz parecer assim.

— E quanto à senhora? — perguntei. — Está aqui por minha causa também?

— Ah, não — respondeu Miss Marple. — Estou só de férias. Apesar de eu ter de fato conhecido Bertrando em Londres há alguns anos. E meu sobrinho pagou uma tarifa bem vantajosa pelo meu quarto.

— Minha editora é sobrinha de Bertrando — falei. — Ela organizou essa situação toda para me dar uma ideia para um livro novo.

— E funcionou?

— Talvez. Estou pensando no que a senhora disse sobre vários pequenos ganchos, como no crochê ou em uma tapeçaria.

— Isso mesmo — disse Miss Marple. — Não sou nenhuma autora, mas é assim que eu imagino que se monte uma história. Especialmente um livro policial, em que são precisos tantos fios de ideias.

Olhei para a Olivetti na escrivaninha. Meus dedos coçavam para digitar.

Em uma voz tímida, Miss Marple perguntou:

— Permite que eu faça uma sugestão?

— Por favor.

— Não mate Ricky. Lembra o que eu falei sobre Letty Randall e o marido?

— "Vou me recolher aos meus aposentos?"

— Isso mesmo. Ela foi absolvida do assassinato, mas nunca se livrou dele. Agora, se tivesse apenas deixado Arthur, nunca mais teria que pensar nele.

— Acha que eu deveria me divorciar de Ricky?

— Na minha experiência — disse Miss Marple —, nada põe um fim à curiosidade como a felicidade. Você conseguiria dar um final feliz a Ricky?

— Eu certamente poderia tentar.

O tipo assassino

Karen M. McManus

— Tia Jane, isso é *perfeito*.

Digo as palavras com um suspiro satisfeito ao me jogar no que parece ser um sofá de veludo fofo de frente para a cadeira de balanço de minha tia. Aparências enganam, no entanto, e eu aterrisso desconfortavelmente em almofadas duras como pedra.

— Bem, quase perfeito — corrijo, me sentando com a retidão que o sofá exige. — Como o vovô conseguiu encontrar um chalé que parece saído do Condado Doméstico no meio de Cape Cod?

— Raymond sempre foi muito esperto — murmura tia Jane, o olhar voltado para a lã branca felpuda com a qual tricota... alguma coisa. Uma manta de bebê, provavelmente. Se já viu minha tia-bisavó ao menos uma vez, pode ter certeza de que vai receber uma manta pelo correio no máximo duas semanas depois que seu bebê nascer. — E maravilhosamente generoso também. De verdade, Nicola, eu nunca soube por que ele se dedica tanto à sua tia velha.

— Porque ele sabia que eu gostaria de ver a senhora — falo carinhosamente, por mais que eu tenha certeza de que isso é só metade do motivo. St. Mary Mead pode ser frio e úmido mesmo durante o verão, e meu avô vive à procura de climas mais secos para ajudar com o reumatismo de tia Jane. É um bônus que eu já tenha passado o verão aqui com uma amiga da escola.

— E eu queria ver você — responde tia Jane, repousando o tricô no colo a fim de me dar atenção total. É nosso primeiro encontro desde que ela chegou a Chatham, ontem, e fico subitamente ciente de que o short de retalhos que peguei emprestado com Diana não combina muito bem com este cômodo suspenso no tempo. — Você está com uma aparência bem...

— Americana? — interrompo.

É o que meus pais vêm dizendo desde que comecei a andar com Diana. Ela virou o assunto da escola quando apareceu no começo do ensino secundário; a glamorosa herdeira americana cuja mãe inglesa a levara subitamente para o campo depois de um divórcio acrimonioso. Nunca esperei que fosse me notar, mas ela me cutucou no ombro no segundo dia e disse: "Nicola West, certo? Eu me chamo Diana Westover. Nossos nomes combinam, estamos destinadas a ser melhores amigas".

Então, como mágica, foi o que aconteceu. Nós nos tornamos Di-e-Nic, tão coladas que nossos colegas de turma nos chamavam por um único nome. Quando o ano escolar acabou e eu soube que Diana partiria em breve para a propriedade à beira-mar do avô em Cape Cod, o verão iminente pareceu interminável e vazio, até que ela me convidou para vir junto.

— Eu ia dizer *crescida* — fala tia Jane diplomaticamente. — Embora eu ainda ache que dezessete anos é um pouco jovem demais para passar o verão longe de casa. É claro, a geração do seu pai tem ideias diferentes da minha. E David me garantiu que a família Westover é *deveras* respeitável.

— Deveras — repito. Então pigarreio, um hábito nevoso de infância que nem mesmo ser metade de Di-e-Nic curou.

Tia Jane ergue o olhar aguçado. Não sei quantos anos ela tem exatamente, mas uma coisa é certa: não importa a idade, nada passa despercebido por ela.

— Não são?

— Bem...

A campainha toca antes que eu consiga decidir como responder.

— Por que não deixo Diana explicar? — digo, me apressando para a porta da frente. Quando a abro, me flagro dizendo "olá" para um enorme vaso de planta.

— Nic, oi! — exclama Diana alegremente, como se fizesse meio ano que não me visse em vez de meia hora. — Peço desculpas pelo atraso, mas não queria chegar de mãos abanando.

— Missão cumprida — respondo, recuando para Diana entrar.

De alguma forma, ela consegue ficar graciosa até mesmo carregando uma planta enorme, como se esse fosse o último acessório da moda. O longo cabelo escuro é tão perfeitamente liso e brilhante que me faz desejar ter seguido o conselho dela e tentado usar o novo condicionador Vidal Sassoon em meus próprios cachos rebeldes.

Então franzo a testa e completo:

— Você se trocou?

Assim que faço a pergunta, no entanto, me dou conta de que *é claro* que Diana não encontraria minha tia de short e bata.

Ela é profissional em combinar a roupa com a ocasião. Como esperado, mesmo que tia Jane pareça perplexa com a planta, a expressão dela suaviza em aprovação quando Diana coloca o vaso no chão para revelar um vestido de verão decoroso e perfeitamente bem-ajustado.

— Olá, Miss Marple, eu me chamo Diana Westover — diz Diana em tom caloroso. — Trouxe um vaso de hidrângea para o quintal.

— Quanta gentileza — responde tia Jane.

Ela é educada demais para mencionar qualquer uma das inconveniências do presente, incluindo o fato de que o quintal em questão não é dela. Mas essa é Diana; rica o bastante para presumir que todo mundo possuia múltiplas casas e tão apaixonada pelo meio ambiente que considera flores cortadas, o presente mais comum, uma abominação.

— Vou só levar isso para a cozinha por enquanto — aviso. Depois que deixo o vaso ao lado da pia — a acompanhante de tia Jane, Cherry, saberá o que fazer com ele ao voltar da loja —, Diana já está encarapitada na beira do sofá, falando com animação.

— E a senhora já visitou o litoral, Miss Marple? — pergunta ela.

— Tentamos ontem assim que chegamos — diz tia Jane. — Mas havia alguns veículos de construção bem grandes bloqueando a vista.

Diana exala em frustração.

— Ah, é terrível, não é? — comenta ela. — Estão construindo *condomínios*. Destruindo o litoral! Fico com saudade de quando estudava em Banbury, onde tudo era tão maravilhosamente verde. Nic falou que a senhora mora em um vilarejo bem pitoresco, não é, Miss Marple?

— Não mais — diz tia Jane com um suspirinho. — St. Mary Mead também tem um... desenvolvimento. — Em resposta às sobrancelhas erguidas de Diana, ela continua: — Todo tipo de casas novas, modernas. É progresso, é claro, e os jovens precisam morar em *algum lugar*. Mas eu sinto falta dos velhos tempos.

— Eu também — concorda Diana fervorosamente, recebendo um sorriso da minha tia.

— Você é jovem demais para se lembrar deles, minha querida.
Diana dá uma risada.

— Acho que tem razão, mas mesmo há dez anos eu ouvia sapos coaxando no lago em frente à casa do vovô quando ia dormir, e agora? Não ouço nada. — Ela faz contato visual comigo e dá uma piscadela. — Além de Harry arranhando aquele violão. Ele é um charme, meu primo, mas um músico terrível.

Não quero que minha tia de olhos de águia note que o nome *Harry* me faz corar, então falo, depressa:

— Di quer te pedir uma coisa, tia Jane. Porque a senhora é tão, ah, sabe... — Pigarreio de novo. — Boa em assassinatos.

Tia Jane pisca, tão espantada que derruba as agulhas de tricô.
— Perdão?

— Bem, não em *cometê-los*, é óbvio. Em solucioná-los.

É um começo estranho, então Diana tenta suavizar as coisas.

— Nic andou me contando que a senhora é praticamente uma Scotland Yard de uma mulher só, Miss Marple — diz ela.

As bochechas de tia Jane ficam cor-de-rosa.

— Garanto-lhe que não sou. Apenas tenho certo conhecimento sobre a natureza humana que, em algumas ocasiões, se provou útil à polícia.

Cutuco Diana com o cotovelo.

— Falei que ela ia dizer isso.

Não achei que fosse possível que tia Jane se sentasse com as costas ainda mais eretas, mas ela o faz.

— Por que vocês estão discutindo algo tão terrível, meninas? — pergunta ela.

Diana enrola uma mecha de cabelo escuro ao redor do dedo. Não é tão óbvio quanto meu pigarro, mas também é um sinal de desconforto dela.

— Por causa do meu avô — responde ela. — Ele sempre foi excêntrico, mas, desde que a família chegou, há duas semanas, ele vem nos tratando como... bem, como *criminosos*. — Ela ruboriza. — Ele é muito rico, sabe, e muito velho, e enfiou na cabeça que o queremos fora de cena para herdarmos a fortuna.

— É tão injusto! — intervenho, minhas bochechas se esquentando com a lembrança da acusação amarga de Josiah Westover. — Diana não se importa nem um pouco com dinheiro! E, mesmo que se importasse, o pai dela fez uma verdadeira fortuna em Wall Street.

Então temo ter sido terrivelmente grosseira. Nenhum dos Westover, exceto Josiah, gosta de falar de dinheiro, mas Diana abre um sorriso grato para mim.

— Obrigada, Nic — diz ela. — Mas eu não levo para o lado pessoal.

— Ah, querida — murmura tia Jane. — Cavalheiros idosos podem ser tão complicados. É difícil perder a saúde e a vitalidade e se sentir como um fardo para os outros.

— Não é tanto isso — explica Diana, puxando o cabelo com mais força. — O problema, na verdade, é que vovô está convencido de que estamos tentando assassiná-lo.

Tia Jane arregala os olhos azuis como porcelana.

— É mesmo? E há... — Ela volta a ficar um pouco rosada. — Perdoe-me a pergunta, mas há alguma evidência para embasar tal acusação?

Eu e Diana trocamos olhares. Josiah Westover é um dos homens mais estranhos e rabugentos que já conheci, mas se tem uma coisa que ele *não* é, é paranoico. Dois dias depois de chegarmos, os freios do carro que só ele dirige falharam e poderiam ter causado um acidente terrível se ele não tivesse notado antes de sair da garagem. Uma semana depois, um vaso pesado na prateleira acima da escrivaninha desabou ao lado da cadeira, errando a cabeça dele por centímetros.

— Houve algumas situações periclitantes — declara Diana. — Mas foram acidentes! — adiciona depressa quando tia Jane dá um aceno sábio de cabeça. — A senhora precisa entender; minha família é peculiar, e, sim, alguns são meio sérios, mas não *assassinos*. Isso tem enlouquecido meu pai e, quando ele ouviu falar da senhora, sugeriu que a convidássemos para o aniversário da minha tia avó Edith amanhã à noite. Papai pensou que a senhora talvez pudesse tranquilizar meu avô. Que pudesse lhe dizer, talvez... — Diana se interrompe, e sei que está com medo de que Josiah seja tão grosseiro com tia Jane quanto é com todo mundo. — Que não somos do tipo assassino?

— Ah, minha querida. — Tia Jane abre um sorriso bondoso. — O problema com isso, veja bem, é que ninguém é do tipo assassino até ser. As pessoas menos prováveis podem nos chocar.

Mães jovens, membros idosos do clero, homens de negócios estimados. Infelizmente, não podemos excluir ninguém. — Ela retoma o tricô com um olhar de canto de olho para mim. — Nem músicos charmosos.

É um pouco irritante, às vezes, como tia Jane nunca deixa nada passar.

Quando Josiah Westover dá uma festa — mesmo uma pequena para o aniversário da irmã —, ele mergulha de cabeça. O espaço que Diana chama de "o salão" — algo como uma sala de estar gigantesca com portas de vidro de correr que dão para um deque com vista para o oceano — está repleto de flores e velas. As portas estão abertas, emoldurando o azul-escuro do céu noturno e deixando uma brisa com cheiro de maresia entrar. Um músico sentado a um piano de cauda no canto toca música clássica suave enquanto empregados vestidos de branco passam com bandejas de canapés e bebidas.

Isso tudo para dez pessoas.

Estou inquieta à porta, em meu vestido emprestado, desejando não ter dado ouvidos à Diana quando ela me disse para descer enquanto terminava de arrumar o cabelo. A maior parte da família dela me intimida, exceto...

— Uma bebida, Nic?

Como se eu o tivesse convocado, Harry Westover aparece ao meu lado com duas taças de champanhe. Está usando o terno escuro que o avô insistiu que ele usasse, mas sem gravata, com a gola da camisa branca desabotoada e mais do que um pouco amarrotada.

— Pode tomar — adiciona ele com um sorriso de covinhas quando hesito. — Ninguém se importa que você seja menor de idade.

Aceito a taça com um agradecimento murmurado. Não gosto muito de champanhe, mas gosto de Harry. Talvez até demais. Logo que cheguei à Casa Westover, Diana me alertou de que Harry é incapaz de conversar com qualquer mulher abaixo dos cinquenta anos sem flertar. "Não o leve a sério", disse ela. Então tento não levar, mas é difícil com aqueles olhos azul-claros fixos em mim.

Diana tinha razão; Harry não é ótimo no violão. Mas ele vem praticando "Fire and Rain" sem parar pelas últimas duas semanas e quase dá para reconhecê-la agora.

— Vejo que está totalmente Diana esta noite — comenta Harry.

Quase engasgo com meu gole hesitante de champanhe.

— Perdão?

— *Perdão?* — repete Harry, ainda sorrindo. — Tudo fica melhor com seu sotaque. — Então gesticula para meu cabelo quase liso, que Diana domou com muito condicionador e um secador. — O que houve com seus cachos?

— Estou tentando algo novo — digo.

— Você não precisa — responde Harry, parecendo atipicamente sincero.

Isso dá um nó na minha língua, mas felizmente Diana entra no cômodo, pegando uma taça de champanhe de um garçom de passagem.

— Vamos precisar disso esta noite — fala ela, brindando com Harry. — O que acha que vovô está planejando?

— Só Deus sabe — responde Harry, então baixa a voz para uma imitação rouca do tom rabugento de Josiah. — "Quero falar com cada um de vocês, a sós." — Ele olha ao redor para o restante dos convidados: o pai de Diana, Michael, está perfeitamente contente sozinho; o pai de Harry, Alan, absorto em uma conversa com o assistente de Josiah, Stephen Macfarlane; e a segunda esposa de Alan, Lucretia, gesticulando dramaticamente ao falar com a tia-avó Edith. As duas últimas formam um par peculiar: a glamorosa Lucretia é a que Harry maldosamente chama de atriz fracassada, enquanto Edith é pragmática e ainda está com as roupas de jardinagem. — Parece diferente da conversa clássica de "vocês são todos uma profunda decepção".

Diana ergue as sobrancelhas.

— Até você? Mas você entrou tão lindamente na linha. A caminho de Harvard para estudar economia como todos os homens Westover.

Harry faz uma careta.

— Por enquanto. Eu nunca vou durar lá, mas papai diz que não podemos deixar a peteca cair. Não depois que o último negócio infalível dele, na verdade, faliu. — Ele entorna metade da taça antes de se voltar para mim. — O que aconteceu com aquela sua tia, Nic? Pensei que ela viesse.

— Ela queria — explico. — Mas fica muito cansada.

— Boa ideia evitar o vovô, então — diz Diana, alisando uma ruga inexistente no vestido. — Ele é exaustivo.

— Falando no diabo — fala Harry quando o avô entra no cômodo.

Todos se calam na presença autoritária de Josiah Westover. Ele é pequeno e encarquilhado, o rosto uma massa de rugas e o cabelo branco quase inexistente, mas tem a energia e a vitalidade de um homem com metade da idade. Está encurvado sobre uma bengala preta com topo dourado, a cabeça inclinada para um lado como uma ave predatória ao esquadrinhar o cômodo.

— Onde está Sarah? — pergunta, exigente.

— A caminho — responde Alan Westover de imediato.

Sarah é filha dele, é verdade, mas não importa qual seja a pergunta de Josiah; o pai de Harry é sempre o primeiro a responder.

— Com o noivo misterioso ou sem? — murmura Harry.

Ele insistiu para mim e Diana que entreouvira a irmã mais velha sussurrando sobre um noivado pelo telefone, mas ninguém mais da família mencionou se ela se referia ao próprio ou não.

O assistente de Josiah, Stephen Macfarlane, avança um passo. Tem em torno de trinta anos e poderia ser bonito, não fosse a constante expressão ansiosa.

— Miss Sarah telefonou antes de sair de Boston e mencionou que o trânsito poderia estar difícil a essa hora — explica ele. — Mesmo assim, ela deve chegar em meia hora.

— Bem, não posso esperar mais — diz Josiah, batendo a bengala no chão. Ele olha ao redor até que os olhos repousam em Lucretia. — Você primeiro.

A madrasta de Harry levou a mão delicada à garganta.

— Primeiro em *quê*? — pergunta ela.

— Você verá — diz Josiah.

Pelo canto do olho, vejo o pai de Diana se aproximando.

— Com licença, preciso ir ao banheiro — digo, deixando minha taça de champanhe em uma bandeja vazia. Não preciso de verdade, mas ao menos posso checar como meu cabelo está aguentando e talvez até deixar que alguns cachos voltem a se formar enquanto os Westover discutem como lidar com o patriarca deles.

Geralmente uso o banheiro perto do meu quarto, mas ele fica a um andar e uma ala inteira de distância, então sigo pelo corredor e fico atenta a qualquer coisa que lembre um lavatório. Não passei muito tempo nesta parte da casa, que é muito território de Josiah Westover e, antes que perceba, peguei um caminho claramente errado. Estou no que parece uma sala de estar, e consigo ouvir vozes próximas demais. Meu coração começa a acelerar de modo desconfortável; não quero que o avô de Diana me acuse de bisbilhotar. Então faço o que qualquer pessoa normal e racional faria... me esgueiro para dentro de um armário e fecho a porta rapidamente.

Só que não era um armário, no fim das contas.

Estou em um cômodo imponente dominado por uma mesa de mogno posicionada de frente para a janela. Ao menos presumo que haja uma janela atrás daquelas cortinas de seda ricamente estampadas. Há um sofá de couro de um lado do cômodo e duas poltronas combinando do outro. Três das paredes têm prateleiras do chão ao teto cheias de livros de capa de couro e o tipo de aeromodelos que o avô de Diana gosta de fazer. O tapete felpudo no centro do cômodo exibe o emblema da família Westover.

Ah, não. Estou no *escritório* de Josiah Westover, não estou?

As portas se abrem, e antes que eu consiga pensar no que estou fazendo, já me abaixei atrás de uma das poltronas. Então espio pela lateral e vejo Stephen Macfarlane atravessar o cômodo a passos largos, erguer a mão para afastar as cortinas e entrar atrás delas.

Mas o quê...?

Talvez as cortinas cubram uma porta, não uma janela? Não há mais sinal de Stephen, e estou prestes a me levantar e fugir quando sou interrompida pelo som de passos. Eles se aproximam, e observo aterrorizada do meu esconderijo enquanto Josiah e Lucretia entram no cômodo.

— Sente-se — diz ele, e se ela escolher essa poltrona eu estou profundamente arruinada. Como vou me explicar? Mas ela se acomoda no sofá de couro, e Josiah se senta ao lado dela.

— De que se trata? — pergunta Lucretia.

— Só um negocinho de família — diz Josiah.

— Sou toda ouvidos. — O tom de Lucretia é neutro, mas o maxilar está contraído. Desejo desesperadamente ter ficado onde estava, com Diana e Harry, em vez de ter acabado entrando aqui, mas agora é tarde demais.

— Que bom — fala Josiah, pegando um frasco de remédio do bolso e apoiando-o na mesa à frente deles, ao lado de um copo d'água. — Com sua licença, gosto de deixar meus remédios para o coração à mão. Venho sentindo palpitações ultimamente, e todo cuidado é pouco na minha idade.

— Naturalmente — responde Lucretia.

— A questão é a seguinte, Lucretia — diz Josiah. — Você tem sido uma boa esposa para Alan. Não tenho nada contra você pessoalmente, mas o fato é que Alan nunca vai se lançar ao mundo enquanto souber que tem uma reserva de dinheiro para ampará-lo. Então, essa noite, vou mudar meu testamento e deixar tudo para a caridade. Sinto dizer que você e Alan não receberão nada além do aeromodelo de sua escolha. — Ele gesticula pela sala. — Pode escolher um agora, se quiser.

— Eu não preciso de um aeromodelo — diz Lucretia, tensa.

— Mas não gostaria de ter uma lembrança minha? — pergunta Josiah.

As narinas de Lucretia se dilatam.

— Já contou a Alan?

— Não. Pensei em contar a você primeiro.

— Por que faria isso?

— Porque... — Josiah se interrompe, inspirando, brusco. — Desculpe. Senti um pouco de dor. O que eu estava dizendo? Ah, Alan. A questão sobre Alan é...

Ele para de novo, apertando o peito.

— O senhor está bem? — pergunta Lucretia, por mais que não pareça particularmente preocupada.

— Bem — responde Josiah, mas a palavra sai como um arquejo. — Estou bem. — Então ele se recosta nas almofadas, o rosto contorcido de dor. — Eu acho... acho que preciso de meus remédios. Você poderia...

— É claro — diz Lucretia.

Fixo os olhos no rosto de Josiah e, por mais que esteja contorcido de sofrimento, não acho que eu esteja errada em pensar que ele a observa com cuidado.

Ele a está testando, penso. Parece-me extremamente óbvio; tão óbvio que não fico surpresa quando Lucretia tira calmamente um comprimido do frasco e o entrega, junto com um copo d'água.

— Aqui está — fala ela.

— Obrigado — chia Josiah, engolindo-o.

Depois que Josiah "se recupera", ele toca uma campainha e o mordomo abre a porta.

— Roberts a levará à ala leste e ao seu assento para o jantar — diz Josiah. — Ele será servido assim que eu terminar de falar com o resto da família.

— Então eu ficarei separada dos outros? — pergunta Lucretia. — Que interessante. — Ela parece frustrada, mas sai sem mais qualquer comentário.

Quando a porta se fecha atrás dela e de Roberts, Josiah bate a bengala no chão e exclama:

— Então? O que achou?

Meu coração afunda. *Ele sabe que estou aqui*. Mas, antes que eu consiga pigarrear nervosamente e tentar me explicar, Stephen Macfarlane sai de detrás das cortinas.

— Precisa de *muito* aprimoramento, Mr. Westover — diz ele.

Uma coisa que pode ser dita sobre Josiah Westover é que ele aprende rápido.

Depois de passar quase quinze minutos com Harry, habilmente provocando-o sobre Harvard e os sonhos musicais dele, ele começa a exibir sintomas muito mais sutis de um ataque cardíaco. Quando enfim desaba, é tão convincente que preciso afundar as unhas na palma para não gritar. Não consigo deixar de sentir alívio quando Harry entra em ação, chegando ao ponto de colocar o comprimido — que agora já sei, ao ouvir as interações entre Josiah e Stephen Macfarlane, ser feito de açúcar — na boca de Josiah.

Já com o pai de Harry, Alan, a história é outra. Quando Josiah começa a agora muito convincente encenação de um infarto, Alan não faz nada além de observá-lo arfar de dor. Depois de um tempo, Josiah cai sobre as almofadas, totalmente imóvel. Minutos se passam com lentidão agoniante até que Alan diga, hesitante:

— Pai?

Então Josiah se ergue tão subitamente que Alan se encolhe e eu quase arquejo alto.

— Alarme falso — diz Josiah, de olhos semicerrados para o filho.

O rosto fino de Alan fica vermelho como um tomate.

— Ah, graças a Deus! — exclama ele. — Eu... eu fiquei paralisado de choque, e...

— Pode ir agora — retruca Josiah, tocando a campainha para chamar Roberts. — Já tenho tudo de que preciso de você.

Depois que Alan sai de fininho, Josiah conversa brevemente com Stephen, em vozes tão baixas que não consigo ouvir. Então Stephen volta para detrás das cortinas, e é a vez de Diana.

— Ora, aqui está ela — diz Josiah quando Diana se senta no sofá de couro. — Nossa inglesinha. Abandonando a família na primeira chance que teve.

Diana suspira.

— O senhor sabe que eu não tive opção. Minha mãe insistiu.

— Bobagem. Você é perfeitamente capaz de conseguir o que quer quando é do seu interesse — fala Josiah. — E, agora que está de volta, está feliz em nos ver? Dificilmente. Só o que faz é reclamar de *sapos*. Garota ingrata.

Ele está sendo tão horrível que fico quase aliviada quando ele dá início à agora familiar atuação. Diana reage tão depressa quanto Harry, girando a tampa do frasco de remédio com tanto vigor que quase cai, e sinto uma onda de orgulho de minha amiga. Sarah, irmã mais velha de Harry, que acabou de chegar de Boston, demora mais para reagir, mas acaba ajudando também.

Então tia Edith entra no cômodo. Não acho que ela se importe com o dinheiro de Josiah mais do que Diana, e não consigo deixar de me perguntar o que ela fará.

O que tia Edith faz, no fim das contas, é cair em uma gargalhada incrédula assim que Josiah começa o ato.

— Pare com isso, seu velho rabugento ridículo — diz ela com desdém enquanto Josiah se contorce em suposta dor. — É isso o que vem fazendo esse tempo todo? Feliz aniversário para mim, hein? — Tia Edith espana os joelhos das calças utilitárias antes de continuar: — Você deveria se envergonhar. Seus parentes são *pessoas*, não fantoches que você pode mexer de um lado para o outro.

— Edith, sério — geme Josiah com sofrimento convincente. — Tem algo errado.

— O *errado* é que você deixou sua fortuna te desvirtuar — diz Edith.

— Por favor — chia Josiah. — Chame um médico.

São essas palavras, "chame um médico", que me fazem agir.

— Ele não está fingindo desta vez — exclamo, me levantando em um salto e me retraindo com a dor nas pernas de ficar agachada por tanto tempo no mesmo lugar. — Tem algo errado.

— Pai do Céu! — Tia Edith me encara, boquiaberta. — Você estava aí esse tempo todo? — Então Stephen Macfarlane sai de detrás das cortinas e o queixo dela cai ainda mais. — *Você* também? O que vocês dois estão fazendo?

Stephen nos ignora e se curva diante de Josiah.

— Mr. Westover? — diz ele, pressionando os dedos no pescoço de Josiah. — O senhor está bem? Precisa de seus comprimidos?

Tia Edith pega o frasco na mesa e empurra-o na direção dele, mas Stephen não o pega. Suor brota na testa dele quando fala:

— Não esses.

— O que está havendo? — pergunta tia Edith em tom exigente. — Que tipo de jogo doente é esse?

Engulo em seco, incapaz de desviar o olhar do rosto rígido, mortalmente pálido.

— Acho que não é mais um jogo — digo.

— Então, o que você acha? Quem é o culpado?

Olho de tia Jane para a Detetive Laura Wilcox, do Departamento de Polícia de Chatham, sentadas lado a lado em espreguiçadeiras nos fundos do chalé da tia Jane. Depois que a Detetive Wilcox me interrogou sobre a morte de Josiah Westover uma semana antes, eu lhe disse que tudo o que ela precisava fazer para solucionar o caso era falar com a minha tia. Ela me dispensou e me levou de carro para casa; para a casa da tia Jane, que insistiu que eu não podia ficar na Casa Westover com um assassino à solta. Por mais que parte de mim odiasse abandonar Diana, o resto de mim ficou aliviado.

Então, logo depois de eu e tia Jane terminarmos de almoçar essa tarde, a Detetive Wilcox passou para uma visita. Ela nos contou, em tom respeitoso, que, quando mencionou tia Jane para o chefe, ele reconheceu o nome de uma convenção policial em Nova York, onde o velho amigo de minha tia, o Inspetor Dermot Craddock, fora palestrante de destaque. "Devo lhe fornecer qualquer informação que pedir, Miss Marple", disse a Detetive Wilcox. Então foi presenteada com quase quinze minutos de fofoca sobre St. Mary Mead até que eu não conseguisse ficar quieta por mais um segundo.

— Realmente, Nicola, não sei dizer — fala tia Jane com suavidade, estalando as agulhas de tricô.

Se a Detetive Wilcox pensa que eu exagerei sobre as habilidades de minha tia de solucionar crimes depois dessa resposta sem graça, ela não demonstra.

— Essas famílias abastadas são complicadas — diz, pegando um biscoito do prato que Cherry deixou para nós. — Eles se unem para se defender.

— Mas foi definitivamente um veneno que o matou? — pergunta tia Jane.

— Ah, sim — confirma a Detetive Wilcox. — O relato da autópsia deixou isso claro. Josiah tinha erva-de-são-cristóvão no sistema, que é altamente tóxica. Talvez não tivesse matado um homem mais saudável, mas a habilidade dessa planta de sedar músculos cardíacos é letal para alguém com problemas no coração.

Tia Jane solta um muxoxo.

— E você acha que esse veneno foi administrado por meio dos comprimidos que Josiah Westover preparou para essa pequena farsa?

— Acreditamos que sim. É possível que mais de um dos comprimidos que ele tomou enquanto falava com a família estivesse envenenado, mas os que sobraram no frasco eram de açúcar puro.

— Minha nossa — diz tia Jane. — Josiah estava jogando um jogo perigoso, não estava? E para quê? Testar a família?

— É o que Stephen Macfarlane afirma — responde a Detetive Wilcox. — Josiah ficara paranoico depois de alguns acidentes suspeitos demais. Queria saber quem iria ajudá-lo ao pensar que ele estava tendo um infarto e quem o deixaria morrer. — Ela balança a cabeça. — O que é uma bobagem, porque a maneira como as pessoas se comportam durante uma crise nem sempre reflete as intenções ou o caráter delas. Mas, aparentemente, ele colocou uma ideia na cabeça de alguém.

— Ainda assim, com certeza ninguém deveria saber sobre esse plano exceto Stephen Macfarlane? — pergunta tia Jane.

— Sim, mas Macfarlane admite que ele e Josiah combinaram a logística no escritório de Josiah, que tem uma janela com vista para um grande jardim de flores — explica a Detetive Wilcox. — A janela estava aberta para aproveitarem o tempo bom, então é possível que tenham sido entreouvidos. Exceto por Sarah, a família inteira passou as últimas duas semanas na casa.

— Mais alguém além de Stephen Macfarlane pode corroborar a janela aberta? — pergunta tia Jane.

A Detetive Wilcox inclina a cabeça.

— Não tenho certeza. Por que a pergunta?

— Bem — diz tia Jane com gentileza —, parece o tipo de coisa que alguém poderia dizer para afastar a suspeita de si mesmo. Não estou dizendo que Stephen Macfarlane é culpado — adiciona ela, depressa. — Mas ele, claro, é a única pessoa que você tem certeza de que sabia da intenção de Josiah Westover de ingerir múltiplos comprimidos de açúcar ao longo da tarde. Estar nesta posição é enervante mesmo para uma pessoa inocente.

A Detetive Wilcox assente.

— É bem verdade. Macfarlane, no entanto, é a única pessoa da casa que não se beneficiaria com a morte de Josiah. Ele recebia um salário generoso, mas não há benefício para ele no testamento. Ele estava bem ciente disso.

— Josiah ia mesmo mudar o testamento? — pergunto. — Ou era mentira?

— Ele já mandara o advogado preparar outra versão — responde a Detetive Wilcox, deixando tudo para caridade. Mas tem um porém: ele ainda não tinha assinado. O testamento antigo permanecerá válido, e a família herdará os bens.

— Quem se beneficia mais? — pergunta tia Jane.

— Os filhos, Michael e Alan. Eles herdam metade da propriedade, e a outra metade será dividida entre Edith, Sarah, Harry e Diana.

— Então, na realidade, *Alan* é o maior beneficiário — digo. — Ele é praticamente indigente.

Tia Jane franze a testa para um ponto perdido no tricô.

— Ainda assim, ele parece o culpado menos provável, não é? — pergunta ela. — Seria de se imaginar que, se houvesse colocado o comprimido envenenado no frasco de Josiah, ele faria de tudo para parecer o mais prestativo e amoroso possível durante o que sabia ser um falso infarto. — Ela deixa o tricô de lado com um suspiro e continua: — Apesar de que, se ele fosse excepcionalmente desonesto, poderia considerar tal atuação um disfarce excelente.

— Não acho que Alan Westover seja tão esperto assim, tia Jane — comento.

— Bem, eu não o conheço — responde tia Jane placidamente. — Mas, talvez, se ele fosse o assassino, iria *querer* dar um comprimido a Josiah. Visto que, quanto mais comprimidos ele tomasse, maiores as chances de engolir um envenenado. — Ela se vira para a Detetive Wilcox. — Quantos comprimidos havia no frasco?

— De acordo com Stephen Macfarlane, Josiah disse que preparou sete — responde a Detetive Wilcox. — Um para cada membro da família.

— Michael não chegou a entrar no escritório para conversar com Josiah — afirma tia Jane. — E nem Alan nem Edith deram um comprimido a Josiah. Mas Lucretia, Harry, Diana e Sarah deram. Quantos sobraram no frasco depois que Josiah desfaleceu?

— Bem, é uma pergunta interessante, Miss Marple — diz a Detetive Wilcox, se mexendo no assento. — Sobraram quatro. Não três, como seria esperado começando com sete comprimidos. Stephen insiste que Josiah fora categórico sobre o número, mas talvez ele tenha contado errado.

— Talvez — concorda Tia Jane. A voz dela se torna pensativa. — Sobraram quatro, todos feitos de açúcar. Havia chances de Josiah deixar passar o comprimido envenenado. Que estranho. Seria de imaginar que nosso assassino não correria o risco de o comprimido envenenado não ser ingerido e substituiria todos. Onde o frasco estava guardado antes que Josiah o levasse para o escritório?

— Stephen Macfarlane diz que os comprimidos estavam com Josiah o tempo todo. — A Detetive Wilcox se remexe no assento. — Mas, de novo, só podemos contar com a palavra dele.

— Ele seria nosso principal suspeito se tivesse um motivo, não seria? — pergunto.

— Não estaria bom para o lado dele — diz a detetive, seca. — Sorte dele, suponho, que a morte de Josiah o deixe pobre e desempregado.

— Mas deixa mesmo? — murmura tia Jane, retomando o tricô. — Fico me perguntando. Sim, fico mesmo.

Mais tarde naquela noite, enquanto ajudo Cherry a tirar a mesa depois do jantar com tia Jane, o telefone toca.

— Pode atender, querida? — pede ela.

— Claro — respondo, tirando o fone da base na parede. — Alô?

— Nic, você não vai acreditar no que aconteceu! — Diana está sem fôlego. — Sabe o suposto noivo secreto da minha prima Sarah?

— Sim.

— Bem, ele é real. E você nunca vai adivinhar quem é. — Ela nem me dá uma chance de responder antes de continuar: — Stephen Macfarlane!

O telefone quase escorrega da minha mão.

— Sério? Tem certeza?

— Ah, sim — confirma ela. — Alguém mandou um bilhete anônimo para a polícia, e Sarah surtou quando viu. É um verdadeiro escândalo, vou te contar. Tio Alan não fazia ideia. Stephen e Sarah estão na delegacia agora. Eu não ficaria surpresa se ele fosse preso ainda hoje.

— Caramba. — É uma resposta inadequada, mas não consigo pensar em mais nada para dizer. Eu deveria estar aliviada, mas algo sobre a notícia não parece certo. Não sei definir o quê, no entanto. — Que inacreditável.

— Acha mesmo? — pergunta Diana. — Eu não. Especialmente depois da maneira como você disse que ele agiu no escritório. Nem tentou ajudar o vovô, tentou? Você teve que intervir.

— Verdade — digo.

— É sempre a pessoa de fora — afirma Diana. Como se eu também não fosse uma.

Minha tia entra na cozinha com um frasco de aspirina na mão quando estou desligando.

— Nicola, pode abrir para mim, por favor? Estou com um pouco de dor de cabeça, e é difícil abrir essas tampas à prova de crianças com meu reumatismo.

— É claro — digo, abrindo-a. — Aqui está. Tia Jane, a senhora não vai acreditar no que Diana acabou de me contar. Afinal, Stephen Macfarlane estava secretamente noivo de Sarah Westover, e agora todo mundo acha que foi ele quem matou Josiah.

— Ah. — Tia Jane parece preocupada ao aceitar um copo d'água de Cherry e engolir a aspirina. — Eu bem que me perguntei se Stephen poderia ser o noivo secreto. Não é incomum que rapazes ambiciosos e herdeiras se achem irresistíveis.

— Você *sabia*? — Eu a encaro, embasbacada. — Por que não disse nada?

— Eu não sabia — corrige ela. — Era só um palpite. E não falei nada porque não acredito nem um pouco que Stephen Macfarlane tenha matado Josiah Westover. Se ele quisesse matar o patrão, poderia ter planejado uma dúzia de formas mais fáceis de fazê-lo; e nenhuma delas o faria parecer suspeito.

— Imagino que sim. — Volto a tampar o frasco, franzindo a testa ao pensar em Stephen se escondendo atrás das cortinas.

Tem algo me incomodando, apoquentando meu cérebro, mas se recusando a se expor por completo.

— Acho que deveríamos providenciar outra conversa com a Detetive Wilcox amanhã — diz tia Jane. — No meio-tempo, por favor, Nicola, mantenha distância da Casa Westover. Você estava no mesmo cômodo que Josiah quando ele morreu, e viu coisas que ninguém esperava que visse. É uma posição perigosa. Com muita frequência, é a menor observação trazida à luz que dá uma rasteira no assassino que acha que está seguro.

Seguro as mãos dela com uma onda de afeto.

— A senhora se preocupa demais, tia Jane — digo. — Ficarei bem. Prometo, vou ficar exatamente aqui.

Algumas horas mais tarde, no entanto, quebro minha promessa.

Diana liga de novo logo depois que tia Jane foi dormir, profundamente aflita.

— A polícia não acusou Stephen. Simplesmente o *liberou* — conta ela, chorosa. — Ele foi para algum hotel, pelo visto, mas e se não ficar lá? E se vier atrás de nós?

— Ele seria louco se fizesse isso — falo, com as palavras da tia Jane ecoando na cabeça: "Se ele quisesse matar o patrão, poderia ter planejado uma dúzia de formas mais fáceis de fazê-lo". — Por favor, tente não se preocupar, Di. A polícia deve tê-lo liberado por um motivo.

— Por incompetência! — pranteia ela, então baixa a voz. — Estou assustada, Nic. Terrivelmente assustada.

Faço o meu melhor para tranquilizá-la. Depois que desligamos, tento me distrair com um livro, mas não consigo me concentrar. Em certo momento, desisto e resolvo caminhar de volta à casa dos Westover. Eu faria uma surpresa a Diana, a animaria, e talvez nós pudéssemos fazer um lanchinho da madrugada como costumávamos fazer quando ela dormia na minha casa em Banbury.

Agora, ao me aproximar da entrada de carros, vejo luzes brilhando em todas as janelas da Casa Westover, fazendo-a parecer enganosamente aconchegante. Desacelero ao me aproximar, e me percebo relutante em tocar a campainha. Quando se trata de assassinato, não há ninguém no mundo mais esperto que minha tia Jane. Se ela acha imprudente voltar à cena do crime, então talvez eu não devesse voltar.

O que ela disse mesmo? "Com muita frequência, é a menor observação trazida à luz que dá uma rasteira no assassino que acha que está seguro."

Então paro onde estou ao ser atingida com toda a força pela lembrança que me perturbara no chalé da tia Jane. Talvez não seja nada. Mas poderia significar...

Passo direto pela porta da frente e sigo para os fundos da casa. Há algo que Diana chama de *antepara*, que leva ao porão e que, segundo ela, deveria ficar trancada, mas raramente está. Como esperado, ela se abre com um rangido alto. Entro em um espaço escuro e bolorento que me deixa completamente desorientada; eu nunca estive nesta parte da casa, e não sei bem como chegar aonde preciso ir: o quarto de Josiah Davenport.

Mas será que estou louca? É muito provável que o cômodo esteja trancado e, mesmo que não esteja, o que procuro deve estar com a polícia.

A polícia. *Certo*. Tateio o bolso em busca do cartão que a Detetive Wilcox me deu logo antes de sair. "Ligue a qualquer hora caso se lembre de alguma coisa que queira me contar", disse ela, escrevendo o telefone da casa dela no rodapé.

Duvido que haja um telefone no porão, mas sei que há um no corredor do andar de cima. Avanço lentamente pelo cômodo escurecido, com apenas o fraco luar vindo de uma única janela me impedindo de esbarrar em paredes e móveis velhos até finalmente chegar à escada.

Um feixe de luz sai de debaixo da porta no topo, então subo os degraus e seguro a maçaneta. As dobradiças rangem ligeiramente quando empurro a porta e entro no corredor. Não reconheço onde estou, mas é muito menos elegante e imponente que o resto da casa. Mais um espaço para depósito, talvez, ou um local de descanso para os muitos funcionários que mantêm a casa funcionando? Não tenho certeza, mas não importa de verdade. O mais importante agora é o telefone na parede.

Ergo o fone e disco o número da Detetive Wilcox. Uma mulher atende depois do segundo toque.

— Alô?

— Detetive Wilcox? É Nicola West.

— Nicola, oi. Está tudo bem?

— Sim. Eu acho. Mas tenho uma pergunta. — Seguro o telefone com mais força, ouvidos aguçados para o silêncio ao meu redor. Eu ouvi algum tipo de rangido?

— Qual? — pergunta ela.

— O frasco de remédio de Josiah Westover. A tampa era à prova de crianças ou do tipo antigo, aquelas que abrem para cima sem rosquear?

— É do tipo que abre para cima. Por quê?

Fecho os olhos brevemente e apoio a cabeça na parede. É claro que é. Eu vi três Westover abrirem o frasco assim, sem registrar por completo o que estavam fazendo. Provavelmente nem teria me lembrado se não tivesse aberto o frasco da tia Jane com um giro, o tipo de movimento que não seria preciso para o frasco de Josiah.

Mas eu vira uma pessoa o fazendo.

— Nicola? Por que a pergunta? — questiona a Detetive Wilcox.

Não consigo me forçar a responder.

— Tem certeza absoluta de que sobraram quatro comprimidos no frasco? — pergunto. — Não três?

— Sim, mas...

Ouço o rangido de novo, que se transforma em passos. Alguém está vindo pelo corredor, e preciso desligar antes que me flagrem falando com a Oficial Wilcox.

— Tá bom, tia Jane, já estou voltando — digo apressadamente antes de desligar.

Diana faz a curva com uma caneca na mão.

— Nicola! — exclama ela, arregalando os olhos de surpresa. — Pensei que tinha ouvido sua voz. O que está fazendo aqui?

— Ah, eu só... eu estava preocupada com você, então quis passar para ver como você está. — Tento sorrir, por mais que Diana seja a última pessoa que quero ver agora.

Diana. Que girou a tampa do frasco. Ela fez um grande gesto exagerado e, no entanto... não me lembro de ver a tampa sair. Mas Diana deu um comprimido para Josiah mesmo assim.

— E decidiu não tocar a campainha? — pergunta Diana.

— Está tarde, eu não queria acordar ninguém. — Meu sorriso falso se estica ao máximo. — Mas minha tia pediu para eu ligar quando chegasse, e ela está tão preocupada que acho melhor voltar. Desculpa por incomodar sem motivo.

— Ah, problema nenhum. Foi fofo da sua parte pensar em mim. Mas você não precisa ir andando. Posso pedir para te levarem de carro. Aqui. — Ela coloca a caneca nas minhas mãos. — Toma um pouco do meu chá enquanto eu providencio tudo. Você parece estar com frio.

— Tá bom, obrigada. — Agarro a caneca, esperando ela sair para poder ir embora.

Mas ela não vai.

— Vai, Nicola, dá um gole.

Baixo o olhar para o líquido marrom cintilante. *O que tem aqui dentro?*

— É melhor não — digo, recuando alguns passos. — Me deixa acordada até tarde demais.

— Você é tão minúscula, Nic — fala Diana no tom afetuoso usual. — Acho que, sabe, se chegar a esse ponto... eu poderia *obrigar* você.

Ela estende a mão para mim e eu não tenho tempo para pensar; derrubo a caneca com um estrondo alto e corro para as escadas às minhas costas. Mas Diana me alcança em um instante e me derruba com força no chão.

— Eu vi você — sibila ela no meu ouvido enquanto me debato, chegando pela entrada, então se esgueirando para os fundos. Ouvi cada palavra que falou. Você devia ter deixado isso pra lá, Nicola. — Estou de barriga para cima agora, Diana sentada em cima de mim, uma das mãos segurando minha boca enquanto eu tento golpeá-la inutilmente. — É uma pena que tenha arruinado meu chá, mas eu tenho um reserva. É preciso estar preparado para tudo.

Continuo me debatendo, lutando para me libertar e gritar. Diana também está se virando, pegando alguma coisa, então tira a mão da minha boca. Antes que eu consiga pegar fôlego, ela aperta minhas bochechas para manter minha boca aberta e tenta enfiar algo branco entre meus lábios.

— Veneno de rato — sibila ela. — Apropriado, visto que você acabou se provando uma amiga desprezível.

Consigo fechar a boca com força e virar a cabeça, mas Diana segura meu nariz, prendendo minha respiração. Vou ficar sem ar em breve, e quando isso acontecer...

— Pare! — exclama uma voz autoritária. Então o peso de Diana é tirado de mim quando ela é puxada bruscamente para cima por um homem que eu nunca vi. — Já chega, Miss Westover — diz ele, arrastando-a para trás enquanto eu me sento com dificuldade. — Já passou do ponto.

Mal consigo recuperar o fôlego, mas pergunto com dificuldade:

— Quem é você?

— Oficial Peter Graves, da Polícia de Chatham — responde ele. — Quando sua tia soube que Stephen Macfarlane tinha sido solto, ela providenciou que eu ficasse a postos esta noite. Pensou que o assassino de Josiah poderia ficar desesperado. — Ele segura Diana com mais firmeza. — E acho que ficou mesmo.

— Mas qual foi o motivo dela? — pergunto à Detetive Wilcox. Estamos de volta ao deque da tia Jane, dois dias depois da noite em que Diana tentou me envenenar. — Ela precisava do dinheiro, afinal? O pai dela faliu?

— Por que está perguntando a mim? — diz a Detetive Wilcox com um sorriso. — Tenho certeza de que sua tia já descobriu a essa altura.

— Se descobriu, não me contou — digo, incapaz de reprimir a irritação. — Ela fica repetindo que eu preciso de *descanso*.

— Ora, precisa mesmo — fala tia Jane, com calma. — E, é claro, eu não tenho certeza, mas suspeito fortemente que Diana e o avô discordassem sobre uma das paixões dela. Talvez... — Ela olha de relance para o arbusto de hidrângea que Diana lhe deu e Cherry plantou discretamente entre vários outros do jardim. — Talvez tivesse relação com sapos.

— Sapos? — repito. — Não entendi.

Tia Jane inclina a cabeça.

— Veja bem, eles não coaxam mais. Que é o tipo de coisa que acontece quando terrenos são superdesenvolvidos e espécies são deslocadas.

— Minha nossa, Miss Marple, a senhora não perde uma vírgula, não é? — diz a Detetive Wilcox com admiração. — É exatamente isso. Diana estava furiosa porque Josiah planejava desenvolver uma parte enorme do que ela achava que deveria ser área de preservação ambiental. Ela estava entreouvindo na janela abaixo do escritório, tentando entender as datas, quando ouviu os planos de Josiah com os comprimidos de açúcar. Ela decidiu fazer o próprio comprimido, mas não sabia como ter acesso ao frasco (Stephen Macfarlane estava certo sobre ele nunca ter saído da posse de Josiah), então ela simplesmente carregou-o consigo. Fingiu abrir o frasco e entregou o comprimido dela no lugar. Foi um ato apressado, e ela estava correndo o risco de Josiah notar. Mas, claramente, ele não notou.

— E quanto ao carro e ao vaso? — pergunto. — Também foram obra de Diana?

— Ela diz que não — responde a Detetive Wilcox. — Mas com certeza temos dúvidas.

— Por que Diana simplesmente não colocou veneno no chá dele, como tentou fazer comigo? — pergunto.

A expressão da Detetive Wilcox se torna sombria.

— Não conseguimos fazer com que ela admita ainda, mas suspeito que tenha sido ela que mandou o bilhete anônimo sobre o noivado de Stephen Macfarlane e Sarah. Ela viu o plano de Josiah como a oportunidade perfeita para incriminar Stephen e a aproveitou.

— Como ela aprendeu tanto sobre erva-de-são-cristóvão e... veneno de rato? — pergunto com um tremor.

"Apropriado, visto que você acabou se provando uma amiga desprezível." É ridículo, considerando as ações de Diana, que as palavras dela tenham o poder de magoar. O que magoa, acho, é que eu nunca realmente conheci a garota que considerava minha amiga. Di-e-Nic não era real, e talvez eu devesse ter visto o fato de que o nome de Diana vinha primeiro como uma pista. *Diana* sempre vinha primeiro.

Meu cabelo hoje está de volta aos cachos de sempre e estou usando minhas próprias roupas. Mas não consigo me esquecer de como eu ansiava por ser exatamente igual a Diana.

— Ela tem muito conhecimento sobre plantas — explica Detetive Wilcox. — Em especial as que crescem localmente. Ela sabia que erva-de-são-cristóvão provavelmente mataria o avô, mas não uma pessoa jovem e saudável. Quanto ao veneno de rato, ele fora inicialmente planejado para Harry.

— Para *Harry*? — pergunto, horrorizada.

— Ah, céus — murmura tia Jane. — Uma segunda vítima.

— Exatamente, Miss Marple. Diana estava frustrada porque não havíamos prendido Stephen Macfarlane, e esperava que acreditássemos que ele queria aumentar a parcela de Sarah da fortuna de Josiah com outra morte. Mas quando viu Nicola se aproximando da casa e entreouviu a conversa comigo, os planos mudaram.

Meu estômago se revira.

— O que vai acontecer com ela?

— Ainda será determinado. Ela é menor de idade. E o pai contratou o melhor advogado possível — conta a Detetive Wilcox. — Mas as ações dela foram bastante frias. A Polícia de Chatham gostaria que ela ficasse longe das ruas por muito tempo.

— Que bom — diz tia Jane, seca. — É uma pena, claro. Ela é uma jovem encantadora em muitos aspectos e quase tão esperta quanto pensa. Percebi que estava relutante em estender o convite do pai a mim, mas pensei que fosse por vergonha. Ela interpretou bem esse papel. Achei que tivéssemos algumas visões em comum, em particular quando ela falou com tanto entusiasmo de épocas mais simples. — Ela suspira. — Eu não tinha ligado os pontos, mas ainda bem que ouvi meus instintos. É um prazer, Detetive Wilcox, trabalhar com alguém que respeita a intuição.

— Sou grata pelo seu envolvimento — responde a Detetive Wilcox. — Quando Nicola desligou de forma tão abrupta naquela noite, temi que estivesse em perigo imediato. Se tivéssemos esperado até lá para mandar alguém, talvez fosse tarde demais.

— Então basicamente, tia Jane, a senhora salvou minha vida — declaro. Fico um pouco mais animada ao adicionar: — Talvez o vovô enfim admita que a senhora é a gênia do crime do século.

— Minha nossa, Nicola, que bobagem — repreende tia Jane. — Tenho certeza de que Raymond não pensa nada disso.

— Tem razão — respondo. — Mas só porque ele nunca entendeu a senhora. Eu, por outro lado... quero aprender suas técnicas. — Junto as mãos em um gesto de súplica fingida que é só meio piada. — Ensine-me, tia Jane, a identificar o tipo assassino.

— Assassinos são escassos e espaçados, felizmente. É muito mais importante identificar problemas do *cotidiano*. — Ela tosse levemente antes de continuar: — Nesse caso, talvez seja um bom momento para nos contar sobre o bilhete que recebeu do garoto Westover essa manhã?

Baixo as mãos no colo enquanto a Detetive Wilcox pisca e pergunta:

— Bilhete?

— Tia Jane, sério, como a senhora poderia saber? — pergunto, ruborizando.

— O envelope que você abriu era de *altíssima* qualidade, e você corou um bocado ao lê-lo — explica tia Jane, serena. — Assim como agora. Presumi que o belo rapaz tivesse se mantido em contato e, talvez, feito um convite de algum tipo?

— Não é para a senhora usar as habilidades investigativas em *mim*! — protesto. Então a honestidade me leva a prosseguir. — Tudo bem, sim. Era Harry, pedindo desculpas pelo que acontecera e perguntando se poderia visitar o chalé algum dia dessa semana. — Eu estava desesperada para dizer sim, e, agora que sei que Harry quase foi outra vítima de Diana, estou ainda mais. Mas não confio mais no meu próprio julgamento depois que Diana me enganou. — Devo negar?

— Uma visita? — pergunta tia Jane. — Eu estava com receio de que ele talvez quisesse te levar para algum tipo de *boate*, mas isso parece deveras apropriado. Eu gostaria de conhecê-lo.

— Sério? — pergunto, sorrindo pelo que parece ser a primeira vez em dias.

— Sério — confirma tia Jane. — Mas peça para ele deixar o violão em casa.

O mistério do solo ácido

Kate Mosse

I

Não há nada como estar acomodada e confortável em um vagão de trem na hora certa e com a bagagem guardada, dez minutos antes do horário de partida.

Jane Marple estava sentada em um compartimento de primeira classe do serviço Southern Railway, ou qualquer que fosse o nome naqueles dias, o alvoroço da plataforma e da bilheteria deixado para trás. Não houvera falta de funcionários na Victoria Station, a mala dela estava no bagageiro acima, e o guarda havia aberto um pouco a janela para ventilar. A bolsa de mão de couro e as luvas de viagem gastas ocupavam o assento ao lado, e havia um novelo de lã cinza no colo dela, o início de um agasalho para um sobrinho-neto.

Era uma tarde branda de fim de agosto, aquela hora reluzente do dia em que o ar fica pesado de calor. Ela passara dois dias agradáveis em Londres com o sobrinho Raymond e a esposa Joan, uma pintora que estava alcançando um bom reconhecimento. Raymond a levara para assistir à nova comédia no Teatro Vaudeville, eles haviam jantado no Simpson's e levado os meninos ao Zoológico de Londres para ver os leões. Ela ficara em um estabelecimento afiliado ao Hotel Bertram que, apesar de tudo que Londres aguentara durante a Blitz, parecia pouco alterado: o mesmo tipo de gente, o mesmo ritmo estável, coronéis e viúvas de espartilho preto e a lembrança de uma Inglaterra mais antiga, agora destruída. Não fosse pelas sombras das construções bombardeadas ou pelos avisos em vitrines de lojas pedindo desculpas pela falta de pessoal, poderia parecer que os últimos oito anos nunca haviam acontecido.

Miss Marple se divertira, mas estava bem cansada. Londres era agitada e barulhenta, com tantas pessoas correndo de um lado para o outro. O ar parecia todo usado. Umas férias pacíficas em Sussex com a querida amiga Emmeline Strickert seriam muito bem-vindas. A visita a Drovers fora originalmente planejada para o outono, mas Emmeline fora operada devido a uma contratura muscular na palma da mão direita, então a convidara para vir mais cedo a fim de ajudá-la no que poderia ser uma convalescença desconfortável. Restavam pouquíssimas pessoas dos velhos tempos, que a haviam conhecido quando garota. Portanto, Miss Marple não hesitara em deixar com Clara dinheiro suficiente para a alimentação, mandar a prataria e a caneca King Charles para o banco por garantia e tomar as providências para passar as últimas três semanas de agosto no campo. A única preocupação era que o arbusto de jasmim dela pudesse sair de controle enquanto ela estava fora.

O apito soou.

II

Quando começavam a partir, a porta foi escancarada, e um rapaz praticamente se lançou para dentro do vagão. Ele afundou em um assento de frente para ela, o rosto vermelho de exaustão, a barra da batina marcada pela poeira das ruas de Londres.

— Peço desculpas — disse o pároco auxiliar, recuperando o fôlego. — Eu estava ansioso para não perder o trem.

— Imaginei — respondeu ela, os olhos azuis embotados piscando.

Miss Marple voltou ao tricô; o companheiro de viagem secou o rosto com um lenço enquanto o trem saía da estação com um solavanco e olhou pela janela. O som de metal dos trilhos, o sibilo e o vapor do motor. Por cima do Tâmisa e além dos fundos encardidos dos cortiços de Victoria e Battersea, para o interior dos subúrbios arborizados de Clapham e Streatham. Embora ele não tenha falado nada, Miss Marple não pôde deixar de reparar que o rapaz estava tomado por alguma forte emoção. Puxava um fio solto da batina até ela achar que o botão fosse soltar e batia o pé ansiosamente no chão.

Os subúrbios foram substituídos pela área rural. Campos verdes e uma bruma de calor sobre os vales do rio. Ninada pelo ritmo dos trilhos, ela notou as mãos ficando pesadas no colo. À distância, os South Downs se tornaram visíveis.

— Mas se eu ao menos tivesse certeza — murmurou ele.

Ela abriu os olhos de repente.

— Perdão?

O pároco corou.

— Desculpe, eu não me dei conta...

— É muito comum, quando achamos que não nos observam, que pensemos em voz alta.

— Acho que sim. — Ele fez um esforço para se recompor. — Está viajando para longe?

Miss Marple sorriu.

— Para Fishbourne, depois de Chichester.

O rosto dele se iluminou.

— É o lugar da minha paróquia. Meu primeiro posto e onde eu... — Ele se interrompeu.

Miss Marple se perguntou o que ele quase dissera.

— Tive um tio que era cônego na Catedral de Chichester — contou ela. — Eu e minha irmã costumávamos ficar hospedadas com ele antes da guerra... digo, a Primeira Guerra Mundial. É uma linda parte do mundo.

— É mesmo, ao menos... — Ele se interrompeu outra vez, o rosto franzido.

Miss Marple esperou, mas ele voltara a se retrair nos pensamentos dele.

— Ficarei hospedada com uma amiga dos tempos de escola — tentou ela. — Frequentamos um *pensionnat* em Florença juntas quando éramos garotas, há muitíssimos anos. Tínhamos tantos ideais. Eu seria enfermeira dos leprosos e Emmeline... — Ela balançou a cabeça. — Quer saber, eu não me lembro.

O rapaz pareceu prestes a falar, mas então cobriu o rosto com as mãos.

— Perdoe-me — disse ela baixinho —, mas aconteceu alguma coisa, Mr...?

— Kemp — respondeu com olhos desesperados. — Ernest Kemp.

— Eu me chamo Jane Marple. Não é da minha conta, é claro — continuou ela —, e talvez eu tenha entendido errado... acontece com frequência... mas o senhor disse que queria ter certeza. Pergunto-me o que quis dizer.

Por um momento, ela temeu ter presumido demais, mas então o viu se empertigar. Ela retomou o tricô e escutou.

— Tem uma garota — disse ele. — Sinto profundo afeto por ela e pensei que ela sentisse o mesmo por mim, mas... — Ele respirou fundo. — Ela desapareceu.

Os olhos de Miss Marple se aguçaram.

— Desapareceu?

— O pai dela... ou melhor, o padrasto... diz que ela simplesmente foi embora. Partiu para se juntar a uma companhia de teatro em Londres.

— Ah, nossa — murmurou Miss Marple.

— Sei o que está pensando — adicionou ele depressa —, mas ela não é esse tipo de garota. E, quando fui ao teatro perto de Waterloo hoje, eles nunca tinham ouvido falar dela.

Muitos pensamentos passavam pela cabeça de Miss Marple, mas nenhum deles, pensou ela, seria bem-vindo.

— É completamente atípico — continuou ele. — Elizabeth é infeliz em casa, embora nunca reclame. A mãe dela morreu há duas semanas, no começo de agosto... e ela era dedicada à mãe... mas ir embora sem dizer uma palavra... Nem mesmo uma carta.

Infelizmente, Miss Marple sabia como era frequente que garotas agissem de forma atípica. Ou, na verdade, como rapazes podiam ser bem inocentes sobre quem admiravam.

— Faz quanto tempo que não a vê? — perguntou com bondade.

— Dois dias. O funeral da mãe dela foi na segunda-feira, então combinamos de dar uma caminhada ontem. Pensei que talvez ela quisesse um ombro para chorar. Quando não apareceu, fiquei preocupado, então liguei para a casa dela. Foi aí que o padrasto me disse que ela fora embora naquela manhã.

Dois dias não parecia muito tempo e, por mais que ela se sentisse mal pelo rapaz, também pensava que era possível que Elizabeth simplesmente não quisesse vê-lo, mas carecesse de coragem para dizê-lo na cara dele.

— Sem dúvida houve algum mal-entendido. Você disse que ela perdeu a mãe recentemente. Tem algum lugar aonde ela possa ter ido? Casa de parentes, talvez?

— Não tem mais ninguém. Ela é sozinha no mundo.

— Exceto pelo padrasto — disse Miss Marple, com cuidado.

— Ele! Cooper não se importa com ninguém além dele mesmo! — exclamou com ferocidade, então ficou envergonhado da falta de caridade cristã dele. — Peço desculpas, não devia ter falado isso. Se ao menos eu pudesse ter certeza de que ela está bem.

Miss Marple se compadeceu do rapaz.

— Se está genuinamente preocupado com sua moça, por que não fala com os vizinhos? Ela pode ter comentado algo com eles. Eles têm uma diarista, talvez?

Kemp negou com a cabeça.

— Mrs. Hands foi dispensada assim que Mrs. Cooper faleceu. Ele é detestável se espera que Elizabeth o sirva.

O trem começou a desacelerar. Ele olhou pela janela, então fez outro esforço para se recompor.

— Estamos chegando a Chichester, que é onde vou saltar. Fishbourne fica apenas um ou dois minutos mais para a frente.

— O senhor não mora em Fishbourne, Mr. Kemp?

— Sim... Estou atualmente hospedado na reitoria até encontrar um lugar mais permanente, mas é uma caminhada mais curta da estação de Chichester do que de Fishbourne. Deixe-me ajudá-la com a bagagem.

Kemp puxou a mala do bagageiro, firmando os pés contra o balançar do vagão.

— A senhora pode precisar de assistência quando sair, visto que está bem pesada.

Miss Marple corou.

— Está mesmo. Minha amiga gosta do meu gim de ameixa e do meu licor de cereja. É tão difícil conseguir qualquer coisa esses dias, é claro. Como não consegui decidir, trouxe os dois. Passarei três semanas lá, sabe.

Kemp sorriu ao repousar a mala no chão ao lado da porta. Ele apertou a alavanca da janela e abaixou o vidro quando o trem começou a frear.

— A senhora foi muito gentil, Miss Marple. Talvez eu esteja exagerando. Posso ter ouvido o nome do teatro errado, ou... Bem, como falou, deve haver uma explicação. Espero mesmo que aprecie sua estadia e que nos vejamos no domingo, talvez.

— Sim, de fato. — Ela sorriu. — E eu espero mesmo que sua amiga entre em contato.

Kemp assentiu, então desceu na plataforma, fechou a porta e levantou o chapéu. Miss Marple observou o pároco apaixonado ficar cada vez menor ao se afastar. Mas, ao guardar o tricô, franzia a testa. Uma ou duas coisas que o rapaz dissera a fizeram pensar.

Não havia tempo para refletir mais. Dentro de minutos, eles parariam em Fishbourne Halt, uma estaçãozinha minúscula cercada de campos e árvores cheias de gralhas em nidificação. Miss Marple procurou o chefe da estação, mas ele estava ocupado com os portões de travessia da ferrovia e o sinal. Antes que ela conseguisse chamar a atenção dele, um grande homem ruborizado em um terno xadrez bem chamativo estava se debruçando para dentro do vagão e tirando a mala das mãos dela.

— Vamos ver se conseguimos te ajudar.

— Opa, tome cuidado — disse ela quando ele largou a bagagem pesadamente na plataforma, temendo pelas garrafas e o frasco de creme noturno que Joan lhe dera de presente.

— Prontinho!

Miss Marple não era, esperava ela, uma pessoa pouco generosa. Mas, apesar de estar grata, não gostava de ser tratada de maneira tão informal.

— Obrigada — falou ela com polidez deliberada.

— Sempre um prazer ajudar uma dama em apuros — respondeu ele, levando um dedo à têmpora como saudação e embarcando no vagão.

— Jane! Jane!

Miss Marple se virou, com alívio, na direção da voz, e encontrou a velha amiga, com a mesma aparência de sempre, parada ao fim da plataforma e ordenando que o chefe da estação se apressasse com o carrinho.

O mistério do solo ácido

III

Drovers era um belo chalé com fachada de sílex e fileiras de rosas ao redor da porta, portão branco e caminho ladeado de lavanda. Ficava em um terreno generoso, em uma rua tranquila que levava para os Pântanos, usado apenas por veículos de fazenda e uma ou outra van de entrega.

Às dezoito horas, as duas senhoras estavam alegremente acomodadas em cadeiras de vime no jardim dos fundos de Emmeline, cercadas de rododendros, azaleias, *Clematis crispa* e outras plantas de solo ácido. O sol da tarde penetrava por entre as folhas verde-escuras brilhantes, lançando feixes de luz no gramado. Jane Marple trocara as roupas de viagem por um confiável vestido de verão. Emmy, por sua vez, usava um vestido de algodão bufante volumoso e um desarrumado chapéu de palha de aba larga que parecia já ter visto dias melhores. O licor de cereja fora posto em uma prateleira de ardósia da despensa de Emmeline; o gim de ameixa estava com elas em uma mesa de palha no gramado.

As duas velhas amigas bebericavam em suas respectivas tacinhas de cristal.

— É uma receita da minha avó — disse Miss Marple. — É tão agradável, não acha, ser transportada de volta no tempo?

— Acho — concordou Emmeline com um sorriso nostálgico.

— De todos os nossos sentidos, o olfato e o paladar são os que parecem capturar melhor... é isso o que eu quero dizer...? o passado.

A amiga riu.

Duas manchas rosadas surgiram nas bochechas de Miss Marple.

— Estou falando demais, Emmy? É tão fácil divagar, não é, e sair do assunto.

— Nem um pouco. Eu só estava pensando em como você não muda, Jane. Ouvindo-a falar, nós poderíamos estar de volta ao nosso *pensionnat* em Florença. Lembra de Fraulein Schweich?

— Lembro. Aquelas botas!

— Você tem notícias de Ruth ou Carrie Louise?

As irmãs americanas pareciam muito mais glamorosas do que as outras garotas na escola de etiqueta, e Emmeline, que vivia recebendo ordens para se sentar com as costas retas e puxar as meias para cima, ficava maravilhada com elas.

— Não vejo Carrie Louise há, nossa, já deve fazer vinte anos. Ela me levou à ópera em Covent Garden. Não lembro ao que assistimos, só do vermelho e dourado das magníficas cortinas — respondeu Miss Marple. — Mas eu e Ruth trocamos cartas de tempos em tempos. Ela está no segundo, possivelmente terceiro casamento a essa altura, todos muito bem-sucedidos.

A cadeira rangeu quando Emmy se recostou.

— Nunca me esquecerei de Ruth dizendo como era extraordinário que, apesar de sua aparência inocente, você sempre acreditasse no pior. E como você ficou zangada com ela!

— Acho que ficamos uma semana sem nos falar — respondeu Miss Marple. — Mas, veja, o pior é, com frequência, verdadeiro.

Emmy deu outro gole.

— Por sinal, não sei bem se devemos contar a alguém que você chegou com duas garrafas inteiras de bebidas alcóolicas aromáticas. Vai passar a impressão errada para o vilarejo.

— Nunca fui defensora da abstinência — disse Miss Marple, empertigada. — É sempre aconselhável ter uma bebidinha forte no local, caso haja um choque ou acidente.

— Nós sofremos um choque ou acidente?

— Não. — Ela deu uma piscadela. — Mas viajar é exaustivo, não é?

Do interior, o som da criada preparando a refeição noturna flutuou para o ar parado de agosto. Elas conversaram um pouco sobre a dificuldade de manter empregados e sobre a contínua frustração do racionamento. Além do jardim, Miss Marple ouvia o som de um trator nos campos e o canto das gaivotas no mar. Era tudo muito relaxante depois do tumulto da cidade.

— Conheci um rapaz muito encantador no trem — contou ela. — Acredito que ele seja seu novo pároco assistente, Ernest Kemp?

— Ah, sim — disse Emmeline, inclinando-se para a frente e arrancando uma erva daninha minúscula do solo imaculado sob os rododentros. — Ele é bem jovem e deveras atlético; serviu no Royal Sussex Regiment e lutou em Arnhem. Então já é um favorito das senhoras que cuidam do rodízio das flores na igreja!

— Não me surpreendo — falou Miss Marple com um sorriso oblíquo. — Ele me contou uma história bem curiosa.

Depois que terminou de recontar o relato de Mr. Kemp, ela olhou com carinho para a amiga. Emmeline ainda tinha uma cabeleira loira maravilhosa, com talvez apenas um pouco de ajuda da ciência, e a expressão ligeiramente aturdida dela mal se alterara com a passagem dos anos. Emmy sempre fora um livro aberto, e ainda era.

— Emmy?

— Bem, é bem estranho, agora que parei para pensar. Que Elizabeth tenha ido embora desse jeito, sem uma palavra a ninguém.

— É mesmo? — Ela repousou a taça na mesa. — Sou toda ouvidos.

— Bem, não sei bem o que dizer. Ou se tenho qualquer coisa a dizer. Só que é *de fato* estranho.

Miss Marple pegou as agulhas e começou a tricotar.

— Continue.

Emmy esfregou o nariz, deixando uma mancha de terra na bochecha.

— É bem como nosso pároco disse. Ela não é esse tipo de garota. É terrivelmente estudiosa, séria. É verdade que tem uma voz adorável, ela canta no coral da igreja, mas não é nem de longe o tipo que gostaria de ser atriz, na minha opinião.

— Onde ela teria conhecido uma companhia de teatro?

Emmy balançou a mão.

— Houve a turnê de um teatro itinerante, que se apresentou pela costa sul no começo no verão. Sabe, Gosport, Portsmouth, Bognor Regis, Worthing. Ela deve ter ido a uma das apresentações deles.

— Ela é bonita?

Emmeline pareceu em dúvida.

— Bem, não sei bem se diria isso. Garbosa, de uma maneira antiquada. Era muito dedicada à mãe, mesmo que Mrs. Cooper fosse uma mulher bem difícil. Os únicos interesses dela na vida eram o jardim e a própria saúde debilitada. Nada nunca estava totalmente bem. — Emmy franziu a testa. — Sim, é peculiar que Elizabeth tenha ido embora desse jeito.

O mistério do solo ácido

O sol se escondeu de súbito atrás de um fiapo de nuvem, e o jardim, abaixo de seu perímetro de folhas verde-escuras brilhantes, ficou muito mais frio.

— Mr. Kemp também disse que os Cooper dispensaram a diarista. Será que estão em uma situação apertada? Tantos estão nos últimos tempos.

Emmy fez que não.

— Longe disso. Cooper é um desses homem que, como as pessoas dizem, foi "bem prestativo" durante a guerra e se saiu bem dela. Muito alegre, pura simpatia, você conhece o tipo. Excessivamente amigável. Sempre conseguia coisas que estavam em falta.

Miss Marple achou fácil imaginar Fishbourne durante a guerra. Cupons trocando de mãos, carne e peixe, gasolina do mercado clandestino, com Cooper no coração de tudo. Eles tinham um tipo parecido no vilarejo dela, St. Mary Mead, mas isso não era nada surpreendente. A natureza humana era igual em todo lugar.

— Você disse que a esposa tinha a saúde debilitada. Quer dizer que a morte já era esperada?

— Nem um pouco. Dr. Barden tinha a opinião de que não havia nada de errado, de verdade, com ela. Não, ela contraiu tétano.

— Que terrível.

— Sim. Sabe como as pessoas colocam lâminas usadas ao redor das raízes de plantas como rododendros para acidificar o solo?

— É um hábito deveras tolo.

— A pobre Mrs. Cooper cortou o dedo em uma lâmina enferrujada no jardim e morreu dias depois. Uma tragédia.

Miss Marple tossiu de leve.

— O médico era morador local, imagino? Ele tinha certeza do diagnóstico?

Emmeline confirmou com a cabeça.

— Sim. Sei disso porque houve comentários e alguém, não lembro quem, o confrontou uma noite no pub. Acusou-o de não saber o que estava fazendo. Dr. Barden estava *convicto* de que era tétano.

— Gostaria de saber quem o confrontou — disse Miss Marple, tranquila.

Emmeline olhou de relance para a amiga.

— Vou tentar lembrar, apesar de não saber por que está interessada.

Miss Marple refletia.

— E o que acha do Dr. Barden, Emmy?

— Ele não era meu médico, ainda bem. Era teimoso, terrivelmente fora de sintonia com as ideias modernas. Muito oposto ao Serviço Nacional de Saúde.

Ela se inclinou para a frente na cadeira.

— Era?

Emmeline franziu a testa.

— Ele morreu alguns dias depois de Mrs. Cooper.

— Pai do céu, de quê?

Emmeline corou.

— Não gosto de maldizer os mortos.

— Pode ser importante, Emmy. Eu não estaria perguntando se não achasse que importa.

A amiga suspirou.

— Ele tinha o coração fraco e... foi encontrado morto na cadeira por Mrs. Hand, a mesma diarista que trabalhava para os Cooper, com uma garrafa vazia de uísque na dobra do braço. Era sabido que ele era chegado demais à bebida. Com isso e o coração... — Sem querer dar uma de fofoqueira, ela começou a se levantar. — Vamos entrar? Não seria bom pegar um resfriado, Jane, tendo acabado de chegar.

Miss Marple não se mexeu.

— Onde Mr. Cooper mora?

Relutante, Emmy voltou a se sentar.

— Na Salthill Road, bem perto da estação ferroviária. Na verdade, ele estava na plataforma enquanto eu esperava você.

— Ah, *aquele* era Mr. Cooper — murmurou ela, lembrando-se do terno chamativo.

— O que está tramando, Jane? Acha que tem algo errado?

— Bem — respondeu ela com cautela —, quando três acontecimentos incomuns ocorrem em rápida sucessão, é preciso questionar. E a diarista ter sido dispensada... isso é muito sugestivo.

— De quê? — perguntou Emmy, com o rosto plácido tomado de confusão.

Miss Marple não respondeu.

— Quando um homem fica viúvo, às vezes acontece da vida dele continuar razoavelmente imperturbada pelo luto. Como Mr. Cooper respondeu ao choque das duas perdas e agora à deserção da enteada?

Emmeline pensou.

— Eu diria que a rotina dele não parece ter sofrido nem um único tropeço.

IV

Na manhã seguinte, Miss Marple acordou na hora de sempre, tendo dormido surpreendentemente bem na cama desconhecida. Encontrou Emmeline na sala de jantar, olhando, pesarosa, para um pote de geleia de mercado.

— Deixe-me fazer isso.

Com hábil precisão, ela girou a tampa relutante, que se abriu com um estalo.

— Você deveria estar descansando sua mão.

A amiga fez uma careta.

— Não quero dar trabalho.

Miss Marple sorriu.

— Não seja boba, Emmy. É por isso que estou aqui.

As duas senhoras se sentaram para tomar café da manhã em um silêncio agradável. Os únicos sons eram o do estrépito dos talheres contra a porcelana e o do chá sendo derramado do bule. Portas francesas davam para o jardim dos fundos, e uma leve brisa soprava dos Pântanos. Jane Marple leu os obituários do *Times* e Emmeline abriu a correspondência.

— Fomos convidadas para tomar chá com o reitor esta tarde — anunciou ela, brandindo uma carta. — Não precisamos ir, é claro.

Miss Marple pensou no jovem pároco.

— Quanta gentileza. Eu adoraria.

Emmeline ergueu as sobrancelhas.

— Muito bem, mandarei um recado. O que gostaria de fazer esta manhã?

— Talvez uma caminhada antes que o sol fique forte demais? Gostaria de conhecer Fishbourne melhor.

— Sou muito feliz aqui em Drovers. Não fosse pela estrada... — Emmeline começou uma longa história sobre como o aumento constante do tráfego estava mudando a essência do vilarejo para pior. — Mas, até aí, as coisas nunca parecem mudar para melhor.

— Ah, não acho que seja verdade — argumentou Miss Marple. — Pense nos extraordinários avanços na saúde, muitos dos quais, ouvi falar, advindos de pesquisas realizadas durante as duas Guerras Mundiais. Sempre há o bem no mal, assim como sempre deve haver o mal no bem.

Sem parecer convencida, Emmeline passou manteiga em uma terceira fatia de torrada.

Jane escolheu um graveto de freixo como bengala, Emmy usou a mesma confiável de sempre, e às 9h30 elas partiam para explorar o vilarejo.

As duas senhoras caminharam calmamente pela rua principal, passando pela antiga padaria, a escola do vilarejo e as instalações de tratamento de água. Era verdade que o tráfego era deprimente, o estrondo constante erguendo nuvens de poeira. Miss Marple pensou em St. Mary Mead e em como tinha sorte de a rua em frente à porta dela não ser passagem para lugar algum.

Quando chegaram à antiga lavanderia, ela viu que estavam na junção com a Salthill Road.

— Podemos seguir um pouco por aqui?

— Não há muito para ver — disse Emmeline, surpresa. — Só a estação ferroviária.

Miss Marple já caminhava para o norte. Elas passaram por um poço de cal e uma fileira de casas novas modestas com longos jardins frontais.

— Você não disse que Mr. Cooper morava na Salthill Road? — perguntou casualmente.

Emmeline estreitou os olhos para ela por baixo da aba larga do chapéu de palha.

— O que está aprontando, Jane?

— Só me localizando.

— Humm. Bem, na verdade, esta casa bem em frente é a de Mr. Cooper. Dr. Barden morava algumas casas à frente.

Miss Marple encarou o muro baixo de tijolos com topo de telhas de barro, então atravessou a rua para olhar mais de perto. As molduras das janelas precisavam de cuidado, todas as cortinas estavam fechadas e havia musgo nas calhas e brotando espesso na palha do telhado. O jardim era bonito, mas malcuidado. Ela pescou os óculos da bolsa e espiou por cima do muro.

— Isso é lírio-do-vale — comentou. — Muito encantador. E ali tem facélia, geralmente plantada pelas habilidades dela de melhorar o solo, mas que dá belas flores malva se você permitir. E esses trevos ornamentais ao lado da porta da frente são uma beleza. — Ela seguiu para o outro lado do portão. — Ah — falou baixinho. — Bem que eu imaginei.

Emmeline parecia deveras confusa.

— Imaginou o quê?

— Tem manjerona-selvagem, muito popular com as borboletas, e valeriana grega com lindas flores azuis. E o gramado, bem diferente e irregular, chamado, acredito, de *Sesleria caerulea*. Tudo combina.

— Você é *mesmo* esperta, Jane. As únicas plantas que reconheço são a lavanda ao longo do caminho e as madressilvas.

— E o que isso lhe diz?

Emmeline negou com a cabeça.

— Não faço ideia. Que Mrs. Cooper tinha dedo verde.

— Sim, de fato, mas...

Antes que ela pudesse explicar, a porta da frente se abriu, e o próprio Cooper começou a atravessar o caminho na direção delas.

— Talvez devêssemos seguir em frente — sussurrou Emmeline. — Não queremos que pense que estávamos bisbilhotando.

Miss Marple sorriu.

— Não há nada mais trivial do que duas senhoras idosas admirando o jardim de um vizinho. Seria muito mais estranho se não fizéssemos isso.

Cooper usava uma camisa muito branca e gravata vermelha, e a mesma calça xadrez chamativa de que ela se lembrava do dia anterior. Os olhos estavam ligeiramente vermelhos. Ele não parecia, na opinião dela, um viúvo de luto.

— Bom dia, senhoras. Miss Strickert, não é? Posso ajudá-las de alguma forma?

As palavras foram cordiais o bastante, mas, instintivamente, Miss Marple não achou que ele fosse um homem de confiança. Ele a lembrou um homem que ela conhecera no hotel Hydro alguns anos antes da guerra. Todo bonomia e está-tudo-ótimo, mas perverso por baixo da fachada cordial.

— Eu e minha amiga estávamos admirando seu jardim — disse Emmeline, afobada.

Jane Marple observou Cooper rearranjar as feições.

— Minha esposa era a jardineira — respondeu ele, baixando a voz para um tom apropriado e sóbrio. — Sem ela, temo que esteja se deteriorando.

— Por favor, aceite meus pêsames — disse Miss Marple. — Deve ser tão difícil. E, é claro, para uma filha perder a mãe de forma tão inesperada.

Os olhos astutos de Cooper se estreitaram.

— É mesmo — falou, breve. — Agora, se isso for tudo, tenho certeza de que as senhoras têm muito mais a fazer.

V

— Nossa! — exclamou Emmeline assim que não podiam mais ser ouvidas. — Que homem desagradável.

Miss Marple estava preocupada.

— Sim, de fato.

A amiga olhou para ela.

— Não sei se gosto da forma como diz isso, Jane.

Ela relanceou de volta para a casa de Cooper, então para a do médico, três portas à frente, onde uma placa de latão reluzia no sol de agosto: Dr. J. Barden, médico.

— Estava pensando, querida Emmy, se você não estiver muito cansada, talvez possamos tirar um tempo para uma visita à Mrs. Hands antes de voltarmos para casa. Adoraria fazer uma ou duas perguntas a ela.

O mistério do solo ácido

* * *

Mrs. Hands, que já cuidara tanto da casa de Cooper quanto da de Dr. Barden, morava em uma casa de tijolos ao lado do pub Cabeça de Touro, uma dentre a fileira estreita de construções projetadas para servir apenas às necessidades mais básicas dos trabalhadores agrícolas: um telhado sobre a cabeça e uma única torneira de água fria em uma grande pia de cozinha.

Miss Marple precisou abaixar a cabeça quando elas foram convidadas a entrar, mas o interior estava impecavelmente limpo e mobiliado com uma coleção excêntrica, embora bem-cuidada, de peças e objetos descasados.

— Deve ter sido um choque terrível — disse ela — encontrar o Dr. Barden, como a senhora fez.

Mrs. Hands levou a mão ao coração.

— Ah, foi mesmo. E depois receber uma carta do advogado dizendo que o doutor me deixou cinquenta libras e qualquer móvel que eu quisesse escolher. Bem, eu superei tudo, de alguma forma.

Ela gesticulou para um armário de itens médicos, onde ela guardava os enfeites de porcelana e uma cadeira de escritório giratória.

— E nós estamos sentadas nas cadeiras da sala de espera, imagino? — perguntou Miss Marple.

— Isso mesmo. Prefiro cadeiras retas.

— Eu também — disse Miss Marple, olhando de relance para Emmeline, que parecia não preferir.

— Pois bem — falou Mrs. Hands. — O que a senhora queria saber?

— Estávamos só de passagem — respondeu Emmeline com a voz fraca.

— Imagino que seja mais do que isso.

Os olhos azuis de Miss Marple brilharam.

— Parece que está um passo à nossa frente, Mrs. Hands. Para ser sincera, gostaríamos de saber mais sobre as circunstâncias da morte do Dr. Barden.

A diarista cruzou os braços.

— Já passava da hora de alguém demonstrar interesse, embora eu esperasse a polícia, não uma dupla de solteironas.

— Mrs. Hands! — protestou Emmeline.

— Só estou dizendo a verdade. Vejam, não negarei que ele havia se descuidado, porque havia. O coração dele estava fraquíssimo. E não direi que ele não era chegado à bebida, porque todo mundo sabe que ele era. Mas sempre sabia a hora de parar.

— Continue — pediu Miss Marple.

— Bem, o Dr. Barden e Cooper... não o chamarei de Mr. Cooper... eles eram amigos, em um certo nível.

— Em um certo nível de bebedeira? — perguntou Miss Marple.

— Jane! — clamou Emmeline. — Como você sabia?

— O consultório de um médico depende da reputação dele, não é? Especialmente depois do advento do Serviço Nacional de Saúde, de que Dr. Barden parecia se ressentir tanto.

— Ele o odiava — exclamou Mrs. Hands. — Dizia que "quebrava o vínculo de confiança que vem da troca de pagamento honesto por serviços prestados". Não posso concordar com isso. E quanto a quem não podia pagar pelo "vínculo de confiança"?

— De fato — disse Miss Marple. — Agora, posso fazer um apelo à sua franqueza, Mrs. Hands? Talvez a tranquilize saber que tenho a sorte de ter entre meus amigos mais próximos Sir Henry Clithering, antigo delegado da Scotland Yard. — Mrs. Hands ficou impressionada. — Não gostaria de me contar o que sabe? Ou o que acha que sabe?

Mrs. Hands hesitou, então se inclinou para a frente.

— Bem — começou ela, baixando a voz —, havia dois copos sobre a mesa.

VI

Quarenta e cinco minutos depois, Miss Marple e Emmeline estavam na rua principal, de frente para o Cabeça de Touro. As nuvens matinais haviam se dissipado e o sol estava bem forte no céu azul intenso. O rosto de Miss Marple estava sombrio.

— Fizemos algum avanço, Jane?

— Ah, acho que sim. Afinal, casos como esse são quase sempre iguais. Sei que, nos livros, o culpado é, em geral, a pessoa mais improvável, mas nunca acho que essa regra se aplique à vida real. Exceto...

— Exceto?

— Parece ter mais por trás dessa história. — Miss Marple franziu a testa. — É a sequência das coisas, todas ao mesmo tempo. O fato de que havia dois copos, e Mrs. Hands ter sido dispensada do serviço de Cooper.

Os olhos de Emmeline brilhavam.

— E o que você acha?

— Que Dr. Barden entendeu que cometera um erro terrível e se arrependeu, e Mr. Cooper percebeu.

— Nem consigo começar a dizer que entendo, mas é de fato deveras empolgante.

A expressão de Miss Marple ficou ainda mais séria.

— Não, Emmy. Assassinato não deve ser visto de forma leviana.

— Assassinato! — bramiu Emmeline. — Quer dizer que o Dr. Barden foi assassinado?

— Ah, eu acho que sim.

Emmeline arregalou os olhos.

— Não deveríamos contar a alguém?

— Ter uma suspeita não é o mesmo que ter provas. — Miss Marple olhou de relance para o relógio de pulso. — Será que o reitor nos perdoará se chegarmos um pouco antes do horário marcado?

Emmeline abriu a boca, então voltou a fechá-la.

— Verei se Williams pode nos levar de carro; ele é o serviço de táxi informal do vilarejo. Estamos bastante distantes da reitoria. — Ela se virou para bater na porta de um segundo chalé da mesma fileira. — Ah, lembrei! Foi Williams que teve a discussão com o Dr. Barden.

— Melhor ainda — falou Miss Marple com um brilho nos olhos azuis aguçados.

VII

Cinco minutos depois, elas seguiam para o leste, em direção à reitoria em Grove Park.

O mistério do solo ácido

Alegando sentir enjoo em viagens, Miss Marple fizera questão de se sentar na frente com Williams, um esbelto homem do campo que exalava uma fragrância de cerveja amarga e tabaco de cachimbo. Ela só precisou de um momento para descobrir por que ele e Barden haviam trocado insultos no Cabeça de Touro.

— Aquele maldito, desculpe os modos, quase matou minha filhinha, e não acredito em ninguém que diga o contrário. Impetigo, ele disse que era. Impetigo! Tanto eu quanto minha esposa sabíamos que era sarampo, e não o sarampo normal, mas o sarampo alemão, e eu nunca vi nada de bom vindo da Alemanha.

— Presumo que sua filha tenha se recuperado?

— Sim, mas não graças a ele. Apareceu fedendo a uísque, e minha pequena quase bateu as botas por causa disso. Já viu o jardim dele?

— Não posso dizer que vi — disse Emmeline, assustada.

— Não era grande coisa, porque todos os minutos que passava ali eram na cabana do jardim. — Williams deu um riso de escárnio. — Ao menos ele chamava de cabana, embora não passasse de um barracão de ferramentas que ele nunca se dava ao trabalho de usar. Sabe para quê ele usava o lugar?

— Para ficar sozinho? — respondeu Miss Marple.

— Exatamente. Era lá que ele guardava o estoque dele, fora de vista; mas eu sabia. — Williams levou um dedo áspero ao nariz proeminente e fez um som arranhado na garganta, algo entre desprezo e satisfação consigo mesmo. — O telhado estava pingando, e ele me pediu para ir substituir algumas telhas. Nada de mais, mas ele me pagou generosamente. Sabe por quê?

— Álcool consegue afrouxar as mãos mais fechadas, acredito.

Ele agraciou Miss Marple com um olhar de admiração.

— Isso mesmo. E eu vi onde ele guardava a birita; em um baú de lata trazido da guerra, meio enterrado no chão de terra para se manter fresco.

— E você o confrontou sobre Mrs. Cooper no Cabeça de Touro?

— Mrs. Cooper? Quem te falou isso? Não, eu disse que ele não sabia a diferença entre um rododentro e um lilás, então não estava enganando ninguém. Disse a ele como o Sistema Nacional de Saúde identificara que era rubéola e tratara minha menina de graça, então se ele estivesse pensando em me mandar uma conta, ele podia ir...

— Certo — disse Miss Marple apressadamente ao ver a expressão escandalizada de Emmeline no espelho. — Então quem mencionou Mrs. Cooper?

Williams estendeu o indicador e virou à esquerda para Grove Park.

— Sabe, acho que foi ele mesmo. E estava com uma cara engraçada.

— Sim — murmurou Miss Marple —, está ficando mais claro agora.

— Está? — disse Emmeline.

— Pode esperar? — perguntou Miss Marple enquanto Williams abria a porta dela. — Talvez ainda precisemos de seus serviços.

— Pode deixar, madame.

Ele ajudou Emmeline a sair do banco traseiro, então se recostou no capô e pegou o cachimbo.

— Não faço a menor ideia do que está acontecendo... — sibilou Emmeline enquanto elas se apressavam em direção à reitoria.

— Durante a conversa com Williams — explicou Miss Marple —, o Dr. Barden se deu conta de que confiara demais. Porque ele e Cooper eram amigos, em certo nível.

— Mas o que qualquer uma dessas coisas tem...

Miss Marple fez que não com a cabeça e tocou o sino.

VIII

Passadas as apresentações, Miss Marple e Emmeline Strickert se sentaram na sala de estar aconchegante do reitor. Se ele ficou surpreso com a chegada tão adiantada das duas senhoras, teve as boas maneiras de não demonstrar.

— Que vilarejo encantador — disse Miss Marple, sem qualquer indício dos pensamentos perturbadores que corriam na cabeça dela. — Mas a tragédia atinge mesmo os lugares mais agradáveis. A morte da pobre esposa de Mr. Cooper, por exemplo.

— De fato — murmurou o reitor com uma expressão de compaixão profissional.

— Então a partida da enteada... parece algo saído de um livro sensacionalista de banca. Imagino que o senhor o tenha aconselhado?

— Bem... — disse o reitor com incerteza. Ele parecia surpreso que essa senhora de rosto rosado evitasse a habitual conversa fiada de solteirona sobre tricô e arranjos de flores. — Fazemos o que podemos.

— Mr. Cooper é um frequentador assíduo da igreja?

— Não, eu não diria que é. Mas Elizabeth é uma integrante valiosíssima do nosso coral.

— Ele participa, talvez, da oração vespertina?

— As coisas não são bem como eram, Miss Marple. Mr. Cooper tem interesses comerciais que o levam a Portsmouth à tarde, então...

— Todo dia? — perguntou Miss Marple depressa.

— Acredito que sim.

— E quanto à Mrs. Cooper?

O reitor parecia muito desconfortável.

— Ela até frequentava a missa de domingo às vezes, mas era um pouco inválida. Devota ao jardim dela.

— E ela e Mr. Cooper combinavam como casal?

O reitor fechou os olhos com força quando o sol forte atingiu os óculos; ou talvez fosse a insistência do questionamento de Miss Marple.

— Realmente não sei dizer. *De mortuis nil nisi bonum*. Confio que não vá me obrigar a ir mais longe.

— É claro — disse Miss Marple, mas continuou mesmo assim: — Posso perguntar se Elizabeth era uma garota feliz?

O reitor se remexeu na cadeira.

— Acho que as coisas eram bem difíceis em casa. Depois do funeral, Elizabeth perguntou se podia conversar comigo, mas Mr. Cooper estava com pressa e insistiu que fossem embora. O luto afeta as pessoas de formas diferentes, Miss Marple, como tenho certeza de que sabe. — Ele suspirou. — Eu me arrependo de não ter insistido.

Miss Marple já ouvira o suficiente. E, tendo morado a vida toda em um pequeno vilarejo, tinha certo conhecimento da natureza humana. Com agilidade impressionante, ela se levantou, pegando tanto o reitor quanto Emmeline de surpresa.

— Por acaso o seu pároco assistente está em casa e poderia nos ceder alguns minutos?

Emmeline e o reitor observaram, perplexos, enquanto Miss Marple conversava com Ernest Kemp no jardim. A expressão dele se alterou de espanto para concentração, então para urgência.

Depois de alguns minutos, ela voltou a entrar.

— Mr. Kemp concordou em nos acompanhar até a Salthill Road — anunciou Miss Marple, olhando o relógio na cornija. Ela acenou com a cabeça para o reitor. — Obrigada pela hospitalidade, mas espero que nos dê licença. Precisamos nos apressar.

— Minha nossa, Jane, por quê?

— Para impedir um terceiro assassinato.

Emmeline abriu a boca, mas pareceu não ter nada adequado para responder.

IX

Williams se empertigou quando o trio heterogêneo avançou pelo caminho.

— Para Drovers, Miss Strickert? — perguntou ele.

Foi Jane quem respondeu:

— Para a Salthill Road, por gentileza. Logo depois do poço de cal. O mais rápido que puder.

— Aonde estamos indo? — perguntou Emmeline ao virarem em velocidade na primeira curva.

— Para a casa de Cooper. O reitor confirmou o que Mrs. Hands disse, que ele vai a Portsmouth toda tarde. Se presumirmos que ele pega o mesmo trem do qual eu desembarquei ontem, podemos coincidir nossa visita com o horário em que ele está fora de casa.

— Mas por que...

O carro parou, derrapando.

— Force a porta ou quebre uma janela se precisar, Mr. Kemp, mas encontre Elizabeth — disse Miss Marple.

Kemp correu até a casa, com a batina esvoaçando ao redor das pernas e Williams na cola dele. As duas senhoras observaram enquanto Kemp batia na porta da frente, sem receber resposta. Ele se abaixou e gritou pela caixa de correio, então recuou um passo e ergueu o olhar para uma das janelas com cortina na lateral da casa.

Ele voltou chamar e, dessa vez, recebeu uma resposta.

— Ela está aqui — gritou Kemp para Miss Marple. — Está bem.

Jane Marple exalou, sem perceber que estava prendendo a respiração até aquele momento.

— Fico muito feliz em saber.

Kemp sumiu de vista e reapareceu alguns momentos depois com uma escada. Com Williams segurando a base, o pároco ergueu a batina e começou a subir.

— Jane! — exclamou Emmeline, puxando a manga dela.

— Não se preocupe, Emmy. Vai tudo ficar bem.

— Não — disse ela, com pânico na voz. — Olhe.

Miss Marple se virou. Cooper avançava pela estrada, o rosto vermelho de fúria.

— O trem para Portsmouth deve ter sido cancelado — exclamou Emmeline. — Williams, faça alguma coisa.

Mas, quando Cooper passou aos empurrões e avançou furiosamente pelo caminho, com clara intenção de arrastar Ernest Kemp escada abaixo, foi Miss Marple que estendeu o cajado de freixo entre as pernas dele e o derrubou no chão. Cooper grunhiu e tentou dar um soco, mas Kemp e Williams o alcançaram. Ele não era páreo para o antigo soldado e o local, e logo foi subjugado. Williams tirou o cinto e amarrou as mãos de Cooper às costas. Kemp revirou os bolsos dele até encontrar a chave da porta da frente, então entrou correndo.

— Ora, Emmy — disse Miss Marple —, essa foi por pouco, não foi?

X

Ao fim do longo dia de agosto, o sol mergulhava de volta à terra.

Miss Marple e Emmeline estavam de volta ao agradável jardim de Drovers, cercadas de plantas de solo ácido. Ernest Kemp e Elizabeth Cooper, ilesa apesar da provação, estavam sentados juntos no banco. O reitor ocupava uma cadeira de vime. O licor de cereja fora trazido da despensa e posto na mesa com três taças. Havia uísque com refrigerante para os cavalheiros.

— Pois bem, Miss Marple, conte-nos tudo — disse o reitor.
— O que fez com que a senhora suspeitasse que a morte de Mrs. Cooper não era o que parecia?

Jane Marple inclinou a cabeça.

— Nada foi muito esperto. Eventos complicados só acontecem mesmo em livros, não na vida real. Esse foi um crime comum, movido pela ganância e pelo fato de que Cooper estava cansado da esposa.

— Então o Dr. Barden estava errado? — perguntou Emmeline. — Ela não morreu de tétano?

— Não, ela de fato contraiu tétano. Só que a *maneira* pela qual Cooper disse que ela contraíra tétano não podia ser verdadeira.

Ernest Kemp se inclinou para a frente.

— Temo não entender, Miss Marple.

Ela sorriu para o jovem pároco.

— Tenho um adorável arbusto de jasmim em casa. Peço às criadas para colocarem folhas de chá ao redor das raízes para acidificar o solo. A ideia de usar lâminas de barbear é, imagino, possível, e alcançaria os mesmos resultados, apesar do risco de ferimento durante manutenções e...

— Sim, todos sabemos disso — disse Emmeline.

— O jardim de Cooper era todo de plantas de solo alcalino. O chalé dele ficava ao lado de um poço de cal, uma fonte de nutrientes alcalinos. Mrs. Cooper era uma jardineira experiente e nunca confundiria um solo alcalino com um ácido. Ela saberia que nunca seria possível acidificar o solo o suficiente para plantar rododendros, e nunca teria posto lâminas de barbear no jardim.

Emmeline se recostou na cadeira.

— Posto desse jeito, parece tão óbvio.

— Então como foi?

— O reitor, apesar de discreto, insinuou que Mrs. Cooper não era uma pessoa de fácil convivência. Elizabeth disse que a mãe cortou a mão.

A garota fez que sim.

— Bem feio.

— Presumo que Cooper tenha encontrado uma forma de infectar a ferida enquanto a ajudava com o curativo. É difícil cuidar de um ferimento na própria mão, não é?

Emmeline analisou o próprio curativo e concordou.

— Foi isso que me preocupou — disse Elizabeth. — Minha mãe era muito preocupada com a saúde. Ele se tornara impaciente com ela. Eles brigavam muito, então pareceu estranho que ele fosse subitamente tão solícito. — Ela se virou para o reitor. — Foi por isso que eu tentei conversar em particular com o senhor depois do funeral, mas ele deve ter percebido que eu estava desconfiada e me apressou para ir embora. — Ela respirou fundo. — Quando chegamos em casa, ele me levou à força para o andar de cima, fechou todas as cortinas e me trancou no quarto.

— E pensar que você estava lá — Kemp franziu a testa —, e eu nem sabia.

Elizabeth sorriu para ele.

— Mas você foi a Londres para tentar me achar.

Kemp ficou vermelho.

— Bem, pensei que houvesse algo errado. Por que você não tentou chamar atenção quando ele não estava em casa?

— Eu queria, mas estava com medo. A casa fica tão afastada da rua principal, e meu quarto fica na lateral, então ninguém consegue vê-lo. Eu não sabia quanto tempo ele pretendia me deixar lá. Ou o que ia fazer.

Miss Marple notou, com aprovação, que Kemp pegou a mão de Elizabeth.

— Acho que Cooper teria esperado até o burburinho passar, e então... sinto arrepios ao pensar no que faria. Perverso. —

Ela balançou a cabeça. — Foi por isso que ele dispensou Mrs. Hands, é claro, para que não houvesse testemunhas.

— Por que não acreditou quando ele disse que eu partira para Londres, Miss Marple? Todo mundo acreditou.

— Mr. Kemp não — respondeu ela com um sorriso complacente. — E a história me pareceu muito improvável, como se ele a tivesse tirado de um livro. — Ela fez uma pausa. — Os escritores de ficção policial têm muito a explicar. Além disso, todo mundo disse que era um comportamento atípico.

— Parece tão óbvio agora que você diz — repetiu Emmeline.

— Mas por que a senhora tinha tanta certeza de que Elizabeth estava na casa? — perguntou Kemp.

Miss Marple inclinou a cabeça.

— Eu não tinha. Mas Mr. Cooper não era um homem ligado a formalidades. O traje dele, meros dias após o funeral da esposa, indicava isso. Tão inapropriado! Sendo assim, me pareceu improvável que ele fosse seguir as orientações vitorianas de deixar todas as cortinas fechadas depois de um funeral.

Emmeline abanou o chapéu na frente do rosto.

— É claro, isso também foi estranho, especialmente nesse calor.

— Então teve o Dr. Barden — continuou Miss Marple. — Foi Williams que abriu meus olhos para isso. Quando ele confrontou o Dr. Barden no Cabeça de Touro, o médico percebeu, assim como eu, que a explicação de como Mrs. Cooper contraíra tétano não poderia estar certa. E você lembra, Emmy, como Mrs. Hands disse que havia dois copos na manhã em que encontrou o Dr. Barden?

O reitor pareceu horrorizado.

O mistério do solo ácido

— Está dizendo que Cooper também assassinou o Dr. Barden?

— Uma autópsia provará o que aconteceu — respondeu Miss Marple, solene —, mas temo que sim. Acho que o Dr. Barden convidou Cooper para conversar. É tão fácil fazer um assassinato parecer um acidente. Teria bastado que Cooper pusesse algo na bebida. Ele apostou no fato de que todos presumiriam que o Dr. Barden tinha, finalmente, bebido até a morte e não investigariam direito.

Elizabeth estremeceu.

— Que terrível.

— Mas por quê? — perguntou Emmeline. — Por que Cooper fez isso? Se ele apenas se cansara da esposa... perdoe-me, Elizabeth... divórcio não é tão escandaloso quanto era em nossa época.

O reitor balançou a cabeça.

— Temo que seja verdade.

Miss Marple se virou para Elizabeth.

— Dinheiro, pura e simplesmente — afirmou ela. — Estou certa, minha querida?

— A senhora é *mesmo* esperta, Miss Marple — respondeu a garota. — Ele vinha pressionando minha mãe havia alguns meses para assinar um novo testamento a favor dele; tinha algum interesse comercial em Portsmouth e precisava do dinheiro para investir. Não sei o que falou para convencê-la, mas, no início de agosto, ela cedeu. Meu pai deixou minha mãe em condições bem boas, então seria uma bela soma.

Emmy terminou a taça de licor de cereja.

— Ora, Jane, você só está aqui há 24 horas e já solucionou dois assassinatos que ninguém nem se dera conta de que tinham acontecido. E em Fishbourne, quem imaginaria!

— Você teve uma vida protegida, Emmy. Mas há maldade em todo lugar.

Emmeline Strickert, que dirigira uma ambulância na França durante a Primeira Guerra Mundial e cuidara de soldados moribundos no campo de batalha, ficou quieta.

— E, é claro — adicionou Miss Marple —, Mr. Cooper me lembrou de um homem chamado Sanders. Eu o conheci no Keston Spa Hydro há alguns anos. Era uma figura parecida, simpático e ruborizado, mas com algo desconfortável por baixo, se é que me entendem. No momento em que pus os olhos nele, o tal Sanders, eu soube que ele pretendia se livrar da esposa. — Por um instante, os olhos azuis dele perderam o brilho. — Naquela ocasião, eu não agi rápido o suficiente. Sempre me arrependi.

Emmeline estremeceu. O reitor baixou a cabeça. O pároco apertou a mão de Elizabeth com firmeza, sem mais se preocupar se alguém via. Além do jardim, ouvia-se o som dos homens voltando dos campos no crepúsculo. Um melro fêmea cantou para o parceiro. O mundo cotidiano continuava a girar.

— Bem, estamos em grande dívida com a senhora, Miss Marple — disse Kemp, erguendo o copo para ela.

Miss Marple corou de satisfação.

— Fico encantada por ter sido útil. Mas espero que o restante de minha estadia seja menos agitado.

O desaparecimento

Leigh Bardugo

Miss Marple envolveu os ombros com uma das suas muitas echarpes de lã e considerou tomar outra xícara de chá. Apesar do calor agradável que deveria fazer em Londres no verão, o apartamento elegante de Raymond tinha eternas correntes de ar graças às grandes janelas que se estendiam do teto ao chão. Elas forneciam pouquíssima privacidade, mas Miss Marple fora informada de que eram *essenciais* e muito visadas.

— Luminosidade gloriosa — explicara Joan, esposa de Raymond, ao passar a caminho do estúdio de pintura, mas Miss Marple notou que ela tremia.

— Gloriosa de fato — murmurou Miss Marple, trazendo o tricô para o colo. — Mas talvez mais apreciada ao lado de uma lareira.

Do interior da biblioteca, o telefone começou a tocar, ao mesmo tempo em que a campainha zumbiu alegremente no corredor.

— Alguém pode atender o telefone? — gritou Raymond da cozinha, onde preparava um almoço frio.

— Preciso abrir a porta! — exclamou Joan, já farfalhando para longe em uma nuvem de sedas artisticamente arranjadas.

Sempre havia alguém chegando ou saindo do apartamento; artistas, escritores, entregas de champanhe ou flores. Em geral, Raymond e Joan teriam fugido para o campo ou o sul da França para passar os meses mais quentes, mas Joan estava ocupada trabalhando em uma exposição e Raymond estava determinado a concluir o que alegava ser não um romance, mas "uma coleção de poemas sinfônicos, deveras revolucionária" a tempo da publicação na primavera seguinte. Era tudo muito agitado, e Miss Marple estava grata pelo convite para passar o verão com eles. Mesmo assim, ansiava pelo silêncio de seu chalé, o som distante de Cherry cantarolando na cozinha e a luz dourada que talvez não fosse tão enfática quando os raios de sol que se infiltravam pelas janelas elegantes de Raymond e Joan, mas que brilhava suavemente por cima do jardim nas últimas horas da tarde, de forma que cada flor reluzia como se mergulhada em âmbar.

Raymond apareceu na porta, interrompendo o devaneio dela.

— Tia Jane — disse ele, em tom acusatório. — É para a senhora.

— Para mim? — Um leve alarme soou na cabeça dela. Será que acontecera alguma coisa no chalé? Ela temia que os canos não aguentassem outro inverno, mas talvez tivessem decidido desistir mais cedo.

— É Dolly Bantry — disse Raymond, arrastado —, e ela parece ainda mais aflita do que o normal.

— O que Dolly poderia querer?

— Eu certamente não sei e não quero perguntar.

Miss Marple sabia que Dolly estava inquieta desde que se mudara para East Lodge, e o fato de que os filhos e netos haviam renunciado à visita de final de ano não ajudara. Era compreensível, considerando como moravam longe, e Dolly insistiu que estava aliviada por não precisar se preocupar com refeições e limpeza para tantas pessoas, mas Jane desconfiava de que fora um baque mesmo assim.

Miss Marple juntou o tricô embaixo do braço e seguiu Raymond até a biblioteca, onde o telefone esperava em uma escrivaninha bagunçada.

— Dolly?

— Ah, Jane! — exclamou Dolly. — Você precisa vir para casa agora mesmo. Preciso de seu maravilhoso cérebro.

— Voltarei para casa ao fim de agosto — protestou Miss Marple. — Raymond e a esposa vão me levar a uma peça deveras intrigante na semana que vem. Muito controversa.

— Isso mesmo — confirmou Raymond, acendendo um cigarro e se recostando na cornija da lareira. — Os atores se apresentam usando nada além de tinta vermelha. Impossível conseguir ingressos, mesmo no verão.

Miss Marple reprimiu um arrepio.

— O que aconteceu, Dolly?

— Não consigo explicar tudo.

— Você precisa tentar.

Dolly respirou fundo.

— Sabe a família que se mudou para Gossington Hall? Os Barnsley-Davis? O filho deles desapareceu, e você *precisa* voltar para casa e encontrá-lo.

Miss Marple olhou de relance para o sobrinho, que cruzara os braços e a olhava com um ar de expectativa confusa.

— Desapareceu? — perguntou ela.

— Sabia! — exultou Raymond. — Sabia que algo hórrido estava acontecendo naquela sua vilinha.

— Sim, há dois dias. — Dolly baixou a voz. — Assim como várias joias dos hóspedes dos Barnsley-Davis e meus brincos de safira.

— Os brincos da sua avó?

— Eles mesmo! Jane, você precisa vir para casa e consertar isso imediatamente. O casamento dele está marcado para a semana que vem.

Raymond se aproximara e se encarapitara na mesa para entreouvir. Nesse momento, soltou uma risada.

— Condenado ao matrimônio na semana que vem? Não é de espantar que tenha fugido.

— Não vejo o que eu poderia fazer... — começou Miss Marple.

— Nada disso, Jane. Eu a espero amanhã.

— Mas e a peça? — balbuciou Raymond.

— O que tem a peça? — perguntou a esposa dele, Joan, entrando na biblioteca com uma garrafa de champanhe em uma das mãos e uma jarra cheia de pincéis de tinta sujos na outra.

— Sábado, no máximo — disse Dolly. — Por favor, Jane. A noiva dele está muito abalada, e não podemos nos dar ao luxo de ter outro escândalo em Gossington Hall.

Miss Marple pensou. Sabia que Raymond e Joan ficariam desapontados, mas precisava admitir que não dispensaria a oportunidade de voltar para casa só um pouquinho mais cedo.

— Verei o que posso fazer, Dolly — respondeu ela, enfim. — Agora vá preparar um chá com conhaque para você... Não, não discuta comigo. Chá com conhaque e um bom e longo descanso. Vai se sentir muito melhor.

O *desaparecimento*

Ela colocou o fone no gancho.

— A senhora não pode voltar correndo para aquele vilarejo só porque algo terrível aconteceu em Gossington — reclamou Raymond. — Isso acontece quase toda primavera. Que tragédia recaiu sobre St. Mary Mead dessa vez?

— O filho da casa desapareceu — explicou Miss Marple em voz baixa.

Joan se jogou em uma poltrona.

— Os Barnsley-Davis não se mudaram para Gossington?

— Você os conhece? — perguntou Raymond com certa surpresa.

— Conhecemos Michael Barnsley-Davis no verão passado, não foi? Naquele lugar?

— Ah, sim, cabelos dourados, dentes brancos, desprezível de tão encantador.

Joan deu uma risada.

— Raymond só está irritadiço porque gosta de ser o centro das atenções.

— Não gosto. Como escritor, é essencial que eu seja livre para observar, e a melhor forma de fazer isso é longe dos holofotes.

— Michael era um verdadeiro encanto, de qualquer forma — continuou Joan —, e completamente apaixonado pela noiva. Quer dizer que ele desapareceu mesmo?

— Esse caso está longe de ser digno dos talentos de tia Jane — falou Raymond, procurando o cinzeiro e, por fim, batendo o cigarro em uma orquídea sobre a cornija. — Jovem charmoso esconde segredos sombrios por trás do rosto bonito e desaparece para não se arriscar à exposição. Mistério solucionado.

— Exposição do quê? — exclamou Joan, indignada.

— Dívidas de apostas, um casamento secreto em um local ermo, talvez estivesse menos apaixonado pela esposa do que pensamos. Ela de fato era mais sem graça que chuchu.

— Pura especulação. Nada disso bate com o Michael que conhecemos. Ele só deve ter sido convocado de repente para algum lugar.

Miss Marple pigarreou.

— Tem a questão das joias desaparecidas.

— Pode ser apenas uma coincidência — ofereceu Joan com incerteza.

Raymond lançou um olhar sardônico para ela.

— Não há coincidências em St. Mary Mead.

— Dolly parecia genuinamente abalada — disse Miss Marple devagar. — Não acho que ela faria esse alarde por nada.

— A senhora não me engana, tia Jane — falou Joan. — Cansou-se do nosso tumulto de Londres e quer voltar ao seu jardim.

— Eu de fato acho mais difícil acompanhar ultimamente — admitiu Miss Marple. — E vocês com certeza gostariam do quarto de hóspedes livre para sua querida amiga, Juliette? Aquela casada com o diretor?

Joan piscou.

— O que Juliette Henderson tem a ver com isso?

— Ela precisará de um lugar para ficar quando largar o marido, é claro.

Raymond quase derrubou a orquídea da cornija.

— Quando ela fizer *o quê*? Por que ela largaria Ambrose?

Mas Joan encarava Miss Marple.

— Tia Jane, como a senhora poderia saber? Ela não falou uma palavra para ninguém além de mim, e eu não contei à vivalma.

— Ora, querida, se não me engano, vocês duas fizeram uma visita ao joalheiro, o mesmo joalheiro, nesta semana e na passada.

— E daí? — exigiu Raymond. — Mulheres gostam de penduricalhos. Não há nada sinistro nisso.

— Sim, mas elas não compraram nada, compraram? Imagino que Juliette saiba que vai precisar de dinheiro em breve e tenha deixado as joias para serem avaliadas, então precisou voltar para buscá-las.

— Mas... — gaguejou Raymond. — Eles vieram jantar aqui no mês passado. Ela é louca por ele, eu mesmo vi!

Miss Marple parecia em dúvida.

— Mulher nenhuma que esteja casada por tanto tempo sorri tanto para o marido. Não é natural.

Joan soltou uma risada estrondosa.

— E eu achei que Juliette fizera um trabalho tão esplêndido, considerando que estava chorando apenas horas antes.

— Coitado de Ambrose — disse Raymond.

— Eu não me preocuparia tanto com ele — falou Miss Marple. — Imagino que vá se consolar com aquela atriz, aquela que vimos naquela adaptação tão... interessante de Macbeth. Ele não pode tê-la escalado pelo talento, então deve estar de fato muito apaixonado.

Raymond jogou as mãos para o alto.

— Mande a bruxa de volta para o vilarejo dela. Se ela continuar aqui por muito tempo, todos os nossos segredos serão revelados.

Miss Marple sorriu e retomou o tricô.

* * *

— Venha direto para minha casa — insistira Dolly quando Miss Marple retornara a ligação para dizer que chegaria no sábado à tarde.

Mas Miss Marple não estava mais na idade de atender a demandas tão urgentes. Queria uma oportunidade de lavar o rosto e talvez comer alguma coisinha antes de visitar East Lodge.

Assim que avistou o chalé e os montes de clematis roxas enchendo a pérgola, Miss Marple se sentiu banhada por uma onda de calma. Cherry acenou para ela da porta, o cabelo platinado penteado para trás e um avental vermelho asseado amarrado na cintura.

— A senhora pegou um táxi, então? Desperdício terrível de dinheiro. Eu teria mandado Jim buscá-la se soubesse que estava a caminho — repreendeu Cherry, apressando-se pela entrada para pegar a mala de Miss Marple. — Recebeu a minha carta, então? Ou só se cansou da... vida na cidade?

Miss Marple notou a pausa. Cherry nunca tivera muito apreço pelo esnobismo de Raymond e as pretensões de Joan.

— Sinto dizer que não recebi sua carta, Cherry.

Cherry dispensou a preocupação com um gesto e guiou Miss Marple para o fresco hall de entrada.

— Vou botar a senhora a par de tudo. Tenho uma bela costela do jantar de ontem que posso esquentar.

— Eu disse a Dolly que iria direto a East Lodge.

— Dolly Bantry pode esperar. Sempre tão imperiosa, como se ainda fosse a grande senhora feudal. Cruzei com ela no açougue outro dia e ela só queria falar sobre Michael Barnsley-Davis.

— Ah, é? — respondeu Miss Marple, ansiosa para escutar o que Cherry tivesse a oferecer sobre as fofocas do vilarejo. Se ela fosse se dedicar a esse problema, precisava de informação, e já estava em certa desvantagem por ter passado boa parte do verão afastada de St. Mary Mead. — O que acha de Michael?

— Bonito feito o diabo, mas só com metade da inteligência.

— Entendo que haja a questão de algumas joias desaparecidas.

Cherry serviu o resto de costela com uma pequena pilha de cenouras e batatinhas.

— *Disso* eu não fiquei sabendo. Foi por isso que a senhora voltou? Joias desaparecidas?

— Não foi por isso que você me escreveu?

— Claro que não! É a pobre garota, a estudante que caiu daquela ponte do velho moinho. A polícia está dizendo que ela se matou, assim como alegaram com Rose Emmott, mas...

— Mas?

— Bem, têm corrido boatos. Ela trabalhou bastante lá em Gossington Hall.

Miss Marple não ficou nem um pouco surpresa.

— Ela era jovem? Bonita?

— Jovem — disse Cherry, pensativa. — Mas não bonita. Sabe como é o tipo. Não se dava ao trabalho de usar um pouco de pó ou batom. Sempre perambulando pelos terrenos de botas de trabalho e macacão. Não era do tipo que atraía atenção masculina. Aqui, eu recortei a matéria do jornal para a senhora.

O artigo era breve: Miss Genevieve Andrews, dezenove anos, de Lyndhurst, Hampshire, estudante de botânica no Moorlands College, passava o verão hospedada em St. Mary Mead para trabalhar no terreno de uma propriedade local. Ela saiu para uma caminhada na noite do dia 23 de agosto e nunca voltou ao alojamento alugado. Seu corpo afogado foi encontrado no dia seguinte.

— Tão jovem — comentou Miss Marple, analisando a foto borrada de Genevieve Andrews. — Ela visitava Gossington com frequência?

— Sim — disse Cherry, ansiosa. — Estava trabalhando no terreno.

— E tirou a própria vida. Isso foi antes ou depois de Michael ir embora?

Cherry se inclinou para a frente, quase pousando o cotovelo nos restos de cenoura.

— Foi exatamente o que eu pensei, Miss Marple. O garoto Barnsley-Davis teve alguma relação com a morte daquela garota. Ele a seduziu, e ela ameaçou falar com a noiva dele ou algo assim, então ele perdeu a cabeça e empurrou-a da ponte.

— É muita suposição. Ele parecia ser desse tipo?

Cherry franziu a testa.

— Não posso afirmar. Vivia paparicando aquela noiva dele, Lydia Adams. Verdadeiramente dedicado, não só para se exibir. E Lydia talvez seja a garota mais bonita que eu já vi fora da televisão.

— É uma ponte perigosíssima — observou Miss Marple, perguntando-se por que Dolly não mencionara a morte da jovem Genevieve.

Ela almoçou sem pressa, observando as nuvens passarem pela janela e escutando o tique-taque do relógio.

— Se não gostou, posso preparar outra coisa para a senhora — ofereceu Cherry.

— Não, está muito bom — garantiu Miss Marple, mas estava distraída demais para fazer jus aos bons dotes culinários de Cherry.

— Mas o que a senhora acha que aconteceu? — perguntou Cherry, ansiosa. — Ele a empurrou cruelmente no rio? Ele a levou a tirar a própria vida e então fugiu, envergonhado? Ou é apenas um rapaz inocente, ele mesmo vítima de um crime?

— Cherry, você deveria parar de ouvir esses programas de rádio lúgubres. Conte-me, você preferiria que Michael estivesse são e salvo, mas fosse um patife? Ou que fosse inocente, mas houvesse terminado mal?

Cherry fez uma pausa, recolhendo o prato de Miss Marple ainda pela metade e deixando-o na pia.

— Suponho... Bem, suponho que eu prefira que ele seja inocente, mesmo que a bela Miss Lydia tivesse que perdê-lo. Então ela saberia que ele sempre a amara de verdade. — Cherry apoiou o quadril na bancada e cruzou os braços. — Mas o que *a senhora* acha, Miss Marple?

— Eu acho que é melhor Jim pegar o carro e me levar até East Lodge.

— Jane! — exclamou Dolly, abrindo a porta de East Lodge e se apressando pelo caminho da entrada. — Onde você estava?

Era óbvio que ela estivera olhando pela janela, esperando pela chegada de Miss Marple.

— Vim assim que pude, Dolly. Pensei que a encontraria trabalhando no jardim. Seus canteiros estão indo tão bem.

— Estão, não é mesmo?

— Malvas-rosas, esporinhas, e aquelas são ásteres?

— Tive que inventar alguma coisa para ocupar todas as horas vagas desse verão, com Bertram e Alice e as crianças longe se aventurando por aí. Agora, vamos entrar. Consegui arranjar um convite para o chá para nós duas.

— E como você conseguiu isso, Dolly?

— De maneira bem sem-vergonha, sinto dizer. Talvez tenha mencionado que foi você quem solucionou o mistério do corpo na biblioteca de Arthur.

— E talvez tenha insinuado que duas velhas solitárias não tinham nada melhor para fazer em uma tarde de domingo?

— Fazemos o que é preciso.

— É bem verdade, Dolly.

Dolly enlaçou o braço no de Miss Marple enquanto elas subiam a rampa. O dia não estava muito quente, e, apesar das circunstâncias, Miss Marple não pôde deixar de regozijar-se com o fato de estar longe da fumaça e do agito de Londres, caminhando sob um céu azul de verão.

— Conte-me sobre a família, Dolly, mas não daquele seu jeito usual. Precisarei de detalhes para entender a situação com clareza.

— Não pode só descobrir tudo sozinha? Sabe como sou um caso perdido com esse tipo de coisa.

— Sei que consegue quando tenta.

Dolly suspirou profundamente.

— Então tentarei. A mãe é uma dessas mulheres hipocondríacas, sempre paparicando o *querido Michael* e resmungando sem parar sobre as recomendações do médico dela. Nunca vi muito o pai. Acho que fez dinheiro com torneiras ou dispositivos ou alguma coisa mecânica. Não me lembro. Difícil dizer de onde o garoto herdou o charme. Talvez tenha pulado uma geração.

— E a noiva?

— Lydia? Pobrezinha. Uma querida. Linda e sempre disposta a um bate-papo ou a uma risada.

— Mas talvez não muito inteligente?

— E o que a faz dizer isso, Jane?

— Foi só a maneira como você falou, Dolly. Pareceu mais uma descrição feita por Arthur do que por você.

— Bem — disse Dolly, arrancando uma rosa murcha de um arbusto ao passar. — Acho que ela é o tipo de garota que chamaria a atenção de Arthur. Mas isso não significa que o noivo seja um ladrão.

— Certamente não. E os outros hóspedes?

— Tem Vera Fowler. É a melhor amiga de Lydia, veio para o casamento. É deslumbrante à maneira dela, e poderia ser bem atraente se não insistisse em arrastar todas as palavras como se o mero ato de falar a entediasse. Então tem um professor e o sobrinho dele de visita, ambos arqueólogos de algum tipo. Não lembro se escavam potes ou pessoas. Acho que pretendem convencer Mr. Barnsley-Davis a investir parte do dinheiro dos dispositivos na próxima excursão.

— Vamos parar por um momento, Dolly. Preciso pegar fôlego.

Dolly parou sob os galhos folhosos de um teixo.

— Você não está se sentindo mal, está, Jane? Londres não é boa para a saúde de ninguém, eu sempre penso.

— Só estou velha, e temo não podermos culpar Londres por *esse* fato. Que vista. Esqueço como o vilarejo fica encantador daqui.

— Se estreitar os olhos e fingir não ver o desenvolvimento.

Miss Marple se virou para encarar a fachada impressionante de Gossington.

— Vejo que os novos donos fizeram um bocado de mudanças. É quase como...

— Eu sei. Como se tivesse voltado no tempo. Quando Marina Gregg comprou o lugar, ela fez muitas *melhorias*. Mas não sei bem se elas foram totalmente apreciadas pelo restante do vilarejo.

— Não, agora está muito mais a cara da sua Gossington.

Dolly não disse nada porque era claro que não era mais a Gossington dela.

— Sei que você não era sentimental sobre o lugar — adicionou Miss Marple. — E East Lodge é muito mais prático para aquecer e cuidar.

— Ah, sim. Infinitamente.

— Mas talvez não tão conveniente para reuniões maiores?

— Não — concordou Dolly, pensativa, enquanto continuavam. — Acho que não. E as pessoas têm tantos lugares para ir hoje em dia.

— Por que não mencionou a pobre garota que caiu da ponte?

— Genevieve? — disse Dolly, surpresa. — Muito trágico, mas não vejo qual é a relação com todo o resto.

— Ela e Michael Barnsley-Davis não eram próximos?

— Nunca os vi juntos, mas era inevitável que as pessoas comentassem depois de Michael desaparecer logo após a morte dela. É cruel fazer Lydia passar por isso. — Dolly se abaixou para arrancar uma erva daninha dos vasos de flores. — Agora, Jane, concentre-se na tarefa em questão. O tempo é curto.

— É o que você não para de repetir. Tem mais alguém?

— Só um americano dissimulado amigo de Michael. Acho que estudaram juntos, e ele simplesmente apareceu em uma tarde. Muito rico, muito barulhento, só que...

— Continue.

Dolly tocou a campainha e baixou a voz.

— Não acho que seja tão estúpido e crasso quanto faz todos acreditarem.

Eles se reuniram para o chá da tarde no que já fora a sala de visitas surrada e confortável de Dolly. Durante a posse de Marina Gregg ela fora transformada em um grande salão salpicado de arte moderna e peças de escultura. Mas, sob a administração dos novos donos, o cômodo fora revertido para uma sala de estar tradicional coberta de lã escura e conjuntos de móveis imponentes, quase como um palco preparado para uma peça passada em uma casa de campo inglesa.

O chá em si foi um evento generoso, porém peculiar, servido por uma criada dentuça em pratos e xícaras de porcelana delicada. No lugar de *scones* ou bolo, havia biscoitos feitos de cenoura ralada, enquanto o pão branco macio que era usado para sanduíches e mantido úmido sob um pano tinha sido substituído por algum tipo de biscoito salgado feito de nozes e sementes.

— Meu médico — anunciou Mrs. Barnsley-Davis, coberta com uma túnica cor de alface e colares de contas coloridas — me mantém em uma dieta muito restrita de raízes, sementes e legumes variados. Dr. Martin Bickford, muito visado. A senhora o conhece?

— Temo que não — respondeu Miss Marple, escondendo discretamente o disco de cenoura não comido sob o guardanapo. — Mas não sou bem-informada em desenvolvimentos médicos.

— A senhora é bem-informada sobre charlatanismo? — perguntou Reginald Marsh, esparramado na cadeira à janela. Era o americano dissimulado de Dolly, cuja descrição parecia bem precisa. Ele usava calças aviltantes e algum tipo de camisa de cambraia azul. O efeito era ao mesmo tempo desagradável e artístico... exatamente o objetivo dele, suspeitava Miss Marple.

Mas Marjorie Barnsley-Davis não parecia ofendida; na verdade, ela olhava para Reginald com afeto.

— Reggie tem sido um alento para mim agora que Michael... bem, com Michael... — Ela tirou um lenço da manga volumosa e secou os olhos. — Com Michael *fora* por um tempo. Mas Reggie adora mesmo provocar. O Dr. Bickford diz que é porque consome comidas vermelhas demais. É ruim para o baço.

— Baço? — perguntou Mr. Barnsley-Davis em tom exigente ao entrar, esfregando as mãos, com o rosto vermelho e o bigode eriçado. — Não tem nada de errado com o baço dele. Só não gosta mesmo de trabalhar.

— Não seja desagradável, Lionel — repreendeu a esposa.

— Sim, Lionel, não seja desagradável — ecoou Reginald Marsh. — Esse é meu trabalho.

— Seu único trabalho.

— Besteira. Eu também estou em busca de um regime integral de mentir e não servir para nada.

Miss Marple estava grata pela oportunidade de observar os ocupantes da casa enquanto o chá era servido. Lydia Adams, noiva de Michael, era tão linda quanto Dolly afirmara, o cabelo era uma nuvem cor de mel dourado que enquadrava os olhos azuis como centáureas, deveras luminosos se não estivessem vermelhos e inchados de tanto chorar. Ela estava sentada com um prato no colo, sem comer nada, o olhar distante. A amiga Vera estava esparramada em uma cadeira ao lado dela, usando uma bata violentamente amarela, a cabeça descansando na mão. Nenhuma das duas dissera uma palavra desde que foram apresentadas a Miss Marple.

O Professor Helmut Roederer, o arqueólogo alemão de Dolly, se levantou, desajeitado, do lugar que ocupava no sofá com seu sobrinho deveras pálido.

— Lionel, queria saber se podemos conversar...

— Vil! — rugiu Lionel Barnsley-Davis, ignorando o professor e mastigando ruidosamente um dos biscoitos de sementes. — Não se pode ter um chá decente nesta casa?

— Dr. Bickford... — começou Mrs. Barnsley-Davis.

— Não quero ouvir sobre aquele velho impostor, Marjorie.

— Lionel... — tentou o Professor Roederer de novo.

— Helmut! — vociferou Mr. Barnsley-Davis com tanta força que o professor tombou de volta no sofá, como se soprado por um vento poderoso. O sobrinho pálido se encolheu contra as almofadas, desbotando para um tom ainda mais leitoso. — Meu filho desapareceu na maldita área rural e você tem o mau gosto de me enfastiar por fundos? Não lhe darei mais um centavo até que prove que pode encontrar mais do que montes de terra e alguns fragmentos de tigelas velhas!

— Sei que o momento talvez não seja ideal — gaguejou o professor. — Mas a cerâmica que encontramos é vital para entender o Segundo Reinado...

— Vital? Cadê o ouro? As joias?

— Ah, Lionel — gemeu Mrs. Barnsley-Davis —, você *precisa* ser tão vulgar?

Reginald Marsh riu e comentou:

— Talvez seja melhor não mencionar joias na atual conjuntura.

Uma veia pulsou de maneira alarmante na testa de Lionel Barnsley-Davis.

— Seu pirralho ingrato. Se tem a audácia de...

Naquele momento, Lydia caiu no choro e saiu correndo do cômodo, soluçando.

— Talvez... talvez devamos ir atrás dela? — murmurou o sobrinho pálido quando os passos delas sumiram nas escadas. Era a primeira vez que ele falava.

— Não vai adiantar nada — respondeu Marsh, com verdadeira tristeza na voz ao se levantar e seguir para as portas do jardim. — Nada estará certo até o pródigo voltar.

— Pródigo? — questionou Miss Marple enquanto os Barnsley-Davis e os outros convidados se retiravam, talvez felizes em se afastar dos biscoitos de cenoura. Só Vera Fowler permaneceu, relaxada na cadeira, olhando de forma desinteressada para Dolly, Miss Marple e a criada que começara a tirar a mesa.

— O Garoto de Ouro — disse Vera com a voz arrastada, acendendo um cigarro no silêncio que seguira o êxodo. — O queridíssimo Michael.

— Você não gostava dele? — perguntou Miss Marple.

Vera ergueu uma sobrancelha.

— A senhora não tem cerimônias, não é?

As bochechas de Miss Marple ruborizaram um pouco.

— Ah, perdoe-me, querida. Mulheres mais velhas têm tão pouca ocupação. Não conseguimos evitar nos envolver nos dramas e romances dos jovens.

Vera deu de ombros.

— Não encontrei nenhum defeito no querido Michael, se é o que quer dizer. Rico, bonito, bondoso com órfãos.

— Ele já... bem...

— Nossa, mas que enxerida. Não, ele nunca tentou me seduzir, se é o que está insinuando. Uma pena.

— Ora, ora — disse Miss Marple suavemente. — Você não está falando sério. Não é tão insensível quanto finge ser.

Vera deu um longo trago no cigarro.

— Não. Acho que não. A verdade é que Michael parece ser um bom homem e Lydia o ama muito, e eu não entendo mesmo o que aconteceu.

— Você acha que ele foi ferido.

— Acho. Ele não fugiu com uma vedete rebelde nem nada assim. Nunca tentou nada comigo ou com qualquer amiga nossa, e certamente tinha chances com qualquer garota bonita daqui até Devon.

Um estrondo alto de pratos e prata ressoou, e Miss Marple se virou para ver a criada dentuça agachada no chão, limpando cacos de porcelana e restos de comida com as mãos trêmulas.

— Sinto muito, senhorita. Sinto muito, madames.

— Onde *você* acha que ele foi? — perguntou Dolly, se debruçando para a frente na cadeira.

A garota olhou para os gramados bem cuidados do lado de fora.

— Já me perguntei isso. Eu acho... apesar de todo o charme, acho que Michael provocou raiva ou inveja em alguém e algo terrível aconteceu.

Miss Marple analisou o perfil de Vera, as sobrancelhas escuras.

— Quando perguntei se gostava dele, você não me respondeu de verdade.

— Não? A verdade é que eu não tinha motivo para *não* gostar dele.

— Mas não gostava.

— Não. Não sei por quê. Mas não confiava que ele fosse bom para Lydia. E agora...

— E agora se sente culpada porque acha que algo terrível lhe aconteceu.

— Sim. Eu me sinto a pior pessoa do mundo. — Ela soltou uma risada áspera. — Não é absurdo? Como se isso mudasse alguma coisa.

— Dolly — disse Miss Marple. — Acho que deveríamos ir falar com Lydia.

— É com ela que eu me importo de verdade — falou Vera —, e ela o quer de volta tão desesperadamente. Acham que há esperança?

— É claro que sim — respondeu Dolly. Mas Miss Marple não disse nada.

— Garota estranha — sussurrou Dolly ao deixarem a sala de estar.

— Talvez — concordou Miss Marple. — Mas não burra.

— Indo atrás da pobre Lydia? — questionou Reginald Marsh, chegando encurvado do jardim por uma porta lateral. Encontrara uma raquete de tênis em algum lugar e a balançava agressivamente no ar. — Sem dúvidas a encontrarão chorando no *boudoir* dela. Não que o querido Michael mereça tamanha emoção.

— Achei que vocês fossem amigos na escola. — perguntou Dolly.

— E ainda somos.

— Se é assim que fala dos seus amigos — disse Dolly —, prefiro não saber como se refere aos inimigos.

— Vejam — falou Marsh, recostando-se na parede e cruzando as longas pernas à frente —, Michael era divertido, sempre animado, sempre pronto para uma brincadeira, mas não era o tipo de homem que se gostaria de ter às costas quando o vento apertasse, entendem?

— Não acredito que você tenha sido convidado ao casamento — afirmou Dolly com frieza. — Na verdade, não acho que sequer tenha sido convidado à casa. Você só apareceu na porta.

— A casa não é mais sua, então por que se importa?

Dolly contraiu os lábios.

Marsh balançou a raquete de tênis a centímetros de um vaso próximo.

— Eu estava passando por essa área e pensei em fazer uma visita. Talvez vocês, ingleses, tenham cerimônia, mas Michael abusou da minha família com todo o prazer nos Estados Unidos, então pensei em devolver o favor.

— Michael Barnsley-Davis te visitou nos Estados Unidos? — perguntou Miss Marple.

— O que tem? Nós temos espaço de sobra.

— Que sorte ter uma família grande — chilreou Miss Marple. — Quando se é sozinha no mundo, é um prazer ouvir sobre todas essas relações felizes.

— Não tão grande assim.

— Mas irmãos, certamente. Uma irmã mais nova, talvez?

Reginald Marsh se afastou da parede.

— Talvez. Agora, cadê Vera? Tenho certeza de que posso ofender mais alguém antes do anoitecer.

— Que garoto grosseiro, insuportável — comentou Dolly com uma cara feia ao subirem as escadas. — Jane, o que está matutando com tanta concentração?

— Nada de mais — respondeu Miss Marple. — Só que... você viu a maneira como ele estava segurando aquela raquete, Dolly? Os nós dos dedos dele estavam muito brancos.

— Cheguei a me perguntar se ele iria golpear uma de nós. Criatura lamentável.

Elas encontraram Lydia no quarto, enroscada no banco à janela, cercada de almofadas cor de damasco. Ela encolhera os joelhos e descansava o rosto marcado por lágrimas nos braços cruzados.

— Ah, minha querida — disse Dolly, se aproximando. — Você não deve chorar por ele.

— Eu não entendo — respondeu ela, lágrimas frescas brotando nos enormes olhos azuis.

— Como poderia entender? — falou Miss Marple, pondo um lenço limpo nas mãos dela. — Essas coisas não são mesmo compreensíveis.

— Ele não iria embora! Dizia que me amava. Que não via a hora de se casar comigo.

— Qual foi a última vez que o viu? — perguntou Miss Marple com delicadeza.

— Na tarde da festa no jardim. Ele ficou até o último brinde. Disse que eu parecia uma frésia. — Ela secou os olhos e adicionou: — Eu estava de amarelo-manteiga.

— Ah — disse Dolly.

— Ele tinha que pegar um trem para Londres.

— Pegou um carro para a estação? — perguntou Miss Marple. — Ou foi dirigindo?

Lydia assoou o nariz.

— Nenhum dos dois. Ele disse que queria andar.

— Um caminho tão longo? — perguntou Dolly.

— Ele gostava do exercício — respondeu Lydia, na defensiva.

— Entendo — disse Miss Marple.

— Ele tem um apartamento em Londres — continuou Lydia. — Mas o porteiro não o viu naquela noite, e ninguém da estação tinha certeza de que ele embarcara no trem.

Dolly deu tapinhas na mão da garota.

— Estações são muito agitadas. Ele poderia facilmente não ter sido notado.

— Mas ninguém deixa de notar Michael. Ele é... ele é magnífico.

— Perdoe-me, minha querida — arriscou Miss Marple, cautelosa. — Mas preciso perguntar. Ele disse ou fez qualquer coisa fora do comum nos dias anteriores? Houve, talvez, uma discussão, ou consegue pensar em alguém que quisesse fazer mal a ele?

— Ninguém! — lamuriou-se Lydia. — Todos amavam Michael!

— Todos?

— Aquele professor sei-lá-das-quantas vivia importunando-o por dinheiro, pedindo para ele pressionar o pai por fundos. E talvez não Mr. Marsh. Mas ele não gosta de ninguém.

— Suspeito que isso não seja verdade.

Lydia verteu mais uma corrente de lágrimas.

— O que devo fazer? Só falta uma semana para o casamento!

— Acho que deveria ir para sua casa em Londres.

— Mas e se Michael voltar?

Dolly lhe deu um tapinha encorajador no joelho.

— Então ele telefonará e você o fará pedir desculpas por ter se comportado tão mal e talvez comprar algo bonito para você.

Elas buscaram um pano úmido para Lydia colocar sobre os olhos e a deixaram na cama, já roncando suavemente.

— Pobrezinha — disse Dolly no corredor. — Você acha mesmo que Michael está só esfriando a cabeça e que voltará quando estiver pronto?

— Não. Mas acho que Lydia é uma garota muito bonita e ficará mais bem cercada de cavalheiros desimpedidos em Londres do que chorando pelos cantos por aqui. E suspeito que ela terá a companhia de Reginald Marsh em breve.

— Marsh? — perguntou Dolly com incredulidade, então agarrou o braço de Miss Marple. — Mas se ele estivesse apaixonado pela mulher do melhor amigo, então teria um belo motivo para fazer Michael desaparecer.

— Teria — concordou Miss Marple. — Mas duvido muito que tenha sido isso o que aconteceu. Vamos voltar a East Lodge, Dolly, e ligaremos para Jim para ele vir me buscar. Preciso pôr os pés para o alto e pensar.

— Podemos ligar daqui, Jane.

— Não — disse Miss Marple com firmeza, observando Reginald Marsh e Vera Fowler caminhando pelo terraço acima do jardim. — Já ficamos por tempo demais.

Naquela noite, Miss Marple jantou em uma bandeja no quarto em vez de na cozinha com Jim e Cherry. Ela apreciava a companhia deles, mas ansiava por silêncio naquela noite, uma oportunidade de assistir aos vaga-lumes se reunirem no crepúsculo.

Cherry conseguiu segurar a língua até ter retirado a bandeja de Miss Marple e lhe levado um copo de leite morno.

— A senhora está perdida em pensamentos — observou ela.

— É verdade, Cherry. Ficar velha é algo terrível.

— A senhora não é tão velha assim, Miss Marple, e é mais perspicaz do que a maioria das pessoas com metade de sua idade.

Talvez, mas naquela noite Miss Marple sentia cada ano e hora pesando nos ossos. Cherry andou de um lado ao outro do quarto, fechando as cortinas e ajeitando almofadas, até que Miss Marple sorriu e disse:

— Cherry, sossegue. Fale o que quer.

Cherry pôs as mãos na cintura.

— Vou sossegar quando a senhora acabar com meu sofrimento! Ele é culpado ou não é? Michael Barnsley-Davis matou a jardineira?

— É engraçado que a chame assim. Mas não, acho que não.

— Então por que fugir desse jeito?

— Uma ótima pergunta, Cherry.

— E a senhora vai me dar a resposta?

— Você presume que eu a tenha.

— Porque a senhora sempre tem! — exclamou Cherry, exasperada.

— O que Jim acha?

— Ah, sabe como Jim é. Ele só ri, diz que o culpado é o mordomo e se vira para dormir. — Cherry suspirou. — E imagino que seja melhor eu fazer o mesmo.

— Pode abrir a janela, Cherry?

— Está fresco essa noite — disse Cherry ao obedecer. — Trate de não pegar friagem.

Miss Marple ouviu os sons do jardim, os insetos do verão zumbindo, o farfalhar suave de algo se aninhando na sebe. Ela deveria fechar a janela. Deveria ir dormir. Mas, mesmo assim, ficou acordada pensando.

Na manhã seguinte, Miss Marple se levantou, se vestiu e tomou um café da manhã leve de torrada e chá. Então pediu a Jim para levá-la a East Lodge.

— Quer que eu espere, Miss Marple? — perguntou Jim quando eles chegaram. — Ou prefere telefonar?

— Vá fazer suas coisas, Jim. Tenho certeza de que tem muito a fazer hoje além de ficar se preocupando comigo.

— O jardim de Mrs. Bantry está bonito. Ela vive aqui fora, não importa o tempo, parecendo ela mesma uma flor com aquele chapelão.

Mas Dolly estava dentro de casa naquele dia, então Miss Marple seguiu lentamente pelo caminho, notando as novas mudas.

— Jane! — exclamou Dolly ao abrir a porta. — Já solucionou o mistério?

— Temo que sim — respondeu Miss Marple, feliz em sair do sol para os cômodos frescos da frente de East Lodge.

— Então? — disse Dolly. — Foi o arqueólogo ganancioso? O americano ciumento? A melhor amiga amarga?

— Você poderia ao menos me oferecer uma xícara de chá, Dolly.

Dolly revirou os olhos.

— Muito bem — disse ao caminhar para a cozinha. — Mas espero uma boa história assim que a água ferver.

— Você se desfez da sua adorável chaleira de latão.

Dolly fez um muxoxo de desdém.

— Bertram e Alice não pararam de zombar de mim por causa dela em sua última visita. Disseram que era antiga e antiquada e provavelmente estava envenenando a mim e às visitas. A nova chaleira elétrica aquece muito mais rápido e é muito mais higiênica.

— Talvez — disse Miss Marple. — Mas não somos o tipo de gente que descarta objetos estimados para seguir a moda.

— Jane, você está ficando sentimental na velhice.

Miss Marple sorriu.

— Sem dúvida.

Quando as duas se acomodaram na sala da frente, Dolly em uma poltrona confortável e Miss Marple no sofá, Dolly não conseguiu mais se conter.

— Então, quem é o culpado? — perguntou, ansiosa.

— Nenhum deles — disse Miss Marple.

— Então ele fugiu?

— Não, não exatamente.

Dolly soltou um grunhido de frustração indigno de uma dama.

— Então ele empurrou aquela coitada da ponte?

— Também não. Sinto dizer que a pobre Genevieve tirou a própria vida. Ela era tão jovem, veja bem, e tão amedrontada, acho que Michael Barnsley-Davis não a tratou com muita gentileza, não quando descobriu que ela estava... bem, grávida.

— Mas Vera disse que Michael não era esse tipo de homem, que ele nunca tentara nada com ela ou...

Miss Marple ergueu um dedo.

— Ele não tinha interesse por garotas bonitas. Buscava as tímidas, as sem graça, as ignoradas por todo o resto. Garotas como a irmã mais nova de Reginald Marsh, imagino. Ele sabia que elas eram mais vulneráveis e provavelmente teriam menos credibilidade. Você não notou a maneira como a criada reagiu ao que Vera disse? Suspeito que Michael também tenha se deitado com ela. E Genevieve não era bonita, era?

— Não — respondeu Dolly baixinho. — Creio que não.

— Mas tinha muitas outras qualidades, não tinha?

— Ela tinha muito jeito com flores. Mas homens não ligam para esse tipo de coisa.

Miss Marple observou o rosto da amiga, ansioso e pensativo.

— Ele ameaçou você, Dolly?

Dolly ergueu o olhar bruscamente. O relógio na cornija tiquetaqueava, e as sombras no cômodo pareciam se intensificar ao redor delas. Ela deu um gole no chá, então deixou a xícara e o pires de lado.

— Acho que eu deveria ter sabido que você me desmascararia, Jane. Você sempre o faz.

— Eu não desmascarei a princípio — admitiu Miss Marple. — Não entendi por que você me pediria para voltar a St. Mary Mead se tivesse feito algo errado. Mas então Cherry mencionou que esbarrara com você no açougue. Ela te contou que me escreveria sobre a morte de Genevieve, não contou?

— Sim — confirmou Dolly. — Achei que se fosse *eu* a exigir que voltasse para casa, você poderia não suspeitar de mim. Genevieve era uma garota querida, muito querida, tão jovem e cheia de ambição, e tão dedicada ao jardim. Conversávamos sempre que ela vinha trabalhar. Quando Bertram e Alice não me visitaram esse ano... Bem, acho que me senti solitária, e ela foi bondosa o bastante para dar atenção a uma velha senhora.

— E ela se matou por causa de Michael Barnsley-Davis. Porque estava carregando o bebê dele.

Os olhos de Dolly faiscaram.

— Acha que ele se importou? Eu o vi no jardim, no dia seguinte ao que encontraram o corpo dela, assobiando, de rosto virado para o sol como se não tivesse uma preocupação no mundo.

— Você o confrontou.

— Sim. Nessa mesma sala. Eu o vi pela janela, caminhando para a estação de trem. Gesticulei para que se aproximasse, ofereci um chá. Ele não sabia que Genevieve se abrira para mim, que ela se sentara naquele sofá e chorara por ele. — Dolly golpeou o braço da poltrona com o pequeno punho. — Mas ele não ligou. Nem um pouco. Disse que Genevieve tomara as próprias decisões, que algumas pessoas não são fortes o suficiente para este mundo. E quando eu o chamei de cruel... ele riu de mim. Perguntou o que eu faria. Então eu disse que contaria à Lydia e aos pais dele, a qualquer um que quisesse ouvir.

— Isso foi muito perigoso, Dolly. Homens assim não gostam de ser repreendidos. Não se lembra do filho do peixeiro, Ralph Wiles? Todo sorrisos e "bom dia, senhora" até que alguém questionou os recibos. Então ele estilhaçou a vitrine e tentou fingir que foi um acidente.

— Não — sussurrou Dolly. — Michael certamente não gostou.

— Você precisa me contar — disse Miss Marple, a voz firme. — Precisa me contar tudo.

Dolly hesitou. Então, com a expressão de uma mulher saltando de um abismo, relatou:

— Ele mudou... Era como se todo o humor e a beleza dele tivessem se dissipado. Eu não tinha acreditado de verdade quando Genevieve me dissera que ele a ameaçara. Pensei que fosse apenas um jovem impetuoso, tomado pela emoção. Mas, naquele momento, foi como se eu o visse pela primeira vez. — Ela respirou fundo. — Ele disse que poderia me matar ali mesmo e ninguém jamais suspeitaria. Só pensariam que eu sofrera uma queda feia, mais uma velhota de que ninguém sentiria falta. Ele disse... disse que eu poderia passar dias morta e só descobririam quando eu começasse a feder. — Quando ela ergueu o olhar, estava com os olhos cheios de lágrimas. — E sabe qual é a pior parte, Jane? Ele tinha razão. A velhice é cruel, ainda mais com as mulheres. Uma mulher se torna um fantasma quando deixa de ser digna de olhares.

— Um fantasma pode ser bem assustador — murmurou Miss Marple. — Um fantasma pode se safar de qualquer coisa.

Dolly secou as lágrimas bruscamente.

— Ele segurou meu pescoço. Estava sorrindo. Eu acho... acho que ele estava se divertindo. Eu estava com tanto medo; peguei a chaleira e... o golpeei. — Ela estremeceu. — Ele não se levantou.

— Deve ter sido bem difícil carregar o corpo sozinha.

Dolly fez um breve aceno com a cabeça, olhos secos, costas eretas. Essa mulher já criara dois filhos, administrara uma casa cheia e vira o marido passar por uma quase acusação de assassinato.

— Esperei até escurecer e arrastei-o até o jardim. Eu vinha preparando um dos canteiros, mas ainda não decidira o que plantar. Levei horas para cavar um buraco profundo o suficiente, trabalhando no escuro. E então eu só... o rolei para dentro.

— E você plantou os ásteres lá de Gossington Hall no canteiro.

— O jardineiro comprara demais. Ninguém notaria.

— Foi isso que me fez pensar, Dolly. Você nunca gostou de ásteres. Eu sabia que você só escolheria essa flor se precisasse preencher um espaço com pressa. Escondeu as joias também, não foi? Os brincos e alguns objetos lá de Gossington Hall, para criar uma espécie de motivo?

— As safiras da minha avó. Eu amava aqueles brincos.

— Imagino que esteja tudo enterrado com ele no jardim.

Dolly assentiu.

— Foram realmente só os ásteres que me entregaram?

— Não só — disse Miss Marple. — Perdoe-me, mas Lydia não é o tipo de garota que inspira tanta compaixão assim em você. E, é claro, notei que a chaleira sumira quando insisti em ligar para Jim de East Lodge ontem.

— Esse é o seu problema, Jane. Você sempre *sabe*.

— Eu não tinha certeza — argumentou Miss Marple. — Não até nos sentarmos na sala de estar. Você escolheu a cadeira de costas para a janela. Eu nunca a vi fazer isso, Dolly. Você sempre aprecia tanto seu jardim.

Dolly olhou de relance para a janela, os olhos tristes.

— Está arruinado agora. Mas acho que não importa. Você terá que contar às autoridades, aos coitados dos Barnsley-Davis.

Miss Marple ficou quieta por um longo momento, observando as flores que ladeavam o caminho do jardim balançarem a cabeça como se dessem bom-dia.

— É lamentável — disse ela enfim — que os homens detenham tanto poder neste mundo. Mas sabe, Dolly, o que é necessário para sobreviver não é bem força. É esperteza.

Mrs. Bantry ficou imóvel.

— É mesmo?

— Meu sobrinho Raymond me convidou para passar o inverno nas Ilhas Canário. Uma oferta tão generosa. Eu não planejava aceitar, mas agora me deu vontade de passar um tempo em climas mais quentes. Poderíamos ir juntas.

Dolly ergueu as sobrancelhas.

— Poderíamos?

— Sim. Vai saber quem podemos encontrar em uma feira lotada, talvez até mesmo um rapaz magnífico, de cabelos dourados, visto à distância. Nada que possa ser confirmado, é claro.

— Mas nada que possa ser negado também?

— Precisamente. Vamos dar uma volta no jardim antes que esquente demais?

— Eu adoraria — disse Dolly.

De braços dados, as duas amigas caminharam para fora de East Lodge para permitir que o sol do fim do verão aquecesse os velhos ossos e para ouvir o zumbido das abelhas. Elas ficaram de costas para os novos canteiros, lotados de ásteres vermelhos, os caules verdes se curvando suavemente na brisa de verão, as pétalas vermelhas da cor de sangue.

SOBRE AS AUTORAS

Alyssa Cole é autora best-seller do *New York Times* e do *USA Today* de romances, thrillers e graphic novels. Sua história de espionagem na Guerra Civil, *Uma união extraordinária*, foi considerada o melhor romance de 2018 pela RUSA, da American Library Association; sua comédia romântica contemporânea, *A Princess in Theory*, foi um dos cem livros notáveis de 2018 do *New York Times*, e seu thriller de estreia, *Quando ninguém está olhando*, ganhou o Edgar Award de 2021 como melhor original em brochura. Seus livros receberam elogios da crítica em *Washington Post*, *Library Journal*, *Kirkus*, *BuzzFeed*, *Book Riot*, *Entertainment Weekly* e vários outros. Quando não está trabalhando, pode ser encontrada assistindo a animes ou lidando com a coleção de animais.

Dreda Say Mitchell é uma premiada autora best-seller que foi indicada como Membro da Ordem do Império Britânico por Sua Majestade Rainha Elizabeth II por serviços à literatura e trabalho educacional em prisões. Ela recebeu o John Creasey Memorial Dagger da Crime Writers' Association em 2004, sendo a primeira autora britânica negra a receber essa honra,

Sobre as autoras

e é comentarista cultural e social, radialista e jornalista. Já escreveu para o *Guardian*, apresentou o principal programa de artes da BBC Radio 4, o *Open Book*, e apareceu nos programas *Newsnight*, *Question Time* e *The Late Review*, da BBC. É uma administradora do Royal Literary Fund e embaixadora da Reading Agency. Sua família é da bela ilha caribenha de Granada, e seu nome é irlandês e pronunciado com um longo som de "i" no meio.

Elly Griffiths é autora dos best-sellers da dra. Ruth Galloway. Seu primeiro romance independente, *The Stranger Diaries*, ganhou o Edgar Award de melhor romance policial em 2020. O segundo, *The Postscript Murders*, foi finalista do CWA Gold Dagger. Em 2016, Elly foi premiada com o Dagger in the Library, da Crime Writers' Association, pelo conjunto de sua obra. Ela também escreve os históricos Brighton Mysteries e A Girl Called Justice, uma série infantil. *The Locked Room* (The Ruth Galloway Novels, n. 15) foi lançado em fevereiro de 2022 e foi best-seller número 1 do *Sunday Times*.

Jean Kwok é a autora best-seller internacional de *Garota, traduzida*; *Mambo in Chinatown* e *Searching for Sylvie Lee*, que foi um best-seller instantâneo do *New York Times*. Seu trabalho foi publicado em vinte países e é ensinado em escolas ao redor do mundo. Ela imigrou de Hong Kong para o Brooklyn aos cinco anos e trabalhou numa fábrica de roupas em Chinatown por boa parte da infância. Kwok tem um diploma de bacharelado pela Harvard e um MFA pela Columbia. Atualmente mora nos Países Baixos.

Sobre as autoras

Karen M. McManus é autora de thrillers YA, best-seller número 1 do *New York Times*, do *USA Today* e de veículos internacionais. Seu trabalho inclui a série *Um de nós está mentindo*, que foi transformada numa série de TV pela Peacock e pela Netflix, assim como os romances independentes *Mortos não contam segredos*, *Os primos*, *Assim você me mata* e *Nada a declarar*. Seus livros premiados e aclamados pela crítica foram traduzidos para mais de quarenta idiomas.

Kate Mosse é autora best-seller com milhões de cópias vendidas de dez romances e coleções de contos, quatro trabalhos de não ficção e quatro peças, incluindo a Trilogia Languedoc (*Labirinto, Sepulcro e Citadel*), *The Burning Chambers*, *The City of Tears* e as ficções góticas *The Winter Ghosts* e *The Taxidermist's Daughter*. Suas não ficções incluem *An Extra Pair of Hands* e *Warrior Queens & Quiet Revolutionaries: How Women (Also) Built the World*, publicado em outubro de 2022 e baseado em sua campanha global #womaninhistory. Diretora Fundadora do Women's Prize for Fiction, ela é integrante da Royal Society of Literature, patrona do Chichester Festival of Music, Dance and Speech e professora convidada de Escrita Criativa e Ficção Contemporânea na Universidade de Chichester.

Leigh Bardugo é a autora de *Nona casa*, best-seller do *New York Times*, e criadora do universo Grisha, que abrange a trilogia Sombra e Ossos (agora uma série original da Netflix), a duologia Six of Crows, a duologia Nikolai, *The Language of Thorns* e *As vidas dos santos*, com outras publicações a caminho. Seus contos podem ser encontrados em diversas antologias, incluindo

Sobre as autoras

The Best American Science Fiction and Fantasy. Ela mora em Los Angeles.

Lucy Foley é autora número 1 do *Sunday Times* e best-seller do *New York Times* com mais de 2,5 milhões de exemplares vendidos mundialmente. Seus thrillers de assassinato contemporâneos, *A última festa* e *A lista de convidados*, foram finalistas do Crime & Thriller Book of the Year Award, dos British Book Awards, selecionados como livros policiais do ano pelo *The Times* e pelo *Sunday Times*; *A lista de convidados* foi selecionado para o Reese's Book Club. O thriller mais recente da autora, *O apartamento de Paris*, foi um best-seller instantâneo do *Sunday Times* e número 1 do *New York Times*. Ela mora em Bruxelas com o marido e o filho bebê.

Naomi Alderman é romancista e escritora de jogos. Seu último romance, *O poder*, foi vencedor do Baileys' Women's Prize for Fiction de 2017, ocupou o topo da lista de livros de Barack Obama do mesmo ano e foi traduzido para mais de trinta idiomas. Seu primeiro romance, *Desobediência*, foi publicado em dez idiomas e recentemente adaptado para um longa-metragem pelo diretor Sebastián Lelio, vencedor do Oscar, estrelando Rachel Weisz e Rachel McAdams. Alderman foi orientada por Margaret Atwood e, em abril de 2013, nomeada uma das melhores escritoras britânicas pela revista *Granta*. É professora de Escrita Criativa na Universidade Bath Spa, integrante da Royal Society of Literature e atualmente produtora executiva da futura adaptação televisiva de *O poder* pela Amazon.

Sobre as autoras

Natalie Haynes é escritora e radialista e percorre o mundo falando sobre a relevância moderna do mundo clássico, até agora em três continentes. Suas releituras da mitologia grega, *A Thousand Ships* e *The Children of Jocasta*, trazem a perspectiva feminina à tona, e *A Thousand Ships* foi finalista do Women's Prize for Fiction de 2020. Sua não ficção sobre mulheres da mitologia grega, *Pandora's Jar*, estrelou na lista best-seller do *New York Times* em 2022.

Ruth Ware é autora best-seller internacional. Seus thrillers *Em um bosque muito escuro*, *A mulher na cabine 10*, *O jogo da mentira*, *A morte da sra. Westaway*, *The Turn of the Key* e *One by One* apareceram em listas de mais vendidos pelo mundo, incluindo a do *Sunday Times* e a do *New York Times*. Seus livros já foram escolhidos para serem adaptados para filmes e séries e ela é publicada em mais de quarenta idiomas. Ruth mora nos arredores de Brighton com a família.

Val McDermid é uma autora best-seller internacional número 1 cujos livros foram traduzidos para mais de quarenta idiomas. Sua série multipremiada e seus romances independentes foram adaptados para a TV e o rádio, mais notavelmente a série *Rastros da maldade*, estrelando o psicólogo clínico Dr. Tony Hill e a detetive Carol Jordan. Ela recebeu seis Doutor Honoris Causa e é membro honorário da St. Hilda's College, em Oxford. Dentre seus muitos prêmios estão o CWA Diamond Dagger em reconhecimento das realizações de sua carreira, além do prêmio Theakstons Old Peculier pela contribuição excepcional à escrita policial. Val também é uma radialista experiente e colunista e comentarista muito visada pela mídia impressa.

Este livro foi impresso pela Eskenazi, em 2023,
para a HarperCollins Brasil. O papel do miolo é o
pólen natural 70g/m² e o da capa é cartão 250g/m².